CW00750366

Romain Gary

Les enchanteurs

Gallimard

Né en Russie en 1914, venu en France à l'âge de quatorze ans, Romain Gary a fait ses études secondaires à Nice et son droit à Paris.

Engagé dans l'aviation en 1938, il est instructeur de tir à l'Ecole de l'air de Salon. En juin 1940, il rejoint la France libre. Capitaine à l'escadrille Lorraine, il prend part à la bataille d'Angleterre et aux campagnes d'Afrique, d'Abyssinie, de Libye et de Normandie de 1940 à 1944. Il sera fait commandeur de la Légion d'honneur et Compagnon de la Libération. Il entre au ministère des Affaires étrangères en 1945 comme secrétaire et conseiller d'ambassade à Sofia, à Berne, puis à la Direction d'Europe au Quai d'Orsay. Porte-parole à l'O.N.U. de 1952 à 1956, il est ensuite nommé chargé d'affaires en Bolivie et consul général à Los Angeles. Quittant la carrière diplomatique en 1961, il parcourt le monde pendant dix ans pour les publications américaines et tourne comme auteur-réalisateur deux films, *Les oiseaux vont mourir au Pérou* (1968) et *Kill* (1972). Il a été marié à la comédienne Jean Seberg de 1962 à 1970.

Dès l'adolescence, la littérature va toujours tenir la première place dans la vie de Romain Gary. Pendant la guerre, entre deux missions, il écrivait *Education européenne* qui fut traduit en vingt-sept langues et obtint le prix des Critiques en 1945. *Les racines du ciel* reçoit le prix Goncourt en 1956. Son œuvre compte une trentaine de romans, essais et souvenirs.

Romain Gary s'est donné la mort le 2 décembre 1980. Quelques mois plus tard, on a révélé que Gary était aussi l'auteur des quatre romans signés Emile Ajar.

I

Une haute cheminée de pierre grise debout sur ses
pattes de lion, une couverture sur les genoux, le cordon
de la sonnette à portée de la main, car mon cœur oublie
parfois ses devoirs, un petit bonhomme de feu en
costume d'Arlequin, jaune, rouge, vert qui danse sur
les bûches... Quel est donc mon frère inconnu qui a dit :
« Je me suis conservé enfant par refus d'être un
homme » ?...

De toutes mes enfances, celle qui m'a toujours prêté
sa voix avec le plus d'amitié et sera cette fois encore
ma Narratrice, se situe aux environs de 1760, dans
notre propriété de Lavrovo, province de Krasnodar, au
cœur de ces vieilles forêts russes si propices aux
légendes et aux rêveries. Mes premières années furent
un long murmure des chênes ; c'est en leur compagnie
que j'ai fait mes premiers pas ; il me semble parfois
que ce sont eux qui m'ont bercé plutôt que ma
nourrice, et qu'ils m'ont plus appris que mes précep-
teurs. Rien n'enrichit tant l'âme enfantine que tout ce
qui donne une chance au mystère et les forêts sans
chemins autour de Lavrovo ouvrirent très tôt à mon
imagination mille sentiers que je ne devais plus jamais
cesser d'explorer. Dès l'âge de six ans, je me mis à les
peupler de monstres et d'enchanteurs, à déceler parmi
ces ombres épaisses des gnomes et des *liéchy*, démons
forestiers si redoutés des paysans ; je marchais vail-

lamment contre ces puissances du mal à la tête de mes armées de chênes et nous célébrions ensemble nos victoires en chantant.

— Et qui as-tu encore rencontré aujourd'hui? demandait parfois mon père, lorsque je revenais affamé à la maison et me gavais de galettes aux confitures qui grésillaient à longueur de journée sur le fourneau de notre cuisinière Evdotia.

J'énumérais vingt-deux dragons rouges, sept nains jaunes aux ailes noires tachetées de vert et une araignée géante armée jusqu'aux dents, tous vaincus en combat singulier.

Mon père acquiesçait gravement.

— C'est bien, disait-il. Mais souviens-toi, plus tard, quand tu seras grand, que les monstres les plus redoutables sont invisibles. C'est justement ce qui les rend si dangereux. Il faut apprendre à les flairer.

Je lui promis de ne jamais être dupe de ruse si grossière.

Le Temps qui, pourtant, ne fait que passer et que mon père me décrivait comme un grand propriétaire terrien, un *barine* toujours pressé de faire ses récoltes, dédaigne les jeunes pousses trop tendres et les bourgeons à peine éclos : les étés ne semblaient jamais devoir finir. A la mi-septembre, je retrouvais notre belle mais froide maison à Saint-Pétersbourg, l'ancien palais Okhrennikov, dans le quartier de la Moïka, non loin de la statue du cavalier de bronze qui devait inspirer à Pouchkine un de ses plus beaux poèmes.

Nous étions d'une famille de saltimbanques vénitiens qui avait fait souche en Russie à l'époque où Pierre le Grand ouvrait la Moscovie aux lumières de l'Occident. Mon grand-père Renato Zaga était arrivé de Venise avec pour tout bien un singe savant, quelques saintes reliques, un costume d'Arlequin et cinq *piegeni*, ces masses creuses en bois en forme de bouteilles qu'utilisent encore aujourd'hui les jongleurs. Il avait dû quitter Venise précipitamment, fuyant les foudres de l'Inquisition, et voici dans quelles circonstances. Vers l'âge de quarante-cinq ans, ayant connu une carrière fort honorable dans les petites troupes de *commedia dell'arte* et sur les tréteaux des foires, soit que son adresse de jongleur et de danseur de corde ne lui suffît plus comme mode d'expression artistique, soit sous l'effet de quelque crampe au cerveau, il se mit à prédire l'avenir, ce qui était alors chose courante chez les charlatans du *broglio* mais eut dans le cas de mon grand-père de bien fâcheuses conséquences. La Sérénissime République, si elle passait tout au divertissement, ne pardonnait rien au sérieux ; or, il se trouve que mon aïeul, sans doute par le jeu du hasard ou sous l'effet de quelque tare congénitale d'authenticité fatale aux illusionnistes, au lieu de la bailler belle dans ses lectures d'avenir, se mit à annoncer des événements qui se produisaient vraiment. Il prophétisa ainsi la perte de seize galères coulées par le Turc au large de Candie ; la chute désastreuse du prix des épices due à la concurrence des Portugais ; la grande peste de 1707 et tous les malheurs qui commencèrent à s'abattre d'année en année sur la Sérénissime. De là à l'en tenir responsable, il n'y avait qu'un pas que la Seigneurie n'hésita pas à franchir, toujours soucieuse d'offrir au bon peuple un bouc émissaire, et mon grand-père Renato ne dut d'échapper à une triste fin qu'à ce même flair qui lui avait valu tous ses ennuis. Par une belle nuit de lune, alors que, le bonnet sur l'œil, il s'assoupissait déjà sous ses trois étages de duvet et flattait agréablement l'oreille de Morphée par ses premiers ronflements, il se vit soudain suspendu le long du campanile, dans une de ces cages funestes où l'on laissait mourir de faim et de froid les ennemis de la République. Réveillé en sursaut par cette vision peu attrayante, mon grand-père poussa un hurlement, bondit hors du lit, saisit son sac de baladin, son petit singe Abraham et les reliques de saint Jérôme, saint Marc, saint Cyprien et sainte Puce qu'il faisait fabriquer à Chioggia pour les vendre aux pèlerins, ouvrit la fenêtre et, de toit en toit, parvint au Rialto, où il put se

9

glisser sur la barque des drapiers westphaliens qui le mena à Udine. De foire en foire, il échoua à Dresde, où il eut la bonne fortune de se faire engager comme barbier par le flûtiste Jean-Marie Dodelin, qui se rendait à la Cour de Russie. Parvenu dans ce pays où la civilisation resplendissait de tous les attraits de l'ouï-dire, mon grand-père Renato, avec ce don d'improvisation et cette souplesse dont notre tribu a toujours fait preuve à travers son histoire, se mit au goût du jour et se présenta partout comme « philosophe, lecteur assidu de signes célestes et docteur licencié ès toutes connaissances de l'université de Bologne ». Je copie ces titres intéressants dans le journal du marchand Rybine de Moscou, qui parle à plusieurs reprises de mon grand-père avec admiration et qui s'exclame à un moment, après une séance d'étude consacrée à la lecture d'avenir : « Que de fruits merveilleux sont tombés à nos pieds de l'arbre du savoir grâce au vent de l'esprit qui souffle de l'Occident ! »

Je ne me lassais pas d'interroger mon père sur la vie et les exploits de mon illustre aïeul. Avait-il continué à prédire le futur, comme il l'avait fait avec un tel succès à Venise ? Et si oui, les événements continuaient-ils à se réaliser tels qu'il les avait annoncés ? Sur ce point, mon père était formel. Instruit par l'expérience, Renato Zaga fuyait la vérité comme la peste. Il avait compris que le plus grand don qu'un artiste désireux de s'attirer les bonnes grâces du public pouvait faire à ce dernier c'était l'illusion, et non la vérité, car celle-ci a souvent de fort mauvaises façons, n'en fait qu'à sa tête et ne se soucie guère de plaire.

— Souviens-toi, mon fils, que l'on ne peut rien contre la vérité, aussi désagréable, menaçante et cruelle qu'elle soit, mais on peut toujours tout contre ceux qui vous la disent... et alors, c'est la misère, quand ce n'est pas la prison ou même pire. Ton grand-père Renato est mort riche et honoré parce qu'il avait compris ce que le public attendait de nous autres, ses humbles serviteurs : un peu d'illusion, un peu d'espoir...

Mon père me soulevait doucement de son genou, où je m'étais installé selon mon habitude. Il allait à la grande armoire vénitienne qui occupait un coin entre l'astrolabe de Copernic et la lunette aux miroirs qui recueillait les clartés célestes. Cette pièce servait à Giuseppe Zaga d'observatoire ; elle dominait les toits et les jardins et, dès mes plus jeunes années, il m'y avait initié aux étoiles, car elles étaient un peu de la famille et fort bien disposées, de par leur vertu clignotante, trompeuse et espiègle, envers les enfants et les baladins. Mon père ouvrait l'armoire et en sortait les nobles restes de Renato l'enchanteur : un habit de cour noir à la française aux parements gris et boutons d'argent, la perruque, les bas de soie, les escarpins, la haute canne au pommeau d'or incrusté de faux rubis et de faux diamants. Je croyais presque voir mon aïeul lui-même, tel qu'il apparaissait chaque jour devant moi sur la gravure de Pistolari, avec ses yeux ténébreux et si vifs, son nez fort, agressif, arrogant, ses lèvres qui avaient de la peine à retenir un sourire moqueur, toute cette vivacité, cette mobilité d'expression que la gravure figeait mais dont mon œil avait appris peu à peu à retrouver le mouvement.

L'habit était constellé de décorations ; mes yeux s'ouvraient tout grands devant ces médailles, cordons, plaques d'or et de vermeil que mon ancêtre s'était vu décerner par les plus illustres souverains d'Europe. Il me fallut bien du temps pour comprendre que rien ne vaut à un homme plus de récompenses que l'art de rassurer. Mon père m'observait du coin de l'œil ; il paraissait satisfait de l'effet produit par ce vide qui sortait si merveilleusement habillé de l'armoire vénitienne ; quant à moi, le cœur battant, je me disais qu'un jour j'allais moi aussi recevoir de pareilles marques d'honneur, pour peu que j'eusse le talent de paraître et cette habileté qu'il faut pour découvrir la

11

vérité afin de ne point la dire. C'était en somme les premières règles de notre métier que mon père m'apprenait ainsi, sans trop insister.

— Plaire, séduire, donner à croire, à espérer, émouvoir sans troubler, élever les âmes et les esprits, en un mot, enchanter, telle est la vocation de notre vieille tribu, mon petit... C'est pourquoi tant d'esprits chagrins qui ne discernent nulle part le moindre sens caché ni la moindre étincelle d'espoir, nous traitent de charlatans...

Il refermait l'armoire. Il me semblait que c'était mon grand-père Renato lui-même qui venait de rentrer dans sa boîte magique. Mais celle-ci était un peu plus loin, posée sur les grandes dalles de marbre blanches et noires. Il suffisait de s'y laisser enfermer pendant quelques minutes pour en ressortir revigoré, nourri d'effluves cosmiques venus des lointains éthers et qui conféraient des forces viriles aux plus démunis. Mon père cherchait à perfectionner cette machine, s'inspirant de certaines indications contenues dans la Deuxième Révélation d'Éphraïm, selon laquelle des courants d'immortalité circulaient dans le ciel et pouvaient être inclinés vers la terre. Il ne s'agissait nullement, quoi qu'en eussent dit des historiens malveillants, tel M. Dulac, dans son triste ouvrage *Charlatans, parasites et picaros du XVIIIe siècle*, de capter ces courants, pour les mettre dans des pots comme ces confitures de notre pâtissière Marfa, mais de soigner les malades par leurs effets bienfaisants. J'entends par là que mon père fut un des premiers à comprendre que certains maux physiques ont des causes morales et il avait obtenu des guérisons par la méthode psychologique. Le prince Narychkine subventionnait ces recherches, lesquelles demandaient des moyens considérables, car seul l'or a les accointances nécessaires avec l'immortalité.

Renato Zaga avait laissé peu de biens, ayant un goût immodéré pour la fête et dépensant sans compter, à la russe, et pas du tout à la vénitienne ; mon père ne devait sa fortune qu'à lui-même. Les hommes, pour vivre et pour mourir, ont besoin d'autre chose que des rigueurs implacables de la réalité; j'ose écrire cela sans hésiter même aujourd'hui, car jamais l'illusion n'a joué rôle plus grand dans la société qu'en ce moment et notre tribu n'a jamais failli à sa vocation depuis le début de l'art, laquelle est d'en fournir. Il me faut donc m'attarder davantage dans le cabinet de mon père, et si le lecteur n'a que faire d'un si pauvre théâtre, alors que l'on fait tellement mieux de nos jours, qu'il me pardonne de le quitter, de fermer les yeux et de retrouver l'enfant au regard ébloui, un peu perdu dans un immense fauteuil, parmi tant d'objets mystérieux, cependant que les flammes grondent dans la cheminée et que danse sur les bûches mon ami, le petit bonhomme de feu dans son costume d'Arlequin rouge, orange, vert, bleu, que j'avais surnommé, je ne sais pourquoi, *kitaïetz*, le Chinois.

II

Il y avait, dans le cabinet de travail où mon père recevait les visiteurs, des pierres calcinées tombées d'autres mondes, des fragments de lune, de Saturne et même — trésor sacré — un éclat grand comme un poing de l'étoile du Berger. Il y avait aussi des sarcophages où dormaient des prêtres égyptiens qu'il était possible de consulter par certains moyens dont il ne convenait point de parler, ainsi que des chartes des sphères célestes provenant d'époques et de pays où la science astrologique avait trouvé ses premières lois et connu plus tard son apogée.

L'une d'elles avait appartenu au célèbre Hobedaï, de Chiraz. Je pus l'emporter avec moi après la révolution bolchevique, ce qui m'avait permis de survivre, l'ayant vendue à un bon prix au musée de Bâle, où elle figure encore aujourd'hui. Parmi les instruments d'optique que l'on fabriquait pour mon père en Allemagne selon ses instructions, il y avait des machines si compliquées que personne, à ce jour, n'en a percé le secret. J'en viens parfois à me demander, non sans un peu de tendre ironie, si mon père ne les tenait là que pour impressionner ceux qui venaient le consulter et lui payaient fort cher ses horoscopes.

Dans tout ce bric-à-brac du rêve, rien n'égalait dans la fascination l'attrait qu'exerçait sur moi la bibliothèque. Elle occupait tout un mur, derrière un immense

14

rideau de lourd brocart pourpre tissé d'or et d'argent qui s'ouvrait comme un rideau de théâtre. Les volumes étaient couverts d'épaisse poussière et de toiles d'araignée, car il était interdit aux domestiques d'y toucher ; sans doute aussi mon père voulait-il décourager les visiteurs d'y mettre le nez.

Le Temps, qui ne peut souffrir ce qui dure, a contre les livres une dent particulièrement féroce. Il craint par-dessus tout ces porteurs de germes, germes d'éternité où les idées demeurent vivantes et toujours prêtes à jaillir. Les idées me font parfois penser aux graines trouvées sous les glaciers après des millénaires, qui redeviennent fécondes dès qu'elles sont rendues à l'air libre et à la lumière, et se remettent à vivre, à s'épanouir et à triompher. Mon père me contait comment, certaine nuit, tiré de son labeur par un grattement suspect et s'approchant des parchemins, il avait surpris du Temps les insectes rongeurs, que l'on peut voir courir aussi sur les cadrans des montres. Il lui avait fallu, me disait-il, faire appel aux plus hautes instances de la Hiérarchie pour les faire fuir.

Ce danger qui menaçait de si fabuleux trésors me donnait de graves soucis. Souvent, n'arrivant pas à m'endormir, je me levais, me glissais dans la bibliothèque et, armé d'un solide gourdin, montais auprès des livres une garde vigilante. J'avais déjà sept ans, l'âge des héros sans peur et sans reproche, et je savais que les vieilles forêts de Lavrovo attendaient de moi que je fusse digne de toutes les belles histoires qu'elles m'avaient murmurées. J'attendais ; le Temps ne venait pas ; il savait à qui il avait affaire ; mes yeux se fermaient ; des chevaliers errants passaient sous mes paupières dans leurs armures d'argent et me saluaient en baissant leurs lances ; sous les plumets blancs, leurs heaumes étincelaient et sur leurs boucliers, parmi les lions, les griffons et les aigles aux ailes déployées, je reconnaissais soudain mon petit chien Michka qui remuait la queue. Mon père me trouva à plusieurs reprises endormi, serrant mon bâton, au pied de la

15

bibliothèque ; il me prenait dans ses bras et me portait au lit ; se penchant sur moi avec une tendresse dont le souvenir demeure mon abri le plus sûr et le plus chaud, à ces heures de grand froid que l'on appelle solitude, il me demandait si j'avais vu la vilaine bête. Non, disais-je, le Temps avait fui ; sans doute savait-il que j'étais là, il avait dû m'apercevoir, avec mon gourdin, par la fenêtre, il n'avait pas osé venir. Mais un soir, alors que je demeurais dans mon lit, les yeux ouverts et l'oreille aux aguets, angoissé par un silence qui ne me disait rien qui vaille, je décidai de faire ma ronde et me glissai dans le corridor, pieds nus, sans bruit. Tout dormait ; les murs, les meubles, les draperies avaient une immobilité inquiétante, car elle paraissait prémé-ditée ; j'étais trop rompu à ces ruses pour ne pas sentir que tout autour de moi avait peur. Chaque objet retenait son souffle. Mon cœur battait l'alarme et je regrettais amèrement que mes amis les chênes de Lavrovo fussent si loin, car mon père n'avait pas encore trouvé la formule magique pour les faire venir à Saint-Pétersbourg. J'ouvris doucement la porte ; la clarté de la lune tombait sur la bibliothèque... Mes yeux s'ouvrirent tout grands ; je crus que mon cœur allait sauter dehors et s'enfuir : le Temps était là ; il s'était déguisé en chauve-souris pour ne pas être reconnu, mais j'étais beaucoup trop jeune pour me laisser prendre à de tels subterfuges. Vite, je levai mon bâton. Malheureusement, je ratai l'occasion de débar-rasser le monde de la sale bête, car j'avais laissé échapper un cri ; se sentant reconnu, la chose ignoble poussa un piaulement de rage et s'envola par la fenêtre. Je courus réveiller mon père et me jetai dans ses bras en pleurant ; je tremblais de peur, et je tremblais de honte parce que je pleurais. Je lui racon-tai comment j'avais failli saisir le Temps par la queue et le tuer à coups de bâton pour sauver tout ce qu'il y avait dans les livres, afin que leur contenu ne vieillisse jamais, pour que personne ne meure jamais et pour que je ne sois ainsi jamais séparé de mon père, ni de

16

mon chien Michka, ni de mes amis les chênes et pour que tout soit toujours comme maintenant, tellement heureux...

Mon père m'attira à lui et me laissa sangloter contre sa poitrine ; il me caressait les cheveux en silence. Puis il me dit de ne pas me décourager, que le Temps n'allait pas manquer de revenir, il ne pouvait pas s'en empêcher, c'était plus fort que lui. Je pourrais alors l'attraper par la queue et on le donnerait à Evdotia pour qu'elle le fasse cuire à petit feu, c'était bien son tour. Il m'assura que je ne m'étais pas trompé : c'était bien le Temps qui s'était déguisé en chauve-souris. Oui, je savais regarder les choses comme on doit les regarder, sans me laisser prendre à leurs banales apparences, comme l'ont toujours su faire tous les membres de notre vieille tribu, ceux que l'on appelle parfois les charlatans ou les saltimbanques. Je ne devais pas, ajouta-t-il, avoir honte de ces noms que l'on nous donne, ce sont les plus beaux de tous. Et puis, me mettant les mains sur les épaules et me regardant pensivement de ses yeux si sombres et brûlants que l'on a souvent comparés à des charbons ardents mais que j'ai toujours trouvés très doux, il sourit et dit quelque chose que je ne compris pas sur-le-champ :

— Je crois que tu auras du talent.

Il y avait dans la bibliothèque de vieux grimoires qui dataient des premières Révélations et des premiers initiés, et des papyrus à l'odeur de feuilles mortes et d'insectes desséchés, les *Centuries*, écrites de la main même de Michel de Notre-Dame, et la transcription par le moine Bénédicte de Villume des prophéties de saint Césaire. Ce sont des pièces qui feraient aujourd'hui le bonheur des plus riches collectionneurs. Mon père lui-même, bien qu'il lût couramment l'avenir dans les astres, ne faisait jamais de prophéties, car celles-ci tournent toujours au noir, par la nature même du mot Destin que nul n'emploie lorsqu'il parle de joie et de bonheur. Or, dans la tradition vénitienne, la règle était de n'annoncer que les heureuses fortunes, de

17

rassurer et de réjouir, car personne n'avait jamais fait de bonnes affaires à Venise en proposant de mauvaises nouvelles et l'aventure exemplaire de mon grand-père Renato nous avait à cet égard amplement servi de leçon. Mon père, donc, lisait certes l'avenir à livre ouvert, mais scientifiquement, c'est-à-dire qu'au lieu de solliciter des renseignements des signes célestes, il leur en fournissait. J'entends par là que dans ses horoscopes, il s'inspirait de la psychologie des personnes de haut rang qui venaient le consulter et des renseignements qu'elles lui fournissaient les unes sur les autres. Il avait également des informateurs qu'il rétribuait et il étudiait tout ce qui avait trait à la politique, ce qui facilitait beaucoup le travail des astres. Ce n'était point un aventurier.

Un jour, alors que j'avais déjà appris à lire, je décidai de commencer moi-même mon initiation. Je me glissai dans le cabinet de travail et, grimpant sur l'échelle, je m'emparai d'un livre que je convoitais déjà depuis longtemps. La reliure en était d'une grande beauté et d'une richesse dans les ors et les vermeils qui semblait annoncer les trésors de connaissance qu'elle renfermait. Au dos du volume, il y avait quelques signes mystérieux, des triangles et des balances, le dessin d'un œil, ainsi que la gravure reproduisant la pierre de sagesse dont parle la Mitrah du Zohar, toute hérissée de rayons. Sur la couverture elle-même, en cuir de Damas doux et profond, incrustée d'ivoire, de nacre et de malachite, il était écrit en hébreu, langue que m'enseignait un jeune Juif du Sanhédrin de Kichinev, ces quelques mots qui me donnèrent la chair de poule : *Traité d'éternité et du grand réveil des morts.* J'hésitai. Il me semblait que par le seul geste d'ouvrir le livre j'allais réveiller quelqu'un. Or, la première vérité que mon père m'avait enseignée était l'histoire de l'apprenti sorcier. Il me disait que c'était une des malédictions de l'espèce humaine et que cela se produisait constamment dans les affaires du monde. Mais j'étais un enfant de la chance, un Zaga, presque un tzigane, et

18

aucun de nous n'a jamais hésité à voler un secret. J'ouvris le Livre.

A l'intérieur, il y avait les comédies de M. Goldoni, publiées par le libraire Pitteri de Venise.

Je demeurai bouche bée, ahuri, clignant des yeux. Il y avait là *L'Honnête Aventurier, I Cavalieri di Buon Gusto, Pantalon, Les Trente-Deux Lazzis d'Arlequin,* et bien d'autres farces joyeuses, sous le titre général, en français : *Car le Rire est le Propre de l'Homme.*

Je tournai les pages du volume. Non, il n'y avait rien d'autre, aucune clé du mystère, aucun autre secret sublime. Le rire toujours prêt à servir. La fête vénitienne.

J'étais trop jeune encore pour apprécier comme il convenait la révélation qui venait de m'être faite. J'étais déçu. J'avais l'impression d'avoir ouvert le sésame pour ne trouver à l'intérieur qu'un polichinelle. Il me fallut bien des années pour comprendre que le personnage d'Arlequin n'était pas seulement celui d'un drôle des foires, mais qu'il était un enfant du peuple, qu'il avait surgi de la souffrance la plus profonde pour répondre par ses lazzis aux siècles de péché originel, d'art gothique glorifiant la douleur, de clous et d'épines, — oui, qu'il était sorti du populaire pour déchirer d'un coup de pied le voile de ténèbres et faire la figue à tout ce qui exige de l'homme la soumission et la résignation. J'étais bien loin de m'en douter mais je revenais souvent à la bibliothèque pour lire les comédies de M. Goldoni. Installé à califourchon sur l'escabeau, je m'initiais peu à peu aux secrets que le peuple connaissait depuis le jour lointain où un de ses enfants avait taillé des pipeaux et s'était mis à danser, et que s'étaient élevés alors de tous les côtés de la terre des bruits de fête et des chansons. Je passais de longues heures en compagnie de cet insoumis qui jouait avec les étoiles, bondissait par-dessus les embûches semées sur son chemin et, à tous les monstres de l'inconnu chargés de lui barrer la route, répondait par le défi du rire et par le bonheur d'être vivant. Jusqu'au jour où, dans un monde bien différent de celui qui m'avait vu naître, mais qui n'a pas encore trouvé aux éternelles questions du néant et du cynisme, à tous les « à quoi bon » de l'insidieuse vermine du malheur, de meilleure réponse que le courage et l'insoumission, j'ai lu cette phrase du grand poète Henri Michaux : « CELUI QU'UN CAILLOU FAIT TRÉBUCHER MARCHAIT DÉJÀ DEPUIS DEUX CENT MILLE ANS LORSQU'IL ENTENDIT DES CRIS DE HAINE ET DE MÉPRIS QUI PRÉTENDAIENT LUI FAIRE PEUR. » Mais à ce moment-là, j'avais déjà compris depuis longtemps pourquoi, dans ce livre d'aspect si solennel et riche de toute la sagesse du monde, mon père avait caché le personnage d'Arlequin. Un irrédentisme fraternel, mille ruses habiles pour tromper la Puissance et continuer à se faufiler, la hardiesse, le cœur léger, un regard si clair qu'il chasse les ténèbres, et...

J'entendis un bruit. Mon père venait d'entrer. Il se tenait à la porte et regardait le Livre ouvert dans mes mains.

— Et l'amour, dit-il, comme s'il avait lu mes pensées, car c'était un magicien et les rêves n'avaient pas de secrets pour lui.

Je venais d'avoir douze ans.

III

Mais qu'il me soit permis, ami lecteur, avant de me mettre à grandir sous tes yeux, de m'attarder encore quelques instants dans mes chères forêts, si épaisses que le jour s'y perdait, se faisait tout petit, et je l'observais sévèrement qui errait, la tête rentrée dans les épaules, peureux, chapeau à la main, courbettes, sourire mielleux, pardon, je sais bien que je ne suis pas chez moi ici — et le voilà qui filait, traqué par la meute d'ombres qui aboyait, lancée à ses trousses, et ne laissait derrière lui qu'une petite trace de bleu entre les branchages. La forêt de Lavrovo n'était vraiment pas un endroit pour la Cour du Roi-Soleil, car y régnait le célèbre Moukhamor, magicien redoutable, vêtu de son apparence brune et tachetée de champignon, qui exigeait de la forêt humidité, ombre et fraîcheur. Il me confiait, en caressant sa barbe roussâtre, faite de ces petits tentacules dont sont si friands les gnomes, que l'ombre à Lavrovo n'était plus ce qu'elle était autrefois et qu'elle se laissait aller à présent à de coupables négligences, dont se plaignait amèrement le peuple champignon. Il me semblait pourtant que ce Louis tout rond, là-haut, sous sa perruque dorée, respectait ces fraîcheurs et c'est à peine s'il venait montrer ici et là un bout de rayon que saisissaient aussitôt pour s'en parer les gouttes de rosée et les toiles d'araignée, toujours soucieuses de briller. Il est vrai que la forêt retentissait parfois de coups lointains où mon oreille de chevalier errant reconnaissait l'écho des épées innombrables, à l'aide desquelles les guerriers du Roi-Soleil taillaient des prés et des clairières, ouvrant ainsi le chemin au monarque. Lorsque, le cœur battant, j'arrivais sur les lieux, volant à la rescousse de mes amis les chênes, je ne trouvais que des bûcherons qui s'affairaient autour des troncs abattus. Mais je n'étais point dupe de telles habiletés, car mon père m'avait déjà appris que la méchanceté et la cruauté, la brutalité et l'absence de cœur prenaient souvent des apparences humaines pour tenter de passer inaperçues, et qu'il ne faut point se fier aux nez, aux oreilles, aux visages, aux mains, pour s'imaginer que l'on a affaire à des hommes.

Je ne sais, ami lecteur, si tu étais comme moi à cet âge, mais tout devenait pour moi quelqu'un et l'existence même des choses inanimées me paraissait fort douteuse. Je savais qu'il y avait dans chaque pierre un cœur qui battait ; que chaque plante avait une famille, des enfants et des tendresses maternelles ; que chaque duvet de chardon emporté par le vent vivait un drame de rupture et de séparation, dont la grandeur et le déchirement ne se mesuraient point à sa légèreté impalpable, et que les lois de la souffrance ne s'arrêtaient à aucune porte de la nature. Fleurs et cailloux, brins d'herbe et champignons, mignonnes champignonnes aux jupes retroussées découvrant leurs tiges aimables, mousses, bruyères et fougères, tous étaient de petites personnes dont il était impossible de mesurer les souffrances, les joies et les amours à leur seule dimension. La terre elle-même était un giron qui palpitait de plaisir et de douleur ; j'évitais de penser aux pauvres drames que je laissais derrière moi en marchant, aux marguerites que je froissais, aux muguets que je privais de leur grande raison d'être, qui est de se griser de leur propre parfum, et j'étais fort peiné lorsque mes amis les chênes me murmuraient avec reproche qu'en posant mes pieds sur les têtes de ce peuple gentil, je faisais beaucoup de mal. Je m'en ouvrais à mon père ; il me disait que les choses étaient malheureusement ainsi faites que l'on vivait toujours aux dépens de quelqu'un ; c'est pourquoi un des tours les plus difficiles était de garder sa sensibilité intacte sans trop se durcir pour la protéger. Je ne savais ce qu'il entendait par là ; à moins que ce ne fût une manière délicate de me faire comprendre qu'il est des gens — pour aussi étrange que cela puisse paraître — capables de regarder les fraises sauvages que leurs pieds viennent d'écraser sans se sentir émus. Je me disais que c'étaient là des duretés qui vous prennent lorsque vous grandissez, et que l'âge sécrète sans doute, comme l'écorce des pins, certaines substances résineuses protectrices. Je consultai sur ce problème scientifique notre cuisinière Evdotia, grande spécialiste de sauces, et elle me confirma en effet que tous les hommes étaient des *svolotch*, des salauds. Mais ayant réfléchi, elle se reprit et me rassura, en ajoutant que les femmes ne valaient guère mieux, ce qui ne me parut point arranger les choses.

Je m'étais lié avec trois chênes grisonnants et trapus, moins hauts que leurs compagnons, qui se tenaient toujours ensemble, un peu à l'écart, et ne se mêlaient jamais aux autres, sans doute parce qu'ils étaient d'une plus humble extraction, comme chez nous les gens du peuple qui ont la fierté de leurs origines, connaissent leur place et restent entre eux. Leurs noms étaient Ivan, Piotr et Panteleï. Ils m'avaient pris en amitié et me murmuraient toutes sortes de choses étonnantes sur le lointain pays d'où, aux temps très anciens, les premiers chênes étaient venus en Russie, portés par le vent. Dans ce pays, fait de pain d'épice, de raisins secs *izioum* et traversé par des fleuves de lait et de miel, vivait un roi-chêne si sage que son peuple était heureux comme s'il n'y avait pas de roi du tout.

Panteleï avait un ami, un énorme chat noir attaché au tronc par une lourde chaîne en or ; c'était le vieux chat « qui avait tout vu et tout connu », dont parle le livre merveilleux du baron Grott et dont tous les enfants russes connaissaient alors les fabuleuses aventures. J'appris de lui tout ce qu'on peut apprendre d'un chat qui avait combattu les Barbaresques en haute mer, volé la lampe d'Aladin et rendu à leur beauté et à leurs familles éplorées les trois princesses enlevées et transformées en grenouilles par le vil sorcier Moukhamor. C'est encore ce héros félin aux superbes moustaches, au nez tout rose, qui avait tracé d'un habile coup de griffe une croix sur le visage de la sorcière Baba Yaga, ce qui eut pour effet de réduire cette méchante personne à l'état d'une souris facile à manger.

Je prenais grand plaisir en compagnie d'un chat aussi astucieux, mais lorsque je lui demandai pourquoi un seigneur superbe et doué de tels pouvoirs acceptait de se laisser enchaîner à un arbre, il se vexa et me dit d'un ton extrêmement désagréable que puisque c'était comme ça, tout était fini entre nous et qu'il n'avait que faire d'un gamin qui parlait comme les grandes personnes. Après quoi, il s'évanouit d'un seul coup dans les airs, emportant fort prudemment sa chaîne d'or, ce qui semble prouver qu'il connaissait la réputation des Zaga. Je racontai à mon père mon aventure avant de m'endormir ; il m'assura que le chat ne manquerait pas de revenir, car j'avais d'excellentes dispositions pour le métier d'enchanteur. Je devais continuer à m'exercer, ajouta-t-il ; dans notre profession, l'apprentissage devait commencer très tôt. Nos ancêtres les saltimbanques, jongleurs et acrobates, escamoteurs et illusionnistes, mettaient leurs enfants à l'entraînement dès l'âge le plus tendre. Certes, la nature de notre art avait changé, et nous n'en étions plus aux culbutes sur les tréteaux des foires, mais l'imagination n'était pas à cet égard différente des muscles. Mon père concluait en disant — phrase dont le sens m'échappait alors entièrement — que la seule véritable baguette magique, c'était le regard.

Ainsi encouragé, aidé aussi par le légendaire héros

russe Ilya Mourometz, dont aujourd'hui encore les boîtes de cigarettes soviétiques portent l'image, avec sa puissante carrure, son dur regard scrutant l'horizon, je me ruai tête baissée dans mille combats. J'en avais particulièrement contre des dragons mauves, mouchetés de jaune, que je mettais en pièces ; terrifiés par ma force prodigieuse, ils se jetaient à genoux, joignaient les mains et me suppliaient de leur faire grâce, invoquant leurs circonstances familiales, les vieux parents dragons et onze dragonneaux affamés à leur charge. D'autres, plus rusés, misant sur les petites faiblesses humaines, sortaient de leur poche des bonbons fourrés que vendait alors dans sa boutique du Nevski Prospect le marchand Koukotchkine. J'en étais particulièrement friand, car les penchants à la volupté de tous les Zaga ne dépassaient pas encore chez moi les papilles gustatives. Je leur faisais grâce, en général, car je me plaisais déjà plus à impressionner et à éblouir qu'à mettre vraiment mes pouvoirs à l'épreuve, ce en quoi je me montrais bon fils et bon Italien. Je disposai toutefois d'un dragon ocre et bleu particulièrement discutailleur, lequel, se prévalant d'une logique funeste à l'art, prétendit avec une arrogance doctorale que je ne pouvais le supprimer, vu qu'il n'existait pas. C'est ainsi que, sans le savoir, je me heurtai à la règle hargneuse du réalisme, vile censure que le monde en place fait peser sur celui qui aspire à naître et dont les rêveurs et les poètes sont les premiers habitants. Devinant instinctivement que j'avais affaire à un ennemi dangereux de notre tribu, je ne fis ni une ni deux et le supprimai d'un seul regard foudroyant, pour ne voir à sa place qu'une touffe d'herbe, un coquelicot et une marjolaine. Non content de lui avoir appris ainsi à vivre et pressentant peut-être obscurément que j'avais charge d'art, je coupai sa non-existence en petites rondelles et les rapportai à la maison ; je les donnai à Evdotia, en lui ordonnant de nous servir ces restes de dragon à dîner, mijotés aux petits oignons. Evdotia, les mains sur les hanches, contempla longuement la table vide sur laquelle je venais de jeter mes invisibles provisions de bouche ; elle hocha la tête, soupira, dit : « *Ach, boje moï!* Ah, mon Dieu ! » et, ayant pour moi toutes les indulgences, me promit de se surpasser dans ses efforts culinaires. Le soir, elle nous servit en effet un de ses plats succulents, mais lorsque j'expliquai triomphalement à mes deux frères et à ma sœur la nature de cette chair délicate, ils se gaussèrent de moi.

Mes deux frères Guido et Giacopo et ma sœur Angela étaient tous beaucoup plus âgés que moi, issus d'un premier mariage de mon père ; ils devaient bientôt quitter la maison et, ayant appris les rudiments du métier, aller leur chemin, comme il est de règle chez les baladins. Je ne devais les revoir que rarement ; l'aîné, Guido, demeura fidèle aux sources et devint jongleur et acrobate ; l'autre, Giacopo, fut un violoniste connu. Il eut cependant la malchance d'avoir pour rival Paganini ; manquant de génie véritable, il s'aigrit, délaissa le violon et vécut petitement, pour mourir obscurément à Naples, après avoir traîné ses derniers jours comme musicien des rues. Ma sœur se maria à seize ans et eut des aventures dont j'aurai un mot à dire.

En dehors de mes amis les chênes et des livres, je n'avais pour compagnon de jeux qu'un vieil Italien que mon père avait pris à son service, signor Ugolini. Il me couvait comme une mère poule, s'inquiétait de mes rhumes et de mes longues promenades solitaires dans la forêt mais il n'avait pas sur moi la moindre autorité, étant trop naïf, trop bon et trop comique.

Ma mère, dont j'ai parlé ailleurs — je lui ai consacré tout un livre — mourut en luttant pour me donner naissance. Il me reste d'elle un petit médaillon. Il m'arrive de l'ôter et de le serrer dans ma main, car il possède des vertus magiques : il réchauffe. Je le fais surtout en hiver, car malgré tous les bons feux que l'on allumait dans la maison, j'avais parfois très froid.

Je dois dire que je possédais déjà une vertu capitale

dans le métier qui m'attendait, sans me douter du reste quelle forme d'expression ma vocation de saltimbanque allait prendre : la vertu de l'obstination. J'étais porté à la mélancolie et donc aux chutes dans le vide, mais c'est là la règle de tout rebondissement. Et je rebondissais toujours. Je sentais déjà instinctivement que je ne devais pas céder un pouce de terrain à la réalité, ce qui a toujours été la grande règle de notre profession. Mon père m'enseignait que notre espèce n'avait d'ennemi plus insupportable que ce qu'il appelait l' « engeance du réel ». Il parlait souvent, et avec force sarcasmes, de « Sa Seigneurie l'Ordre des Choses, Nabab du Tel Quel et Gardien jaloux de nos limites ». La nature de notre métier, disait-il, est d'aider les hommes à le faire cocu avec l'objet de leurs désirs, qui est un monde tel qu'il n'en existe point. Donner à rêver, c'est en jeter les fondations. Je ne devais recevoir ces leçons que bien plus tard, lorsque je fus en mesure de les comprendre et d'en faire bénéficier mon œuvre littéraire. Mais déjà, d'instinct, — bon sang ne saurait mentir —, je me sentais du côté du rêve. Ainsi, piqué au vif par l'incrédulité que l'on me témoignait lorsque je faisais le récit de mes amitiés fabuleuses, je décidai de ramener de mes expéditions dans la forêt de Lavrovo la preuve tangible de mes rencontres avec le merveilleux. Je pris donc l'habitude d'emporter avec moi du papier à dessin, du fusain et des couleurs, et je cherchais à saisir sur le vif les personnages cachés que mon regard y découvrait. Il y avait notamment un sorcier qui essayait, non sans quelque habileté, de passer pour un tronc d'arbre foudroyé ; mais il fallait avoir beaucoup vécu et avoir l'œil bien usé pour se laisser prendre à ces astuces. Je souriais en observant les pauvres efforts du bougre pour se réfugier ainsi dans la plus familière des apparences ; saisissant mon fusain et mes couleurs, je le démasquais sans pitié. Maître Mine-de-Rien — c'est ainsi que je l'avais surnommé — finissait par passer aux aveux : ses deux branches nues et tordues devenaient des bras ; le tronc bossu et difforme révélait les

27

plis de son habit gris et noir, qui se prétendait écorce, et le visage lui-même finissait par m'apparaître, fendu par un sourire coupable et creusé de mille rides, où se révélait enfin un nez crochu. Je ramenais ensuite fièrement à la maison ces preuves irréfutables, tous ces personnages que je débusquais de leurs cachettes de buissons, d'ombres, de feuillages : les nains et les géants, les beaux princes qui ne se dissimulaient plus sous leur camouflage de fougères, les naïades que l'on pouvait prendre au premier abord pour des lianes aquatiques, les *liéchy*, et bien d'autres démons qui ne deviennent vraiment dangereux et frappent de sécheresse le cœur des enfants que lorsque ceux-ci grandissent et ne savent plus les voir.

Mais le Temps commençait à s'intéresser à moi et il se passa alors quelque chose de très étrange : mon regard perdit peu à peu le pouvoir qu'il avait de me révéler la vie secrète de la forêt et de ses habitants. Au fur et à mesure que je grandissais, et alors même que ma main se faisait de plus en plus habile, elle paraissait devenir prisonnière des apparences familières que la nature cachée et magique des choses assume pour défendre ses secrets et nous interdire l'accès de son domaine. Ma main devenait esclave de cette réalité trompeuse et mon fusain ne faisait plus que reproduire, avec une fidélité et une obédience soumises, les fleurs, les arbres, les pierres, les oiseaux. C'est ainsi qu'aidée par le Temps, son plus vieux complice, la réalité réussissait à m'imposer sa loi.

La forêt elle-même commençait à me battre froid et à me cacher ses richesses. Je n'entendais plus dans ses murmures les récits d'un vieux corbeau de mes amis, que j'avais surnommé, apprenant à cette époque le français, Ivan Ivanovitch S'il-vous-plaît. Il ne me parlait plus du voyage qu'il avait entrepris au pays d'Aladin, afin de se renseigner sur ce qu'il y avait de vrai dans cette histoire de lampe, ni du combat qu'il avait dû livrer au gardien de ce trésor : un grillon de cinq mètres de haut et doué d'une telle force qu'il

28

pouvait vous précipiter dans la Lune d'un seul coup de patte. Je ne rencontrais plus sur mon chemin le crapaud aux yeux de diamant et à la peau d'émeraude, et pourtant il devait bien exister, puisque je l'avais dessiné.

J'étais désemparé. J'avais des crises-de-tristesse, d'abattement, que la vieille Aniela, ma *niania*, d'un air connaisseur, attribuait à l'approche de la puberté. Je ne comprenais pas pourquoi messire le chat ne venait plus à nos rendez-vous, ni où était passée la lourde chaîne d'or qui le liait à moi plus fortement encore qu'au chêne autour duquel il tournait. Même mes amis si chers, Ivan, Piotr et Panteleï faisaient semblant de ne pas me reconnaître. On eût dit qu'ils avaient disparu, ne laissant derrière eux que leurs déguisements : des branches, des troncs et des écorces.

J'essayais de lutter, de retrouver mon monde merveilleux. Certes, les dragons étaient partis, mais je me disais que c'était parce qu'ils craignaient les pluies d'automne. Je parvenais encore à imaginer que ce grand bougre de rocher, là-bas, si humain dans ses formes, était un prince frappé d'un mauvais sort, mais je ne pouvais plus rien pour lui et, surtout, il ne pouvait plus rien pour moi. Il nous arrivait à tous les deux le même malheur : il était à tout jamais changé en pierre et moi, je devenais changé en homme. J'étais obligé de reconnaître que le monde des apparences, celui qui se prétendait réalité, avait plus d'un tour dans son sac et que, parmi ces tours, la fin de l'enfance était le plus sûr.

Je me demandais si je n'allais pas mourir, car à quoi d'autre pouvait me mener cette défaite qui m'obligeait à subir à présent les lois de la nature ? Et en effet, je commençais à avoir de la fièvre et des convulsions. Aniela s'affolait, signor Ugolini rôdait jour et nuit autour de moi avec sollicitude. On fit venir le médecin qui se prononça pour une application de sangsues. Mon père renvoya le médecin et ses sangsues. Il ne s'inquiétait pas outre mesure. J'étais, disait-il, en train de grandir un peu trop vite et mon enfance me quittait : c'était un processus douloureux. Dès que le cas serait franchi, je retrouverais toutes mes forces et oublierais le petit garçon et sa forêt enchantée.

Je sais aujourd'hui que mon père se trompait. Mais il ne pouvait prévoir que tout en demeurant fidèle aux traditions de notre tribu, j'allais emprunter une voie qu'aucun des nôtres n'avait encore suivie. Je ne serais pas, comme mon grand-père Renato, jongleur, escamoteur et danseur de corde, mais il me faudrait acquérir les mêmes ressources d'adresse, de souplesse et de ruse pour gagner la faveur du public et lui procurer ces moments d'oubli qui lui permettent ensuite de mieux ouvrir les yeux. Car l'art du paillasse, celui d'Homère et celui de Raphaël ont ceci de fraternel que le rire libérateur rend toutes les servitudes encore plus intolérables, comme la beauté de l'imaginaire rend insupportables les laideurs et les injustices de l'ordre des choses qui nous a été imposé. J'allais suivre la même voie que tous les Zaga mais j'allais laisser les astres à leurs jeux de toupies et à leurs travaux d'éclairage et, au lieu de les interroger sur notre destin, je serais le maître de mille destins que j'aurais moi-même créés.

Ainsi donc, mon père se trompait. Mon enfance n'allait jamais me quitter. Simplement, elle s'était cachée pour m'aider à mieux faire semblant d'être un adulte. Maternelle, elle voulait ainsi me permettre de me durcir, car il ne fait pas bon aller parmi les hommes lorsqu'on n'a pas appris à protéger d'une carapace solide ce roseau vulnérable et rêveur que l'on garde en soi. Ce n'est pas que les hommes soient délibérément méchants, cruels et acharnés à meurtrir, c'est seulement qu'ils ne savent pas tellement où ils mettent les pieds.

IV

Lorsque je me laisse ainsi emporter par les souvenirs, les ans, les visages et les événements se pressent dans ma mémoire et se bousculent dans le grand désordre panique des naufrages, quand il reste si peu de temps et que tout ne peut être sauvé. Je me hâte de saisir ce qui se présente un peu au hasard de ces vies si diverses que j'ai vécues : plus de trente volumes, déjà, rangés près de la fenêtre ouverte sur les marronniers en fleur, avec leur corps de ballet tout blanc. Le XVIIIe siècle me semble plus proche, plus présent même, que celui qui gronde dehors dans les embouteillages de la rue du Bac, mais il paraît qu'il en est souvent ainsi avec les très vieilles gens. Je me souviens mieux de ma vie en Russie, vers 1770, ou de mes rencontres avec Lord Byron, Pouchkine et Mickiewicz que de mes aventures qui ont failli si mal tourner, en 1920, à l'époque de la Révolution bolchevique, de Derjinski et de la Tchéka. Il en résulte qu'il m'arrive de négliger les règles d'une narration bien faite que je dois à mon cher public, lequel m'a toujours soutenu de sa confiance et m'a comblé de tant de bienfaits. C'est à lui que je dois mon petit confort et si j'ai à mon revers moins de décorations que mon grand-père Renato, c'est que ce dernier avait reçu les siennes à une époque où il suffisait de plaire, alors qu'aujourd'hui, dans les arts, les honneurs vont à ceux qui savent être déplaisants.

31

Mettons donc un peu d'ordre dans tout ça.

Renato Zaga avait eu trois fils, mon père Giuseppe était le plus jeune. Je n'ai jamais connu mes oncles. Je savais seulement qu'ils s'en étaient allés à l'aventure, chacun son chemin, dès l'âge de quinze ans. Leur destin me demeura pendant longtemps inconnu. Ce fut en lisant l'ouvrage que M. le comte Potocki, auteur aussi du *Manuscrit trouvé à Saragosse*, avait consacré aux automates, dont le goût était fort répandu de mon temps, que je retrouvai quelques détails de ce chapitre de notre chronique familiale. J'appris ainsi que l'aîné des trois frères, Mauro, avait rompu avec les siens, s'étant rebellé contre ce qu'il appelait, dans une lettre que j'ai retrouvée par la suite dans les papiers de mon grand-père, un « métier de *puta* ».

La lettre est assez extraordinaire par les sentiments très modernes qu'elle exprime ; on y sent passer le souffle d'une révolte qui devait mener un jour les jeunes saltimbanques à rompre avec la délectation. Je crois aujourd'hui que mon oncle Mauro était un précurseur, la première de ces têtes généreuses qui ne pouvaient admettre que l'art fût avant tout une fête. Noble idéal que celui de vouloir changer la vie et le monde au lieu de chercher à créer une planète heureuse que les hommes pourraient venir habiter le temps d'un livre, d'un beau tableau ou d'une symphonie. Il m'est arrivé de ressentir la même tentation, et même d'y céder, en m'efforçant de mettre dans mes œuvres autant de nobles et fraternelles aspirations qu'il est possible sans faire bâiller le lecteur.

Mais voici ce que dit la lettre de Mauro Zaga : « La vérité est que nous sommes une tribu de singes savants. Nous léchons la main des princes pour remplir nos bourses et pour nous faire caresser et nous nous efforçons de divertir le bon peuple et de lui faire oublier sa triste condition, au lieu de l'aider à se révolter contre elle. Nous œuvrons à détourner l'attention. Un jour viendra où ces avaleurs de feu que nous sommes se mettront à le cracher, et notre plus belle création sera l'œuvre des incendies que nous aurons ainsi allumés. Je vous baise la main très humblement, mon cher père, et vous souhaite bien des nouveaux profits, en vous quittant pour toujours. » Lorsqu'on pense que mon oncle Mauro, dès l'âge de onze ans, pouvait jongler avec cinq poignards et trois flambeaux allumés tout en dansant sur la corde, on comprendra quelle perte l'humanité avait subie.

Il fut aussi et surtout un véritable prodige du jeu d'échecs et fut exhibé en cette qualité à la Cour impériale. Il y a dans les Mémoires de la comtesse Stolytzine, écrits en français et publiés à Paris, une description de la partie que l'enfant génial avait livrée au fameux « Joueur d'échecs » du baron Hugo Kreutz. Ce personnage étrange avait construit un automate dont le cerveau mécanique était si bien agencé qu'il était capable de vaincre le meilleur joueur d'Europe. Il s'agissait en réalité d'une tricherie, puisque l'automate dissimulait le Polonais Zborowski, dont l'histoire jadis fort connue semble avoir été oubliée depuis.

Elle mérite d'être rappelée.

Zborowski, dont la maîtrise sur l'échiquier était exceptionnelle, et qui faisait de gros gains en se mesurant avec les seigneurs aux bourses bien garnies, était un débauché aux goûts plus que dépravés. Au moment de sa disparition, il était recherché pour le meurtre de trois femmes, lesquelles mettaient pourtant beaucoup d'empressement à se plier aux exigences de ceux qui les payaient. J'ai raconté ailleurs cette histoire ; qu'il me suffise de rappeler ici l'idée extraordinaire que le Polonais avait eue pour se mettre à l'abri de la justice, tout en continuant à tirer des bénéfices de ses dons. Fuyant Königsberg, où la police l'avait repéré après son dernier sabbat meurtrier, il s'était réfugié auprès de son ami Kreutz, horloger à Riga. Ensemble, ils mirent au point un automate qui fut ensuite imité plusieurs fois, entre autres par le Français Houdin. C'était un mannequin de fer vêtu à l'allemande, et dont le visage de cire avait des traits si cruels et des yeux si perçants qu'il était difficile d'en soutenir le regard. Zborowski se dissimulait à l'intérieur de ce chevalier infernal et jouait la partie. Imaginez le bras levé de l'automate s'abaissant d'un mouvement saccadé et implacable vers l'échiquier de marbre, les doigts de fer se refermant sur une pièce et la faisant avancer, cependant que les yeux à la fois morts et maléfiques du Joueur ne quittaient pas un instant le visage de l'adversaire, et vous comprendrez l'effet produit sur celui qui se mesurait avec cette statue du Commandeur, d'autant que Zborowski était un maître du jeu. L'impression d'une intelligence supérieure venant de cette *chose* troublait les esprits les plus forts. Il ne venait à l'idée de personne qu'un homme pût être caché à l'intérieur. Il y avait du reste, au dos du chevalier de fer, plusieurs verres optiques par lesquels les incrédules étaient invités à jeter un regard, et Kreutz avait eu l'habileté véritablement diabolique, au lieu de laisser entrevoir dans le champ de ces lunettes quelques rouages métalliques, d'y placer avant chaque partie d'abominables viscères dont la vue suffisait à épouvanter les curieux.

Il existe une théorie selon laquelle Zborowski n'aurait nullement été l'auteur des crimes qui lui étaient imputés, mais qu'il était un égalitaire, imbu d'idées révolutionnaires et athées, ennemi de Dieu et du pouvoir absolu et animé d'une haine du roi qui ne se limitait pas au roi de l'échiquier. Tout ce que l'on sait de certain, c'est que sa tête était mise à prix dans toute l'Europe. C'est donc à lui que mon oncle Mauro Zaga, alors âgé de neuf ans, fut opposé le 22 octobre 1735 à Moscou, dans le palais de la vicomtesse Tcherdatov, où se trouve aujourd'hui le cercle des écrivains soviétiques. Voilà en quels termes la princesse Stolytzine décrit la partie entre l'enfant et l'automate qui cachait un des plus grands maîtres que l'histoire du noble jeu ait connus. « L'enfant portait un habit de soie blanche et il fit son entrée dans le salon en tenant la main de son père, signor Zaga. Il ressemblait peu à ce dernier dont les traits étaient forts, aigus, rappelant ceux des pirates barbaresques, les yeux vifs et rapides ; les lèvres minces paraissaient figées au bord d'un sourire narquois. Le petit Mauro avait une figure angélique et des yeux d'une grande beauté, où l'on ne trouvait cependant point cette innocence, cette naïveté propres à un âge aussi tendre. Il y avait dans ce regard très sombre une sorte de sévérité et une petite flamme s'y allumait parfois, faisant penser moins au ciel du pays des mandolines et des chansons qu'à quelque indignation profondément ressentie. L'automate du baron Kreutz était déjà en place au milieu du salon et l'enfant, après s'être incliné gracieusement et avec beaucoup de dignité devant l'assistance, se dirigea d'un pas ferme vers le Joueur. Il le contempla un instant attentivement, avec gravité, puis sourit, et il me parut que la machine, malgré son masque impassible et ce regard fait de je ne sais quelle pierre brûlante, fut décontenancée. Il s'agissait là, bien sûr, d'une illusion, car nous étions tous troublés par cette créature, dont Kreutz nous avait invités quelques instants auparavant à contempler les abominables entrailles. Le Joueur, avant de commencer la partie, tenait toujours les bras levés en l'air, légèrement écartés et repliés, avec les mains plus hautes que les coudes, dans une immobilité de *rigor mortis*, comme s'il s'apprêtait à saisir l'enfant dans son étreinte de fer. La salle était bien éclairée et les lustres et miroirs échangeaient leurs lueurs. Nous faisions cercle autour de la machine ; les hommes affichaient des sourires amusés pour rassurer les dames ou pour se rassurer eux-mêmes. L'enfant, cependant, continuait à fixer son adversaire. On eût dit qu'il le connaissait et même que, d'une certaine façon mystérieuse, ils partageaient le même secret. Mais sans doute était-il simplement fasciné par ce qui devait lui apparaître comme un merveilleux jouet. Il s'assit ensuite dans le fauteuil qu'on avait placé pour lui en face de celui que Kreutz appelait " Le Maître " ; on dut mettre deux coussins l'un sur l'autre sous ses pieds, car ils ne touchaient pas le parquet. Signor Zaga, le père du jeune prodige, se tenait un peu à l'écart, ne voulant sans doute pas faire croire qu'il conseillait son fils par quelques gestes entendus entre eux. Ses lèvres fines s'appliquaient toujours à retenir leur sourire ; il portait un mouchoir rouge autour de la tête et une boucle en or à l'oreille ; son teint était foncé, presque brun, peut-être la marque des origines égyptiennes dont il se réclamait. C'était un homme très apprécié pour les guérisons qu'il avait obtenues grâce à sa connaissance des herbes médicinales et d'aucuns affirmaient même qu'il leur avait rendu la santé par simple imposition des mains. Selon l'habitude, l'enfant prit une pièce blanche et une pièce noire et les cacha derrière son dos, après quoi il tendit en avant ses deux poings fermés. Alors, le bras droit de l'automate se détendit par saccades, avec un bruit de rouages et des craquements métalliques, et la main de fer toucha la menotte gauche de l'enfant. Celui-ci ouvrit le poing : c'était une pièce noire. Il avait donc les blancs et devait jouer le premier. La partie commença. Je suis fort peu initiée aux arcanes de ce jeu venu des temps les plus lointains, mais la partie n'avait pas duré longtemps lorsque le petit Vénitien, avançant soudain hardiment sa reine dans le camp ennemi, leva les yeux vers l'adversaire. Son visage était devenu très grave, presque triste. On eût dit qu'il regrettait un peu d'avoir à faire de la peine à un monstre aussi intéressant. L'automate ne réagissait pas, les deux bras à demi levés, dans ce geste d'étrangleur pétrifié. Le baron Kreutz, qui se tenait à l'écart, car on l'avait accusé de manipuler secrètement la machine, fit un pas en avant ; il avait pâli. Et, alors que tous nos regards étaient tournés vers ce masque inhumain que l'automate présentait au monde, nous perçûmes clairement un affreux grincement, un chevrotement qui montait des profondeurs de la chose, mi-ricanement, mi-sanglot et qui suscitait la répulsion, car il était à la fois mécanique et vivant, inspirant en même temps le dégoût et la pitié. Brusquement, le bras droit du monstre s'abattit d'un seul coup sur l'échiquier et le balaya. L'enfant avait gagné. Il est vrai que le baron Kreutz nia l'évidence et affirma hautement que la possibilité d'une défaite de sa machine était exclue. Il s'agissait selon lui d'un simple accident mécanique, d'une défaillance des rouages intérieurs du Joueur, induite par le climat humide de Saint-Pétersbourg et la rouille que celui-ci avait provoquée. Sa machine, clamait-il, avait séjourné beaucoup trop longtemps dans l'air de la Néva, contrariant à sa nature. Il allait procéder à certaines réparations et la partie allait être reprise là où elle s'était interrompue. Mais cette nouvelle partie n'eut jamais lieu. Kreutz, d'ailleurs, disparut de Saint-Pétersbourg quelques jours plus tard. »

Si je me suis étendu quelque peu sur cet épisode, c'est qu'il montre bien sous quels heureux auspices s'étaient accomplis les débuts dans la vie de mon oncle Mauro. Pour un Zaga, il est difficile de comprendre qu'un jeune homme comblé de tels dons pût refuser d'en tirer parti, ce qu'il fit pourtant dès l'âge de quatorze ans, révélant ainsi une nature tourmentée et rebelle. Après avoir écrit la lettre déjà mentionnée sur les *putas*, amuseurs, laquais et singes savants, il disparut. Mon père, qui n'aimait pas en parler, pressé par moi de questions, finit par me dire que Mauro s'était mis à étudier les sciences exactes, les mathématiques et la mécanique, était devenu pour quelque temps précepteur des enfants de l'Électeur de Saxe mais fut éconduit, car on avait jugé son enseignement empreint des idées néfastes que l'on propageait alors en France.

L'histoire du Joueur d'échecs a exercé sur moi une profonde fascination, au point que dans mes courses à travers l'Europe, je n'ai jamais cessé de fouiller chez les marchands de curiosités et les brocanteurs, dans l'espoir de retrouver la machine du baron Kreutz.

Un jour, alors que les dernières nouvelles de son fils

prodigue dataient déjà de quinze ans, Renato Zaga reçut un cadeau inattendu. Il avait été amené à Lavrovo par la chaise de poste de Grodno, escorté par un individu tout de noir vêtu, au visage glabre et qui sentait son luthérien à cent pas. Pendant que les passagers de la chaise étaient invités à se rafraîchir, ce qui ne réussit pas à calmer leur indignation — les chevaux avaient dû faire un détour de quinze kilomètres pour toucher notre domaine — le visiteur, avec un sourire qui découvrait des dents de cheval jaunes, défit avec force précautions le grand paquet cousu de toile qu'il avait déposé sur le *kriltzo*. Apparut ainsi peu à peu aux yeux de mon grand-père Renato, de sa femme Carletta, de ses deux fils et des gens de maison, un objet qui montrait bien l'idée que l'aîné de la famille se faisait des enchanteurs et de tous ceux qui dispensaient de l'art les douces consolations.

L'automate représentait, soigneusement protégée des circonstances extérieures par une cloche de verre, l'illustre tribu des Zaga dont on reconnaissait fort bien les traits dans ceux des singes savants portant habit de cour. Chaque petite bête accomplissait un de ces tours qui avaient valu à notre tribu la bienveillante protection des princes et aussi la gratitude du populaire, car ce dernier, ne trouvant pas son compte dans la réalité, sait gré à tous ceux qui l'aident à l'oublier. On appuyait sur un petit levier et aussitôt les singes amuseurs se mettaient en action. Mon grand-père, que l'on reconnaissait fort bien à son poil gris, à son grand nez crochu de polichinelle et à son sourire rusé, dirigeait les autres, un bâton de chef d'orchestre à la main. Quant à mon père, il ne s'arrêtait de marcher sur les mains que pour apposer un baiser sur les fesses d'un singe-prince, et mon oncle Luccino, une main sur le cœur, chantait d'une voix de *castrato* un des airs dont ces eunuques enchantent le parterre. Lorsqu'on saura que l'impie avait également représenté en singe-reau ma grand-mère Carletta, soprano, dont l'organe avait fait pendant vingt ans les délices de la Cour de

Russie, qu'il avait poussé le persiflage jusqu'à entourer notre chère famille de caniches funambules et pitres faisant leur numéro, et que tout cela se passait au son d'une petite musique moqueuse, fort peu plaisante à l'oreille, on aura compris quelle haine pour tous ceux qui ne cherchent qu'à donner du plaisir habitait le cœur de cet anarchiste avant la lettre et de ce terroriste d'avant les bombes. Le luthérien, pendant ce temps, observait la famille, découvrant ses dents dans un sourire auquel il ne manquait qu'un hennissement. Ayant ainsi étudié l'effet produit, sans doute pour faire ensuite son rapport, il parut satisfait et se cassa en deux dans une courbette exagérée, balayant le sol avec son chapeau et mon père, me contant l'affaire, dit que le sourire du faquin, venant de si bas, paraissait avoir trouvé sa vraie place. Puis il croassa, en allemand :

— De la part de votre fils, l'illustre docteur Cornélius, philosophe mécaniste, grand réparateur des rouages rouillés du monde, ennemi des tyrans et auteur de traités savants, avec ses compliments...

D'où mon grand-père conclut, non sans quelque fierté, tout en se répandant contre l'ingrat en imprécations de gondolier, que le fils prodigue, bien qu'il eût rejeté jusqu'au nom de la famille, n'avait point trahi la voix de son sang. Il avait simplement changé de public, ayant flairé que celui des princes avait fait son temps et qu'à certains remous qui agitaient le populaire on pouvait pressentir que celui-ci allait avoir bientôt davantage à offrir à ses fournisseurs : à âge nouveau, illusions nouvelles.

Renato Zaga mourut sans avoir revu son fils, mais convaincu que l'aîné, ayant fait peau neuve, allait porter l'art de tromper son monde à des sommets nouveaux, en procurant aux peuples des visions enivrantes et en leur révélant un avenir radieux, sans nulle aide des astres et des tarots, et par la seule puissance des idées.

Il se trompait. Homme d'un autre âge, il n'avait pas compris qu'avec son fils Mauro, la grande tradition de l'illusionnisme était parvenue à un tournant et allait connaître cet avatar que l'on appelle « goût de l'authenticité ». Dès les premiers éclairs et foudres de la Révolution française, Mauro Zaga courut à Paris. Intimement mêlé à toutes les péripéties de ce beau tremblement de terre dont notre corporation sut tirer un si beau parti, il monta à l'échafaud dans la même fournée qu'André Chénier, tout heureux, sans doute, d'accéder enfin à l'authenticité. Il avait alors soixante-dix-sept ans, le plus vieil enfant à offrir sa tête au rêve.

Il me reste enfin, pour que le lecteur se sente tout à fait chez lui parmi nous, à dire quelques mots de mon oncle Luccino, bien que mon père se fût toujours montré d'une extrême discrétion sur ce pénible sujet.

Mon oncle Luccino avait, comme on dit, des « mœurs ». Lorsque je regarde son portrait, je suis toujours frappé de constater à quel point il avait l'air russe. Pourtant, nous n'avions pas une goutte de ce sang dans nos veines, étant toujours allés chercher épouse en Vénétie, où les femmes ont un sang vif et généreux, propre à perpétuer les talents de la tribu. Luccino était blond, avec un teint de pêche et des fesses qui n'étaient pas sans évoquer par leur rondeur le même fruit ; il avait des pommettes saillantes et des yeux pervenche sous des cils langoureux. Il était doué d'une voix admirable, qui paraissait prendre naissance, si j'ose dire, à la source de son mal. C'était une de ces voix de contralto qui évoquent irrésistiblement les belles poitrines opulentes. La Russie ignorait l'institution italienne des *castrati*, et la voix de Luccino, que celui-ci conserva avec l'aide d'un spécialiste de Padoue jusqu'à un âge respectable, fut considérée comme un miracle de la nature. J'ai souvent remarqué que ce qu'il est convenu d'appeler « miracle de la nature » ne doit rien aux miracles et parfois encore moins à la nature. Tel était bien le cas de mon oncle Luccino. Tout ce qui s'était atrophié ici s'était épanoui là, sans doute par compensation. Il fut acclamé dans toute l'Europe, bien que, selon une de ces méchantes gazettes de Venise, « il ne pût même plus s'asseoir ». Il fut payé là-bas jusqu'à vingt-quatre mille ducats pour un concert, par souscription publique. En 1822, alors que je me trouvais dans une loge de la Scala de Milan avec Mme de Retti, le comte Alberto Signi et quelques autres, dont un Français qui ne cessait de parler, en intercalant tous les quelques mots une expression anglaise, le plus souvent à contresens, nous entendîmes soudain un grand brouhaha et toute la salle se leva et se mit à applaudir. Cela se passait en pleine action sur scène : on donnait *Nausicaa*, avec la Bordieri. Il est peu commun de voir un public se lever et applaudir en tournant le dos à la scène et aux chanteurs ; je me penchai pour voir ce qui se passait. Je vis entrer, entourée de trois ou quatre mignons, une sorte de duègne dont le visage trop fardé, les boucles blondes soigneusement frisées, les traits et les mouvements voluptueux semblaient démentir les vêtements d'homme. Il tenait dans une main une canne d'ivoire à pommeau d'or et de diamant, et dans l'autre, un de ces éventails japonais, alors très à la mode. Je n'avais jamais rencontré mon oncle Luccino qui avait déjà quitté la Russie au moment de ma naissance. Mais je connaissais son portrait, qu'il avait envoyé à mon père comme cadeau de mariage et je le reconnus sans peine. Il y avait quelque chose de si cruel et de si monstrueux dans l'apparition de ce vieillard qui se dandinait, caressant ses boucles blondes, que je crus sentir passer sur la salle le souffle inspiré de notre auteur commun, Celui qui nous a conçus tous dans l'ennui de son éternité, par besoin de divertissement, et quel que fût le prix payé par ses créations, ainsi mises au monde. Mon voisin français en frac moutarde dont je ne sus que plus tard le nom, qui observait l'apparition à travers son face-à-main, me toucha le coude.

— On dit que pour entretenir ses admirables cordes vocales qui triomphent si allégrement de l'âge, il se rince matin et soir la gorge avec du...

M. Beyle avait de l'esprit.

De toute notre tribu, et de tant d'autres, les Giacotti,
Gatti, Podesta et Soggi, il me semble que ce fut mon
père qui atteignit l'apogée du métier, dont il sut faire
jouer admirablement toutes les cordes, en y ajoutant
toujours de nouvelles. Le nom d' « enchanteurs » nous
fut donné pour la première fois par Valériano, au
XIIᵉ siècle ; il se référait à Merlin et signifia bientôt, par
extension, nous dit le dictionnaire de M. Littré : « Agir
sur les hommes par une action comparée à un enchantement. » Le terme eut bien des avatars, allant d'un
sens à l'autre, du « Les faux prophètes les enchantent
par les promesses d'un règne imaginaire » de Bossuet,
ou « Il faut d'un peuple fier enchanter les esprits » de
Voltaire, ce qui revient du reste au même.

Giuseppe Zaga était magnétiseur, alchimiste, astrologue et guérisseur. Il se faisait aussi appeler « archilo-
gue », mot dont il se refusait à divulguer le sens exact,
car cela eût été une indiscrétion quant à la nature
exacte de ses pouvoirs et des sources dont il les tirait,
ce qu'il lui était interdit de révéler. Comme il était de
tradition chez les enfants du *broglio*, l'apprentissage
auquel il fut soumis dès son plus jeune âge par mon
aïeul Renato, passait par ce que mon père qualifiait
ironiquement d' « études classiques ». Cela allait des
aimables adresses de jongleur, danseur de corde et
ventriloque à celles, plus vulgaires, mais dont Dickens

sut tirer un si admirable parti dans *Oliver Twist*, de *pick-pocket*, ou escamoteur, comme on disait alors. Le but de ces exercices était de développer le coup d'œil, la vivacité du geste, la souplesse et la témérité : c'était en somme l'*a b c* de l'art.

Mon père Giuseppe Zaga avait ébloui par ses dons non seulement le public de Russie, où le climat était alors particulièrement propice aux talents venus d'Occident, mais aussi les cours allemandes. C'était un temps où les princes cherchaient le divertissement jusque dans l'au-delà et où les bouffons passaient de mode et allaient bientôt céder la place aux philosophes. Mais ce fut peut-être comme guérisseur qu'il se rendit le plus célèbre et si les moyens auxquels il avait parfois recours pouvaient paraître des charlataneries à certains de ses contemporains, les ressources étonnantes de la psychologie, de la suggestion et de l'hypnose sont aujourd'hui trop connues pour qu'on puisse dénier à mon père le titre de pionnier. Il est peut-être intéressant de noter qu'il exerçait ses talents, ou, pour employer le propos fielleux de Casanova à son sujet, qu'il « sévissait » uniquement dans les sphères les plus élevées de la société. Non qu'il fût indifférent aux souffrances des humbles mais, bien au contraire, parce qu'il estimait qu'à cette époque « les maux dont le peuple souffrait ne devaient rien à la psychologie et beaucoup trop à la réalité pour qu'on pût y parer par les ressources de l'art », et que « la faim des humbles n'est pas de celles que l'on peut nourrir de transcendance ». J'ai trouvé ces phrases dans une lettre citée par M. Philippe Erlanger.

Le nom de Giuseppe Zaga figure fréquemment dans les mémoires de l'époque ; voici cependant le portrait qu'en trace la baronne Kotzebue : « M. de Zaga était à Vienne depuis le mois de septembre et il y faisait un bruit incroyable, prétendant guérir toutes sortes de maladies. On le disait tantôt Arabe, tantôt Juif converti ; cependant son accent était plutôt italien ou piémontais. J'ai su depuis qu'il était de Venise. Jamais

43

une physionomie plus remarquable ne s'était offerte à mon observation. Il avait surtout, ainsi que me l'avait annoncé Mme d'Oberkirch, un regard d'une profondeur presque surnaturelle. A la vérité, je ne saurais rendre l'expression de ses yeux : c'était en même temps de la flamme et de la glace ; il faisait peur et inspirait une curiosité insurmontable. On tracerait de lui dix portraits différents, ressemblants tous les dix et aussi dissemblables que possible. Il portait à sa chemise, aux chaînes de ses cinq montres, dont chacune, arrêtée, indiquait l'heure fatidique de quelque grand personnage dont il taisait le nom pour ne pas semer le désarroi et susciter des intrigues, ainsi qu'à ses doigts, des diamants d'une grosseur et d'une eau admirables. Il prétendait les fabriquer lui-même. Il fut placé à ma droite au cours du dîner et, au dessert, comme en se jouant, il consulta une de ses montres et nous annonça la mort de l'impératrice Marie-Thérèse. Nous sûmes plus tard qu'à l'heure où il nous faisait cette triste prédiction, la grande souveraine rendait son dernier soupir... »

L'aimable baronne semble nous avoir donné là le portrait de Cagliostro plutôt que celui de mon père. Giuseppe Zaga ne s'abaissait pas à ce genre d'esbroufe, ses diamants ne devaient rien à l'athénor, car il se bornait à y fabriquer de l'or, selon des méthodes scientifiques, et il avait depuis longtemps laissé aux débutants soucieux de se faire remarquer le petit numéro des montres fatidiques. Les deux hommes étaient d'ailleurs en rivalité et se détestaient cordialement, comme il se doit entre un Vénitien et un Sicilien. Lorsque Cagliostro vint en Russie et tenta de se substituer à mon père dans les bonnes grâces de l'impératrice, l'auteur de mes jours n'en fit qu'une bouchée. Les médecins s'efforçaient alors de guérir la constipation chronique dont la souveraine souffrait cruellement et le Sicilien prétendit être venu à Saint-Pétersbourg uniquement pour la soulager. Il lui présenta une poudre d'argent douée de puissantes propriétés évacuatrices. Mon père avait à sa solde le préposé au pot de chambre de Catherine; celui-ci s'arrangea pour substituer à la décoction purgative de Cagliostro une potion faite de mauve, d'ortie, de renouée des oiseaux et de prêle, dont les vertus constipantes sont puissantes et connues. L'impératrice fut prise d'une telle obstruction que, le douzième jour, menacée d'éclatement, elle fit venir en toute hâte mon père, lequel blâma la recette du charlatan sicilien et fit absorber à l'illustre malade une dose copieuse de son propre remède, dont je donnerai plus tard ici les herbes composantes, car le passage des siècles n'a en rien diminué les vertus de ces plantes bienfaisantes. Cagliostro fut invité à déguerpir au plus vite, ce qu'il entreprit, non sans avoir fait à mon père une scène de charretier et après que la toujours belle et active Séraphine eut obtenu du général-comte Demetiev un collier d'émeraudes en échange de ses faveurs, ce qui dut donner aux médecins bien du travail.

Je n'ai donc point gardé de mon père, qui était déjà dans la force de l'âge quand je suis venu au monde, une image aussi inquiétante que celle que nous en donne la baronne Kotzebue. Ses traits me paraissaient bons et doux, un peu lourds, portés à exprimer la mélancolie, surtout après les repas. Il était menacé d'embonpoint; son regard de « sombre Vénitien », comme disent les peintres, était empreint de langueur et de vague, car il avait des digestions difficiles. Lorsque la poudre et la perruque eurent passé de mode, il se laissa pousser une grosse moustache, qui faisait, je le crains, un peu gendarme ou douanier, surtout quand il se mettait à chanter, car il était grand amateur de *bel canto*. Mais lorsqu'il allait dans le monde, il se produisait en lui un changement étonnant. Son visage se voilait de mystère; le regard prenait une étrangeté inquiétante, tantôt se creusant pour devenir insondable, tantôt au contraire s'aiguisant jusqu'à vous pénétrer comme une lame; les lèvres sensuelles se durcissaient; le nez s'arquait dans une courbure propre aux oiseaux de

45

proie, et l'ensemble des traits se figeait, comme pétrifié sous l'effet de quelque présence intérieure menaçante. Il troublait, mettait mal à l'aise ; parfois un rapide sourire glissait sur le masque, aussitôt envolé. Les hommes en sa compagnie ne conservaient leurs expressions légèrement ironiques qu'à force de rictus ; les dames respiraient plus vite ; c'était du grand théâtre. On disait qu'il faisait appel à l'hypnose dès qu'il entrait dans un salon, mais c'était se montrer ignorant des limites de cette science et des conditions précises qu'exige sa pratique. On l'imaginait acoquiné avec le Destin et on cherchait à profiter de ce cousinage qu'on lui prêtait pour s'attirer les bonnes grâces de cet illustre indifférent.

Je l'aimais très tendrement. Installé sur ses genoux, devant le feu, je l'écoutais évoquer Venise, notre patrie, cependant que la neige russe tournoyait dehors dans la nuit où résonnaient les cloches de Sainte-Vassilissa. Dans ses récits, mon grand-père Renato tenait naturellement une grande place. Il incarnait à merveille l'esprit de la fête vénitienne et, à en croire mon père, ce fut de Renato Zaga, son ami, que Tiepolo s'était inspiré pour jeter sur le papier les premiers croquis de ses polichinelles. Il m'est difficile de dire, la tradition variant là-dessus selon les humeurs de mon père, par quel tour d'adresse le jongleur de la place Saint-Marc, parvenu en Russie après avoir versé dans le péché du sérieux, capital aux yeux de l'Inquisition, se mua en philosophe, architecte, humaniste et « esprit européen », ainsi que le qualifiait avec émotion dans son journal le marchand Rybine, mais il fit en tout cas fortune. Il bâtit et dirigea le premier théâtre à l'italienne de la capitale, y fit venir les meilleures troupes de l'époque et Tozzi lui-même y joua Arlequin en 1723. Lorsque la vieillesse s'en prit à ses os et ensuite à sa parole, et qu'il fut sur le point de mourir... Mon père s'interrompit, soupira, contempla sombrement le feu... C'était la première fois qu'il me parlait de la mort, car il était de tradition chez nous de ne jamais mentionner cette déconfiture. J'attendais. Les fenêtres étaient couvertes de blancheur ; le grand froid, dehors, qui était l'haleine du géant Kouss-Oukouchou venu errer dans les rues à la tombée de la nuit, prêt à saisir par le nez les enfants qui traînent encore et à les ramener à la maison, faisait craquer en mille rides le givre sur les vitres. Je me blottissais contre la large et puissante poitrine paternelle, touchant prudemment le bout de mon nez pour m'assurer qu'il était toujours là, car on ne savait jamais, le géant Kouss-Oukouchou pouvait avoir le bras long.

— Papa, murmurais-je, pour me faire délicieusement peur plutôt que pour être rassuré, est-ce que cela veut dire qu'il peut nous arriver de mourir ?

Je fus soulevé par un grand soupir de la poitrine paternelle.

— Cela peut en effet arriver. Il est donc plus prudent de te couvrir chaudement, quand tu vas patiner.

J'éprouvai soudain le besoin de me faire aimer encore davantage.

Je n'avais pas connu ma mère et je n'avais jamais assez d'amour.

— Je me suis tenu ce matin debout sur une seule main, annonçai-je fièrement. Et hier, j'ai dansé dix minutes sur la corde.

— C'est bien, dit mon père. C'est très bien. Il faut continuer, tu seras peut-être un grand écrivain.

J'ai appris depuis que chez les saltimbanques du *broglio*, comme chez ces illusionnistes du Caucase et de Turquie, jadis si appréciés, la mort était considérée comme un moment de vérité et d'authenticité absolument répugnant et qu'on ne prononçait ce mot, lorsqu'on ne pouvait l'éviter, qu'entre deux crachats. C'était la fin de tous les tours d'adresse, d'astuce et d'escamotage, qui compromettait la qualité du spectacle en vous faisant rater votre numéro. Lorsque mon aïeul Renato sentit, à l'âge de quatre-vingt-six ans, qu'il allait falloir changer de planches, il fit venir auprès de lui mon père et Luccino Zaga. D'une voix

47

encore ferme, il leur communiqua alors « les deux secrets profonds et bienheureux de toutes choses », ainsi qu'il s'était exprimé avec ce fort accent italien dont nous ne nous sommes jamais départis, quels que fussent les pays qui accueillaient nos campements et où nous jetions notre semence.

Mon père se tut, comme regrettant d'en avoir trop dit. Sa main s'était immobilisée sur ma tête, suspendant sa caresse. Le bonhomme de feu se tortillait, dansait, chantait et croquait joyeusement les bûches. Je lui enviais son chapeau pointu, son costume si gai aux couleurs qui ne cessaient de changer, allant du rouge au jaune, de l'orange au vert et au pourpre et qui me faisait toujours penser au costume d'Arlequin que signor Ugolini gardait dans son coffre. Dehors, dans la nuit de glace, des anges minusculissimes descendaient lentement du ciel, tournoyaient, collaient le nez aux vitres et nous regardaient. Sans doute voulaient-ils eux aussi connaître les deux secrets « profonds et bienheureux » du grand-père Renato. Mon père semblait m'avoir oublié. Son regard était perdu dans le vague : nous avions eu de l'oie farcie au dîner. Je ne voulais pas le presser, bien que mon cœur battît très fort et que la curiosité me dévorât. Je le laissais prendre son temps. Je comprenais déjà, d'instinct, l'avantage des effets bien préparés et le plaisir de la satisfaction délicieusement retardée, ce qui me fut d'un grand secours, aussi bien auprès de mon cher public qu'auprès des dames. Mais ma jeune impatience prit le dessus.

— Quel était le premier secret ?

Mon père sortit de sa rêverie.

— C'est un livre, dit-il. Un très beau livre, richement relié, et s'il ne contient à l'intérieur que quelques feuillets blancs, chacune de ces pages vides nous enseigne une admirable leçon et nous donne la clé de la vérité la plus profonde...

— Comment ça ? Puisque tu me dis que rien n'est écrit sur ces pages ? S'il n'y a que du vide...

— Justement. Les pages blanches signifient que rien

n'a encore été dit, que rien n'est perdu, que tout reste encore à créer et à accomplir. Elles sont pleines d'espoir. Elles enseignent la confiance dans l'avenir.

J'étais terriblement déçu.

— C'est tout ? Il n'y a pas quelques mots magiques qu'il suffirait de prononcer pour que tous nos vœux soient exaucés ?

— Il existe beaucoup de mots, beaucoup de formules — et il y en aura de plus en plus — qui montrent le chemin du bonheur sur terre et promettent la réalisation de tous nos rêves les plus anciens, dit mon père. Les bibliothèques en sont pleines. Mais elles ne figurent pas dans les pages de notre Livre, car c'est un Livre sage, un Livre malin. Il veut nous épargner les souffrances, le sang versé, les chutes cruelles. C'est un Livre fait de méfiance, d'expérience, mais aussi d'une grande confiance dans l'avenir, d'optimisme...

Je n'étais pas content du tout. Ce n'était pas ainsi que j'imaginais le secret « profond et bienheureux de toutes choses ». Mes vieux amis les chênes de Lavrovo me paraissaient en savoir plus long et leur murmure m'avait révélé des secrets autrement intéressants. Ce fameux Livre ne semblait même pas capable de me révéler la formule magique qui m'aurait permis de faire marcher, danser et jouer avec moi le bonhomme de neige que j'avais bâti dans la cour, et qui me désolait par son immobilité lourde et son air bêta.

Mon père sentait bien qu'il n'aurait pas dû me mettre de telles idées en tête, que j'étais encore bien trop jeune pour tirer profit de la sagesse souriante et ironique du grand-père Renato. Il m'offrit le lendemain un magnifique traîneau avec des clochettes plus gaies encore que celles de notre troïka, qui me fit bien vite oublier ce Livre, lequel n'étant point écrit, nous fait à chaque page de si merveilleuses promesses.

Qu'on n'aille pas s'imaginer que Giuseppe Zaga était un cynique. C'était tout simplement le fils d'une fête humaine dont aucun désespoir ne viendra jamais à bout. Lorsqu'il me parla plus tard de l'amour, de la vie et de ses trésors, des richesses inépuisables de l'âme, ce ne fut point en profiteur, pour m'inviter à y plonger un jour à pleines mains. Les enchanteurs n'étaient point ces parasites de tous les espoirs secrets de notre rêveuse humanité que l'on a bien voulu dire. Je m'inscris en faux contre l'article calomnieux publié par M. de La Tour dans la page littéraire du *Journal de Genève*, en novembre 1933, où l'auteur affirme que « Giuseppe Zaga, comme Nostradamus, Cagliostro, Saint-Germain, Casanova et tant d'autres charlatans, ne voyait dans l'âme humaine qu'une sorte de coffret contenant des joyaux et source de profits sans fin pour ceux qui savent y puiser ». Voilà une accusation bien gratuite ; elle peut être portée aussi bien contre ceux que son auteur appelle les « pique-âmes » que contre Michel-Ange ou Tolstoï. Je me souviens que mon ami Thomas Mann en fut indigné, car il se faisait de l'artiste et de son intégrité une idée exaltée. Il serait plus vrai de dire que mon père savait que le temps des chaudrons de sorcières, des philtres d'immortalité et des magiciens était révolu, que celui des alchimistes et des « pouvoirs surnaturels » allait bientôt l'être, et que le public, dont les goûts changeaient rapidement, allait bientôt demander à des talents plus subtils de lui fournir ces provisions d'espoir, de rêve et de confiance dans l'avenir qu'il faut aux hommes pour continuer à se soumettre et à subir.

Mais il y avait aussi autre chose et un des dangers qui ont toujours menacé notre tribu était déjà en train de miner secrètement mon père : pour avoir trop pratiqué l'illusion, il commençait à rêver de pouvoirs authentiques. Puisque M. de La Tour n'hésite pas à prononcer le mot « tromperie », disons, en employant son vocabulaire, que Giuseppe Zaga, après avoir beaucoup trompé son monde, commençait à éprouver le besoin d'accéder à cette maîtrise supérieure qui consiste à se tromper soi-même.

Mais trêve de polémiques. Revenons au palais Okhrennikov que la neige couvre de son calme, au bonhomme de feu qui se démène sur les bûches, si soucieux de plaire, un vrai petit saltimbanque...

Mon père se taisait. J'entendais le tic-tac de sa montre dans son gousset ; il m'avait expliqué que c'était la voix d'un très vieux *bürger* de Dresde, qui vivait à l'intérieur du boîtier et faisait tourner les aiguilles ; il était grincheux, paresseux et il fallait lui serrer la vis tous les soirs. J'écoutais le tic-tac et je voyais clairement *der alte Hess* qui s'affairait dans son logis, avec ses jambes minces comme des fils, son habit en drap vert de Saxe, sa perruque et sa tabatière, et j'en oubliais de demander quel était le deuxième secret ineffable que mon aïeul Renato avait confié à ses fils avant de mourir. Le lendemain, je m'emparai de la montre que mon père avait laissée sur sa table de travail et, armé d'un couteau, j'ouvris le boîtier et mis la montre en pièces, pour aider le bonhomme à sortir ; je ne le trouvai point, ce qui prouvait qu'il était encore plus petit que je ne le croyais. Il m'arrive aujourd'hui de penser que ce furent là mes débuts de romancier.

Bien des années plus tard, alors que j'avais déjà publié et que le public commençait à me prêter l'oreille, un peu comme j'écoutais jadis moi-même le tic-tac du personnage enfermé dans son boîtier en or, je me suis souvenu des deux secrets de mon illustre ancêtre. Mon père habitait alors avec moi, vieille ombre déjà à demi estompée dans ma mémoire si usée par le passage des ans. Je dois avouer aussi que les autres vies que j'avais vécues depuis mes débuts si lointains avaient requis mon attention, si bien que mon père avait perdu un peu de cette précision de contours que je m'efforce ici de lui rendre. Je lui demandai donc quel était le *deuxième* secret, la deuxième vérité « profonde et bienheureuse », selon l'évangile de saint Renato. Il avait suffi de cette question pour que Giuseppe Zaga sortît de son effacement et pour qu'apparût dans son regard une petite lueur noire d'ironie, ce feu follet qui semblait avoir franchi en un clin d'œil les âges qui nous séparent de la

51

première nique d'Arlequin au Destin, sur les tréteaux de la place Saint-Marc.

— Eh bien, dit-il, je me souviens que ton grand-père eut la force de lever l'index, comme pour souligner l'importance de ce qui allait suivre et puis... Et puis, il a pouffé de rire et il est mort !

J'avoue que je ne trouvai point à mon goût ce message d'universelle dérision. Les temps avaient changé. Nous étions à une époque qui exigeait de ses fournisseurs du sérieux, sous peine de mépris et de misère. Pouffer de rire avant de rendre l'âme, passe encore. Chacun s'aide de son mieux et s'y prend comme il peut pour franchir cet obstacle déplaisant, bien que mon public — nous étions en plein Louis-Philippe — eût certainement préféré les secours de la religion. Au XVIIIe siècle, les bons mots faisaient parfois les bonnes fins. Mais la bourgeoisie victorieuse et bien installée ne commandait que du pesant et du solide, aussi bien dans l'absence de fond que dans cette apparence de contenu que notre habileté sait parfois donner à la forme. On se souvenait que l'irrespect de Figaro avait sonné le glas des princes et nos nouveaux maîtres se méfiaient des craquements du rire et avaient l'oreille fine lorsqu'il s'agissait de les déceler. Les enchanteurs œuvraient dans le sérieux, le pathétique et le larmoyant. On nous demandait de nous surpasser dans le noir afin que, par contraste, la vie paraisse rose. Le mélo était la plus sûre façon de plaire. On y pensait bien et on y faisait des fins édifiantes. Bref, le secret « profond et bienheureux de toutes choses » réduit à un éclat de rire ne faisait guère mon affaire et je m'étonnai qu'un charlatan de grande race comme mon grand-père Renato n'eût pas cru devoir se parer de dignité, de gravité et d'importance au moment de quitter les planches. A croire que lui aussi avait perdu le feu sacré, se laissant aller à la tentation et aux facilités de l'authenticité.

Tu t'étonneras peut-être, ami lecteur, de m'entendre parler ainsi en témoin des années et des siècles allant de 1760 à nos jours. A ceux qui seraient tentés d'y voir la confusion d'esprit d'un vieillard gâteux, je ne manquerai pas de dévoiler, l'heure venue, le secret pourtant bien simple d'une si belle longévité et d'une si longue mémoire. On verra qu'il n'y entre point de surnaturel, ni élixir miraculeux ni diablerie ; mais j'en garde l'explication pour la fin, fidèle en cela aux canons de mon art. En attendant, que l'on veuille bien me faire crédit. J'ai, pour mon cher public, un amour et un respect indicibles, ainsi qu'une gratitude sans bornes ; lui plaire, le distraire, gagner ses faveurs, recueillir une caresse, un sourire d'approbation — je ne me connais pas de plus constant souci.

Mes débuts littéraires avaient été très remarqués ; on y décela des préoccupations humanitaires fortement senties, une nature inquiète, éprise d'un idéal de fraternité et de justice, ainsi que l'influence d'un très grand amour et de mon enfance russe.

VI

Elle s'appelait Teresina.

Lorsque je prononce ce nom, il me semble que tous les amis de mon enfance, les géants et les gnomes, les *moukhamors*, ces champignons aux larges chapeaux bruns qu'ils ôtent toujours, car ils savent que seuls leurs couvre-chefs sont bons à manger, leurs tiges n'ayant aucun goût, les dragons vêtus de leurs plus beaux vêtements du dimanche et les chênes de Lavrovo, ces vieux paysans russes, se mettent à marcher vers moi les bras chargés de dons, et que le vent Efimm, celui qui vient du Nord, et Khitroun, celui qui vient de l'Est, se couchent à mes pieds en murmurant ce nom.

Teresina...

Si j'ai vécu si longtemps, c'est que j'ai charge d'amour. Un jour, je ne sais quand, quelque part, je ne sais où, car une telle chose est pour moi difficile à concevoir, un autre homme aimera comme j'ai aimé et je pourrai alors mourir heureux, ma tâche accomplie et la relève assurée. Je sais combien ce propos peut étonner ceux qui ne voient en moi qu'un vieillard couvert de vains honneurs, tapi dans son fauteuil au coin du feu, avec sa couverture, ses pantoufles et son bonnet ridicule d'un autre temps, et qui ne fait que compter les pages et les livres qu'il a écrits, comme Harpagon comptait ses sous. Je sais aussi que mes traits que l'âge a rendus trop aigus, d'aucuns disent même rapaces, puisqu'on me compare à un loup gris, se prêtent mal à l'expression de si tendres élans. On me dit avare et il est vrai que je veille sur mon bien jalousement.

Teresina...

Mon père avait quitté Saint-Pétersbourg en 1783, nous laissant à la garde de son brave signor Ugolini, et à celle de notre famille de domestiques. Personne ne se doutait que, malgré ses ans, il se rendait à Venise pour prendre femme.

Nous étions donc, ma sœur et mes deux frères, un peu livrés à nous-mêmes dans cette maison du marchand de sucre Okhrennikov, que mon grand-père Renato avait pu acheter pour une bouchée de pain, après qu'une crue de la Néva, inondant les bas quartiers de la nouvelle ville, eut fait fondre la denrée dans le dépôt où Okhrennikov l'avait accumulée. On disait que pendant plusieurs semaines on n'avait bu partout que de l'eau sucrée.

J'ai gardé de la maison le souvenir des parquets immenses, pareils à des lacs d'ambre et des poêles de faïence sur lesquels nous grimpions la nuit pour dormir, ce qui était très mal vu des domestiques, car dormir sur les poêles était une habitude de paysan et nous nous faisions gronder pour ce manque de tenue. Les jours et les semaines s'écoulaient lentement, dans la torpeur hivernale. Nous apprenions le russe, l'italien, le français et l'allemand, sous la férule du signor Ugolini. C'était un personnage tout en cheveux, lesquels se tenaient en zigzags raides sur sa tête, pareils à de petits éclairs pétrifiés; il refusait de porter perruque, seule manifestation d'indépendance qu'il se permettait. Osseux, décharné, malgré toutes les bonnes soupes dont le gavait Evdotia, il avait l'œil à la fois vif et triste sous des sourcils très minces et semblait toujours étonné, comme si tout, depuis sa venue sur terre quelque soixante-dix ans auparavant, était demeuré aussi inquiétant et mystérieux que lorsqu'il avait pour la première fois promené sur le monde son regard d'enfant. Il semblait incapable d'un rapport personnel quelconque avec la vie, et encore moins avec le bonheur, et s'était donc entièrement voué aux autres. Né à Bergame, il n'était entré que trente ans auparavant au service de mon père, lors d'un séjour que celui-ci avait fait à Venise. Il lui servait de secrétaire, de confident et d'assistant, lorsque sur invitation d'une cour princière ou parfois même d'un riche marchand, Giuseppe Zaga acceptait d'étonner les invités par ses lectures de l'avenir, des pensées et par les séances d'hypnotisme. Mon père se livrait de moins en moins à de telles exhibitions, qu'il n'aimait guère. D'ailleurs, soucieux de sa réputation, il avait remarqué que celle-ci ne faisait que grandir lorsqu'il se montrait peu et s'abstenait de faire publiquement la démonstration de ses pouvoirs. Depuis qu'il se refusait à la curiosité du public, on se mettait à lui attribuer toutes sortes d'exploits qui relevaient du surnaturel. Il lui fallait alors donner une représentation pour couper court à ces légendes, lesquelles sentaient souvent le soufre et risquaient ainsi de lui attirer les pires ennuis avec le clergé russe, dont il était déjà fort mal vu. Lorsqu'il remontait ainsi, en quelque sorte, sur les planches, l'ami Ugolini lui était d'un grand secours en sa qualité d' « assistant », ou, si l'on préfère, de complice.

Signor Ugolini était donc devenu notre *prijivaletz*, un de ces familiers à tout faire dont chaque grande famille russe était alors pourvue, qui tenait à la fois du parasite et du souffre-douleur, que l'on nourrissait et habillait et qui vouait en échange à ses protecteurs un dévouement sans bornes. Le *prijivaletz* vivait en quelque sorte par personnes interposées, partageant les bonnes et les mauvaises fortunes de la famille. Signor Ugolini avait fait jadis partie de la troupe d'Imer, pour qui Goldoni avait travaillé à ses débuts et dont la célèbre *enamorada* était Zanetta Casanova, la mère de l'aventurier. M. Goldoni n'avait pas encore révolutionné l'art de la comédie en imposant aux acteurs des textes écrits ; en dehors du canevas, sur lequel on s'entendait d'avance, tout était improvisation ; la vivacité d'esprit, du geste, l'adresse faisaient prime ; on jouait avec le corps, le visage masqué ; le masque exprimait le caractère permanent et unique du personnage. Peu doué pour la scène, mais amoureux du théâtre, l'ami Ugolini s'était fait régisseur et caissier, jusqu'au jour où, par amour pour la petite Albina Sardi dont l'étoile montait alors à Venise, il avait volé la recette, ce qui le mena aux Plombs. Après quoi, toujours aussi amoureux et moqué par la belle, il s'était jeté dans le Grand Canal, d'où il fut repêché par mon père dont la gondole revenait de Zuecca. Obligé de renoncer à la fois à l'amour et au théâtre, le pauvre Ugolini renonça, en quelque sorte, à lui-même ; il s'attacha à mon père et le suivit lorsque celui-ci revint en Russie. Il devint notre *nianka*, nourrice, notre gardien et tête de Turc, mère poule, précepteur et compagnon de jeux. Je voyais son visage anxieux, avec son teint olivâtre, son cou très long nanti d'une pomme d'Adam démesurée, ses yeux où tout n'était qu'amitié et bonté, penché au-dessus de mon lit dès ma première enfance, au moindre rhume ou fièvre. Pour me faire rire, roulant des yeux affolés, il faisait monter et descendre à toute vitesse sa pomme d'Adam, ayant fait mine auparavant d'avaler sa grosse montre, qu'il escamotait habilement sous les dentelles de sa manche. Il était drôle et touchant : il me paraissait avoir été conçu pour figurer parmi les dessins de mon livre préféré, *Les Aventures du pauvre Jacques*, et ne devait se trouver dans le monde des êtres en chair et en os qu'à quelque malentendu avec l'imprimeur.

Ayant conservé à Saint-Pétersbourg l'habitude de se vêtir à la vénitienne, il avait un peu l'apparence d'un fantôme d'un autre temps. Les poches toujours pleines de bonbons pour les gamins et de graines de tournesol pour les *vorony*, qu'il appelait en un français rocailleux Messirrres corrrbeaux, il s'en allait par les rues enneigées, suivi par les uns et les autres, les corbeaux jacassant avec fureur lorsque les gamins leur disputaient les graines. Tous les chiens mal en point du quartier connaissaient le chemin qu'il prenait et l'attendaient au bon coin, là où grésillaient dans les échoppes les chachliks et où les *bitkis* exhalaient leur forte odeur de graisse.

C'est à Principio Orlando Ugolini, né en 1704 à Bergame, mort en 1774 à Saint-Pétersbourg, mais enterré une deuxième fois par mes soins à Venise en 1842, que je dois d'avoir rencontré dès mes premiers pas sur la terre russe les personnages de la *commedia dell'arte* qui devinrent mes inséparables compagnons. Je les ai toujours appelés à mon secours aux heures difficiles, lorsque le doute se met à jouer de ses orgues de tristesse, et ils accouraient aussitôt avec leurs rires, leurs pirouettes et leurs lazzis, pour me rappeler que rien n'aide tant un homme à tenir debout sous le poids écrasant du monde que la légèreté : c'est d'eux que j'ai appris qu'Atlas était un danseur. Brighella accourait de Bergame, Polichinelle de Naples, Pantalon et le Capitaine de Venise, le comique Docteur de Bologne, et sous les ordres de Seigneur Arlequin lui-même, ils m'entraînaient dans leur ronde, me débarrassant de mes chagrins et de mes soucis. Ils m'apprenaient que la seule réponse possible au défi d'être un homme était l'insolence de l'espoir, l'adresse du danseur de corde, l'habileté de l'escamoteur et les mille ruses d'Arlequin. J'allais plus tard retrouver cette arrogance salubre dans les films de W. C. Fields et des frères Marx.

Je devais ma rencontre avec ces compagnons de lutte merveilleux à Ugolini. Rien ne lui faisait plus de plaisir, lorsque mes leçons prenaient fin, que d'écouter mes supplications, se laisser prier, en prenant une mine de refus implacable, et puis de sortir une grosse clé rouillée de je ne sais où — jamais je ne suis parvenu à savoir où il la cachait, tant sa main d'escamoteur était encore habile — et de me la montrer. Je me levais d'un bond et le précédais au galop ; nous montions dans sa chambre et là, après quelques suprêmes fausses hésitations et coquetteries, il ouvrait enfin le grand coffre vert et rouge à côté de son lit. Il en tirait — avec quelles précautions ! — les vieux costumes et les masques de la *commedia* et aussitôt mes amis accouraient avec la vitesse de la lumière. Chargeant le monde sur leurs épaules, s'armant de balais, ils refoulaient toutes les zones d'ombre et chassaient tous les petits démons grignotants de la tristesse et de la peur.

En été, à Lavrovo, le bon signor choisissait dans la forêt, au milieu de la foule des spectateurs centenaires qui n'avaient jamais été à pareille fête, un pré bien éclairé par la gaieté du ciel. Revêtant alors tantôt un costume tantôt un autre, il se transformait sous mes yeux réjouis, avec une agilité surprenante chez un homme aux si vieux os, en Capitaine, Docteur, Brighella ou seigneur Arlequin lui-même, peuplant à lui tout seul la clairière d'une vie intense, insoumise et multiple, où le Destin perdait tous ses moyens de trouble-fête, et devenait une sorte de Basile berné, moqué et vaincu. Le Docteur était toujours ridicule, car disait Ugolini, ses lois avaient trop régné sur le monde et avaient fait leur temps ; Arlequin était d'avis qu'il fallait débarrasser le peuple du trop grand respect que la vieillesse lui imposait. Pour incarner Pantalon, naïf, couard, vantard et tellement d'époque, Ugolini mettait la robe noire, le bonnet de laine, la culotte coupée en caleçon, les bas rouges et les pantoufles jaunes des premiers marchands des lagunes adriatiques. D'une voix chevrotante, il ne cessait de rappeler qu'il avait de l'or plein ses coffres, ce qui prouvait que personne n'était plus intelligent que lui. Pour le Docteur, Ugolini endossait la robe de l'Université et du barreau de Bologne ; armé d'un cornet, car le *magister* était sourd comme un pot, il menaçait de nous ficeler tous avec ses lois pour nous empêcher de bafouer l'ordre par nos mauvaises façons et de gêner la bonne marche des affaires. Mais c'est à Brighella et surtout à Arlequin qu'allaient mes préférences ; leurs frusques bariolées et leurs frasques impertinentes éveillaient en moi je ne sais quel sentiment d'appartenance fraternelle et faisaient battre mon cœur de je ne sais quel espoir.

C'est ainsi que le cher Ugolini, avec, pour seules baguettes magiques, les rayons du soleil, faisait régner la joie de la fête vénitienne sur la terre russe, cette terre qui avait peut-être besoin plus que toute autre d'insoumission, d'irrévérence, d'insouciance et de légèreté. Je dansais autour de lui ; j'applaudissais ; je faisais des culbutes et marchais sur les mains ; je faisais des *salti* en arrière, presque sans toucher terre, dignes des premiers Zaga, acrobates et jongleurs du *broglio ;* les chênes eux-mêmes élevaient ce *gho-gho-gho !* admiratif par lequel les Cosaques expriment leur étonnement et leur approbation.

Je crois que c'est à ces jeux et à mon cher et adorable Ugolini, qui repose depuis longtemps, revêtu par mes soins de la tenue d'Arlequin, dans son îlot de la lagune, que je dois ce goût, si souvent dénoncé par les critiques, de parler des choses sérieuses avec le sourire et de ne retrouver vraiment mon sérieux que pour parler du sourire. Il en est résulté à mon égard bien des rancunes, depuis que je tiens la plume ; de siècle en siècle, je me suis fait traiter d'amuseur et de « doreur de pilule ». On ne se privait pas de rappeler que tous les Zaga avaient été des charlatans et que, bien que j'eusse choisi le métier d'écrivain plutôt que celui d'escamoteur et d'illusionniste de foire, j'étais bien de cette tribu des « faiseurs de plaisir » ; on avançait aussi que je demandais davantage à la plume ma propre joie que le bonheur des hommes. Je ne sais si c'est vrai, mais ce que je sais, c'est que l'on peut en dire autant de l'amour.

VII

Ce fut après un de ces intermèdes, après que nous eûmes soigneusement remis les vêtements magiques dans le coffre vénitien et que j'eus repris ma place à la table de travail, que ma vie fut brusquement jetée en pâture à ce qui lui donne à la fois son sens et la prive de raison. Dès mon réveil, j'avais appris par les domestiques que mon père était rentré tard dans la nuit de son voyage et qu'il avait amené d'Italie une très jeune et très belle épouse. J'eusse voulu l'embrasser, mais l'on se récria ; ils étaient très fatigués par les dernières verstes parcourues dans la tempête de neige, et il était défendu de les déranger. A l'envie que j'avais de retrouver mon père après une séparation de huit mois, se mêlait la curiosité de voir celle qui allait être ma « nouvelle maman », ainsi que me l'avait annoncé une lettre parvenue quelques semaines auparavant. N'ayant pas connu ma vraie mère, je n'éprouvais aucune animosité envers celle qui devait prendre sa place ; je me demandais seulement si, dans la tendresse que mon père m'avait toujours prodiguée, il allait y avoir assez de place pour la nouvelle venue, sans que ma part en fût diminuée. Généreusement, j'étais prêt à me serrer un peu, pour peu qu'elle fût aimable. Mes frères et ma sœur ne s'en préoccupaient guère ; ils songeaient déjà moins au changement qui allait survenir dans notre maison qu'à la quitter et à suivre chacun son chemin.

On conçoit donc que la leçon, ce jour-là, ne parvenait pas à retenir mon attention et c'était un peu
pour calmer mon impatience et ma curiosité que
signor Ugolini avait fait appel aux trésors de son
coffre. A présent, assis à mon pupitre, taillant avec
une application excessive mes plumes d'oie, je ne
cessais de jeter vers le grand escalier des regards
impatients, attendant l'apparition de la nouvelle
maîtresse des lieux, que j'imaginais, je ne sais trop
pourquoi, sèche, plate, cagneuse et même chauve, ce
qui semble témoigner que l'événement produisait
malgré tout certains remous obscurs dans mon cœur.
C'était d'autant plus saugrenu que mon père avait
des goûts fort choisis en la matière et plaisait beaucoup aux dames. Celles-ci étaient convaincues que ses
pouvoirs extraordinaires ne s'arrêtaient pas à la porte
de l'alcôve, bien au contraire, et attendaient là aussi
de Giuseppe Zaga des exploits sans précédent dans
le répertoire. Liszt devait me dire un jour qu'il
s'était heurté à la même difficulté : les dames s'ima-
ginaient que sa virtuosité, sa fougue et son inspiration
ne se limitaient pas au clavier. « C'est très curieux,
mon bon ami, m'avait-il jeté avec son bel accent
magyar, où les femmes vont parfois chercher le
génie. »

Il était dix heures du matin. Signor Ugolini était
assis un peu en retrait, jouant avec une tabatière
incrustée de verreries multicolores, tellement plus
gaies et amicales que les vrais rubis et émeraudes, qui
sentent l'apparat et dont l'éclat m'a toujours paru
celui d'une hautaine prétention. C'était l'heure de ma
leçon de calligraphie, art considéré alors comme très
important à une époque où le fond avait partie liée
avec la forme, dont il tirait ses richesses principales. Le
philosophe anglais Baring écrivait alors que la forme
était le seul contenu concevable des civilisations ;
c'était si vrai qu'on allait jusqu'à se faire tuer par souci
du style. J'ai vécu assez longtemps pour voir la mort
devenir une élégance de dandy au XIXᵉ siècle et pour

reprendre au XXe sa simplicité démocratique en raison du nombre des massacrés.

La langue tirée, j'étais en train de tracer des majuscules aux rondeurs plaisantes, sous l'œil sévère du grand maître Koudratiev, dont la main était célèbre à Saint-Pétersbourg. Il était le calligraphe attitré de la Cour. Une longue pipe prussienne aux lèvres, le maître interrompait impitoyablement mon labour d'un coup sec du tuyau de sa pipe sur les doigts, dès qu'il estimait que les proportions des caractères s'écartaient du modèle sec et solennel qu'il avait tracé pour moi. Or, il se trouvait que par le jeu de je ne sais quel précoce éveil des papilles imaginatives de mon cerveau, la sécheresse squelettique des caractères s'évanouissait sous ma plume et tendait vers des rondeurs assez lascives, celles des fesses, cuisses et seins de Parachka, une de nos servantes que j'avais surprise toute nue dans le bain de vapeur des domestiques, la *bania*. Il en résultait que les *a*, les *b*, les *o*, les *g*, avec leurs orifices et leurs amples moulures me mettaient dans tous mes états, et que ma main tendait à exagérer d'une manière bizarre tout ce qui, dans ces lettres innocentes, pouvait prêter forme et consistance à mes rêveries. L'eau me venait à la bouche devant une voyelle bien roulée et je me trouvais brusquement plongé dans un état congestif très explicitement localisé, ce qui m'emplissait d'un sentiment de honte coupable envers l'alphabet. Ces symptômes disparaissaient lorsque nous passions à l'allemand, avec ses caractères gothiques, secs et pointus comme les épines de la couronne très chrétienne, qui repoussaient avec une sévérité toute prussienne les assauts de mon imagination.

J'étais donc en train de rouler un double *aa* accouplé, particulièrement suggestif, qui agitait sous mon nez ses hanches de Salomé en pleine danse de séduction, lorsque j'entendis une chanson. Je crois que jamais les pierres solennelles de la maison Okhrennikov, qui paraissaient avoir recueilli toute la lourdeur des marchands russes, n'avaient retenti d'un aussi gentil écho. Je levai les yeux.

Les pièces du rez-de-chaussée, dites « de réception », s'ouvraient en enfilade jusqu'à l'immense vestibule d'entrée, avec son large escalier de marbre qui menait aux étages nobles, où se trouvaient les appartements privés. Et sur cet escalier qui avait vu tant de beau monde et qu'il était interdit à la valetaille d'emprunter par le milieu, mais uniquement sur les bords, je vis Colombine. J'étais devenu trop familier avec les personnages de la *commedia* pour ne pas la reconnaître dès le premier coup d'œil. Toute blanche, vêtue, me sembla-t-il, de rosée et de brouillard, tant étaient fines ses mousselines, elle se tenait complètement immobile sur les marches de marbre, les bras à demi levés, comme surprise au milieu d'un pas de danse, inondée jusqu'à la taille par une chevelure dont j'ignorais jusque-là l'existence terrestre, une sorte de feu aux éclats cuivrés. Elle nous avait aperçus, elle aussi, à travers l'enfilade des pièces, et s'était immobilisée, interrompant sa chanson. Puis, inclinant la tête et passant dans le flot de rousseur sa main, dans un geste de caresse qui semblait aller à ce grand animal familier qui nichait sur ses épaules, elle reprit sa chanson et se dirigea vers nous. Je n'avais encore jamais été en Italie ; je ne connaissais Venise que par les récits de mon père et d'Ugolini, et aussi par la contemplation des croquis, dont un ami de la famille, signor Belotti, avait couvert l'album de ma sœur. Mais ce fut comme si la voix et la chanson qui s'approchaient eussent éveillé dans ma nature ce don de seconde vue que l'on attribue aux Zaga et dont je n'avais guère jusque-là perçu en moi la moindre trace. Je vis, avec une précision que devaient plus tard confirmer mes voyages, le Grand Canal, les façades des palais, le ciel orangé au-dessus de San Giorgio Maggiore, et les gondoles qui glissaient sur une eau d'un vert huileux. Je vis la San Marco et le Campanile et, un peu à droite de l'endroit où commence, au fond, la

64

colonnade qui va au quai des Esclavons, j'ai vu les tréteaux des Immortels, et Colombine, entourée d'une foule de polichinelles crochus.

Teresina descendit l'escalier et traversa les grands lacs figés des parquets en sifflotant. J'étais stupéfait : ce n'était pas une femme du peuple, et pourtant elle osait siffler. J'étais sûr que les murs du palais Okhrennikov n'avaient encore jamais connu pareille outrance. La même idée devait avoir traversé l'esprit de Teresina, parce qu'elle éclata de rire et me lança en dialecte :

— J'ai cru que les murs allaient tomber, à voir vos têtes, mais ils sont encore plus sérieux que je ne pensais. Je suis la nouvelle.

Je me levai. Le vieux Koudratiev, avec sa perruque à queue tressée, sa longue pipe de faïence et son *zimmerstück*, comme on appelait ces redingotes d'intérieur qui nous venaient d'Allemagne, ressemblait à une pie fraîchement empaillée. Ne comprenant pas un mot de ce langage, il s'inclinait avec raideur, murmurant tantôt « *sehr angenehm* », tantôt « *otchin priyatno* », tantôt « charmé », s'approchant en spirales linguistiques de cette nouvelle maîtresse des lieux qui paraissait sortir d'une boîte à musique, et regrettant sans doute que le couvercle en fût si mal fermé. Le cher Ugolini, le visage sillonné de tics nerveux, sachant fort bien que son avenir dépendait du caractère et des humeurs de la « nouvelle », se tortillait sur place, chaque main pétrissant l'autre dans une sorte de crispation douloureuse de boulanger aux abois. Mais après avoir jeté un coup d'œil sur le visage de la jeune femme dont chaque trait semblait avoir bénéficié de tous les soins tendres et amoureux de la nature, il se rassura ; ses tics, après avoir un instant encore couru ici et là, se rassemblèrent en un sourire, cependant que ses mains, cessant de s'étrangler mutuellement, commencèrent à frotter leurs paumes l'une contre l'autre, avec une évidente satisfaction.

J'étais debout, la gorge serrée. Et au moment même

où j'écris ces mots, ma gorge se serre et se brouille ma vue. Oh, je sais, je suis d'un autre temps, une survivance, un anachronisme. Mais je suis encore vivant, ce qui est autrement plus difficile que de vivre : montrez-moi donc autour de vous un seul poème d'amour. Je ne perds pas courage : je suis assez vieux pour être devenu un précurseur. Et vous avez bien raison de sourire lorsque je compte ma vie en siècles, car je devrais la compter en millénaires : chaque année qui s'est écoulée depuis que Teresina m'a quitté dépasse dans le poids de sa durée tous ces ballets éphémères que le Temps et les années-lumière dansent avec vos règles à calcul et votre pauvre numéraire. Ma vie s'est écoulée sur un tout autre cadran solaire.

VIII

J'étais tout entier transformé en une sorte de néant,
d'où s'élevaient vers mes oreilles de sourds battements. J'entendis ensuite dans ce vide la voix d'Ugolini
et je sentis sa main qui me poussait légèrement en
avant.

— Celui-là, c'est Fosco, le cadet, pour vous servir...

— Bonjour, Fosco. Ne baisse pas les yeux, je veux
voir leur couleur... Mais ils sont beaux ! Ne rougis pas,
laisse ça à nous autres, pauvres jeunes filles... oh, oh,
pardon, j'oubliais que je ne suis plus...

Elle éclata de rire, rejetant la tête en arrière, dans un
envol de sa chevelure et je faillis tendre la main pour la
saisir.

— Il faut que j'apprenne à être mariée. Tiens !

Je reçus un baiser sur la joue, je sentis un parfum qui
fut ma première ivresse et le premier pressentiment de
ce que j'allais demander à la vie. Les lèvres de Teresina
effleurèrent les miennes.

Depuis, j'ai lu beaucoup d'histoires d'amour, car,
bien qu'ayant quitté la Russie depuis fort longtemps,
j'ai toujours autant horreur du froid et ne cesse jamais
de chercher des sources de chaleur vers lesquelles je
pourrais tendre les mains. J'ai trouvé dans les livres
toutes sortes de baisers, souvent décrits avec beaucoup
de talent, descriptions presque toujours un peu trop
bruyantes d'adjectifs mais méritoires dans leurs efforts

de sauver et de faire revivre ces papillons fragiles dont les lèvres féminines assurent la fugitive immortalité. Je referme toujours ces ouvrages en souriant, avec — l'avouerai-je? — une trace de condescendance : tous ces auteurs me semblent avoir été fort mal lotis, puisqu'ils ont connu au cours de leur existence, à les entendre, un très grand nombre de baisers. Pauvres gens. J'ai eu plus de chance qu'eux : je n'ai connu dans ma longue vie qu'un seul baiser et tout le reste ne fut que métier et conscience professionnelle.

Je ne saurai jamais si c'est ce vieux chenapan le Hasard ou un caprice de Teresina qui fit glisser ce baiser de ma joue à mes lèvres. Je n'avais que douze ans et demi, l'âge auquel on est parfois marqué à jamais par une émotion profondément ressentie. Je ne sais ce qu'en pensent aujourd'hui les nouveaux psychologues, mais je suis convaincu qu'à partir de cet instant, mon existence devint une inlassable poursuite de ce que je ne pouvais plus jamais saisir. Rien ne pouvait plus tenir une promesse que seul ce moment était capable à la fois de donner et d'accomplir. Après cela, il n'y eut que des pauvretés. Depuis, je n'ai cessé de rechercher, de femme en femme, de boudoir en bouge, d'étreinte en étreinte, ce que m'avait promis le premier baiser de Teresina et que lui seul eût pu tenir. A partir de là, tout ne fut plus que plaisir. Qu'on n'aille point chercher là quelque romantisme d'un autre âge, quelque factice exaltation d'un écrivain qui fouette son imagination comme un vieux cheval fatigué. L'explication est simple. En un instant, au contact de ces lèvres, l'enfant était devenu un homme et ne pouvait donc plus jamais retrouver ce qu'il avait connu, pressenti, attendu, parce qu'il ne pouvait plus redevenir enfant.

Considérez le lieu, le moment, les circonstances : un jeune garçon debout, une plume d'oie à la main, entouré de ces tapisseries françaises où se poursuivent sans fin des chasses vertes et brunes d'où ne sortiront jamais ni le cerf bondissant, ni la meute aux gueules ouvertes, ni les cavaliers. Une immense cheminée de marbre blanc accueille un brasier matinal qui ne s'éteindra qu'avec les premières chaleurs de mai. Un sourire dont la gaieté semble naître de tout ce que la vie, dans un de ces moments de bienveillance dont notre gracieuse Souveraine n'est jamais entièrement dépourvue, est capable d'offrir parfois comme promesse de bonheur. De grands yeux verts qui me parlent de nos lagunes vénitiennes ; sur ma joue, la caresse des cheveux roux que la lumière semble compter de ses doigts avides et sur mes lèvres, un baiser qui était sans doute bien innocent, mais qui mit pourtant fin à mon innocence et marqua pour moi le commencement d'une quête qui ne devait jamais cesser.

C'est ainsi que je suis né, à l'âge de douze ans et sept mois.

Ayant bouleversé mon existence, Teresina salua d'un mouvement de tête gracieux et fort digne les deux vieux messieurs et s'en alla explorer la maison, suivie par tout ce qui, dans notre très nombreuse domesticité, était encore capable de se mouvoir ; les vieux serviteurs de la famille n'étaient jamais congédiés et avaient une place au chaud jusqu'à la fin de leurs jours. Pendant toute la journée, ce ne furent que des *och !* et des *ach !* accompagnés par ce geste de mains jointes et à demi levées au ciel, par lequel le cher peuple russe, tout aussi porté aux délices et aux excès de l'expression que le nôtre, manifeste sa surprise, son inquiétude et sa commisération. La *barinya* n'avait que seize ans ! Une enfant ! Mais pensez donc ! De la cuisinière Evdotia à la blanchisseuse Machka, en passant par les Sachinka, Maroussska et autres Ludmilka, toutes nos bonnes femmes, les *baby*, se sentaient la tripe maternelle. On entoura aussitôt Teresina de cette familiarité qui veut vous éviter les rhumes, met des briques chaudes dans votre lit, vous apporte le samovar pour un oui pour un non, vous chatouille la plante des pieds — grand délice des boyards et marchands russes, auquel notre sensibilité italienne demeurait rebelle — et veille sur vous d'une façon à la fois sincère et calculée, car elle permet aux domestiques de dresser peu à peu le maître et de prendre un ascendant sur lui.

Je dois dire que l'extrême jeunesse de la nouvelle maîtresse de maison emplit également de stupeur le vénérable Koudratiev. Après avoir suivi Teresina du regard, la plus belle main de Saint-Pétersbourg prisa, offrit du tabac à signor Ugolini, lequel refusa, souffrant d'un *anathème* — c'est en vain que l'on me demanderait quel mal nasal ou respiratoire ce mot désignait — et, après avoir ramassé ses plumes, ses encres et règles à graduer, il hocha la tête en soupirant. Ayant ainsi manifesté dans toute sa profondeur le sentiment qu'il éprouvait, il dit en allemand, car il se piquait, comme tous les gens bien nés, d'éviter la langue russe, qui sentait encore très fort le populaire :

— *Unmöglich, unerhört! Sie ist aber ein Kind! Was für ein Glück für den sehr geehrten Herrn!*

J'appris ainsi que l'épouse que mon père était allé chercher à Venise avait à peine trois ans et demi de plus que moi. Je ne sais quel âge mon père avait à l'époque. C'était un sujet qu'il évitait. Il me fut pénible de lire sous la plume d'un historien aussi distingué que M. de Serre, dans son *Histoire du charlatanisme (?!) depuis ses origines*, que « Giuseppe Zaga prétendait être né à l'époque de Ramsès II et avoir été initié à l'immortalité par le grand prêtre Aragmon ». Mon père n'avait jamais rien prétendu de pareil. Il est exact qu'il laissait dire et aussi qu'il pratiquait l'illusionnisme. Mais arrachez l'illusion de l'âme humaine : la civilisation y perdra ses plus beaux chants et, d'une voix d'eunuque, ne nous parlera plus de rien. Ce que je peux affirmer avec certitude, par recoupement, d'après ses récits, c'est qu'au moment de son mariage, mon père devait avoir la soixantaine bien passée. Il en paraissait quarante-cinq. Il n'avait pas un poil de gris et selon l'expression d'un célèbre *gouliaka*, ou noceur, le comte Sorotchkine (Igor, à ne pas confondre avec son frère Piotr, qui fut un bienfaiteur du peuple), Giuseppe Zaga

« était monté comme un cheval et queutait comme deux ». Je m'excuse de ces grossièretés, mais peut-être le lecteur moderne y trouvera-t-il son compte, car Dieu sait que je ne tiens pas à paraître vieux jeu.

Bien des années après, dans un tout autre monde, je me trouvais étendu sur le sofa dans le bureau d'un jeune médecin de Vienne, dont mes cousins les Gatti me disaient qu'il avait porté à de nouveaux sommets la vocation de notre tribu ; il avait mis notamment au point le domaine du subconscient, une nouvelle forêt de Lavrovo où dorment toutes les créatures magiques de l'enfance. C'était un maître qui avait libéré l'illusionnisme de ses méthodes de bas étage : il était descendu dans les soubassements pour s'élever. J'eus vite fait de constater l'étendue de ses pouvoirs : il avait peuplé cette autre forêt de Lavrovo dont je vous parle de légendes et de mythes, de monstres et de démons qui allaient désormais se mettre à vivre d'une vie indépendante et dont notre patrimoine artistique allait se trouver fort enrichi. Il avait surtout accompli des prodiges que lui eussent envié même les plus illustres des Zaga, en obtenant des guérisons par cette méthode psychologique dont mon père fut le véritable instigateur.

Je traversais alors des moments difficiles, car mon public s'était mis à me bouder et, abandonnant provisoirement la création littéraire franche et avouée, je cherchais à m'initier à la manière de ce nouvel enchanteur qui devait bientôt faire école dans le monde entier. Je pressentais qu'il y avait là un mode d'expression original qu'il n'était pas permis de négliger, lorsqu'on était décidé comme je l'étais à assurer la pérennité de notre tradition familiale. Un bourgeon nouveau venait d'éclore sur notre vieil arbre généalogique et allait donner de très beaux fruits.

Pour acquérir les connaissances et l'adresse nécessaires, il fallait se soumettre soi-même à cette nouvelle méthode et, ayant fait quelques économies, je passai de longs mois à subir ce qu'on appelait une « analyse ».

71

Mon moral était au plus bas. Comme toute notre tribu, j'ai horreur de l'échec. On disait chez nous qu'Adriano Zaga, le jongleur, ayant raté son numéro sous les yeux de Laurent le Magnifique, avait mis fin à ses jours. Il est vrai que la Renaissance ne transigeait pas avec la perfection. Je me sentais sur le point d'être refoulé vers le cirque, le music-hall et le vaudeville, d'être traité comme un vulgaire amuseur, un fournisseur de petits divertissements littéraires. On ne m'achetait plus : la critique faisait silence autour de mes livres. Pour survivre, il m'arrivait de passer, en quelque sorte, aux aveux : abandonnant toute prétention à cette dimension où l'œuvre procure à son auteur une illusion de grandeur, je faisais des numéros de magie dans les petits théâtres de province. Je réussissais à fournir quelques pauvres émerveillements.

J'étais donc vraiment dans le creux de la vague. Mais il y avait plus et autre chose que l'indifférence des lecteurs et l'oubli dans lequel j'étais tombé. D'abord, sur un plan fort important, celui de la santé, ma recherche acharnée de cette perfection que les lèvres de Teresina m'avaient fait pressentir s'était soldée par tant de coups de pied de Vénus, véroles, chaudes-pisses et chancres de tous carats, que j'en étais venu à vouloir rompre avec la poursuite d'une authenticité vécue, goûtée, possédée, en finir une fois pour toutes avec les forêts enchantées de l'enfance. A chaque nouvelle étreinte, je ressentais sur mes lèvres le même goût d'échec.

— Combien de femmes avez-vous eues dans votre vie ? me demanda le « psychanalyste » — le terme, d'ailleurs, n'avait pas encore fait son apparition dans le langage courant. Je l'avais entendu employer pour la première fois par mon amie Lou Andreas-Salomé, la tentatrice de Nietzsche et de Rilke, qui était devenue depuis quelque temps l'égérie du nouvel enchanteur.

— Aucune, dis-je. Je m'étonne qu'un collègue de votre envergure puisse poser une telle question.

— J'entends cela dans un sens dénué de transcendance. J'essaie simplement de mesurer la profondeur de la chute. Combien, à peu près ?

— Je n'ai pas tenu la comptabilité des zéros.

Mon confrère me regarda attentivement. C'était notre dernière séance de travail. J'avais appris tout ce qu'il y avait à apprendre de la nouvelle technique ; pour le reste, il fallait se fier à l'inspiration, à l'imagination et au talent, comme dans toutes les formes de création artistique.

— Ce que je ne comprends pas, c'est pourquoi vous êtes venu me trouver, en dehors de votre funeste intention de me faire de la concurrence. Vous connaissez très bien la raison de votre quête sans espoir et, pour ce qui est de la vérole, vous en avez triomphé avec l'aide des arsenicaux, certes, mais faisant surtout preuve d'une belle résistance au tréponème. Il doit y avoir une part d'hérédité, vous devez être immunisé. Casanova a eu la syphilis trois fois, la première à dix-huit ans, et il est mort à soixante-treize ans d'une bronchite. Bref, les causes de votre éternelle frustration vous sont bien familières.

Il se tut et ralluma son havane. A un collègue qui parlait à propos de ses éternels cigares de « symbole phallique », il avait répliqué en plissant à demi un œil qu'il y avait des cigares qui n'étaient que des cigares. C'était un homme qui savait ranger ses accessoires lorsqu'il quittait son cabinet.

— En effet, dis-je. Malgré des années de désir et de phantasmes, je n'ai jamais eu de rapports sexuels avec Teresina. Le rêve est demeuré inassouvi, donc vivant. Il ne pouvait plus jamais finir dans l'accomplissement. Je fus ainsi condamné à la quête et à un désir que rien ne pouvait plus assouvir.

Le magicien m'observait avec une antipathie trop délibérément exprimée pour être autre chose que de l'humour.

— Vous comptez exercer où ? demanda-t-il. Pas à Vienne, j'espère ?

— Peut-être à Venise, dis-je. Il y a beaucoup d'étrangers. Les Italiens ne me paraissent pas bon public pour ce nouvel art. Ils sont depuis trop longtemps habitués à vivre avec eux-mêmes. Surtout, ils sont trop connaisseurs de la nature humaine pour croire à sa profondeur. C'est notre Stiletti, je crois, qui a écrit : « Il n'y a pas d'abîme ; on se cogne, on se fait des bosses, on ne tombe jamais profondément. L'abîme est le rêve merveilleux des hommes hébétés par un enfer de platitude. » Hein ?

— Très italien, en effet.

Le docteur Freud attendit un moment, contemplant son cigare.

— Mais qui vous dit que cet abîme, cette profondeur, on ne peut pas les *créer* ? demanda-t-il, très doucement. Cela pourrait s'appeler : donner une nouvelle dimension à l'homme.

Je fis claquer ma langue.

— Très fort, dis-je, avec une sincère admiration. Vous allez, mon cher confrère, vers une gloire immense et peut-être vers l'immortalité. Je ne sais pas pour ce qui concerne le reste de l'humanité, mais je suis sûr que vous allez réussir à *vous* donner une nouvelle dimension.

L'illustrissime maestro se leva.

— Vous savez, tous les artistes véritables sont un peu italiens.

— Combien vous dois-je ?

Il y eut sur son visage calme une lueur de gaieté fugitive, comme si de l'immeuble en face un enfant eût fait courir sur cette physionomie conçue et mise au point pour la gravité le reflet d'un miroir.

— Vous ne me devez rien, dit-il. Envoyez-moi une loge pour votre prochain spectacle de music-hall... ou votre prochain livre.

Malheureusement, mes longues séances avec le magicien ne servirent à rien. Je n'ai pu illustrer le nom des Zaga dans ce domaine nouveau qui s'ouvrait à notre art, car un diplôme de médecin fut bientôt exigé de tous ceux qui voulaient s'y exercer. Je ne saurais en

74

blâmer les nouveaux enchanteurs, car je suis le premier à reconnaître qu'il faut s'entourer de toutes les précautions pour éviter au public les désillusions et les déceptions.

Si je mentionne ici cet épisode, c'est uniquement pour encourager le lecteur à hausser les épaules avec dédain, lorsqu'il me surprend ainsi en flagrant délit d'imposture et de charlatanisme, me voyant passer du XVIIIe au XXe siècle sans bourse délier, c'est-à-dire sans avoir fait au Diable le paiement d'usage. Cela me plaît, car j'aime confirmer les gens dans leur sentiment de sécurité et dans leur deux-et-deux-font-quatre : c'est si amusant ! Je faillirais d'ailleurs à la tradition de ma tribu si je ne me réclamais pas de l'immortalité. Lorsque je rencontre autour de moi le doute et le scepticisme, je m'écarte toujours avec empressement pour les laisser passer, j'ôte mon chapeau et leur fais mille courbettes, car ces grands seigneurs, maîtres du monde et si forts de leurs certitudes, m'amusent par leur ignorance et me donnent l'impression d'être le dernier homme à avoir recueilli jusque dans sa chair et dans son souffle un secret dont ce temps ne soupçonne même plus l'existence, celui de la toute-puissance de l'amour.

IX

Au début, j'eus peu d'occasions de voir Teresina. Dans cette société russe dont nous avions adopté les manières, les enfants n'étaient admis en présence de leurs parents que selon tout un cérémonial. A moins d'être appelés, il nous fallait demander à être reçus, après une toilette à laquelle signor Ugolini apportait des soins excessifs, craignant de déplaire. Teresina eut vite fait de balayer toutes ces conventions et convenances et fit régner dans la maison un désordre et un laisser-aller tout aussi traditionnels que le formalisme de la bonne société, mais bien plus anciens que lui, car ils se réclamaient des baladins et de leurs campements. Mon père, après avoir poussé quelques coups de gueule de *barine*, par égard pour les domestiques, se laissa faire, et ne fut sans doute pas mécontent de laisser parler notre véritable nature. Le palais Okhrennikov se transforma rapidement en un *tabor* de tziganes ; il n'y manquait que les tentes, les marmots et les violons.

Teresina m'adopta en qualité d'animal familier, de page, de *blackamour*, comme on appelait à la Cour les négrillons et, peu à peu, je devins son compagnon inséparable, trottant partout derrière elle comme un petit chien fidèle.

Lorsque je la voyais s'approcher, je m'arrangeais pour qu'elle me surprît accomplissant quelques-unes

76

de ces prouesses auxquelles mon père nous faisait initier dès notre plus jeune âge, d'abord par le Génois Valerio, le jongleur et contorsionniste que Catherine avait fait venir pour le divertissement des enfants de la noblesse, et lorsque celui-ci fut rentré fortune faite dans sa patrie, par le *shout*, ou bouffon, Akim Morda-voï, un Tatar acrobate qui éblouissait alors Saint-Pétersbourg par son agilité. Teresina éclatait de rire lorsqu'en se retournant, elle me trouvait debout sur la tête, m'offrant humblement à son attention, ou bien recroquevillé et roulé dans une boîte à chapeau, exploit de contorsion qui me faisait sortir les yeux de la tête et me coupait le souffle. C'était là cependant un exercice qui se révéla par la suite fort utile, car il me préparait non seulement aux exigences de la vie et à celles de l'art mais aussi aux caprices de certaines belles dames dont la nature ne se contentait pas de... la nature et qui me donnaient parfois le sentiment d'être un galérien faisant travailler inlassablement sa rame sur des eaux bien agitées, état qui me déplaisait fort, quels que fussent mon amour du métier, ma cons-cience professionnelle et mes besoins d'argent.

Rien ne me rendait plus oublieux des lentes allées et venues de M. le Temps, Sa Majesté si germanique dans sa ponctualité, avec le tic-tac, tic-tac de la canne sur laquelle dans sa vieillesse il s'appuyait, que de contem-pler ce visage dont je ne saurai jamais s'il était beau ou seulement joli, car l'œil est un grand créateur et lorsque la passion s'en mêle, l'œil a du génie. Mon amour avait cette fraîcheur encore tout imprégnée d'enfance qui est capable, à chaque regard, de faire naître le monde pour la première fois. Il n'y avait pas de référence, de comparaison possibles. Ainsi, je ne sais si la chevelure de Teresina, si vivante et tumultueuse, ressemblait vraiment à une chaude mêlée d'écureuils au soleil, ou si ce n'était qu'une chevelure rousse comme bien d'autres. Voilà tant d'années que je l'entoure de mes rêves et en caresse le souvenir que la question de sa réalité n'a plus de réalité pour moi.

Lorsque je me souviens des cils qui faisaient errer sur moi leurs ombres mouvantes, des yeux verts où je me jetais, il m'arrive de ne plus savoir très bien si j'évoque ainsi le regard de Teresina ou les étangs de Lavrovo, où je plongeais par temps de grande chaleur, sous les chênes qui penchaient vers moi leurs branches, avec la bienveillance si humaine des vieux arbres dont nous parle Hans Christian Andersen.

En dehors d'un petit médaillon et d'une esquisse de Schultz, qui est aujourd'hui au musée de Léningrad, et où je ne reconnais point la ressemblance, le seul portrait authentique de Teresina se trouve maintenant dans ma mémoire. Dans un mouvement d'humeur fantasque, la vie, dont la manière, pourtant, tourne toujours au gothique, avait fait œuvre de gaieté, de liberté et d'insouciance, en donnant naissance à Teresina, comme si elle eût voulu prouver que, son génie ne connaissant pas de limites, elle était capable de mettre en cause sa propre nature de douleur. Pourtant, rien n'était moins éthéré et plus terrestre que cette fille aux mollets solides de paysanne, au corps abondant dont je retrouve toujours le parfum en passant très tôt devant la boulangerie au coin de la rue du Bac et de la rue de Varenne. Sa voix un peu rocailleuse ne manquait même pas d'une sève que l'on qualifiait alors de vulgaire, car elle sentait le parler du peuple. Il y avait dans la façon qu'elle avait de mettre les mains sur ses hanches, de se pencher en avant, les yeux en colère, lorsque mon père se permettait parfois de relever son mépris du bon ton ou le goût qu'elle prenait à la compagnie des domestiques, et d'abreuver alors son mari de toutes les richesses sonnantes du vocabulaire des lavandières de Chioggia — il y avait un côté fille qui ne passait pas inaperçu à Saint-Pétersbourg, où il suscitait des sourires et des ragots.

Lorsqu'il m'arrivait d'assister à un de ces éclats, j'éprouvais je ne sais trop quel confus plaisir, peut-être parce que la voix de Teresina prenait à ces moments-là, dans sa vitalité, des accents presque charnels et sensuels, ce qui me faisait l'effet le plus direct et le plus troublant.

Ce fut durant une de ces algarades que je devins pour la première fois et indiscutablement un homme et, pour employer la formule du vieux Chaucer, je me mis à grandir d'un seul côté. Teresina s'était vite aperçue de l'emprise absolue qu'elle exerçait sur moi, mais il y avait un tel contraste entre le regard d'innocente adoration dont je la couvais et l'état dans lequel je me trouvais secrètement, et qui n'était point un état d'âme, qu'elle ne se doutait guère de ce que je dissimulais de mon mieux, redoutant une gifle.

Un jour, alors qu'elle chantait un des *graciosi* de Foscarini, s'accompagnant de la guitare, tournant la tête vers le coin du salon où je me tenais recroquevillé dans un fauteuil, elle dut surprendre dans mon expression je ne sais quelle triste et muette adoration. Elle se leva dans un élan de tendresse, courut vers moi, se mit à genoux, appuya ses coudes sur mes cuisses. Je reçus en pleine figure le parfum d'une bouleversante féminité et crus défaillir. Elle me souriait. Je n'osais bouger, craignant qu'un mouvement maladroit ne lui révélât l'état coupable dans lequel je me trouvais. Elle caressa mes cheveux d'un geste maternel.

— Tu m'aimes, Fosco, mon petit pigeon ?

J'esquissai un prudent mouvement de retrait, le visage en feu et conjurant l'image de Notre-Seigneur sur sa croix, comme on prend une douche froide, mais sans obtenir le résultat espéré. Teresina se méprit sur les raisons de mon malaise.

— Il ne faut pas avoir peur des filles, me dit-elle. Tu es un Vénitien et un jour, il faudra te montrer digne de notre sang. Je sais que tu me considères comme une sœur...

L'idée de considérer Teresina comme une sœur m'emplit d'une telle tristesse que les larmes me montèrent aux yeux. Impénétrables sont les voies de l'imagination ! Il m'arriva en effet, depuis, de m'imaginer que Teresina était ma sœur, que nous partagions le même lit, et à partir de là, mes rêveries s'engageaient dans une direction qui faisait de l'inceste un des plus délicieux aspects de la vie familiale. Je me représentais parfois aussi Teresina dans un couvent, ayant pris le voile, et me rendais ensuite coupable des pires outrages à la religion, car déjà je comprenais que le sentiment du péché, pour qui savait s'en servir habilement, était un condiment dont la volupté était fort friande.

Le résultat de ces tentations et frustrations quotidiennes fut que je me mis à manger comme un ogre. Ne pouvant me nourrir de ce corps que je dévorais du regard avec une voracité frénétique, je me ruais à la cuisine et me gavais, cependant que mon œil fixe et halluciné voyait, à la place du poulet, du porcelet ou du *pirog*, quelque partie du corps de Teresina dont mes mains, mon ventre, mon palais et chaque papille gustative de ma langue, sans même parler du reste, se sentaient privés par une sorte d'injustice monstrueuse que, depuis, j'ai cherché en vain toute ma vie à réparer. Je fus ainsi marqué de ce sceau de frustration que connaissent bien ceux qui ont subi dans leur enfance une privation, un manque, trop profondément ressenti ou trop prolongé, auquel il ne peut plus être remédié ; je ne devais plus jamais connaître de point d'arrivée ni de festin, mais une longue succession de gîtes d'étapes et de pauvres provisions de bouche.

Notre cuisinière Evdotia s'inquiétait de ma gloutonnerie et en venait à se demander si Kotiol, le démon des mauvaises récoltes, celui qui creuse les ventres des paysans d'une faim dont il tire lui-même sa subsistance, ne s'était pas trompé de proie et, devenu gâteux, s'il ne s'était glissé dans le ventre du jeune *baritch*, au lieu de s'attaquer au peuple, à la suite d'une erreur que l'on qualifierait aujourd'hui d'erreur de classe.

Quant à signor Ugolini, qui m'avait inculqué de si bonnes manières, il se désolait lorsqu'il me trouvait à la cuisine en train de m'empiffrer comme un cocher, les mains et les joues couvertes de graisse, l'œil fixe et une expression bizarrement hypocrite sur la figure.

Mais tout cela me laissait fort loin du compte et j'eus vite fait de passer de cette voracité de la langue et du palais à des manières beaucoup plus blâmables, sans que j'en eusse pour autant éprouvé le moindre remords. Toutefois, si la morale exige ici des excuses ou un appel à des circonstances atténuantes, je suis prêt à présenter ma défense, craignant par-dessus tout de déplaire. Mes sens éveillés ne connaissaient pas la retenue que nous dicte une pudeur légitime ; sur le plan de la vertu, j'étais encore un analphabète et ne savais point lire ces canons de bienséance sexuelle, cette retenue et cette chasse aux mauvaises pensées que nous enseigne la bonne religion. Mes glandes salivaires commençaient à s'éveiller aux premières gourmandises. Lorsque la très jeune Anouchka, notre servante, se penchait pour me mettre mes bas et mes souliers, je guettais d'un œil attentif et caressant la forme de la croupe, qui se dessinait par-dessus sa tête, et qu'accompagnait une odeur de jupons fraîchement lavés. Parti très tôt dans cette direction olfactive, l'odorat est devenu pour moi l'allié le plus sûr d'un certain réflexe de Pavlov ; mon nez n'a jamais cessé de m'offrir des délectations clandestines, furtivement dérobées et agréablement prémonitoires, dont ne se doutaient jamais les aimables personnes, dames mariées et vertueuses jouvencelles qui me les dispensaient. Mon petit-fils prétendait d'ailleurs que mon nez s'allongeait curieusement en certaines circonstances, qu'il se dilatait et avait tendance à frétiller, « ce qui, ajoutait-il cyniquement, à votre âge, risque de paraître un pathétique effort pour parer à quelque défaillance ». Foin de défaillance, je n'en ai guère connu, et c'est avec le plus total mépris que j'accueillis le mot d' « esprit » qu'avait fait courir à mon propos, en 1860, le vicomte de La Vallance : « Notre cher Fosco ne fait point l'amour, ce qu'il explique en disant qu'à son âge avancé sa langue n'a plus ni la rigidité ni l'amabilité nécessaires. »

La *bania*, ou bain de vapeur, dont aucune demeure

russe n'était dépourvue, se trouvait dans la cour, dans l'angle formé par les écuries et la maison; on accédait à celle des maîtres directement par le grand couloir du rez-de-chaussée et à celle des domestiques de l'extérieur. J'avais pratiqué dans les parois une petite ouverture à travers laquelle l'œil trouvait sa pâture et connus ainsi dans leurs moindres détails les appas de toutes nos plus jeunes domestiques. Je m'avisai d'en faire autant dans la *bania* des maîtres, où Teresina se prélassait deux ou trois fois par semaine. Ce ne fut pas sans peine, car ces cabanes étaient bâties à la manière des isbas, à l'aide de troncs d'arbres superposés; je n'avais pas les instruments nécessaires. Mes doigts mouraient dans un froid qui atteignait trente degrés au-dessous de zéro; je creusais mon trou à l'aide d'un coutelas de Cosaque que j'avais volé dans l'atelier de Foma, notre gardien et bricoleur. J'œuvrais avec l'acharnement d'un prisonnier qui cherche à percer la muraille pour s'évader; la perspective du trésor que j'allais découvrir m'animait du souffle sacré qui nous soutient dans nos plus grandes entreprises; le froid me pénétrait de ses mille doigts crochus et s'enfonçait jusque dans mes entrailles; je tenais bon sous les assauts de cette vieillesse hivernale et osseuse du monde qui réduisait l'action de mes mains à un tâtonnement maladroit. Il m'est arrivé ainsi, enfoncé jusqu'au bout du nez dans ma pelisse, de creuser pendant des heures d'affilée, soutenu par des prémonitions qui faisaient briller dans mes yeux l'étincelle des vocations authentiques.

L'orifice enfin pratiqué, il ne me restait plus qu'à guetter le jour et l'heure. Je rôdai toute la journée à travers la maison, les mains dans les poches, en sifflotant négligemment. Dès que j'aperçus Teresina qui sortait de son appartement et se dirigeait vers la *bania* en compagnie de Parachka, les bras chargés d'éponges, de serviettes et d'une concoction à base d'essence de roses importée des vallées de Bulgarie, j'enfilai ma pelisse et dégringolai au galop l'escalier pour me précipiter dans la cour, par un froid qui faisait tomber du ciel les corneilles gelées. L'œil collé à l'orifice, j'attendis. D'abord, je ne vis qu'une sorte de confusion rose, la chaleur du bain turc se chargeant de jeter, avec une jalousie d'eunuque, ses voiles vaporeux sur la nudité de Teresina. Je fis de tels efforts d'acuité visuelle que je souffris pendant plusieurs jours de contractions musculaires de l'œil ; mon cher Ugolini, tout sollicitude, la mit au compte de mon application excessive dans l'étude, ce qui n'était pas inexact. J'entendis les ah ! et les oh ! et les rires de Teresina, pendant que Parachka déversait sur elle des baquets d'eau chaude et lui frottait tout le corps avec l'essence de roses ; ces cris de plaisir, pourtant bien innocents, me firent tourner les sangs au point que, par quarante degrés au-dessous de zéro, je faillis perdre conscience sous l'effet d'un coup de chaleur à la tête. J'avalai de la neige pour surmonter ma défaillance, collai vite l'œil à mon trou et fus récompensé par l'apparition dans mon champ de vision de ce que je considère encore jusqu'à aujourd'hui comme le plus bel aspect du monde.

Ici, je dois demander mille pardons à mes lecteurs, mais appeler un cul un cul a toujours été la règle de notre parler, car nous sommes de la race du pain, de l'olive, de la figue et du raisin et qui ne cherche pas à édulcorer ses mots mais leur laisse leur saveur naturelle. Qu'on veuille donc bien pardonner ma vulgarité de bateleur et que l'on accorde à la bassesse de mon extraction l'humble privilège de parler franchement et sincèrement notre langue familière.

Car je ne puis éviter ici de révéler ma grossièreté première et je trahirais tout ce à quoi je crois avec tant de bonheur si je m'abstenais de proclamer la beauté du cul de Teresina.

Jamais dans ma longue vie, au cours de mes pérégrinations, face à tous les chefs-d'œuvre et dans mes rêves les plus inspirés, devant Dieu et devant la nature, je n'ai ressenti d'émotion plus profonde et de délices plus enivrantes qu'à la vue d'un beau cul de femme. Même en ce moment, parvenu à un âge où il convient de cacher sa jeunesse et dissimuler ses élans, un sourire béat monte à mes lèvres et mes glandes salivaires s'éveillent, fourmillent et frétillent au souvenir de ce qui s'était offert à ma vue d'une façon si charmante et avec un tel abandon dans les vapeurs de la *bania*, et s'allume dans mon regard une lumière que la bêtise des bigots jugera sévèrement mais qui prouve au moins que je n'ai point changé. J'affirme que cette lueur n'est ni moins pieuse ni moins reconnaissante que celle de toutes les bougies que j'ai fait brûler devant l'autel, au cours de ma vie, pour rendre grâce au ciel d'avoir pensé à tout.

L'œil collé au trou et le cœur bondissant dans sa joie de saltimbanque, j'ai contemplé le plus beau fruit de la terre, et je me souviens qu'il se présenta alors à mon esprit, sans nulle aide extérieure et par la seule puissance suggestive de la beauté, la probabilité de certaines pratiques contre nature, rivales de Gomorrhe, auxquelles le tendre consentement confère une volupté qu'exalte l'acceptation, lorsque le don s'accompagne de dévouement. Je n'y goûtai que rarement dans mon existence, car il y manquait toujours l'exaltation de la transcendance que seul peut accorder un amour véritable, dont je fus toujours privé, s'agissant de personnes délectables, certes, mais qui n'étaient que cela, puisque aucune n'était Teresina. Ce fut bien plus tard, lorsqu'une « galanterie » particulièrement venimeuse et persistante exigea de la part du médecin un usage du doigt parfaitement odieux, que je compris à quel point ce don féminin était un sacrifice et combien ce doux consentement pouvait être cruel. Le médecin qui m'explora ainsi était le vieux docteur Wolfromm, un octogénaire dont l'âge n'avait pas entamé la gouaille, la sagesse et l'humour. A quatre pattes sur la table d'examen, le visage tordu par la haine et la protestation qui ne perdaient rien de leur véhémence à ne pas être exprimées, je poussai un hurlement indigné lorsque le doigt ganté du praticien s'enfonça à la recherche de la glande coupable. Après quoi, me remettant difficilement du choc, je m'exclamai, en pensant à ces tristes pratiques auxquelles des hommes mal embouchés se livrent sur d'autres hommes : « Je ne comprendrai jamais comment on peut accepter de se faire... » Le grand médecin et malicieux philosophe ne me laissa pas le temps de finir ma phrase : « Ah ! me lança-t-il de sa voix narquoise. Mais vous oubliez le sentiment ! »

Il fallait voir Teresina nue pour comprendre tout ce que le grand art d'escamotage, celui de la Renaissance, avait accompli par ses traîtres enchantements et subterfuges, afin de substituer les beautés éthérées du ciel aux crudités heureuses de la terre. Je ne vous parle ici ni de quelque retour au « paganisme » ni d'adoration barbare du corps-dieu, mais de tous ces fruits faits pour la main, pour la langue et pour la bouche dont on ne peut se laisser priver sans que la vie s'en trouve pervertie et devienne un acte contre nature. Je crains aussi, ayant le cœur un peu fragile, et redoutant de tomber raide mort dans un excès d'appétit, d'offenser mes chers lecteurs, car j'ai toujours fait soumission, en vertu de ma démocratie profonde, à l'opinion de la majorité, là où se trouvent les grands tirages et la faveur du public. Je supplie simplement mes censeurs de bien vouloir se souvenir que j'étais à peine âgé de treize ans et que mes rêves bouillonnaient dans les chaudières glandulaires d'une manière qui devrait susciter la pitié plutôt que le blâme et me valoir quelque pardon.

Mais abordons le vif du sujet.

Je pratiquai entre les poutres de la *bania*, bien plus bas que le trou par lequel se glissaient mes regards, un autre orifice, situé au niveau convenable ; j'en avais au préalable soigneusement mesuré le diamètre sur ma personne, afin de m'éviter quelque fatale compression ou égratignure ou peut-être une écharde on ne peut plus mal placée. Je me procurai ensuite aux cuisines une peau d'oie bien grasse et onctueuse, que je collai sur le pourtour intérieur du trou et que j'entretenais soigneusement en l'enduisant d'huile, de baume de Bulgarie ou de bonne graisse de porc, en vue du jour où Teresina se rendrait au bain de vapeur. Le moment venu, je me mettais en position, l'œil collé à mon orifice d'observation, et le reste ailleurs, guettant comme un chasseur l'apparition de mon adorable proie dans la brume chaleureuse du lieu. Enfin, au moment où mon inspiration s'épanouissait dans toute sa liberté, et ne pouvant plus me contenter de laisser à mon œil seul la fonction pour laquelle il était conçu, je m'introduisais dans l'orifice inférieur et, par petits mouvements de va-et-vient, me laissais transporter au ciel, car c'est là une de ces rares et peut-être uniques occasions où ce sont les démons qui se chargent de nous transporter au ciel.

Je fus assez profondément marqué par ces pratiques.

Je veux dire par là que, depuis, la vue de poutres, d'une peau d'oie bien graissée et même d'une oie vivante et bien potelée a sur moi un effet aussi encourageant qu'immédiat, par le jeu de ce que la science a nommé le « réflexe de Pavlov ». J'avoue que jusqu'à un âge assez avancé, lorsque la personne qui me prodiguait ses tendres abandons manquait, pour quelque raison, de me mettre dans l'état d'inspiration poétique nécessaire, je fermais les yeux et, la serrant tendrement dans mes bras, j'imaginais une poutre, une oie ou même de la graisse de cochon, avec le résultat le plus émouvant et le plus immédiat. Tant il est vrai que ce ne sont pas les détails physiques qui comptent dans ce domaine, ni même ce que votre partenaire a à vous offrir, mais la qualité du sentiment qu'on y apporte soi-même.

J'aurais poursuivi pendant longtemps encore mes amours avec la *bania*, si un incident fâcheux n'était venu interrompre les moments heureux que je passais debout dans la neige, derrière la petite isba. Comme tous les amants aidés par la chance, je me mis à négliger la prudence. L'orifice que j'avais pratiqué dans les poutres, pour être profond, ne l'était néanmoins pas suffisamment et, dans mes élans, je débordais fortement de l'autre côté, à l'intérieur du bain. Un jour, l'inévitable se produisit. La malchance s'en mêla aussi car, bien que je fusse d'une graine de jongleur, je ne cherchais nullement à faire preuve d'une telle adresse dans la visée, bien au contraire.

Teresina, ce jour-là, se tenait plus près des poutres que d'habitude, à deux *archines* environ de ma personne. Pour mon malheur, au moment où les flots de sang noyèrent ma vue et où, retenant mes rugissements, je ne retenais plus rien d'autre, Douniacha, dont c'était le jour d'assister sa maîtresse, s'était penchée, frottant avec une éponge enduite de senteurs le bas du dos de Teresina. Percevant sans doute quelques sourds battements ou peut-être ce qu'elle prenait pour un halètement de cheval lancé au galop et étonnamment proche, elle tourna la tête dans ma direction.

Il se trouvait qu'à ce moment-là, non seulement je débordais à l'intérieur, mais je venais aussi d'accéder au plus grand bonheur d'être un homme, laissant échapper de mes profondeurs tout ce que le Créateur y avait mis pour assurer notre règne sur la terre. Douniacha, donc, ayant d'abord vu le Diable, n'eut même pas le temps de manifester son étonnement, recevant aussitôt dans l'œil ce que ce dernier n'était point conçu pour recevoir.

Je n'échappai au déshonneur et à la révélation publique de mon ignominie, de mon *svinstvo*, que par une grande présence d'esprit. Ayant poussé un hurlement affreux à la vue du démon et essuyé sa marque ignoble, Douniacha se jeta dehors telle une furie. Elle s'abattit sur moi de tout son poids, les poings en avant, alors que, les yeux fermés, un sourire de sagesse bouddhique aux lèvres, je baignais dans un état de haute sérénité philosophique. Elle me saisit par les cheveux, me bourrant de coups de pied et se mit à me traîner vers sa maîtresse. Fort heureusement, retrou-

vant mes habiletés face au péril, j'eus le temps de lui
lancer dans un murmure menaçant :

— Si tu me trahis, je vais raconter à tout le quartier
ce que tu fais avec Kolka, tous les dimanches, dans la
menuiserie. J'ai tout vu.

J'évitai ainsi le pire mais Douniacha ne put tenir
entièrement sa langue et quelques jours plus tard
informa sa maîtresse que le *bartchouk*, le jeune *barine*,
l'espionnait au bain, à travers un trou auquel, poussé
par le Diable, il collait son œil. Elle ne parla pas de
l'autre trou, craignant mes représailles. Mais Douniacha, la garce, en fut pour ses frais. Elle m'avoua elle-
même, en hochant la tête et avec force soupirs, que
l'*Italianka*, au lieu de prendre tous les saints du
calendrier pour témoins de son déshonneur, pouffa et
pendant quelques heures son rire, que je fais retentir
souvent à mes oreilles dès que je veux aider sa présence
autour de moi à être plus vivante, égaya le palais
Okhrennikov, alors qu'elle courait d'une pièce à l'autre
à ma recherche.

Elle me trouva dans le petit musée d'histoire naturelle où j'avais accumulé des minéraux, des papillons
et des feuilles sèches ; j'étais occupé à nourrir les
cochons d'Inde dont signor Ugolini m'avait fait cadeau
et que venaient d'importer en Russie les Tatars de
Samarkande. Teresina était à sa toilette — elle devait
accompagner mon père ce soir-là à une représentation
de Molière, interprétée par la noblesse chez un des
frères Orlov —, quand Douniacha lui avait fait sa
révélation, entre deux épingles. Je la vis apparaître
dans mon petit réduit vêtue d'une robe dont la splendeur s'ornait de tous les rubis, perles, saphirs et
émeraudes que mon père faisait fabriquer à Leipzig, où
l'on avait mis au point des imitations dont seul un œil
d'expert eût pu découvrir les trompeuses prétentions.
C'est à ces pierres que Cagliostro devait l'impression
profonde qu'il avait produite sur le cardinal de Rohan,
gagnant ainsi ses faveurs, avec le résultat fâcheux que
l'on sait pour le trône de France. La chevelure de

Teresina n'avait pas encore subi le supplice de l'écha-faudage auquel la condamnait la mode du jour et tombait librement en grappes sur des épaules dont mes mains et mes lèvres n'étaient séparées que par le jeu d'une cruelle injustice. Le rire était encore sur ses lèvres lorsqu'elle s'arrêta devant moi, mais son regard et son visage se voilèrent peu à peu d'une gravité soucieuse, où je ne découvris cependant nulle trace de reproche. Douniacha se tenait un peu en retrait et me faisait du doigt un signe que l'on peut traduire très librement du russe dans le langage d'aujourd'hui par l'expression : « Tiens, c'est bien fait pour ta gueule. » Je devins écarlate et baissai les yeux. Teresina était alors dans sa dix-septième année, j'avais treize ans et quelques mois. Il y eut un long silence comblé seule-ment par le ronron du feu auquel ma honte prêtait des accents ironiques.

— Dounia me dit que tu regardes par un trou dans le mur, quand je suis nue.

Il n'y avait à cela rien à répondre, il n'y avait qu'à souffrir en silence. Je commençais cependant à éprou-ver une certaine satisfaction : enfin Teresina s'aperce-vait que j'étais un homme.

Elle s'assit lentement dans un fauteuil, sans me quitter des yeux.

— Écoute-moi, Foschino, c'est important. Il faut que nous soyons frère et sœur.

Il y avait quelque chose de si définitif, tant dans la nature de cette sentence que dans le ton sur lequel elle était rendue, que mes yeux s'emplirent de larmes.

— Pour cela, il faut que tu t'habitues à me voir nue ; comme ça, tu n'y feras plus attention. C'est seulement la curiosité qui te travaille. Quand tu m'auras vue mille fois, tu n'y penseras plus. Alors, à partir de maintenant, tu peux me voir nue quand il te plaira. Mais ne regarde plus par les trous, ce n'est pas bien. Tu n'as qu'à entrer dans ma chambre. Voilà.

Après quoi, elle se leva et, ramassant la traîne de sa robe, elle s'en alla la tête haute, fière sans doute de s'être comportée envers moi avec toute la maturité d'une vraie mère de famille.

Je demeurai sur place, bouche bée. La tournure étonnante et riche de toutes sortes de délices inouïes que prenaient les événements me faisait l'effet d'une Providence bien différente de celle que décrivent les dévôts. J'avoue que je ne m'étais jamais senti plus croyant qu'à ce moment-là.

A partir de ce jour, ma vie devint un merveilleux tourment. J'entrais dans la chambre de Teresina quand elle s'habillait ou se déshabillait, je m'installais dans un fauteuil et je l'observais, soit avec détachement, soit avec l'expression légèrement critique qui convient à un examen dont le seul but est une étude objective du sujet. Parfois, nonchalamment, comme lassé par une absence de nouveauté dans ce que je contemplais ainsi à loisir, je prenais un livre et faisais mine de m'absorber dans la lecture, tout en guettant du coin de l'œil avec une attention d'oiseau de proie, le moment où Teresina, se penchant pour ramasser une boucle d'oreille ou pour mettre ses chaussons, me révélerait un de ces aspects du monde dont mon âme garde à jamais l'empreinte.

La rumeur de ces *neprilitchnosti*, ces manquements à la pudeur, courait de domestique en domestique ; les femmes de chambre hochaient la tête et levaient les yeux au ciel, mais on mettait la conduite éhontée de la *barinya* et du *bartchouk* au compte des mœurs italiennes. Je me demande parfois aujourd'hui s'il n'entrait pas dans cette méthode que Teresina avait adoptée pour établir entre nous des rapports de frère et sœur, quelque malice un peu perverse, et si cette enfant de la fête vénitienne n'éprouvait pas elle-même un petit trouble délicieux à me mettre ainsi au supplice.

X

J'avais très vite senti que Teresina était malheureuse. Elle détestait le palais Okhrennikov, où tout proclamait la pauvreté des riches, si démunis lorsqu'il s'agit d'intimité chaleureuse, de légèreté, d'insouciance, ce qui les pousse à bâtir haut, élevant leurs plafonds dans une recherche de la grandeur typique de la petitesse. Je sentais aussi, sans y voir trop clair, qu'il y avait dans ses rapports avec son mari un refus, une tension, une passion même — cette passion à l'envers, faite de rancune, et qu'attise de ses feux amers l'absence de l'amour —, qui prenaient la forme d'une lutte à laquelle je ne comprenais rien mais dont je ne cessais de saisir les signes : chez Teresina, une sorte de défi constant allant jusqu'à la provocation, et chez mon père, une ironie et une attitude de tolérance détachée et indulgence dont la souffrance et l'amour-propre blessés savent se parer par souci de dignité.

Pourquoi, alors, avait-elle épousé un homme qu'elle n'aimait pas ? Je savais bien qu'à Venise on ne consultait guère les filles sur le choix de l'époux ; il me semblait pourtant que Teresina n'était pas de celles qui se laissent faire humblement et acceptent le mari que la famille leur impose. Elle était d'une nature insoumise et fantasque, capable de tous les coups de tête, et c'est en vain que je cherchais les rigueurs qui eussent pu la forcer à prendre le chemin de la Moscovie

91

en compagnie d'un homme dont la réputation et la fortune ne pouvaient ni l'éblouir ni la tenter. Peut-être était-ce l'esprit d'aventure et le goût du voyage, si typique des enfants de notre patrie, une curiosité enfantine ou le besoin de fuir une atmosphère familiale qui lui était pénible. Aucune de ces raisons cependant ne me contentait ; je voyais mal ce qui, dans les neiges russes, pouvait tenter cet oiseau de ciel bleu.

En dehors de raisons d'ordre très intime et dont le caractère ne m'apparut que peu à peu, il y avait à la mésentente entre mon père et Teresina des causes plus évidentes. Elles tenaient au métier qu'exerçait Giuseppe Zaga, lequel s'accommodait mal des espiègleries de la jeune femme et de son mépris moqueur pour tout ce qui se donnait des airs de puissance, de mystère et de profondeur insondable. Teresina avait avec la terre des rapports trop naturels et trop heureux pour croire à un autre ciel que celui de la fête vénitienne et à un autre enfer que celui de la misère et de la souffrance ici-bas. Or, la Connaissance dont mon père se réclamait exigeait pour se manifester et agir une atmosphère propice ; les guérisons par la méthode psychologique ne s'opèrent pas dans l'incrédulité et on ne peut évoquer le Destin entre deux rires. La transcendance se plaît aux ombres. Il n'y avait pas d'ombre chez Teresina, si ce n'est celle que le soleil parvenait à lui soutirer. Tout, chez elle, était clarté et sourires ; la joie de vivre répugne aux « ci-gît » des profondeurs. On peut, certes, en conclure que Teresina était superficielle et qu'il y avait en elle une légèreté et une insouciance qui donnent tant de saveur à l'éphémère mais répugnent aux œuvres durables. Autant reprocher à l'eau sa transparence lorsqu'elle ne nous révèle que sa propre clarté, ou blâmer le chant des sources de ne se soucier des pierres que pour en tirer d'aimables échos.

Teresina, Anna Maria Teresina Maruffi, était la petite-fille de Scipio Maruffi, célèbre par ses rôles de Pantalon, de Capitaine et de Brighella ; ses parents étaient morts dans l'épidémie de peste alors que l'enfant n'avait que cinq ans. Adoptée par la troupe de Portagrua, elle n'eut jusqu'à son mariage d'autre famille que les comédiens ambulants qui parcouraient la péninsule, évitant les villes du Sud, où la bienséance interdisait aux femmes de monter sur les tréteaux. Portagrua, qui mourut en scène à l'âge de quatre-vingt-douze ans, au cours d'une représentation d'*Arlequin chez Brigandin*, adorait la fillette. C'était un homme condamné au voyage non seulement par le métier qu'il exerçait mais aussi par la nécessité de fuir toutes les polices du sérieux que son irrespect et son esprit frondeur et satirique ne cessaient de provoquer. Goldoni dit de lui que « ce brave refusait obstinément son dû au malheur ». Il avait écrit au père de la comédie italienne que « le malheur est un personnage sans talent qui lui soit propre et dont le rôle lui est continuellement soufflé par les puissants, les princes, la Seigneurie et l'Église, celle-ci étant toujours le principal auteur du texte ». Teresina semblait avoir hérité de celui que Venise appelait tout simplement le *buonuomo* son horreur de tout ce qui exige la soumission et l'obéissance et sa façon de traiter la vie comme un divertissement merveilleux, dont il fallait bien subir les entractes pénibles et parfois cruels. Voilà qui allait aussi mal que possible avec les conditions dans lesquelles mon père exerçait ses dons, c'est-à-dire, avec le sérieux et le mystère. La jeune *gospaja*, maîtresse, n'avait pas plus de respect pour le Secret de la Troisième Pyramide, pour les redoutables pouvoirs que l'illustre Hiérarchie des Rose-Croix conférait aux initiés, que pour le Triangle d'Ézéchiel et pour tous les autres accessoires de transcendance dont mon père tirait de tels effets et tant de prestige auprès de sa clientèle, et elle pouffait de rire lorsqu'on parlait d'immortalité. Elle avait vraiment avec la terre et ses vulgarités des rapports de coquine, que l'on conçoit chez les gens du peuple qui vivent au plus bas, mais qui choquaient singulièrement dans la bonne société de Saint-Pétersbourg, où l'on se nourrissait plus d'esprit que de racines.

Il ne fait aucun doute que mon père avait fait une erreur de jugement en l'épousant et qu'ils n'étaient nullement faits l'un pour l'autre. Giuseppe Zaga en souffrait d'autant plus qu'il avait voué à sa jeune femme une tendre passion ; cela n'allait pas sans pathétique, car cet attachement rappelait les efforts désespérés que les hommes entraînés par le courant des ans font pour s'accrocher à quelque jeune roseau, ce qui est toujours un spectacle pitoyable. J'en souffrais, non seulement à cause de mon amour pour Teresina mais parce que j'adorais mon père et que rien ne m'était plus pénible que de le voir assumer le rôle du vieux barbon de Molière. Lorsque je fus à mon tour atteint par les poignards rouillés de l'âge, je me bornai à demander l'amour aux souvenirs et la volupté aux professionnelles ; les deux font fort bon ménage et si la somme ne se monte pas au bonheur, il faut savoir se consoler en pensant qu'on ne saurait réduire sa vie à l'essentiel.

XI

Le marchand Okhrennikov avait fait bâtir sa demeure selon les canons de cette solennité d'apparat qui semblent alourdir les pierres elles-mêmes de sa prétention. Le *dvoretz*, ou palais, comme on disait chez les domestiques pour flatter les maîtres, avait vingt-cinq pièces principales, auxquelles il fallait ajouter nombre de chambres, *apartés* et cagibis de toutes espèces, réservés aux serviteurs, qui constituaient la partie la plus vivante des lieux. Ces pièces secondaires hébergeaient souvent des hôtes de passage, tous personnages plus ou moins mystérieux, Italiens ou Allemands pour la plupart, qui avaient dû fuir leur pays pour des raisons que mon père souvent ignorait lui-même et qu'il ne leur demandait jamais. Il s'agissait de gens qui lui étaient recommandés par l'une ou l'autre des nombreuses loges maçonniques dont il faisait partie, tel le docteur Scharach, accusé par l'Électeur de Saxe d'avoir « contaminé les esprits par une substance lunaire à base d'idées, laquelle poussait les honnêtes gens à la folie, en les incitant à nier l'autorité des princes et celle de Dieu... ». Je cite là l'ordre de mise aux fers, qui figure encore aujourd'hui dans les archives de Wolsbach. Il était surtout accusé d'avoir provoqué en Saxe la révolte contre les impôts en 1775. C'était un Juif converti que mon père faisait passer pour graphologue, science alors à ses débuts mais dont

95

Scharach, forcé ainsi à la pratiquer malgré lui, finit par poser les premières règles solides. On en trouvera l'exposé dans le *Traité de la main* qu'il avait fait imprimer à Mannheim, à son retour de Russie, peu de temps avant de mourir en prison sous l'accusation de « pratiques démocratiques ». C'était un petit homme maigrichon et vif comme une souris ; ses yeux inquiets roulaient sans cesse, comme à la recherche d'une sortie, et semblaient mourir de peur dans leurs orbites. Mon père eut le plus grand mal à lui faire passer une curieuse bizarrerie d'élocution. Sous je ne sais quelle emprise ou possession, il prononçait le mot « liberté » à tout bout de champ et hors de propos, ce qui lui avait valu sans doute la plupart de ses misères. Mon père m'avait donné une des rares gifles que j'eusse jamais reçues de lui, parce que je n'avais pu retenir mon rire en l'écoutant parler. Jamais je n'ai vu depuis un être aussi dominé par une force intérieure étrange qui le poussait à répéter sans cesse le mot dangereux qu'il voulait pourtant à tout prix éviter. Cela donnait à peu près ceci :

— Pouvez-vous avoir l'obligeance liberté liberté de me passer le poivre et liberté, liberté liberté liberté je vous en liberté remercie.

Regrettant sans doute la vivacité de son geste, mon père vint me rejoindre après l'incident dans la chambre où je me morfondais. Il m'expliqua que certaines personnes inquiètes de nature, parce qu'elles pensent sans arrêt au mot qu'il leur faut à tout prix éviter de prononcer, le prononcent malgré elles continuellement, par l'effet d'une concentration excessive et parce qu'elles y pensent tout le temps.

Giuseppe Zaga parvint à guérir ce grand nerveux de son tic avec l'aide de notre majordome Ossip, qui fut chargé d'enfoncer une épingle dans le bras de l'Allemand chaque fois que celui-ci prononçait le mot fatal. Le résultat fut cependant que notre martyr de la liberté se mit à parler d'une façon qui n'était pas faite pour nous empêcher de pouffer de rire, Teresina et moi :

— Bonjour, cher jeune homme, aïe ! aïe ! faisait-il. Heureux aïe aïe aïe ! de vous voir aïe !

Scharach, quelques jours avant de retourner en prison dans son pays natal, se reconvertit au judaïsme, estimant sans doute qu'il n'avait plus rien à perdre.

Il y avait dans ces chambres du troisième étage quelques-uns de ces hommes qui semblent perdus sur la terre, étrangers à tous et à eux-mêmes, hors temps et hors espace. Je devais les rencontrer souvent sur mon chemin ; ils me paraissent toujours destinés à une tout autre vie, plus indulgente et aimable, comme s'ils fussent tombés parmi nous à la suite de quelque négligence ou distraction du Destin, ce grand fabricant de jouets. A mes moments de rêverie, que j'appelle encore aujourd'hui « moments de Lavrovo », en hommage aux forêts qui m'avaient élevé et initié à ce domaine de l'invisible, si peuplé, et où je me suis fait tant d'amis, il m'arrive de me représenter le Destin en Polichinelle qui aurait échappé à sa mesure pour pousser son goût du comique jusqu'à la tragédie, ayant épuisé sans doute toutes les ressources de son répertoire. A d'autres moments — mais j'en ai parlé longuement ailleurs —, je le voyais en singe-dieu, incapable de distinguer entre ce qui est farces et attrapes et ce qui est massacre, souffrance et terreur. Au sommet de cette pyramide de tours de cochon, on ne fait sans doute plus la différence entre le comique et l'horreur, la sensibilité ayant disparu quelque part parmi les ficelles, les mécanismes et les techniques, lesquelles sont toujours les mêmes, qu'il s'agisse de drôleries désopilantes ou de sanglantes tragédies. C'est uniquement une question de proportions, de dimensions que l'on donne à la peau de banane. Au moment de ces prises de conscience, que j'essaie d'éviter pour raison d'hygiène, la vie et la mort, l'atroce et le comique m'apparaissent comme l'art pour l'art de quelqu'un.

Il en résultait que lorsque j'entrais à l'improviste

dans une de ces chambrettes, j'y trouvais souvent des personnages qui semblaient avoir été faits pour égayer la vie des autres par le spectacle des malheurs et de la malchance de leurs propres vies. Je me souviens du ténor Julio Totti qui ne voulait plus se contenter de la beauté de sa voix mais se réclamait de celle des idées, oubliant qu'on ne saurait passer ainsi des trilles lyriques au *basso profondo* sans rendre gorge, ce qui avait bien failli lui arriver à Turin, lors d'une émeute, pendant la grande disette de 1770. Famille de nains musiciens, les Sanchez d'Espagne, venus en Russie après avoir cessé de plaire dans les Cours d'Europe plus éclairées, où l'on commençait à découvrir la notion de « bon goût » qui fut fatale aux nains et aux bouffons... L'astrologue anglais Percy Callender, vieillard aux traits fins, parmi lesquels seul un nez osseux et superbe traînait dans une sorte de solitude, avait dû fuir Vienne après avoir découvert dans le ciel un astre nouveau, celui de la « liberté des peuples », annonçant la « fin des princes », ce qui lui avait valu d'être enfermé comme dément à Bedlam par ses fils et sa femme. Il n'en fut tiré que par la bienveillance de Lord Derby, lequel avait fait valoir auprès de Pitt que le malheureux avait seulement cherché à mettre ainsi en garde les princes, ses protecteurs...

Teresina passait des heures en compagnie de ces rêveurs ; elle pleurait au récit de leurs plaies et bosses et m'annonçait qu'un jour le peuple les prendrait sous sa protection. Le peuple était pour mon amie ce que les chênes de Lavrovo étaient pour moi : une forêt enchantée capable de toutes les métamorphoses, et qui n'attendait qu'un certain vent favorable pour rendre aux choses frappées de mauvais sort leur véritable apparence de joie et de bonheur.

Quant à moi, un peu jaloux, je trouvais ces funambules bien gentils mais maladroits : ils ne savaient pas faire preuve dans l'exercice de notre métier de l'habileté qu'il faut à un illusionniste pour jouer avec le feu sans inquiéter le parterre, car le public cesse de se divertir dès qu'il sent que le feu est capable de franchir la rampe.

Ce fut dans une de ces chambres « de passage », comme on les appelait, où je me trouvais avec Teresina, que j'entendis dans la bouche d'un jeune Suisse que mon père hébergeait les mots « liberté, égalité, fraternité » associés comme une sorte de sainte et inséparable trinité. Le jeune homme se faisait alors appeler le chevalier de Boudry et était professeur de français au lycée de Tsarskoïe-Selo, où était élevée la meilleure jeunesse russe. Il nous lisait une lettre de son frère, qui donnait des nouvelles de Paris.

Bien des années plus tard, en parcourant le livre de M. Gérard Walter, publié chez Albin Michel en 1933, j'appris que le chevalier de Boudry était en réalité David Mara, ou Marat, frère de l'illustre pourvoyeur de la guillotine.

Teresina l'avait écouté en silence. Son visage était vide d'expression mais était devenu étrangement pâle. Je l'entendis dire ensuite d'une toute petite voix :

— Voulez-vous avoir l'obligeance, monsieur de Boudry, de relire ces trois mots qui nous viennent de France.

— Liberté, égalité, fraternité, dit le jeune professeur, avec un peu d'embarras, car il n'avait pas les idées de son frère, pensait bien et était fort reçu.

La réaction de Teresina me laissa désarçonné. Elle éclata en sanglots et s'enfuit. Pendant plusieurs jours, il me fut impossible de lui adresser la parole : on eût dit qu'elle craignait que celle-ci fît envoler quelques échos enchanteurs qui vibraient toujours.

La plupart de ces illuminés venus d'ailleurs — un « ailleurs » qui évoquait souvent pour moi les lunes les plus lointaines — jouissaient de l'hospitalité de mon père le temps de se faire oublier ou de reprendre leur souffle. Ils avaient ceci de commun qu'ils se servaient des idées comme accessoires de leur *maestria*, mais au lieu d'en faire briller agréablement la nature immatérielle et de se contenter d'éblouir le public, ils aspiraient à leur donner vie et à changer ainsi le monde. Il va sans dire que les autorités n'appréciaient guère cette façon qu'ils avaient de vouloir étendre les limites de la scène et ils étaient à peu près aussi bien vus que des porteurs de peste. Je demandai un jour à mon père pourquoi il donnait refuge à des confrères aussi compromettants.

Giuseppe Zaga, qui était assis à la table de piquet, lisant une gazette, fit un geste vague de la main. Son visage s'assombrit. Je ne sais si le goût de l'authenticité l'avait déjà touché, comme il arrive parfois aux saltimbanques lassés de l'illusionnisme et qui se mettent à rêver de ces sommets interdits où l'art ne parvient que pour mourir de soif aux pieds d'une inaccessible réalité. J'avais mal choisi le moment pour poser ma question. Teresina venait de faire à son mari une scène assez cruelle, lui reprochant d'être le préposé au pot de chambre de Catherine qu'il essayait alors de guérir de sa constipation chronique. Elle l'avait également traité de « lécheur de bottes et de... princiers », mais je saute ici un mot plus pardonnable en dialecte de Chioggia que dans la langue des philosophes.

— Ils ne sont pas dangereux. Ne parlant pas un traître mot de russe, ils ne risquent pas de toucher le peuple. Quant à la bonne société, elle s'en amuse fort, comme Catherine des propos scandaleux et impies de MM. Diderot et Voltaire. Pendant quelques années encore, mon fils, nous demeurerons des caniches savants faisant leurs numéros sur les parquets des meilleurs salons. Après... après... Nous sommes des amuseurs qui préparent, en l'aiguisant par leurs jeux subtils, une arme qui s'appelle l'esprit et qui ne brille pour l'instant que par sa gratuité et ses apparences frivoles, mais dont le peuple se saisira un jour pour...

Il s'interrompit. Ainsi que je l'ai dit, je ne me doutais pas encore que mon père subissait alors les premières morsures de ce mal qui attaque si souvent les enchanteurs lorsqu'ils se mettent à rêver de pouvoirs véritables. Je ne compris que plus tard le caractère redoutable que peuvent prendre chez nous de telles crises. Elles mènent souvent au silence, car l'art vous laisse alors par trop loin du compte et ses magies ne font que souligner son impuissance lorsqu'il s'agit de remédier au malheur des hommes. J'en ai tiré profit vers les années 1950, renonçant avec grand fracas à la littérature ; j'expliquai dans la presse ce refus d'écrire par l'horreur que m'inspirait la situation dans laquelle se débattait l'humanité, les guerres, la faim, les ténèbres. Ce fut ainsi que je reçus le Grand Prix Érasme de littérature.

On excusera cette digression, cet arrêt aux étages supérieurs du palais Okhrennikov sur notre chemin vers le lieu interdit qu'il dissimulait sous son toit et où je devais découvrir les preuves tangibles du conflit qui opposait Teresina à mon père. Je m'y suis arrêté en passant du grand escalier de marbre à celui, tout étroit, des domestiques, dit « escalier des gens », comme si l'autre eût été réservé à quelque espèce supérieure. Il me faut bien passer par ces lieux et donc vous en parler, puisqu'ils se trouvent sur notre route, servant à l'occasion de refuge à quelques-uns de ces éclopés de l'âme et de l'idéal dont l'Europe des lumières commençait à être si bien pourvue. Montons maintenant bien vite encore un demi-étage, sur les marches en spirale, et arrêtons-nous devant une lourde porte de chêne munie d'un cadenas rouillé qui devait dater des oubliettes d'Ivan le Terrible. A force de caresses et de supplications et aussi en menaçant de le dénoncer à mon père pour l'avoir surpris plusieurs fois une bouteille de notre vin italien à la main, j'obtins de notre *klioutchnik* Zinovyi, le garde-clés, qu'il me révélât l'endroit où il cachait celle qui ouvrait la porte de la chambre aux trésors. Je tournai l'énorme clé dans la serrure et pénétrai sur les rivages où le vieux fleuve Zaga avait déposé mille vestiges de son long parcours terrestre.

Ce qui m'impressionnait par-dessus tout et faisait

flotter dans le grenier un parfum de mystère, c'était l'inutilité apparente du bric-à-brac que j'y découvrais. Cette absence d'aveu, en quelque sorte, me paraissait signifier que chaque objet avait un secret : sous son aspect banal, il cachait des pouvoirs magiques que les non-initiés de mon espèce n'étaient pas en mesure de saisir. Il y avait là d'énormes lunettes à lentilles superposées, destinées sans doute à regarder et à lire l'avenir, des compas pareils à des araignées debout sur leurs pattes pointues au milieu des cartes qui ne représentaient ni le ciel ni la terre mais un tout autre univers. Elles étaient couvertes de chiffres et d'inscriptions en caractères arabes et hébraïques que les bons chrétiens, les *pravoslavny*, devaient se bien garder de contempler car selon notre voisin, le pope Zivkov, les Juifs chargeaient leurs lettres de poisons subtils capables de se glisser dans l'âme par le langage. Il y avait aussi des roues solaires, des statuettes de divinités hindoues et égyptiennes qui sentaient les maléfices obscènes, des grilles de calculs astrologiques où la place pour la mort était discrètement laissée en blanc, et des coffrets tellement cadenassés de tous côtés que la présence du démon à l'intérieur paraissait chose certaine. Zinovyi, le maître des lieux, m'avait expliqué que le crucifix en forme de demi-cercle qui traînait par terre avait été tordu au Moyen Age par le diable, qui s'y était pris le sabot. Le plancher était couvert de livres, dont la plupart étaient également cadenassés et on pouvait facilement imaginer l'infamie de leur contenu par la façon dont ils avaient pourri sous l'effet de leur venin intérieur. Ayant repoussé l'un d'eux d'un coup de pied, je le vis s'ouvrir obligeamment, avec un empressement révélateur de ses intentions néfastes envers mon âme ; mon œil épouvanté perçut le dessin d'un âne et d'une femme, lesquels n'étaient nullement montés l'un sur l'autre de la façon qu'un mode de transport plus honnête eût exigé.

Je crois que c'est surtout en raison des livres dont le grenier était empli que mon père avait frappé ce lieu d'interdit. Car, ma curiosité ayant été toujours plus forte que ma peur, j'avais pris le risque d'en ouvrir quelques-uns et découvris ainsi que les rapports entre les hommes et les femmes offraient des possibilités que, dans la simplicité de mes désirs, je n'avais encore jamais imaginées. Il y avait aussi des traités de philosophie, le *Livre de démocratie fondamentale de la Nature*, de Sibilius Arndt, le *Voyage de Saint-Pétersbourg à Moscou*, de Radichtchev, ouvrage qui avait valu à son auteur la condamnation à mort, commuée en exil en Sibérie, pour avoir osé décrire la condition des serfs sous Catherine, — et bien d'autres écrits blâmables. Cette bibliothèque clandestine justifiait amplement le lourd cadenas sur la porte ; mon père devait craindre la prison, pour peu que les autorités missent le nez dans le grenier, car déjà en ce temps-là, comme aujourd'hui, on attachait en Russie beaucoup d'importance aux livres.

Il y avait là également, parmi d'autres objets dont les formes échappaient à mon entendement, certains appareils que le grand-père Renato s'était sans doute fait envoyer d'Italie et qui étaient destinés à le soutenir dans sa vieillesse. La collection occupait toute une étagère et était très variée dans ses formes, ses teintes, matériaux, consistances et dimensions. La plupart étaient en verre de Murano. Ces objets, alignés l'un à côté de l'autre, n'étaient pas, ainsi que je l'avais cru d'abord, des ex-voto que les infirmes et les malades font fabriquer à l'image de tel ou tel membre qui les fait souffrir, pour les déposer ensuite dans une église, en remerciement d'une guérison miraculeuse. Je me rappelais que les personnages de la *commedia*, dont le Capitaine et Brighella, apparaissaient en scène ainsi équipés. Mais je ne pense pas du tout que le grand-père Renato les plaçait dans des églises. Ce qui me surprenait un peu, c'étaient les petits billets attachés à chacun de ces appendices virils, sur lesquels on pouvait lire encore, bien que l'encre en fût roussie, des mots tracés d'une main qui semblait être demeurée chez mon aïeul plus ferme que le reste : « Pour ma petite Machinka. Pour la grosse Koudachka. Pour Genitchka l'insondable. Pour Douchenka la délicate. » Dieu seul sait ce que tout cela voulait dire. Mais je devinais bien qu'il s'agissait là chez le vieil enchanteur de quelque ruse habile pour satisfaire jusqu'au bout les exigences de son public, féminin en l'occurrence. Je crois d'ailleurs que, de toute notre tribu, ce fut Renato Zaga qui avait le mieux réussi dans l'art de dispenser l'illusion. Lorsque M. André Halévy, dans son livre sur les *picaros* du XVIIIe siècle, nous dit que « la vie de Renato Zaga fut celle d'un charlatan d'envergure et on soupçonne presque qu'il espérait substituer aux lois de la nature celles élaborées par la grande Confrérie des saltimbanques, tricheurs, escamoteurs et illusionnistes de tout poil », il en parle comme d'un chenapan, alors que sa phrase ne désigne, si l'on veut bien y réfléchir, qu'une œuvre de civilisation. Nos grands hommes ont-ils cherché autre chose qu'à substituer nos propres conceptions, lois, règles et mesures humaines, à celles de la Nature, pour tenter de parer à la sauvagerie anonyme et aveugle qui a présidé à notre naissance ? Je m'excuse auprès du lecteur de cette méditation, car rien ne me serait plus pénible que d'être soupçonné de quelque philosophie, mon avis étant qu'il n'en existe point.

Tout un coin du grenier contenait quelques-unes des reliques que Renato Zaga avait emportées lors de sa fuite de Venise. Il avait continué par la suite à s'approvisionner régulièrement auprès de fabricants de notre ville natale. On y trouvait des fragments de la Sainte Croix soigneusement étiquetés, avec des prix d'époque encore lisibles, des bouts du suaire du Christ, dont Rome seule avait alors le privilège exclusif mais sur lequel les fabricants de Venise n'hésitaient pas à empiéter, risquant l'excommunication. Dans des bocaux semblables à ceux dans lesquels notre pâtissière Marfa conservait les confitures, flottaient dans du vinaigre l'œil droit de saint Jérôme, quelques cheveux de la Vierge, des poils de la barbe de saint Joseph, le téton de saint Sébastien, encore tout rose, et même un pied entier en fort bon état de saint Hugues, dont les cinq autres se trouvaient, les deux droits au couvent de Saint-Bénédict et les trois gauches dans celui de Balsamo. Ce n'étaient évidemment que de simples broutilles à côté des saints trésors répartis entre les cent cinquante établissements religieux de notre chère lagune, bien que je n'en eusse appris le détail que plus tard, en lisant *Vie, grandeurs et misères de Venise*, de M. René Guerdan, publié en 1959 chez Plon. J'appris ainsi qu'en l'église de Santi Simione e Judea, se trouvaient la tête de saint Siméon et le bras de saint Jude ; le corps de saint Théodore était la propriété de l'église de San Salvatore, celui de saint Jean à celle de San Daniele et que la très illustre église des Santi Apostoli Filippo et Giorgio détenait non seulement la bienheureuse tête de saint Philippe et le bras vaillant de saint Georges, mais encore « *le corps, doublement intact*, nous dit l'auteur, *de sainte Marie, la vierge martyre* ». Et puisque mon métier et mes origines ne prêtent que trop facilement à la méfiance et à l'incrédulité, je renvoie les esprits sceptiques à l'ouvrage plus haut cité ; on y verra que les confrères très chrétiens de mon grand-père Renato offraient ni plus ni moins que la verge de Moïse elle-même, flottant dans du vinaigre, à la vénération du public épris de merveilleux.

Il y avait enfin dans le grenier des souvenirs qui dataient de nos débuts, balles et anneaux de jongleur, jeux de cartes maquillées et dés d'escamoteur, coffres truqués à double fond, chaînes magnétiques apparemment soudées, alors qu'il suffisait d'un mouvement du poignet pour les écarter, et surtout, des masques, des masques innombrables, verts, jaunes, blancs, bleus, rouges et écarlates ; ils évitaient au visage du saltimbanque le souci de l'expression, libérant ainsi son corps. On peut mépriser ces ficelles au nom du génie véritable, mais sans elles, il n'y aurait ni Titien ni Goethe, car ce qu'on appelle la maîtrise n'est pas autre chose que l'habileté de cacher ses recettes de cuisine, ses coulisses et le contenu de ses manches bien remplies.

Bref, le grenier était bourré de tout l'attirail de la tromperie.

Quand vint le jour où les critiques se mirent à parler avec force éloges de mes qualités de sincérité et d'intégrité, et que je pus me considérer enfin comme un digne héritier de mon père, je compris pourquoi celui-ci m'avait si fermement interdit l'accès de ces coulisses. Il faut croire à ce qu'on fait pour bien le faire, et à trop voir les ficelles de son métier, on perd cette qualité de spontanéité, d'émotion, d'inspiration qui fait toute la différence entre l'artifice et l'art, et donne à ce dernier sa saveur d'authenticité. Plus tard, lorsque cette part de cuisine, ce rôle que l'auteur joue quand il interprète ses personnages, avec ce que cela demande à la technique, au procédé, au polissage, à l'amorçage et à la préméditation, lorsque tout ce magasin d'accessoires apparaît clairement à celui qui l'utilise si habilement, le danger est passé, car l'enchanteur a acquis entre-temps la confiance en lui-même, la hardiesse, l'assurance et la forfanterie nécessaires, et aucune prise de conscience, aucun scrupule exquis ne peuvent plus le gêner.

XII

Ce fut dans un coin du grenier où je m'aventurais comme un voleur que je découvris un paquet de lettres dont la lecture m'effraya, par le caractère irrévérencieux et même sacrilège du propos, et m'éclaira sur certaines des raisons de la mésentente entre Teresina et mon père. Les lettres occupaient tout un rayon d'une étagère et étaient protégées par une toile d'araignée si soigneusement tissée que je ne pus m'empêcher d'y voir l'effet d'une volonté maléfique et délibérée. On ne pouvait tendre la main vers ces documents sans qu'elle eût à traverser ce voilé, d'autant plus répugnant qu'y régnait une araignée remuante, fort noire et velue, et qui ne me disait rien qui vaille.

Ces lettres cachetées mais dont la cire était brisée m'attiraient pourtant irrésistiblement. Il y avait d'innombrables autres manuscrits et lettres dans le grenier, qui traînaient en vrac un peu partout parmi des violons brisés, des harpes aux cordes éclatées, des clavecins infirmes et des feuilles de musique ; mais c'est ce paquet-là que je voulais, et pas un autre. C'était sans doute l'araignée qui m'inspirait une curiosité aussi obstinée : la présence de cette petite gardienne obèse faisait planer sur le trésor une aura de fruit défendu que j'ai toujours trouvée irrésistible. Je ne pouvais cependant me résoudre à passer la main au travers de ce répugnant royaume. Je tentai de le contourner par sa partie haute, plus loin de l'araignée, là où les fils étaient assez largement écartés. Mais la chose se mit à courir avec une extraordinaire agilité dans la direction de mes doigts, et mon imagination, ce don ou ce vice que j'ai hérité de mes ancêtres Zaga, et que l'éducation que j'avais reçue de mes amis les chênes de Lavrovo avait avivé d'une manière singulière, me joua à nouveau un de ses tours. J'avais déjà deviné que je n'avais point affaire à un quelconque insecte mais que la bête velue et sans aucun doute venimeuse avait été placée là par des puissances obscures pour veiller sur des documents interdits, réservés aux seuls initiés. Il vint s'y ajouter aussitôt la conviction que j'avais devant moi un être humain, homme ou femme, enchanté et métamorphosé par un décret des instances supérieures et devenu ainsi la sentinelle hérissée et hostile que j'avais devant moi. Cette conviction était d'autant plus forte que je venais de lire quelques jours auparavant un livre que j'avais trouvé ici même, dans le grenier : *La Grande Table généalogique de l'Enfer,* de Valpurgi. Je baissai vivement la main et j'étais sur le point d'abandonner la partie inégale, lorsque je reçus une leçon qui joua un rôle important dans ma vie, car elle m'aida d'abord à pressentir et ensuite à mieux comprendre les secousses profondes que devaient infliger un jour aux cimes sociales les souches populaires.

Je m'apprêtais donc à capituler devant la gardienne du Secret tapie dans son filet, qui remuait ses tentacules en me regardant, j'en étais sûr, de ses petits yeux menaçants, lorsque j'entendis un bruit derrière moi. J'avais laissé la porte du grenier entrouverte et Petka, le fils du vieux Trofime, avec qui je jouais souvent dans les communs, malgré l'interdiction de signor Ugolini qui craignait que je ne prisse des poux ou des mauvaises habitudes au contact du vulgaire, en avait profité pour se glisser dans le grenier. C'était un garçon de mon âge, court sur pattes, aux joues rouges comme des pommes d'automne et aux cheveux blonds comme les blés de l'été. A l'heure des grandes résolutions, lorsqu'il s'agissait de sauter d'un mur trop haut ou de grimper au sommet d'un arbre d'accès difficile, il avait l'habitude de s'essuyer le nez de l'avant-bras, en défiant l'obstacle de ses yeux très bleus et très décidés. C'est ce qu'il fit à présent et avant que j'eusse eu le temps de lui expliquer à quelle partie on avait affaire et de lui intimer l'ordre de battre en retraite, il avait déjà fait un pas en avant et, en quelques coups de poing vigoureux, suivis d'un coup de talon, mis fin à l'existence aussi bien de la toile d'araignée que de son auteur.

C'est ainsi qu'à l'âge de treize ans, j'assistai à une manifestation des forces redoutables et insoupçonnées que recelait le cœur populaire, et, bien qu'il me fallût des années et beaucoup d'expérience pour tirer profit de cet enseignement, je pressentis dès ce moment que le peuple ne devait pas être ignoré, et qu'il y avait là à la fois une clientèle, un matériau, un soutien et des possibilités qu'un Zaga ne pouvait se permettre de négliger.

Pour l'instant, en tout cas, Petka ayant déjà fait la sale besogne, il ne me restait plus qu'à en profiter. Les cachets brisés m'intimidant quelque peu, je commençai par examiner les autres papiers qui encombraient l'étagère. Il y avait là toutes sortes d'instruments utilisés depuis toujours par notre tribu dans l'exercice de la profession. Je n'étais pas encore suffisamment éduqué ou, comme on dit aujourd'hui, cultivé, pour apprécier à sa juste valeur le parchemin roussi, piqué par le Temps et les vers, qui était l'acte de vente « authentique » par lequel Faust avait concédé à Méphisto les droits bien connus et imprescriptibles. Il y avait aussi une confession du Juif errant, faite en 1310 devant les inquisiteurs d'État à Venise, dans laquelle cette créature mille fois maudite donnait le nom de ses complices de la juiverie vénitienne, qui tous avaient mission de conspirer non seulement contre la Sérénissime, mais aussi contre la vraie foi. Cette confession du

Juif errant avait permis au trésor de Venise de s'enrichir en confisquant les fortunes des familles les plus opulentes du Sanhédrin. Mon regard glissait avec indifférence sur la liste des guérisons miraculeuses effectuées par saint Anodin, avec les noms et les témoignages de chaque bénéficiaire, œuvre d'un de mes aïeux, Renzo Zaga, et qui lui avait été commandée par les franciscains. Il y avait là aussi la confession véritable faite par Luther sur son lit de mort, d'où il apparaissait clairement que ce profanateur avait été aux ordres du démon et qu'en échange de certains appuis infâmes, il avait accepté de semer la division et l'hérésie dans la chrétienté. Les manuscrits étaient soigneusement rangés par siècles et je m'aperçus qu'ils allaient, dans cet ordre, de la magie à la philosophie, de la puissance de Dieu et du Diable à celle de l'homme : la période humaniste s'ouvrait sur des perspectives rayonnantes de bonheur, le paradis ayant commencé à quitter ses quartiers célestes pour s'établir fermement sur terre.

Finalement, je me décidai à tendre la main vers les lettres aux cachets brisés. Mon cœur battait très fort car tout en ce lieu me paraissait vivant d'une vie secrète ; il fallait s'en méfier, car elle pouvait surgir soudain du fond de son apparence innocente et se muer en un monstre griffu et ricanant. Mais je sortis vainqueur de cette brève lutte contre mon enfance, m'emparai des lettres et les dépliai.

Je reconnus la main de Teresina.

L'écriture en était malhabile, l'orthographe eût fait frémir d'horreur le pauvre Ugolini, mais elles étaient rédigées avec tant de vivacité, de moquerie et même de méchanceté, qu'il me fallut quelques instants pour me faire à l'idée que l'on pût s'exprimer avec tant de liberté.

Chaque feuille s'ornait de dessins que l'on appelait alors des « grotesques » et que l'on devait nommer plus tard caricatures. Ils représentaient, avec une cruauté du trait que je devais retrouver chez Doré et

Daumier, la personne de mon bon père Giuseppe Zaga sous mille aspects sans doute divertissants mais qui me choquèrent dans mon sentiment de respect filial. Ils allaient de celui de limace, chien, ver de terre, crapaud ou singe à celui de laquais, bouffon et préposé au pot de chambre de Catherine goûtant la qualité des matières, et à tout ce qu'une imagination non seulement irrespectueuse mais encore en proie au ressentiment le plus vif était capable d'inventer.

En dehors de mon père, Teresina s'en prenait de la même façon à tous les grands qui entouraient le trône de Russie et à la Souveraine elle-même. Fussent-elles tombées entre les mains des autorités, ces lettres nous eussent valu d'être pendus, car on ne badinait pas en Moscovie avec ces choses et l'irrespect n'y était pas plus toléré en ce temps-là qu'aujourd'hui. L'Église n'était pas plus épargnée que le Trône. Teresina disait du patriarche Guérassim, saint homme qui avait tant fait pour aider le peuple à supporter sans rechigner ses misères, que « sa barbe n'est si blanche que parce que son cœur garde tout le noir pour lui-même ». A propos de Grigori Orlov, elle écrivait : « Tu sais, celui qui a étranglé de ses mains le tsar Paul, parce que le seul endroit où il n'avait encore baisé sa maîtresse Catherine, c'est le trône. » Elle ajoutait : « Le prince Potemkine passe son temps dans les écuries à aider la tsarine à monter *sous* les chevaux, car notre Souveraine est, à en croire M. Diderot, une femme d'une grande profondeur. » Le sens de cette dernière phrase m'échappait complètement, mais je ne le compris que trop bien plus tard, quand il me fallut gagner ma vie à la sueur de mon front.

J'étais épouvanté. Je ne comprenais pas comment ma douce et gaie Teresina pouvait se laisser aller à de telles méchancetés et comment une fille de saltimbanques pouvait oublier la grande loi de notre métier, qui est de plaire, charmer, séduire, divertir, émerveiller, sans jamais offenser nos protecteurs. Il convient de se rappeler que le bon goût était alors la règle de l'art et qu'il fallut attendre près de deux siècles pour que le mauvais goût acquît ses lettres de noblesse dans ce domaine.

Les lettres étaient adressées à « S. Tullio Carpucci, le Brighella, chez la veuve Tassi, derrière l'église di Santi Spiriti, à Venise ». J'appris plus tard que Teresina les remettait à Ossip, le majordome, son homme de confiance, lequel s'empressait de les remettre à mon père, si bien qu'aucune n'avait jamais quitté la Russie. Terrifié par cette façon de parler des grands de ce monde, j'étais aussi blessé et offensé par le langage que Teresina utilisait pour parler de son époux. « J'ai épousé un homme qui se donne des airs de seigneur, mais qui a une âme de laquais et qui fournirait à M. Goldoni un bien joli personnage de lèche-cul pour une de ses comédies », écrivait-elle. Voilà ce que c'était, me disais-je, de n'avoir jamais reçu d'autre éducation que celle que dispensent l'air de Venise et les propos des gondoliers.

J'étais encore trop respectueux, on dirait aujourd'hui trop conformiste, comme le sont souvent les enfants, et aussi trop ignorant, pour comprendre que le cœur de Teresina s'était trouvé sur le chemin des courants dont le tumulte se faisait déjà entendre en Europe, et que la liberté, dont je ne connaissais encore que les friponneries d'Arlequin, commençait en Occident à aiguiser les plumes, les langues et les couteaux. Cette fille aux cheveux dont on ne savait jamais s'ils recevaient les feux et les lumières du jour ou s'ils en étaient la source vive, était un de ces êtres qui annoncent, reflètent et déterminent souvent sans le savoir les changements de la société. Ses idées insoumises, Teresina ne les devait à personne, si ce n'est à la nature qui les garde en son sein pour les faire jaillir à la saison propice, comme le goût et la couleur jaillissent du fruit sans autre culture préméditée que celle de la lumière et de la chaleur fraternelles, lorsque tout se met soudain à bouger et à changer, à se réveiller, à éclore et à éclater.

On peut imaginer ce que de telles bouffées d'air brûlant et nouveau, une telle révélation de suc et de saveur pouvait avoir d'affolant et d'inquiétant lorsqu'elle avait lieu loin de l'Italie riche de tous les chants solaires, en plein cœur sombre et gelé de l'hiver russe.

J'essayais de comprendre et, n'osant m'adresser à mon père sur un sujet aussi pénible pour lui, ni avouer mes expéditions clandestines dans le grenier, je pris le parti d'interroger Teresina elle-même. J'étais devenu son « chat favori », comme elle le disait. Je ne sais si elle prenait plaisir à ma compagnie ou si elle détestait seulement la solitude.

Je choisis pour lui parler le moment où, couchée près du feu sur la peau de l'ours Martynitch, un vieux et aimable édenté qui avait fini par mourir de grand âge, après avoir coulé des jours heureux dans un enclos derrière la remise des voitures, elle feuilletait un album de musique que le comte Pamiatine lui avait envoyé. J'étais toujours surpris de la voir lire les partitions comme s'il se fût agi d'un roman d'amour ; l'expression de son visage changeait selon les notes, allant de la mélancolie à la gaieté et à celle du plaisir. Lorsqu'un passage lui plaisait particulièrement, elle se mettait à fredonner ; parfois, elle essuyait une larme ; on eût dit que la musique vivait sous ses yeux de page en page une vie faite de tourments et de joies, de rebondissements et d'imprévus, qu'elle mourait ou se mariait à la fin, était enlevée par des brigands ou se laissait emporter au galop par un amant et qu'elle était comme mes personnages enchantés de la forêt de Lavrovo que l'imagination devait libérer de leurs apparences, libellule, fleur, arbre ou note de musique.

— Teresina...

— Ah non, Fosco. Tu viens de faire fuir quelques très jolies notes. Tiens, écoute, les voilà.

Elle se mit à chanter. Lorsque cela se produisait, la mélodie accueillie par cette adorable voix me paraissait au comble du bonheur. Je n'ai jamais pu me guérir de cette habitude de mon enfance qui consiste à prêter

113

corps, chair, aspect et visage humains à tout ce qui me séduit, me fait peur ou éveille ma curiosité. Lorsque j'apprenais l'alphabet, les lettres devenaient des personnages ; je les faisais grandir et elles se rangeaient en cercle autour de moi, se pavanaient, déambulaient, se donnant le bras, dansaient le menuet. Je me souviens d'un *r* à qui j'avais appris le *kazatchock* et qui ne cessait de bondir et de frapper le parquet de son talon d'unijambiste. J'écoutai donc la voix qui savait tirer des accents si harmonieux des signes tracés dans l'album par la main du vieux comte. Je n'avais même pas à faire un effort d'imagination pour lui prêter figure humaine, car elle avait déjà en Teresina celle qui allait si bien à son air de bonheur.

— N'est-ce pas que c'est beau ?

— Teresina, j'ai trouvé dans le grenier les lettres que tu avais écrites à ton ami Carpucci, à Venise. Ossip ne les donne pas au postillon. Il les remet à mon père. Elles ne sont jamais parties, ces lettres, elles sont toutes là-haut.

Il y eut sur son visage une telle expression de détresse que je me suis senti un vandale, comme si je venais de brûler au moins vingt hectares de ma forêt enchantée.

— Teresina !

Elle sanglotait, le visage enfoncé dans la pauvre fourrure de l'ours Martynitch. Je me jetai à genoux, tendis la main vers ses épaules, touchai ses cheveux... C'était la première fois que je me permettais enfin une caresse et l'effet fut tel que je perdis soudain toute consistance physique, je fus privé de corps, n'existant plus que comme une conscience flottant dans le vide. J'eus presque peur et me souviens d'avoir pensé : c'est ça, l'âme, lorsqu'on est mort...

— Ne me touche pas !

Je ne retirai pas ma main, comprenant d'instinct que je venais d'entendre mon premier « oui » féminin. Je me penchai vers elle, entourai ses épaules de mon bras droit, celui de l'épée et de la protection, et j'enfouis mes lèvres dans sa chevelure... Je ne sais combien de temps durèrent ces instants où se mêlaient la douceur et les senteurs. Le bonheur prenait forme, la raison de vivre se révélait à moi dans toute son évidence, il ne pouvait plus rien m'arriver.

Je ne reculai que lorsque je perçus un craquement et levai vite la tête, craignant que ce fût mon père : ce n'était que mon vieil ami le bonhomme de feu qui dansait sur les bûches sa gigue multicolore. Teresina se redressa et eut un geste que je ne devais plus revoir que chez les pauvresses du Campo Santo : elle se servit de ses boucles pour essuyer ses larmes.

— Oh, je ne lui en veux pas, dit-elle. Il m'aime. Bon, il a lu les lettres. Il ne m'a jamais rien dit. J'aurais cru qu'il m'aurait traînée par les cheveux, giflée, jetée dehors... C'est un brave homme. Mais on n'est pas faits l'un pour l'autre.

— Pourquoi l'as-tu épousé ?

— J'avais faim.

J'appris que, lorsque la troupe des comédiens ambulants de Portagrua fut pourchassée et dispersée parce qu'on accusait le vieil Arlequin d'offenses à la Seigneurie et de pratiques maçonniques, Teresina avait quinze ans. Recueillie par la famille Arditi, qui tirait sa subsistance de ce genre de « bienfaisance », elle fut placée chez une maquerelle spécialisée dans la fourniture de chair fraîche à des patriciens aussi pourvus de mal que de bien. Il y avait alors une légende selon laquelle la vérole pouvait être guérie si celui qui s'en trouvait atteint dépucelait une vierge ; cette gentille superstition se perpétua jusqu'au xxe siècle et on en trouve la preuve dans l'*Histoire de la syphilis*, du docteur Champeret. Teresina ignorait cet aspect « médical » de l'affaire, mais elle se défendit. Elle me dit qu'il ne s'agissait même pas de vertu, mais de peur, car on ramassait alors à Venise chaque matin des dizaines et des dizaines de cadavres de ceux que le mal français avait rongés lentement ou rapidement, mais toujours avec le même résultat. Un de ses compères, un barbier — médicastre qui vivait avec la Santina, l'*enamorada* de la troupe de Portagrua —, lui avait dit que presque tous les seigneurs et les riches marchands de la cité étaient couverts de si beaux chancres, plaies suppurantes et ulcères divers, que la peste elle-même n'eût pas su où se fourrer chez eux. Il y avait d'autres raisons... Elle aimait quelqu'un... Elle secoua ses cheveux, rougit, ne voulut plus rien dire, puis se jeta à nouveau sur le dos du vieux Martynitch, qui avait toujours été un ours très affectueux. Elle avait aimé quelqu'un qui fut exhibé par la Seigneurie dans une cage suspendue le long du Campanile. Il est mort de froid et de faim sous les yeux des gens bien nés qui aiment ce genre de fête. Oui, c'était un brigand, mais il distribuait tout son argent. S'il l'avait gardé pour lui-même au lieu de le donner, accompagné de toutes sortes d'idées, au peuple, il s'en serait peut-être tiré avec les Plombs à vie. Ses compagnons auraient bien réussi à le faire évader... Mais voilà, on l'avait accusé d'acheter les ventres creux, et on lui fit rendre l'âme. L'âme, oui : c'est là que Renzo Stotti cachait ces poisons qu'il distribuait. La maquerelle était venue la trouver, vieille sorcière tout de noir vêtue, avec un visage si blanc, si bleu et si rouge qu'on eût dit un masque de la *commedia*, sauf que celui-là, il ne faisait pas rire. Elle avait failli se laisser faire, oui ; c'était un moment où elle n'avait pas mangé depuis deux jours, car les Arditi qui l'avaient recueillie l'affamaient tout exprès pour la décider à accepter l'offre de l'entremetteuse. La chance voulut que mon père vînt loger chez les Arditi, qui tenaient l'hostellerie du Pavot Rouge, derrière la statue du Colleoni ; il lui avait parlé avec beaucoup de gentillesse ; comme elle ne le connaissait pas, elle lui raconta tout : on se confie toujours beaucoup plus facilement aux étrangers. Et voilà. Il s'était montré paternel envers elle et après l'avoir fait examiner par deux sages-femmes pour s'assurer qu'elle était vierge, lui offrit de l'épouser. C'est comme ça que c'était arrivé. Elle ne regrettait rien, sauf, évidemment, la mort de... oh, et puis non, elle ne regrettait même pas ça : si on commence à regretter, on n'en finit plus et ce n'est pas une façon de vivre.

J'écoutais cette confession dans un émoi et avec une indignation telle que je me sentais presque grandir. Mes bras doublaient de force ; ma poitrine s'élargissait ; une volonté implacable de changer le monde pour en faire les tréteaux heureux d'une *commedia dell'arte* où tout serait improvisé sur un thème de bonheur et de joie, s'emparait de moi. Je passai les jours suivants dans un état d'euphorie fiévreux, regardant tous et tout — jusqu'aux lourdes pierres des murs du palais Okhrennikov — avec défi et colère. Mon poing était refermé autour de la garde d'une épée invisible ; mes yeux cherchaient des géants qui n'avaient plus rien de légendaire, étaient simplement hideux et avaient nom Faim et Humiliation ; je cassai d'un coup de pied une table précieuse en bois d'Afrique qui s'était trouvée sur mon chemin alors que je voyais clairement devant moi le sieur Arditi, le pourvoyeur de la maquerelle Cigogna. Signor Ugolini fut épouvanté par les jurons dont je fis retentir la grande salle, alors que je levais mon regard vers le grand portrait du doge Foscolo que je menaçais du poing. J'allais être le plus grand enchanteur qu'ait jamais donné au monde la tribu des Zaga, puisque je remplirais le ventre de tous les pauvres d'un bout à l'autre du monde, et couperais le nez et les oreilles de tous ceux qui les avaient opprimés. Je marchais d'une pièce à l'autre, souriant aux domestiques d'un air protecteur : avec moi, leur destin était en bonnes mains, et je chantais à tue-tête *grom pobedy razdavaisia*, ce qui veut dire « que retentisse le tonnerre de la victoire ». Je prenais à ces résolutions un délice à nul autre pareil et c'est ainsi, à défaut d'autre résultat, que prit forme, se raffermit et se développa ma vocation littéraire. Car il va sans dire que cette volonté de créer à moi tout seul un monde parfait ne pouvait me mener que sur le chemin de l'art.

Sans doute y avait-il, à la tension constante dont je

117

ne cessais de saisir les signes dans les rapports entre Teresina et mon père, d'autres raisons que le mépris et la colère qu'inspirait à la jeune *barynia* l'empressement que mettait Giuseppe Zaga à éblouir et à servir ceux qu'elle appelait ses maîtres. Elles étaient d'un ordre plus intime et j'aurai un mot à dire. Il est certain que malgré tous les assauts vigoureux, et qui l'étaient peut-être trop, Teresina ne s'épanouissait pas dans les bras de son époux d'une manière qui donne son dû à chacun. Mais ce qui irritait par-dessus tout le « maître de l'inconnu », comme on l'appelait, selon le surnom que lui avait donné le prince de Wurtemberg, c'était l'esprit moqueur et persifleur de Teresina. Elle ne paraissait trouver de sérieux à aucune des choses graves dont s'occupaient les grands de ce monde et ses éclats de rire, roulant sur ces sommets élevés, avaient pour effet de les réduire au niveau de la terre. Au début, mon père se faisait accompagner par sa femme dans ses pérégrinations, mais il eut vite fait de s'apercevoir que la présence de celle-ci avait une influence néfaste sur ses pouvoirs, le privant parfois de tous ses moyens.

Ce fut à la Cour du prince de Wurtemberg, son protecteur le plus bienveillant, que cette influence eut des conséquences particulièrement déplorables. Il y avait en Europe trois familles seulement qui possédaient le secret du magnétisme ou du « somnambulisme », comme on disait à l'époque, et qui se transmettaient jalousement cet art de père en fils : les Zaga, les Böse-Kalergi et le marrane Geron, Juif converti de Cadix. Messmer devait les priver de ce privilège exclusif par l'enseignement public qu'il fit de cette méthode de suggestion, dont il entendait ainsi établir le caractère scientifique.

Le voyage au Wurtemberg prit place au printemps qui suivit le mariage et la séance eut lieu dans une « folie » au milieu d'un îlot, en l'honneur de l'ami très cher — d'aucuns disaient trop cher — du prince philosophe, le marquis de Gallen. Aux quatre coins de la nuit, les domestiques en livrée de soie jaune et noire figés dans une immobilité de statue, tenaient haut les flambeaux que tourmentait la brise de la nuit. La noble assistance s'était disposée en cercle autour d'une bergère où reposait la favorite du moment, Mme de Wirs, dont le mari venait d'être chargé d'une mission en Pologne. Mon père se penchait déjà sur elle, une main rassurante posée sur l'épaule de la dame. Il allait, lui disait-il, transporter l'ambassadrice dans le passé, à Florence, et lui faire parcourir le palais de Laurent le Magnifique qu'elle allait décrire à l'assistance. Teresina, dont je tiens ce récit, m'expliqua qu'afin de mettre « en état » la patiente, mon père lui avait fait lire pendant quinze jours certains ouvrages français et allemands consacrés à la Renaissance, car il fallait lui faciliter la topographie du rêve et assurer ainsi son retour.

— Fermez les yeux, madame, respirez profondément...

Ses mains effectuèrent quelques passes devant le visage de la belle Ulrike et c'est à ce moment que se produisit un incident aussi inattendu que mal venu. Mon père éprouva un malaise. Plus exactement, il eut la sensation qu'une volonté plus forte se substituait à la sienne et... il fut pris d'une envie irrésistible de rire. Le visage blême et couvert de sueur, il lutta de toutes ses forces contre cette déperdition de lui-même, cette chute des pouvoirs, et contre le gargouillement du rire qu'il avait le plus grand mal à retenir et qui le secouait déjà de spasmes. Il leva les yeux éperdus et chercha autour de lui la source de cette volonté si perturbatrice. Il la trouva dans le regard de Teresina. Le visage adorable de sa jeune épouse portait l'expression d'une ironie si contagieuse que mon père, après quelques derniers efforts désespérés et se sentant sur le point de pouffer, ce qui eût été un coup fatal porté à sa réputation et à sa carrière, n'eut d'autre ressource que de simuler un évanouissement, qu'il attribua ensuite à « un excès de courant magnétique ».

Il se reprit quelques instants plus tard, fort heureusement, car Mme de Wirs, l'œil fixe et en catalepsie, était demeurée dans un palais de marbre à Florence et mon père eut besoin de tout son pouvoir de concentration pour l'en ramener. Il y eut ensuite entre le « maître de l'inconnu » et son espiègle épouse une explication et une épreuve de force où le magnétisme et le surnaturel eurent fort peu à faire, car Teresina s'en trouva avec un œil noir. Mon père, lorsqu'il perdait le poli mondain dont les Zaga s'étaient vernis à toutes les cours auxquelles ils s'étaient frottés, était capable de taper comme un muletier de Chioggia et de jurer comme un tonnelier du Rialto.

XIII

J'ignorais encore tout des complexités douloureuses qui se mettent à jouer parfois dans les rapports intimes entre un homme et une femme lorsque la porte de la chambre à coucher se referme derrière eux. De longues années s'écoulèrent avant que mon père, torturé par les souvenirs et les regrets, m'eût donné des explications que je ne lui demandais point, car j'avais déjà essuyé alors de semblables défaites et savais à quoi m'en tenir. Selon l'expression qu'il avait employée à ce moment d'abandon : dans ses bras, Teresina « ne parvenait pas à ses fins ». Après avoir d'abord cru à une malédiction de la nature, il avait vite compris qu'il ne se heurtait pas à une barrière inconsciente et involontaire mais à un refus délibéré, farouche. Lorsque, au cours d'une étreinte, il jetait un regard sur le visage de sa jeune épouse, guettant un de ces frémissements précurseurs qui annoncent la réalisation imminente de l'œuvre heureuse et donnent à l'amant la tendre permission de s'accomplir, il n'y découvrait que l'hostilité, les pupilles dilatées et fixes, les traits figés et les dents serrées dans l'effort du refus, un « non ! » obstiné que Teresina opposait à elle-même, refoulant la volupté afin de goûter une joie vengeresse, sans doute plus importante pour elle et plus orgueilleuse que l'autre. On connaît ces refus du plaisir, nés d'une rancune psychologique secrète ou ouverte, parfois délibérément entretenue et nourrie de ces amères victoires qui condamnent l'homme à lui-même et procurent à celle qui en est marquée un assouvissement plus recherché et parfois plus nécessaire que l'apaisement des sens. C'étaient des corps à corps acharnés, dans lesquels Giuseppe Zaga épuisait ses forces viriles à la poursuite d'une victoire qui n'est remportée que lorsqu'elle est accordée. Mon père alla jusqu'au bout de sa confession douloureuse et lorsqu'il faisait ainsi à son fils l'aveu des humiliations que lui avait infligées celle qu'il aimait si passionnément, sa voix prenait les accents pénibles de ce que les Anglais appellent *self-pity*; elle devenait nasillarde, pleurni-charde, comme celle des clochards qui se tatouent sur le corps « pas de chance » pour justifier à leurs propres yeux leur échec.

J'appris que mon père passait des heures dans son cabinet à mélanger des substances et des décoctions à la recherche d'une savante recette qui lui eût permis de se « prolonger », comme on dit, dans l'espoir de forcer Teresina à l'assouvissement et de lui arracher ces cris de bonheur et d'accomplissement dont se repaît la vanité des mâles. Il essayait sur lui-même ces potions, était pris de vomissements et de violentes coliques. Il finit cependant par réussir cette découverte, qui a tant fait pour affermir son prestige et aussi le reste, donnant à sa réputation un éclat nouveau.

Il avait d'abord expérimenté la formule bénéfique sur notre vieux Foma, un vieux Cosaque du Don qui vivait dans notre cour et veillait sur les provisions de bois. Il n'avait pas toute sa raison et on le voyait toujours accroupi dans un coin, à côté d'un tas de bûches. Ses grosses mains gercées et craquelées comme la glèbe à l'approche de l'hiver assemblaient continuellement des fagots et des branches. Il recommençait sans cesse, défaisait son travail, le reprenant, toujours insatisfait de ses efforts. Depuis plus de trente ans, Foma bâtissait ainsi l'arche de Noé, car il s'attendait à tout moment au déluge. Il jugeait en effet que la somme de nos péchés était parvenue au point où la grande colère du Seigneur pouvait se manifester d'un moment à l'autre. Foma était cependant loin d'être aussi fou que nous le croyions alors. Si le déluge ne vint jamais sous sa forme liquide, les désastres et les bains sanglants qui devaient s'abattre sur la terre russe dans les temps à venir n'avaient rien à envier à ceux qu'avaient connus les premiers naufragés du monde.

Lorsqu'on lui demandait quelles étaient les créatures privilégiées qu'il comptait embarquer sur son arche, Foma vous regardait sévèrement et hochait la tête :

— Ce n'est pas encore décidé.

Je ne sais si c'était pour se mettre dans ses bonnes grâces et avoir ainsi quelque chance de surnager, mais les gens ne manquaient jamais de lui faire l'aumône et nos domestiques étaient aux petits soins auprès de lui. Il eut alors une idée qui montrait bien qu'il ne manquait pas de sens pratique : il commença à vendre des places dans son arche. On les lui achetait volontiers, ce qui est bien compréhensible, car je vois mal à quel autre espoir plus concret le peuple russe eût pu s'accrocher.

Ce fut donc sur Foma que mon père essaya un jour sa décoction. Le résultat dépassa toutes ses espérances : ayant vidé une fiole, Foma commença à pincer les fesses des servantes, et après cinq jours de traitement intensif, l'effet se révéla foudroyant. Un matin, j'entendis des hurlements dans la cour et me précipitai à la fenêtre juste à temps pour voir le vieux fuir à toutes jambes, tenant son pantalon à deux mains, poursuivi par notre cuisinière Evdotia, armée d'un balai et poussant des glapissements indignés.

La recette de « haute durée », ainsi que mon père avait qualifié sa découverte, est encore utilisée de nos jours. Afin de convaincre les incrédules et d'aider les amateurs de merveilleux, j'en donne ici la formule. Prenez quatre pincées de berce, y compris les racines, les feuilles et les semences, une poignée de boutons-d'or, feuilles et fleurs, une de chélidoine, en choisissant des feuilles demi-fraîches si possible, une demi-poignée de fenouil grec en graines broyées, une poignée de feuilles de menthe et de feuilles de sarriette et faites une infusion que vous boirez toutes les deux heures, en même temps que vous procéderez à des bains de siège tièdes à l'aide de cette même décoction. Je tiens à affirmer que mon père en fut l'auteur, aux environs de 1772, car elle fut recommandée dans le dernier quart du xxᵉ siècle par le célèbre guérisseur Maurice Mességué, un homme et un confrère pour qui j'ai la plus grande estime, mais qui n'en fut point l'inventeur. Le premier à jouir de cette bienfaisante recette fut le prince Potemkine, ce qui valut à Giuseppe Zaga l'Ordre Pour le Mérite que lui conféra l'impératrice Catherine comme marque de gratitude. Qu'on n'aille pas s'imaginer que mon père cherchait dans ses concoctions un remède à des défaillances, ou qu'il souffrait de ce manque de confiance en soi-même toujours funeste même aux meilleurs cavaliers. Mais dans la lutte étrange qui l'opposait à Teresina, il cherchait à aller au-delà du possible dans le dépassement. Il n'y arriva point. Il devait me dire, le jour de sa triste confession, évoquant ce petit visage aux mâchoires serrées, aux yeux durs, fermé dans le refus et blotti comme un animal hostile dans le nid de sa chaude chevelure :

— Elle ne voulait pas...

Et il ajouta cette phrase extraordinaire, dont seuls les très vieux libertins peuvent comprendre la tristesse :

— Elle ne voulait pas, car pour elle, faire l'amour, c'était un acte d'amour.

Pendant que se déroulaient à l'étage noble du palais Okrennikov ces corps à corps dont je ne me doutais guère, j'étais moi-même en proie à une frustration non moins douloureuse. Les deux orifices de pauvre bonheur que j'avais pratiqués dans les poutres de la *bania* avaient été soigneusement goudronnés et calfeutrés, mais si les satisfactions de mes étages inférieurs m'étaient désormais refusées, celles de mon regard ne furent jamais plus libres. Je ne manquais jamais les habillages et les déshabillages de Teresina et elle me faisait don de sa nudité d'une manière si naturelle que j'en venais à me demander si la nature n'était pas une des plus cruelles formes de supplice qui eussent été inventées. Je ne saurai jamais si elle s'était vraiment mis en tête, en m'habituant à la voir nue, de désamorcer une curiosité malsaine, ou s'il y avait chez elle une perversité inconsciente. Je crois plutôt que, n'ayant pas encore connu les embrasements de la sensualité, les troubles et les aiguillons de la frustration, elle ne se doutait pas, dans son innocence, du supplice auquel sa générosité me livrait. D'autant que je jouais la comédie du détachement et de l'indifférence, veillant soigneusement sur mes regards, leur interdisant de me trahir. Lorsqu'elle mettait ses bas ou enlevait sa chemise, il me prenait des tremblements convulsifs des genoux et des tics du visage, mais s'il lui arrivait alors de se tourner vers moi, je faisais mine de m'occuper de tout autre chose, jouant avec son petit chien *mops* Prince et sifflotant négligemment. Si nous étions devenus ainsi frère et sœur, comme elle devait le croire sincèrement, jamais la fraternité n'avait fouetté plus sauvagement le sang d'un garçon. Car il va sans dire que loin de « banaliser », comme on dit aujourd'hui, nos rapports, loin d'user mon regard par l'habitude, cette beauté qui s'offrait si généreusement à mes yeux mais se refusait à tout le reste ne faisait qu'aviver dans mes entrailles mille feux ; ces embrasements finirent par me jeter dans un état de privation et de désespoir qui faillit me coûter la vie.

Nos séances d'« accoutumance » me transformaient en effet en un brasier ardent. Refusant de me laisser aller à des demi-mesures manuelles, lesquelles, bien que je les eusse tentées, ne faisaient que fouetter mon imagination et m'emplissaient du triste vide d'un ballon dégonflé, je ne trouvai pour finir d'autre moyen de me calmer que de me plonger jusqu'au cou dans la haute neige qui s'entassait entre les bâtiments de la cour et le mur extérieur. Je m'enfonçais donc à mi-corps dans cette substance glaçante qui eût fait le bonheur d'un Savonarole. Mordu jusqu'aux tripes par le froid, j'attendais que ma sève bouillonnante redescendît à son niveau habituel. Je m'en tirais toujours à temps, avant que l'engourdissement ne s'étendît à ma conscience. Une fois, cependant, ayant perdu tout rapport avec mon corps, je glissai sans m'en apercevoir dans l'oubli et ne dus d'avoir la vie sauve qu'à un de nos cochers, Yermolka, qui s'était aventuré derrière la *bania* pour uriner et aperçut la tête du *bartchouk* qui sortait d'un tas de neige. Mon visage tournait déjà au bleu mais était encore touché par le sourire ravi, né une heure auparavant, au moment où j'observais Teresina qui essayait des lingeries nouvelles de Paris, sourire que Yermolka attribua à quelque sainte apparition venue pour m'accueillir dans l'au-delà. Il appela au secours ; la cour s'emplit de cris et de pleurs ; la domesticité affolée joignait les mains et levait les yeux au ciel ; on se voilait la face, on s'agitait beaucoup et quelqu'un eut même l'idée de me tirer de là. Le peuple russe possède au plus haut point le goût de ces gesticulations et mimiques expressives dont mon ami Chaliapine dit un jour qu'elles servaient à compenser le silence millénaire des serfs et des opprimés. Je fus transporté en toute hâte dans ma chambre où, sous l'œil du signor Ugolini transformé en statue par l'épouvante, nos femmes entreprirent de me déshabiller, cependant qu'on apportait les verges, les gants de crin et de la neige afin de m'en fouetter et frotter le corps. Miracle de la jeunesse, admirable et irrésistible poussée de sève printanière ! Lorsque je fus nu, il y eut autour de moi un grand silence. Ouvrant alors les yeux, je saisis sur le visage du brave Ugolini une expression d'ahurissement sans bornes, tandis que Glachka et Katiouchka, qui m'avaient retiré mes derniers vêtements, un instant immobiles, la main appuyée contre leurs lèvres, se mirent à pousser les petits cris qu'exige la vertu offensée. Ayant payé ainsi leur tribut aux bienséances, elles se détournèrent, en pouffant de rire. Mon père, que l'on venait de prévenir, entra à ce moment-là. Un coup d'œil lui suffit pour constater que ma vie n'était pas en danger et que mon bain de glace n'était pas parvenu à faire taire la voix de la nature réclamant son dû à cor et à cri. Il ne lui en fallut pas plus pour comprendre les raisons de mon immersion volontaire et les mesures urgentes qui s'imposaient.

Or, il se trouvait que depuis quelque temps déjà, mon père, bien qu'il m'aimât trop tendrement pour m'exprimer son inquiétude et peut-être même, déjà, sa déception, cherchait en vain à découvrir en moi le germe de quelque talent qu'il eût pu exercer, cultiver et aider à s'épanouir, afin que la grande tradition familiale ne s'éteignît pas avec lui. Il avait été heureux quand je ramenais de la forêt de Lavrovo les images des monstres légendaires que seul mon œil d'enfant savait y découvrir. Plus tard, lorsque la réalité, aidée par le Temps, son sinistre complice, se fut emparée de ma main et de mon regard, et que je ne rapportai plus à la maison qu'une pauvre moisson terrestre, arbres, fleurs, paysages et autres absences de mystère et de magie, il s'inquiéta. Mon frère Giacopo avait appris le violon dès l'âge de six ans et était déjà devenu un virtuose ; Guido tirait de son corps des prodiges de souplesse qui devaient faire de lui un bateleur digne des premiers Zaga, fondateurs de notre tribu. Ce retour aux sources chagrinait du reste mon père, qui eût voulu voir son fils aîné s'élever vers de plus nobles sommets, et devenir prince de l'Église, peut-être même pape, ou, pour le moins, grand financier. Ma sœur était jolie, ce qui suffisait à une femme. J'étais le seul à n'offrir aucun signe de talent. J'étais assez habile de mon corps mais mon esprit manquait de vivacité et de souplesse. Il ne se doutait pas que je traversais cette période difficile où l'adolescence qui commence a honte de l'enfant qu'elle cache, mais que l'enfance

127

allait un jour avoir le dessus, s'imposer, régner sur mon imagination, et que j'allais donner ainsi à la vieille couronne de saltimbanque un éclat nouveau.

Giuseppe Zaga avait donc commencé à se dire que ce très jeune fils qu'il couvait de toute sa tendresse allait représenter un passage à vide dans l'histoire étoilée de notre tribu. Mais lorsqu'il me trouva, à la sortie de mon bain de glace, brûlant d'une flamme que les extrêmes rigueurs de l'hiver russe n'étaient pas parvenues à diminuer, il se sentit entièrement rassuré. On ne pouvait certes encore dire à quelles hauteurs mon exubérance si visible et mon ardeur allaient me porter, mais il était clair que je n'allais pas me trouver dépourvu et que j'allais disposer dans mon ascension sociale d'un très bel atout.

Il ne dit rien, garda un visage impassible et me laissa aux soins d'Ugolini; ce dernier, après avoir hésité un bon moment entre un bain chaud et un bain froid, opta pour le premier, ce qui rétablit à la fois ma circulation et provoqua la détente nécessaire. Le même soir, cependant, il descendit dans ma chambre. Prenant le bougeoir de la main du valet qui l'accompagnait, il s'approcha du lit, tira la couverture et, d'un geste autoritaire, releva ma chemise. Je pense qu'il voulait s'assurer qu'il n'avait pas été victime d'une illusion. Je guettais le visage de mon père d'un œil anxieux, soucieux comme toujours de plaire. Déjà avant l'arrivée de Teresina, cette partie de ma personne me remplissait d'étonnement, car elle commençait à prendre parfois des proportions sans aucun rapport avec les modestes services qu'elle me rendait.

J'attendais.

Il y eut, sur le visage du plus illustre des Zaga un rapide passage de clarté. Mon père ramena les couvertures sur moi et s'assit sur le lit. Je me souviens qu'il portait une robe de chambre de brocart rouge tissé de motifs or, argent et noir qui représentaient des signes cabalistiques, des oiseaux étranges et des dragons crachant le feu, bien plus impressionnants et évocateurs que la robe et le chapeau étoilé de Nostradamus. Nous avons toujours été, dans notre famille, les plus empressés et les plus fidèles ouvriers du bonheur, et Giuseppe Zaga devait se sentir heureux de savoir que son fils avait tout ce qu'il fallait pour servir fièrement cette vocation. Il me parut cependant un peu triste ; dans le sourire qui errait sur ses lèvres pendant qu'il m'examinait, il y avait une trace de nostalgie ; je sais aujourd'hui qu'il est difficile et cruel d'être un enchanteur vieillissant.

— Les Arabes disent *Allah akhbar*, ce qui signifie Dieu est grand, murmura-t-il, et c'était la première fois que je l'entendais parler de Dieu, car il était comme beaucoup de professionnels de l'au-delà, qui connaissent trop les accessoires et les ficelles qu'ils placent eux-mêmes dans les coulisses pour être portés à la foi. Mon père se leva et s'en alla, précédé du valet qui avait repris le bougeoir et suivi de ses signes cabalistiques, de dragons infernaux et d'oiseaux jamais vus qui s'envolèrent derrière lui pour revenir se poser aussitôt et s'enfouir dans la vie chatoyante de la soie.

Ce fut le lendemain de cette visite que ma vie prit tournure.

XIV

Il était quatre heures de l'après-midi. Il faisait déjà nuit dehors et les flocons descendaient du ciel avec cette lenteur qui procure à l'œil je ne sais quelle apaisante satisfaction. Je venais d'entrer dans ma chambre pour préparer ma leçon d'allemand, langue qui me donnait beaucoup de mal par le cérémonial rigoureux et empesé de ses circonvolutions grammaticales. Cette étude me fit comprendre pourquoi les premiers et les meilleurs automates venaient d'Allemagne : c'était certainement la patrie de la mécanique bien réglée et des mouvements ordonnés une fois pour toutes avec une minutie implacable d'horloger. Je pressai mon front contre la vitre, contemplant les fées minuscules qui scintillaient de tout l'éclat de leurs sceptres invisibles. Les paysans russes disent qu'il n'est permis qu'aux âmes les plus pures de s'amuser à ces tournoyantes descentes, pour s'évanouir et remonter au ciel dès qu'elles ont touché terre. Les autres, celles qui s'accumulent en *sougroby*, ces grands tas de neige, et couvrent le monde gris de leur blancheur, sont des âmes qui n'ont pas été définitivement admises au paradis et ont été chargées à titre d'épreuve et de pénitence de cette tâche humble mais nécessaire qui consiste à cacher les noirceurs de la terre. Les paysans ont toujours toutes sortes d'explications qui échappent à la raison, car il y a longtemps que leur existence leur a donné de la raison une fort piètre opinion.

J'entendis derrière moi un bruissement très doux, un craquement de parquet, un écho de vie. Je me retournai. Il n'y avait personne. La peau de loup avec sa gueule aux yeux de verre demeurait bien sagement à sa place devant la cheminée : elle ne montrait à mon égard aucune de ces sinistres dispositions que ma tête rêveuse lui prêtait parfois. Mon ami l'Arlequin de feu continuait à danser sur les bûches, changeant de costume et de couleurs au hasard des flammes. Je remarquai que la porte se refermait discrètement. Mon œil put encore saisir la fin du mouvement de la poignée qui reprenait sa place. Un domestique, sans doute, qui était entré et sorti pendant que j'étais plongé dans mes songes.

Et puis j'entendis un nouveau froufrou. Cela venait du grand paravent blanc et rouge de Bessarabie qui protégeait mon lit contre les courants d'air de la porte. J'aperçus en même temps la forme d'une ombre humaine qui bougeait sur ce fond transparent. Je n'ai jamais été peureux, car ma forêt m'avait appris que les monstres vivaient dans une grande terreur des hommes et, ayant pris très tôt l'habitude de fréquenter les monstres, je ne craignais pas les hommes. La curiosité a toujours été mon trait de caractère dominant et je lui dois beaucoup de satisfaction. Je ne ressentis donc que de la curiosité et m'approchai du paravent. Je vis en filigrane sur la fine étoffe le dessin d'une jambe levée, de mains qui enlevaient une jarretière d'une autre jambe, le pied posé par terre, attitude qui demeure pour moi jusqu'à ce jour celle de la plus émouvante et de la plus stimulante féminité. Dans un moment d'espoir insensé, je crus un instant que Teresina était descendue dans ma chambre pour me délivrer enfin du fardeau de cette cruelle fraternité qu'elle m'avait imposée.

Mais ce n'était pas Teresina.

Ayant aussitôt contourné le paravent, je vis, assise dans un fauteuil, une très jeune Tzigane qui n'était vêtue, me semblait-il, que de couleurs ; elles se mêlaient à la cascade des boucles d'oreilles en anneaux d'or, des colliers et de la chevelure. La Tzigane me regardait du fond des âges, car les yeux de cette enfant qui ne devait pas avoir plus de treize ou quatorze ans étaient marqués d'une sorte de connaissance infinie, qui semblait remonter aux sources. Elle balançait doucement une jambe nue croisée sur le genou de l'autre, la robe remontée jusqu'aux hanches. Plus tard, souvent, en la retrouvant, je devais penser aux reines de l'Antiquité, aux prêtresses des temples, à Théodora de Byzance et aux rites lascifs devant l'autel des dieux païens, aux temps où la religion n'était pas seulement une chose obscure d'outre-tombe.

Elle plongea ses mains dans la lumière noire qui tombait en flots soyeux sur ses épaules et la rejeta en arrière d'un geste de la tête et d'une caresse des mains. Je ne saurais dire si elle était belle, car ses yeux étaient si grands qu'ils prenaient toute la place : on remarquait à peine le reste du visage. Non, maintenant que je la revois sans émoi, je crois qu'elle n'était pas belle, à peine jolie. La lèvre supérieure était curieusement retroussée sur de petites dents très fines et très blanches. Servie par un nez légèrement recourbé, aux narines un peu trop ouvertes, avides, l'expression du visage triomphait de son extrême jeunesse et semblait dire : « Je te connais, je sais ce que tu veux. » Ses deux mains se posèrent sur ses cuisses et, sans me quitter du regard, guettant avec un sourire presque cruel l'effet que ce geste allait produire sur moi, elle remonta lentement et complètement sa robe.

Je dois ouvrir ici une parenthèse car, les temps ayant changé, bien des noms célèbres se sont effacés et bien des secrets sont tombés dans l'oubli. Mais au moment où je me tenais là, suivant de l'œil le lent mouvement de la robe sur les cuisses, les pouvoirs de la Troisième Pyramide, que le grand prêtre Afarius avait investis dans les vingt-deux clés du Mystère, qu'il avait ensuite distribués aux élus à travers le monde, étaient reconnus non seulement par les Rose-Croix et par les fidèles du Triangle mais aussi par l'Église, puisque celle-ci n'a jamais cessé de les combattre. Lorsque la robe, dans un dernier mouvement, découvrit enfin ce qui m'était proposé avec tant de franchise, je reconnus sans hésitation une des clés d'Afarius, celle du bonheur, et je n'eus guère besoin du grand brasier de la cheminée et des lueurs rouges qu'il jetait sur la diablesse pour comprendre d'où elle venait et quelle était la puissance qui me l'avait envoyée.

Plus tard, mon père, à son déclin, et plus souvent ivre qu'il ne convenait à un homme habitué à user de pouvoirs bien différents de ceux que prodiguent les liqueurs fortes, me fournit une explication plus terrestre et plus vénitienne.

Il avait payé vingt roubles à la célèbre maquerelle Proska pour introduire dans ma chambre une fille capable de me mettre d'emblée sur le bon chemin, sans négliger pour cela les deux autres. J'acceptai sans trop de regret cette nouvelle preuve de dépérissement du mystère qui se faisait de plus en plus souvent sentir autour de nous à l'époque d'Auguste Comte, dépérissement auquel le docteur Freud allait remédier bientôt par ses œuvres admirables. J'aurais du reste pu répondre à mon père, puisque celui-ci se targuait autrefois d'avoir dîné avec le Démon chez le prince von Zahn, en 1680, que le fait d'avoir payé en pauvre monnaie les délices qui me furent prodiguées n'avait rien de contraire à la réputation du Prince des Ténèbres, car la vente et l'achat ont de tout temps été très chers à son cœur.

Je dois dire aussi que si j'avais devant moi une créature infernale, cela prouve seulement que l'enfer est une institution bien calomniée. Combien de philosophes du néant se fussent épargné les affres d'une interpellation qu'aucun concept ne parvient à satisfaire si, comme moi, ils avaient rencontré très tôt sur leur chemin des mains et des lèvres expertes et un petit corps qui détenait le secret de la véritable connais-

133

sance et paraissait n'avoir été mis au monde que pour donner à toutes les questions la plus douce des réponses !

Je reçus en même temps la révélation de mon avenir. Elle me vint de cette humble impératrice du plaisir, une de celles dont l'histoire ne retient jamais le nom, mais qui assurent parmi nous, plus sûrement que les arrogantes monarchies, la permanence du pouvoir absolu. La petite Tzigane me dit en effet, en cette heure de la nuit où le grand froid au-dehors et le feu dans la cheminée renouent entre eux leurs vieux rapports de complicité amicale :

— Tu seras un grand baiseur. Il faudra t'appliquer, te perfectionner, apprendre à soigner ton travail, à fignoler, mais tu as du talent.

Comment dire la joie que j'éprouvai à découvrir que les bonnes fées ne m'avaient pas oublié, qu'elles s'étaient penchées sur mon berceau et, me touchant de leur sceptre là où il fallait, firent de moi ce qu'on devait appeler plus tard une « nature d'élite » ?

La petite s'appelait Aïcha. Lorsqu'elle me quitta le lendemain matin, je me sentais comme Moïse après avoir reçu la révélation de la Loi.

Avant de fermer la porte derrière elle, elle se retourna, me sourit et me lança :

— *Takova khouïa i tzar — goloubtchik nie imeïet !*

Je n'ose traduire ce propos flatteur mais d'une crudité extrême, et il faut excuser cette enfant qui parlait encore le langage de l'innocence. Dehors, l'attendait dans sa calèche la maquerelle la plus connue de Saint-Pétersbourg, Proska Bakalaïeva, qui vécut assez longtemps pour que Pouchkine, dans une lettre-poème fort expressive à son ami Delvig, pût décrire sur un mode élégiaque les délices qu'il avait goûtées dans son « pensionnat ».

La nuit que je venais de passer se traduisit par un état d'exaltation dans lequel signor Ugolini reconnut les signes d'une crise mystique. Je devins incapable de travailler : je demeurais la plume en l'air au milieu d'une leçon, caressant le plafond d'un regard doux, un sourire humide aux lèvres. Le brave Ugolini m'expliqua que Dieu, certes, était une fort belle chose, et que ses anges et ses saints avaient fourni à nos grands peintres d'admirables sujets de composition, mais il n'y avait de meilleure façon de Le servir que de s'appliquer aux labeurs de la terre. J'étais tout à fait de son avis et devins un habitué du « pensionnat » de Proska. Lorsqu'on me retenait, je me jetais sur la peau du vieil ours Martynitch, lequel, même de son vivant, n'avait jamais été à pareille fête, l'embrassais tendrement et lui prodiguais mes caresses.

La nature exigeait cependant des satisfactions plus complètes. Je me souviens qu'un après-midi, alors que, malgré les *Donnerwetter!* et les *Gott im Himmel!* indignés du grand maître de la main, Koudratiev, j'accumulais des taches d'encre sur mon exercice de calligraphie, les exigences de mon sang se firent si tyranniques que, jetant ma plume, je me précipitai dehors. Je ne savais de quel côté me diriger mais l'instinct des seigneurs et maîtres me mena tout droit vers le quartier des domestiques, dans les anciennes écuries aménagées auxquelles on accédait par la galerie du troisième étage. Il y a des moments dans l'existence où l'inspiration force la chance et la main du Destin, peut-être parce que ce dernier est occupé ailleurs. J'ouvris une porte au hasard et ce fut celle de la chambre de Parachka, une des soubrettes de Teresina, qui s'occupait surtout de la toilette de sa maîtresse, cheveux et rubans, robes, parfums et mouches de bal. Or, il se trouvait que Parachka était à quatre pattes, en train de passer un torchon mouillé sur le parquet. Je fus confronté, au-dessus de la plante de ses pieds, avec une vraie croupe des campagnes russes. Je poussai une sorte de cri de guerre étouffé et tombai à genoux derrière elle avec une telle fougue que mes genoux me firent mal pendant deux jours. Sous l'effet de la surprise, Parachka demeura complètement paralysée et ne se mit à hurler que lorsque le *baritch* lui apparut clairement animé des intentions les plus précises. Ses cris auraient sans doute ameuté toute la valetaille si, dans un moment d'inspiration, je ne lui avais lancé précipitamment :

— Parachka, je t'aime d'amour, je ne peux pas vivre sans toi, je rêve de toi jour et nuit !

— C'est vrai ?

— Non seulement c'est vrai, mais on ira demain à la foire et tu choisiras tous les rubans que tu voudras !

Je ne saurais prétendre que je faisais là preuve d'une grande originalité, mais j'en étais à mes débuts dans le langage du cœur et on ne peut nier que je témoignais d'une certaine finesse. Les femmes sont vulnérables au murmure de l'âme et l'art de la séduction est fait de délicatesse.

En tout cas, Parachka avait sans doute estimé qu'il valait mieux éviter le scandale. Je fus seulement un peu surpris de constater que pendant que je montais au ciel, elle continuait à frotter le plancher.

XV

Mon père était d'autant plus satisfait de moi que mes frères avaient déjà quitté la maison, ma sœur était mariée, et j'étais le seul à n'avoir pas donné jusque-là quelque promesse. Giacopo faisait des tournées dans les villes allemandes et, n'ayant pas encore été rejeté dans l'ombre par le génie diabolique de Paganini, défendait fort bien l'honneur du nom.

Le cas de mon frère Guido était un sujet plus douloureux. Je me souviens pourtant de lui avec émerveillement. Je n'avais que six ans lorsque je le voyais danser sur la grosse corde de la lingerie tout en jonglant avec les assiettes en porcelaine filigranée de Riga, cadeau du baron de Bebdern, que mon père avait guéri d'étouffements nocturnes. Il était devenu un merveilleux acrobate, promis à l'admiration des foules. Lorsqu'il revêtait son collant multicolore et s'avançait sur le filin pour y danser, il me faisait penser à mon ami le bonhomme de feu, tant il était vif, gaie et plaisant à regarder. Or, cette adresse uniquement physique, celle du corps et des mains, gênait Giuseppe Zaga et l'attristait. Ce n'était pas qu'il eût honte, loin de là, des débuts de notre famille. Mais il estimait que nous devions aller plus loin et viser plus haut, transcender les habiletés et les adresses élémentaires, ennoblir nos ambitions, nous renouveler. Il avait rêvé pour ses fils des sommets où l'habileté d'escamoteur, l'adresse de jongleur, la souplesse de danseur de corde et de contorsionniste peuvent mener ceux qui, ayant acquis et développé ces qualités, sauraient les appliquer au domaine de la pensée, de la politique ou de la littérature. Il eût voulu nous voir accéder à une aristocratie qui ne saurait certes prétendre à celle de la noblesse authentique, mais qui est néanmoins digne de lui tenir compagnie. Giuseppe Zaga savait mieux que personne qu'à ses origines, l'art n'était qu'un pas de danse, un air de pipeau, un récit de conteur autour du feu, un chant de batèlier — quelque chose, ma foi, qui courait pieds nus. Mais nous n'en étions plus aux origines : une des plus belles civilisations de l'histoire était là et elle nous tendait la main. Il fallait la saisir.

Lorsque je regarde le portrait de mon grand-père Renato, peint par Scacci, le Florentin que Pierre le Grand avait ramené d'Europe dans ses basques, je suis toujours frappé par le nez de mon ancêtre. C'est un nez aux narines subtiles qui me semble flairer les courants de l'avenir, organe divinatoire plutôt qu'olfactif et que le regard vif, malin paraît chevaucher, comme lancé vers les temps futurs. Je sens que ce grand saltimbanque savait que le temps allait venir où l'art se taillerait dans le monde une place que le sacré seul détenait jusqu'à présent, car les grandes civilisations hélas ! ont toujours poussé à partir des cimes, laissant à leurs ténèbres et à leur croupissement douloureux ces humbles graines où elles ne prennent point racine.

Je me souviens de la scène dramatique qui termina la dernière entrevue entre mon frère Guido et notre père Giuseppe Zaga. Celui-ci marchait de long en large dans le grand salon qui s'ornait des portraits de l'impératrice Catherine et du doge Dandolo. Il y régnait ce désordre qui semble toujours augmenter dans les demeures russes avec le nombre des domestiques.

— Pars, disait mon père, la voix assourdie par une tristesse difficilement contenue. Cours les foires et les tréteaux, sois un simple amuseur. Je ne méprise ni ta vocation ni la pauvreté. Puisque tu veux te contenter d'être un jongleur, un danseur de corde, rien de plus...

— Je veux être honnête, dit Guido.

Mon père s'arrêta et le regarda avec stupeur. L'espace d'une seconde, il parut avoir vieilli de cent ans, puis se reprit et rajeunit.

— J'ai engendré un couillon, dit-il.

— Tous nos ancêtres ont été des bateleurs, dit Guido. C'étaient des gens qui œuvraient honnêtement et n'avaient pas de prétentions. Maintenant nous sommes devenus des escrocs et des imposteurs. Nous réclamons un respect auquel nous n'avons point droit et nous attribuons à notre pauvre art des pouvoirs dont il est totalement dépourvu. Nous voulons être les nouveaux seigneurs.

— J'ai reçu les plus hautes marques d'estime et de reconnaissance de plusieurs têtes couronnées, dit mon père avec, dans la voix, un trémolo que n'eût pas désavoué Luccina, dans le deuxième acte de *La Fanfaronne*.

— Ces têtes tomberont, dit Guido.

— Eh bien, dit mon père, on mettra la couronne ailleurs. Ce sera le règne des idées et de la beauté.

Mon incorrigible frère fit de la main et de l'index un geste très italien et qui n'avait rien de cabalistique. Fort heureusement, mon père qui levait les yeux vers l'avenir, dans une attitude inspirée mais qui eût été plus appréciée sur une autre scène, ne s'en aperçut point.

— Oui, il y aura l'art, la beauté, la puissance et la noblesse des idées... L'homme trouvera toujours quelque chose à faire régner sur lui-même. Les siècles qui viennent donneront à ceux de notre tribu des possibilités inouïes. Perdant Dieu, le monde aura de plus en plus besoin de ses autres enchanteurs... Nous guérirons tous les maux des sociétés avec autant de succès que je guéris aujourd'hui la chaude-pisse. Tu manques d'ambition, de vision, de largesse, de générosité dans les rapports avec le public. Tout ce que tu veux lui

offrir, c'est quelques tours d'adresse... Nos petits-
enfants et arrière-petits-enfants vont chercher, découvrir et dévoiler au peuple le secret profond de toutes
choses, mais toi...

Il haussa dédaigneusement les épaules.

— Le secret est qu'il n'y a point de secret, dit Guido
en souriant.

C'était la première fois que je sentais passer sur mon
dos le grand frisson matérialiste, celui de la fin des
enchanteurs. Mon père frissonna aussi. Nous étions
pourtant au mois d'août.

Giuseppe Zaga eut ensuite une phrase admirable
qu'il puisa parmi les plus vieux et les plus sûrs
accessoires de notre tribu :

— Le mystère n'est pas dans l'existence d'un secret :
il est dans l'existence de la foi.

Ce fut alors que Guido le baladin, le jongleur,
l'acrobate, le jeune homme qui voulait demeurer
honnête et proclamer franchement toute l'humble
vérité sur nous autres, les Zaga, eut un geste qui fut ma
première rencontre avec ce qu'on devait appeler un
jour le « conflit des générations ». Il leva la main et les
yeux au ciel et fit le signe italianissime de la *figa*.

Mon père le regarda sombrement. Puis il désigna la
porte à son fils aîné :

— Va et gagne ton pain à la sueur de ton front,
imbécile !

Je raconte ici cet épisode pénible entre tous pour
expliquer pourquoi mon père avait reporté sur moi
tous ses espoirs et toute son affection. Je crois qu'il fut
heureux lorsque la maquerelle Proska, dont il me fut
permis bientôt de fréquenter librement la maison
accueillante, lui rapporta, ainsi qu'elle me l'avoua elle-
même, que son fils cadet avait l'étincelle sacrée qui
permet toujours à un jeune homme assidu et appliqué
de s'ouvrir le chemin du cœur féminin. J'ajouterai ici,
à propos de certaines calomnies, et singulièrement à
propos de la page injuste et pénible que m'a consacrée
l'éminent historien M. Philippe Erlanger, que je n'ai

point « vécu aux crochets des femmes ». Quant à écrire, comme il le fait, que je n'étais pas trop jaloux « lorsqu'il s'agissait de tirer quelque profit du partage », et à insinuer que « Fosco Zaga n'hésitait pas parfois à offrir ses services aux dames mûres pour servir son ascension sociale », je répondrai simplement que j'avais dans ma jeunesse une nature généreuse et que je n'ai jamais compté mes sous.

XVI

J'attendais avec impatience la fin de l'hiver pour
initier Teresina aux beautés et mystères de la forêt de
Lavrovo ; j'avais hâte de l'entraîner dans mon
royaume, où je jouissais d'une puissance dont mon
père lui-même ne pouvait se targuer. Je savais pourtant que la forêt était un domaine où la réalité n'avait
que fort peu accès. Encore fallait-il qu'elle prît des
précautions et, se pliant aux exigences de ces lieux
magiques, acceptât de se présenter sous ses apparences
les plus humbles, herbe, fleur, belette, oiseau. Les
vieux chênes veillaient à ce que tous ces bons usages
fussent scrupuleusement observés, mais j'étais
convaincu que, bien que j'eusse grandi, m'éloignant de
plus en plus de mon enfance, Ivan, Piotr et Panteleï me
gardaient suffisamment d'affection pour me permettre
de soulever un peu le voile et de révéler ainsi à mon
amie quelques-uns des aspects d'une tout autre vérité.

Le printemps s'annonça d'une manière si aimable
que l'on eût cru y voir la main du maître Fragonard. Il
me fut en effet servi sur le sein de Teresina. Elle s'était
précipitée un matin dans ma chambre, le corsage
défait, et tenant du bout des mains le museau de son
sein gauche.

— Regarde, Fosco ! Le printemps est arrivé !

Il me fallut quelques instants pour apercevoir la
coccinelle ; mon regard était trop ébloui par cette autre

bête à bon Dieu toute rose que j'avais envie d'enfouir dans le creux de ma main comme je le faisais, pour en sentir la fraîcheur, avec la truffe de notre petit chien *mopsik*. Je fus surpris ensuite moi-même de ma ruse. Ayant aperçu la bestiole printanière, je m'approchai de Teresina et, sous prétexte de faire passer la coccinelle de l'endroit où elle s'était posée sur mon doigt, je pus dérober quelques furtives caresses. Au bout d'un moment, Teresina s'aperçut du manège, car la coccinelle s'était envolée sans que, tout à mes délices, j'en eusse pris conscience, et me tapa sur les doigts.

— Fosco, n'oublie pas que je suis la femme de ton père !

Bien qu'il y eût plus d'ironie moqueuse que de gravité dans sa voix, je dus cependant battre en retraite et il me semble que je sens encore en ce moment l'absence de la bête à bon Dieu toute rose au bout de mes doigts.

Nous arrivâmes à Lavrovo au début de juin et, dès le lendemain, j'entraînai Teresina dans mon royaume. Je ne savais à quoi je m'attendais au juste. Peut-être escomptais-je trouver parmi mes vieux amis je ne sais quelle complicité propice, qui m'eût permis de tenir enfin dans mes bras un rêve devenu le plus doux et le plus heureux des accomplissements. J'oubliais tout simplement que les forêts de l'enfance, même les mieux disposées à son égard, ne se prêtent pas à de telles magies ; qu'elles sont fort sévères quand il s'agit de morale, de bienséance et ne touchent aux choses du corps que pour les priver de ce que la nature leur a donné de trop brutal et de trop cru. Quand il s'agit de ces voluptés auxquelles se prêtent ou plutôt qu'exigent nos organes, les forêts enchantées ont les lèvres pincées et le regard sévère des vieilles filles. Elles ont dû si bien deviner mes intentions que lorsque je m'y enfonçai parmi les ombres en tirant Teresina par la main, je n'y rencontrai que la plus froide décence, et les aspects les plus conventionnels de ce grand comme-il-faut de la nature où un arbre est un arbre, une fleur une fleur,

143

une source une source et où il n'y a trace ni de Baba Yaga, ni de gnomes, sorcières, dragons, et autres créatures dont les poètes et les enfants se partagent les faveurs. La forêt de Lavrovo ne pouvait me pardonner ma conduite infâme derrière la *bania*, mes visites au *boloto*, mes désirs charnels : à ses yeux, j'étais devenu un homme. Elle n'avait plus rien à me dire et encore moins à me révéler. Nous avions droit au bon accueil, Teresina et moi, selon les lois de l'hospitalité russe, mais c'était tout. Les arbres murmuraient poliment, leurs branches s'inclinaient comme pour nous saluer, mais ce n'était là que vent et bonnes manières et les chênes ne se mirent point à marcher à notre rencontre pour nous offrir le pain et le sel. Les étangs avaient gardé toute leur fraîcheur mais leurs ombres et leur bel air de mystère ne cachaient rien de plus merveilleux qu'un nénuphar. Les libellules les sillonnaient certes de leurs éclairs fulgurants, mais aucune ne se dévêtit de sa prudente apparence et ne devint, en tombant à nos pieds, une princesse longtemps enchantée. Mes trois amis, Piotr, Ivan et Panteleï se tenaient toujours à l'écart des autres mais ils ne faisaient plus délibérément bande à part, tout n'était plus qu'un hasard de graines, de vent et de racines. A l'endroit où, au bout de sa chaîne d'or, le chat-qui-avait-tout-vu-et-tout-connu me la baillait belle en se caressant les moustaches, il n'y avait qu'un peu de mousse, quelques charmantes marguerites et le début d'un champignon. Le ruisseau ne chantait plus mais faisait seulement le bruit de l'eau qui coule. L'ombre n'offrait que de la fraîcheur et si le méchant nain Moukhamor s'y cachait, c'est que cette ombre était vraiment très littéraire et il fallait chercher ailleurs ses prodiges. J'étais frappé de cette cécité qui permet au regard de voir mais ne lui permet plus de découvrir. Je n'avais plus droit qu'au « deux et deux font quatre », très ensoleillé, bien sûr, couvert de muguets, parcouru de doux zéphyrs, accompagné de chants d'oiseaux et servi fort aimablement avec un air de bonheur, mais le vrai talent n'y était pas et je savais que si je voulais retrouver ma forêt enchantée, il me faudrait l'inventer. Le pire était que je n'osais même plus entretenir Teresina de mes fréquentations passées, lui parler de mes amis d'hier, de peur qu'elle ne me prît pour un enfant.

Ce fut pourtant Teresina elle-même qui se réclama de l'enfance lorsque, couchée au bord d'un étang d'ombre qu'agaçaient les libellules, elle me conta une de ces légendes *byliny* où se retrouve la fraternité populaire profonde, celle qui unit les flûtes des Andes et les violons juifs, les chants tziganes et les nuits vénitiennes, la steppe russe et le chant des bateliers.

— Lorsque le carnaval arrive, il n'y a plus ni nuit ni jour, il n'y a plus que la fête, les rires et les danses et une telle gaieté règne partout que la peste elle-même fuit la ville comme le diable l'eau bénite. C'est un mal qui ne supporte pas la gaieté et c'est d'ailleurs ainsi que le carnaval est venu pour la première fois à Venise. Il y avait la peste, les gens tombaient morts dans les rues et toutes les prières avaient échoué... La peste était devenue tellement arrogante, elle avait pris une telle assurance de grand seigneur, qu'elle ne se cachait même plus, comme elle le fait d'habitude, elle ne se tenait plus dans les coins et on la voyait marcher vêtue de ses horribles oripeaux, avec sa tête de mort bien visible car elle ne se gênait plus et ne portait même plus le masque... Partout, sur son passage, les gens tombaient. Elle marchait en s'appuyant sur une canne de chambellan et derrière elle marchaient ses scribes qui notaient la récolte. Mon grand-père se souvenait très bien de l'avoir vue, au bord du canal Luna : elle s'était arrêtée parce qu'il y a là l'église de Saint-Innocent, qui était pleine de gens ; ils priaient tous pour que la peste s'en aille. La peste adore les gens qui prient, parce qu'elle aime le sérieux. Sans le sérieux, sans le respect, la mort est démoralisée, elle ne se sent pas assez importante et elle ne travaille pas aussi bien. Les gens qui manquent de sérieux donnent à la mort la colique. Elle aime l'ordre, l'obéissance, la gravité, la rigueur. Mon grand-père crut que son dernier jour était venu, parce que la peste était à dix pas devant lui, à priser du tabac, en écoutant les prières. Il a ôté bien vite son chapeau et lui a fait une belle révérence, croyant la désarmer, car les grands de ce monde aiment la soumission. La peste ne l'a même pas remarqué, tant elle était en train de jouir des prières ; elle referma sa tabatière et regarda avec impatience vers les scribes qui faisaient leurs comptes : il y avait plus de trois cents personnes dans l'église. Une bonne récolte. Alors la peste est entrée. Mon grand-père allait prendre ses jambes à son cou lorsque tout à coup il entendit des trompettes et des rires. Il tourna bien vite la tête et c'est alors qu'il vit le carnaval qui entrait. Au premier rang, il y avait les saltimbanques, les jongleurs et les acrobates, puis derrière venaient ceux qui devaient plus tard devenir célèbres, Arlequin, Brighella, Pantalon, Colombine, les polichinelles, et tous les autres, bien qu'il manquât à certains des détails, des traits : ils n'étaient pas encore au point. Du ciel tombait la neige italienne, bleue, verte, jaune et rouge, que l'on appelle confettis. La peste est sortie de l'église pour y mettre bon ordre mais voilà, les saltimbanques du premier carnaval, tous les polichinelles et tous les paillasses, étaient tirés par des ficelles qui montaient au ciel, où ils étaient tenus fermement en main par le plus grand saltimbanque de tous, le grand Zaga, en quelque sorte, et dès qu'ils ont vu la peste noire sortir de l'église, ils ont commencé à rire encore plus fort. La peste, quand elle a entendu le rire et qu'elle a vu qu'on ne la prenait plus au sérieux, elle a eu très peur et elle s'est enfuie vers les endroits où le sérieux règne en maître, comme Prague, par exemple, et elle y a établi ses quartiers. C'est comme ça que la République de Venise a été sauvée par le carnaval et c'est aussi la première fois que le peuple a compris quelles armes puissantes le rire et l'irrespect pouvaient devenir et c'est ainsi qu'est née la *commedia*, l'Arlequin et la liberté. C'est pourquoi jusqu'à ce jour toutes les pestes du monde craignent le rire par-dessus tout, car celui-ci possède des vertus désinfectantes qui sont fatales aux Puissants...

J'étais surpris. C'était là une histoire que les chênes auraient pu me murmurer jadis et je ne m'attendais pas que Teresina le fît si spontanément, avec tant de naturel et de conviction, comme si elle y croyait, et comme si elle eût été elle-même une de ces créatures de rêve que la forêt m'avait jadis permis de rencontrer. Je lui pris la main.

— Tu crois vraiment, Teresina, à cette légende ?

— Oui, j'y crois, puisque c'est notre peuple qui la raconte. Il sait de quoi il parle, va.

Je ne voyais vraiment pas le peuple capable des mêmes magies que la forêt de Lavrovo.

— Et je suis sûre que la *tsaritsa* Catherine y croit aussi, et tous ses grands seigneurs encore plus. Ils savent très bien qu'il n'y a rien de plus dangereux pour eux que le manque de respect, la moquerie et la fête populaire...

Je trouvais que Teresina exagérait un peu. Toutes ces vertus qu'elle prêtait aux humbles témoignaient d'une très belle imagination mais signor Ugolini me paraissait plus près de la vérité lorsqu'il me disait que les princes en avaient encore pour un bout de temps et qu'il ne fallait donc pas négliger ce public, quitte à étudier les goûts de celui qui allait leur succéder. Il s'annonçait comme très riche mais beaucoup moins aimable. Ce fut des lèvres d'Ugolini que j'entendis à cette occasion pour la première fois le mot français « bourgeois », prononcé avec quelque réticence, car le cher homme aimait les gens propres et qui avaient de bonnes manières. Quant au peuple, il m'expliquait qu'il s'agissait d'un public encore très lointain et problématique, dont le goût pour le bon théâtre était sujet à caution. En quoi il se trompait singulièrement, car dix ans plus tard la guillotine faisait salle comble, si je puis dire, et les grands acteurs qui montaient sur ses tréteaux trouvaient un public populaire bon enfant, enchanté du spectacle auquel il participait lui-même par des cris et des lazzis de toutes sortes. Cet intérêt qu'il portait aux choses de l'esprit, surtout lorsque celles-ci lui étaient servies dans le panier, ne devait plus jamais se démentir, pour le plus grand bien de l'humanité et celui de notre tribu.

Mon adorable précepteur avait composé lui-même quatre comédies et nous les jouâmes devant un public de chênes et de coquelicots, de papillons et d'oiseaux, au milieu d'un pré ensoleillé. C'était ce qu'il appelait des « comédies à quatre voix », écrites spécialement pour le nombre d'acteurs dont il disposait et qui mettaient en scène Arlequin, Sganarelle et Colombine, cette dernière se faisant passer pour Doña Elvire. Nous donnâmes d'abord *Don Juan heureux et malgré cela content*, ensuite *Arlequin Roi* et *Arlequin chez Œdipe*. Ce fut ensuite *La Statue du Commandeur ou le Déshonneur*, pièce dans laquelle la fameuse statue ne tient pas parole et n'apparaît pas à la fin du festin pour entraîner le libertin aux enfers, si bien que Don Juan se trouve condamné à la banalité et à l'usure et mène une petite vie bourgeoise sans trace de grandeur, de métaphysique, d'enfer et de damnation. Je considère aujourd'hui cette pièce comme prophétique, car elle me semble annoncer l'Europe d'aujourd'hui. Mon père accepta de tenir le rôle de Don Juan et du Commandeur, et il y fut superbe, ayant, nous expliqua-t-il, connu personnellement les intéressés lors d'un voyage qu'il avait effectué en Espagne quelque cent cinquante ans auparavant, à la recherche d'un ouvrage cabalistique d'Abraham de Salamanque, et était ainsi en mesure de s'inspirer de la réalité. Rien ne vaut le réalisme comme moyen d'illusion en art, conclut-il.

Bien des années après la mort de leur auteur, je retrouvai les manuscrits des quatre comédies et les publiai à mes frais à Milan. Je les soumis à quelques directeurs de théâtre de mes amis. Ce fut sans succès : on les trouva démodées, par trop naïves dans leurs ficelles et manquant de métier ; elles sentaient encore, me dit-on, la « vieille et simplette *commedia* à la Goldoni ». J'ai le regret d'avoir à citer ici l'illustre « Bambino » Spozzi, à qui pourtant le théâtre doit tant. C'était affaire des temps ; la légèreté était passée de mode dans l'Italie garibaldienne : le public aspirait à la grandeur, aux larmes et au sang. Mais aujourd'hui, ayant eu son saoul de cette trinité du malheur, l'Italie reprend goût au rire, ce qui témoigne à mes yeux d'un nouvel essor de la démocratie. J'apprends en effet — on imagine avec quelle émotion ! — que celui que je considère comme le plus grand de nous tous dans le royaume de la scène, signor Strehler, du Piccolo Teatro de Milan, aurait l'intention d'inscrire *Arlequin chez Œdipe* à son programme. Je suis sûr que si tel est bien le cas, le soir de la première, on rencontrera dans les couloirs du Piccolo une silhouette furtive, habillée à l'ancienne, que l'on prendra pour un acteur égaré hors des coulisses, celle de Principio Orlando Ugolini, ressuscité par la joie, car on a toujours grand tort de sous-estimer les pouvoirs de celle-ci.

Notre été fut interrompu par un séjour que mon père dut faire à Riga, chez le baron-philosophe Grüderheim avec qui il était en affaires, s'agissant d'un moyen nouveau de teindre la soie ; je fus privé de ma Teresina pendant deux mois, ce qui me plongea dans une neurasthénie, ou une mélancolie, comme on disait alors, qui prit rapidement de telles proportions que je me mis à pleurer au clair de lune et à écrire des poèmes. Notre tribu avait toujours regardé la tristesse d'un très mauvais œil, car si elle nous est utile chez le public, qu'elle met en goût et en besoin de divertissement, elle se révèle souvent fatale aux baladins, éveillant chez eux des tendances méditatives, philosophiques, sincères, et autres fissures de l'âme, par lesquelles se glissent à l'intérieur tous les démons du doute, du découragement et de l' « à quoi bon ». Selon la chronique familiale, il y aurait même eu un Zaga tombé si profondément dans le grand trou du sérieux qu'il en devint pape, bien qu'il pût s'agir là d'une

149

habileté particulièrement astucieuse de saltimbanque désireux de parer son art d'un prestige nouveau.

Je passai donc le mois d'août à écrire des stances philosophiques, des odes à la mort et des élégies et il m'arrivait d'éclater en sanglots à la vue d'un roseau froissé. Signor Ugolini était convaincu que je me touchais, vice fatal, selon lui, car il fait écouler la cervelle par la voie urinaire. Ce n'était point exact, et je me tirais fort bien d'affaire à cet égard auprès d'une certaine Glachka et n'en éprouvai d'autre inconvénient que quelques petites bêtes.

XVII

A la mi-septembre, nous revînmes à Saint-Pétersbourg, où mon père et Teresina se trouvaient déjà
depuis huit jours.

Je m'aperçus que mon amie avait changé, que ses
humeurs étaient devenues plus impatientes et plus
fantasques. Il eût été difficile de trouver à Saint-
Pétersbourg une maison plus désordonnée, où régnât
une humeur plus capricieuse, et dans cet empressement — on dirait presque ce soin — que Teresina avait
de mettre tout sens dessus dessous, se devinait le
besoin de je ne sais quel autre bouleversement.

Un matin, alors que je venais de sortir de ma
chambre, j'entendis des cris et des glapissements qui
venaient du salon bleu. Je courus vers ce lieu solennel
où régnaient dans toute leur splendeur les portraits des
princes allemands et russes auxquels mon père devait
sa fortune. Les boiseries importées de France par le
marchand Okhrennikov, les collections d'armes et
d'armures, les porcelaines de Saxe, les bibelots et les
œuvres de M. Gutenberg reliées de pourpre et d'or,
créaient une atmosphère où à la fois l'œil, l'esprit et
l'argent trouvaient leur compte. Dans ce cadre d'habitude aussi digne qu'empesé, je me trouvais devant un
spectacle où semblaient se mêler les aimables turque-
ries à la mode et les créatures de Jérôme Bosch.
Accrochés aux lustres, grimpant aux rideaux, se balan-

151

çant sur les cordons des sonnettes, tombant des murs avec les tableaux, cassant la porcelaine sur les tables, culbutant et se battant sur les tapis d'Ispahan, quantité de petits singes, que leur extrême agitation paraissait multiplier, transformaient ce haut lieu de la fortune acquise en ce que nos amis anglais appellent le *bedlam*, une prison pour fous. Les singes noirs aux museaux gris étaient de l'espèce que l'on voit sur les peintures de M. de Tallens et sur les planches zoologiques qu'il a ramenées des Iles. Nul doute que dans ces paysages enchanteurs de palmes, fleurs, mer d'azur et ciel éblouissant de l'artiste, ces bêtes eussent été plaisantes à contempler. Mais lâchés en liberté dans le salon, ces vingt ou trente ravageurs faisaient l'effet d'une jacquerie. Les bibelots volaient en éclats ; accrochés aux cadres, quelques-uns de ces *martychki* jouaient à la balançoire sur un Canaletto de Venise, jusqu'à ce que celui-ci chût piteusement du mur ; les livres volaient en tous sens ; les nappes, tirées par de petites mains agiles, déversaient sur le sol les statuettes fragiles, les boîtes à musique, les cristaux. Ce saccage était accompagné de glapissements furieux et assaisonné d'une odeur dont il n'était que trop aisé d'identifier la source sur les tapis.

Debout à la grande porte d'entrée parmi les cages, le comte Arbatov contemplait son œuvre d'un œil ravi. C'était un homme célèbre par ses folies, dont l'une avait consisté à faire venir d'Afrique quarante négresses afin d'en faire l'élevage, car il soutenait que, accouplées avec nos serfs, elles allaient donner une race qui joindrait à la beauté noire la solidité et la résistance russes, pour le plus grand profit des propriétaires. Une énorme pelisse de loutre jetée sur les épaules, il riait d'un rire heureux. Depuis quelque temps, sa bonne humeur s'accentuait et son rire gagnait en exubérance, cependant que son visage écarlate sous d'épais sourcils blancs et ses yeux d'un bleu de verre pâle étaient frappés d'une sorte de fixité, presque de paralysie, dans l'expression d'une joie intense, ponctuée par les manifestations soudaines d'une hilarité que rien ne semblait motiver. Il devait, en effet, être bientôt emporté par ce mal dont le dernier stade se manifeste par l'euphorie. Le mal français était alors fort capricieux dans ses ravages, permettant à certains d'atteindre tranquillement le grand âge en sa compagnie, mais foudroyant les autres.

Les signes de folie d'Arbatov étaient pris pour de l'excentricité, mode venue d'Angleterre et refuge commode pour ceux qui ne savaient quoi faire de leur vie et de leur or et cherchaient à se donner une apparence de personnalité par l'extravagance, cette œuvre de désœuvrés. Derrière lui, son valet de pied, portant un chapeau anglais et une redingote John Bull, avait le visage impassible des gens qui ne perdent leur sang-froid que lorsqu'on cesse de payer leurs gages.

Teresina, vêtue d'une robe de satin blanc, tenant deux singereaux dans ses bras, semblait enchantée du spectacle. Il y avait cependant dans les accents de sa joie des notes aiguës plus proches de la malveillance et de la rancœur que de la fête vénitienne. Elle se tenait assise dans un grand fauteuil au dossier raide et haut et aux bras en pattes de griffons, qui paraissait fait pour la dignité et l'importance, la tête rejetée en arrière et entourée de l'amitié chaleureuse de sa fauve chevelure ; son corps était tendu, ses mains crispées et son rire n'était ni plaisant, ni même, dirais-je, honnête. On sentait chez elle une hostilité qui paraissait viser le monde entier, car on n'utilisait pas encore le mot société dans le même sens qu'aujourd'hui : il était synonyme de « société aimable ».

Nos domestiques regardaient avec des mines consternées la *barynia* et les créatures infernales qui mettaient le salon à sac ; je savais qu'on commençait à murmurer dans les cuisines et dans les étables que l'*Italianka* subissait parfois l'emprise du Diable, chose pourtant impensable, car le Diable n'aurait pas tenu une seconde devant un tel manque de sérieux, qu'il craint plus encore que l'eau bénite.

Je m'aperçois, maintenant que je le regarde si attentivement, assise dans le grand fauteuil depuis longtemps disparu, que ses lèvres et son menton ont un dessin un peu plus accusé, plus dur même, que je ne le croyais : après tant d'années, j'ai fini par mettre au point mes souvenirs et je la vois chaque jour plus clairement, avec un réalisme d'autant plus sûr qu'il ne vient pas du monde extérieur mais de celui que je porte en moi.

Mon père fit son entrée au moment où la bataille entre les singes et le bel ordre des choses qui lui avait coûté tant d'argent atteignait son apogée dévastateur. Il s'arrêta en haut de l'escalier et s'appuya à la balustrade de pierre. Il portait une robe de chambre polonaise rouge à brandebourgs argentés et se tenait figé dans une raideur qui me parut l'effet de je ne sais quel foudroiement intérieur. Levant les yeux vers lui, Teresina le toisa d'un regard de défi, cependant que sur son visage une expression douloureuse, qu'elle essayait en vain de retenir, succédait par petites ondes hésitantes et nerveuses à celle de la gaieté. Je crois qu'elle avait de l'affection pour son mari, en qui elle commençait peut-être à voir le père qu'elle n'avait jamais connu ; ne pouvant s'empêcher de se laisser aller à ses humeurs fantasques et à ses révoltes, elle s'en voulait en même temps des souffrances et blessures d'amour-propre qu'elle infligeait à l'homme qui l'aimait. Je vis passer sur les traits de Giuseppe Zaga, ce vieil enchanteur que Teresina traitait de « laquais de tous les princes noirs et de tous les princes sanglants », une ombre de douleur ; puis il tourna lentement sur lui-même et s'en alla, cependant que les singes paraissaient célébrer son départ par de nouvelles cabrioles et de nouveaux glapissements.

Au cours des semaines qui suivirent, Teresina entoura ces petites bêtes de tous ses soins ; elle semblait tenir beaucoup à ces porteurs de désordre. Elle me disait qu'ils lui rappelaient le *broglio*, les tréteaux des saltimbanques sur le quai des Esclavons, les tambourins et le peuple en liesse, les orgues de Barbarie que venaient de ramener de Turquie les épiciers du Rialto, la fête vénitienne. Malgré tous ses efforts, cette faune turbulente ne réussit pas à s'acclimater chez nous. On avait beau mettre dans tous les coins des gîtes de feutre, bourrer les poêles, le froid et les courants d'air firent bientôt leur œuvre. Je les voyais serrés les uns contre les autres auprès de la cheminée ; l'un d'eux vint si près des flammes que son poil s'embrasa et une atroce petite boule de feu se mit à bondir dans les airs et sur les meubles, brûla un instant accrochée aux rideaux en poussant une plainte horrible et finit sur le parquet, pauvre chose qui achevait de se consumer lentement et dont la grimace noire hanta longtemps mes nuits. D'autres s'égarèrent dans la cour et dans la neige à la recherche du soleil et des palmiers et je crains que quelques-uns y aient été aidés par les domestiques, qui continuaient fermement à leur attribuer des parentés infernales. On les trouva le matin blottis les uns contre les autres dans les *sougroby*, gelés dans des attitudes humaines, celles de fraternité dans la souffrance et dans l'incompréhension. Teresina pleurait, se battait avec les domestiques et faillit arracher les yeux à notre majordome Ossip Vlassov, qu'elle accusait d'être responsable de cette extermination. Elle gardait longuement dans ses bras les derniers survivants : c'était un spectacle déchirant, car rien n'est plus pitoyable qu'un singe triste. On installa ici et là de petits campements de singereaux-tziganes et autour des marmites chargées de braises, les petits malades attendirent tristement leur sort, auquel nul n'échappa.

Mon père ne disait rien et laissait faire. Il traversait les pièces en évitant de regarder les intrus. Je crois que Teresina eût volontiers jeté contre la Cour de Russie et contre toutes les petites Cours princières d'Europe d'innombrables bataillons de singes destructeurs, mais je ne comprenais alors rien à cette rancune, et encore moins à ce besoin de tout mettre sens dessus dessous. J'étais désorienté, désolé de ce manque de respect pour toutes les choses riches et belles, alors que depuis toujours notre tribu n'avait d'autre souci qu'embellir la vie, faire plaisir, ravir, en un mot — et que l'on excuse ce terme professionnel si souvent répété dans ces pages — enchanter. Je suis également sûr qu'elle ne savait pas elle-même dans quel secret recoin de sa nature prenait naissance ce torrent d'irrespect, de défi et presque de provocation. Je crois aujourd'hui qu'elle était ce qu'on appelle dans notre métier un « médium » et qu'elle obéissait inconsciemment à des effluves mystérieux et volcaniques qui commençaient à se dégager à cette époque des couches les plus profondes et les plus noires de la terre. On qualifiait alors ces influences d'astrales ; on les nomma plus tard « telluriques » ; on les dit aujourd'hui « sociales », ce qui me paraît être le mot juste. On parlait encore en ce temps de sorcellerie et j'ai dû attendre de lire le beau livre de M. Jules Michelet sur les sorcières pour comprendre combien ces pauvres créatures avaient été calomniées.

Il n'y avait en tout cas aucun doute : mon adorable, ma tendre Teresina était possédée par des forces qui m'étaient encore inconnues, ce qui les rendait d'autant plus inquiétantes. Elles devaient bientôt se déchaîner un peu partout en Europe et la canaille en sut tirer parti, lorsqu'elle comprit qu'il suffisait de se réclamer de la liberté pour opprimer, de la fraternité pour fusiller, et de l'égalité pour grimper sur le dos du peuple et s'y installer à son aise.

Mon père n'adressait jamais à sa jeune femme le moindre reproche. On aurait dit qu'il prenait secrètement du plaisir à souffrir, comme s'il cherchait à se punir. Je ne sais si cela correspondait à quelque jugement inavoué qu'il portait sur lui-même, sur sa condition de *shout*, bouffon, ainsi qu'il le disait parfois aux moments de lassitude. Je me demande s'il ne partageait pas, sans nous l'avouer, afin de ne pas dégoûter ses fils du métier, la haine de Teresina pour le public, notre maître, que nous servions et qui nous faisait vivre — je parle, ami lecteur, d'hier et non point d'aujourd'hui, car rien ne m'est plus cher que ton noble visage —, ou s'il était simplement désarçonné.

Il ne dit rien pendant que les singes mettaient à sac le palais Okhrennikov et il ne dit rien non plus lorsque Teresina, moyennant une somme qui eût fait frémir la vieille comtesse Otrychkina, dont les extravagances faisaient l'admiration du peuple, s'attacha pendant plusieurs mois une troupe de *gitanos* espagnols. Ils venaient de Grenade ; chanteurs, joueurs de guitare merveilleux et musiciens, ils faisaient retentir du matin au soir le palais Okhrennikov du son de leurs voix, de leurs guitares, de ces curieux instruments que l'on appelait *castagnettes*, et de leurs talons. Ils s'étaient exhibés sur la scène du nouvel Opéra-bouffe et leur engagement fut prolongé à plusieurs reprises et dura près d'un an. Jamais, depuis, on ne devait cesser de rêver, en Moscovie, du Guadalquivir, d'Andalousie et du ciel de Séville, car la tristesse et la nostalgie du *flamenco* touchaient ce qu'il y a de plus profond dans l'âme des enfants de la steppe. Un des plus beaux poèmes révolutionnaires de 1919 s'intitule *Grenade :* un jeune partisan de l'Armée rouge rêve de voir un jour Grenade, et le refrain qu'il murmure est *Grenada, Grenada, Grenada moïa.*

Les gitans vivaient chez nous et ne quittaient pas Teresina, qu'ils accompagnaient dans tous ses déplacements ; leurs guitares et leurs chants la suivaient partout où elle allait. On imagine l'étonnement que ces façons suscitaient dans les rues de la capitale. Ils étaient logés dans les petites chambres, au-dessus des étages nobles, dont j'aurai à reparler. Rien ne me divertissait davantage que de les voir apparaître dès le matin, vêtus de leurs costumes noirs et de robes rouges à falbalas ; les femmes avaient des roses en tulle et en velours dans les cheveux, les hommes étaient coiffés de chapeaux aux larges bords, ronds et plats. Ils descendaient, en faisant crépiter leurs talons, notre grand escalier si solennel, que je me représentais en vieux monsieur mué en pierre à force de raideur et de rigueur, à titre de récompense ou de châtiment ; s'installant dans le vestibule comme sur une scène, ils attendaient l'apparition de celle qu'ils appelaient familièrement la *chica*. Ils ressemblaient beaucoup aux Tziganes russes. Je dis russes, car je ne savais pas encore que les Tziganes venaient d'ailleurs. Leur patron — on dirait aujourd'hui leur imprésario — le Juif Isaac de Tolède, venait de temps en temps pour toucher son or et demander si aucun des membres de sa troupe n'avait démérité.

C'était un vieil ami de mon père.

XVIII

J'ai gardé d'Isaac de Tolède un souvenir qui ressemble plutôt à une présence. Au cours des siècles qu'il me fallut traverser dans ma vie... Ici, je m'arrête un instant pour vous laisser le temps de hausser les épaules, de sourire et de murmurer peut-être, non sans amitié : « Ce vieux charlatan... Décidément il ne changera jamais... » J'aime, ami lecteur, chez toi, cette attitude, cette assurance, cette ironie, car elle me confirme dans le peu de plaisir que j'éprouve encore à être moi-même. Au cours des siècles, donc, que j'ai traversés avec ma charge d'amour, qui m'impose une immortalité autour de laquelle la mort rôde, guettant le premier signe d'une perte de mémoire, je retrouvais souvent Isaac de Tolède à quelque tournant de l'histoire. Il me plaisait de reconnaître en lui le Juif errant, et lui, à son tour, flairant sans doute en moi un futur frère d'armes dans la lutte que sa tribu et la mienne soutenaient depuis si longtemps contre les assauts d'une cruelle réalité, se prêtait volontiers à ce compagnonnage fabuleux. Il était très grand, beau de cette beauté qui tient plus à la force virile des traits qu'à leurs proportions harmonieuses, car son nez et ses lèvres exagéraient quelque peu l'un, sa présence, et les autres, leur pli sévère. Vêtu d'une robe de velours dont l'écarlate virait au noir dans un étrange chatoiement et avait à mes yeux je ne sais quoi de moyenâgeux, il

159

ressemblait très peu à ses frères de race, tels qu'on les voyait alors en Russie. Il en parlait d'ailleurs d'un ton légèrement protecteur, sinon méprisant ; c'était un seigneur, un *sephardi*, alors que ses frères de Russie et d'Allemagne, ses cousins plutôt, comme il le disait, étaient des *ashkenazim*. Mon père lui avait obtenu tous les permis nécessaires afin qu'il pût se mouvoir librement à travers la Russie et séjourner dans les villes. Il portait au cou une chaîne en or avec un pendentif qui représentait une étoile. Personne en Russie ne connaissait encore l'existence de l'étoile de David et on prenait ce signe pour celui de la profession d'astrologue qu'il exerçait effectivement, pour se faire craindre. Lorsqu'il se découvrait à la russe en entrant, ôtant son bonnet de fourrure brune, on voyait sur son crâne un peu chauve une calotte entourée de boucles épaisses. Une longue barbe, bien qu'elle fût noire, soigneusement entretenue par des artifices de teinture, donnait à ses traits une extraordinaire ressemblance avec le portrait que Leonardo avait fait de lui-même dans son extrême vieillesse. Il devait bien avoir à l'époque dans les quinze cents ans. Je ne sais quel âge il a aujourd'hui, car le Temps a des manières à lui avec les Juifs : il saigne plutôt qu'il ne s'écoule, et ce goutte à goutte échappe aux règles honnêtes de la durée. Je me suis inspiré d'Isaac de Tolède, bien des années après, pour le personnage de Volpone, dans la mise en scène que j'ai faite de cette œuvre à Londres en 1962, création qui fut assez discutée par la critique. Il se tenait toujours très droit, caressant sa barbe ; lorsque ses doigts blancs et fins couraient ainsi sur les poils, ils y mettaient une telle virtuosité que l'on s'attendait à entendre des notes de musique. C'était mon père qui lui réglait le salaire de sa troupe. Il y avait entre les deux hommes une affinité, une sorte d'entente tacite, presque une complicité, comme s'ils se fussent sans cesse rencontrés pour cheminer ensemble à travers les millénaires. Ils étaient frères de race, mais d'une race plus vraie que toutes celles qu'inventent la haine et la petitesse

160

de ceux qui cherchent plus bas que soi, afin de se sentir supérieurs. Chaque fois que mon père remettait à Isaac son or, j'avais l'impression qu'ils s'amusaient l'un et l'autre à se donner la réplique, cachant sous une improvisation conforme aux rôles qu'ils assumaient la profonde affection qui unit le Juif et le baladin depuis des temps immémoriaux.

— Ami Isaac, disait mon père, je te ferai remarquer que, pour le prix que je paye ta troupe de pelés, j'aurais pu me faire composer à Venise cinq opéras ou avoir pendant autant de nuits les faveurs de la Nitta.

— Cela vous eût coûté bien moins cher, mon prince, répondait le Juif.

Dans le jeu de ses doigts avec sa barbe, j'aperçus l'éclat d'un diamant.

— Qu'est-ce qui t'amène vraiment en Russie, cette fois ?

Le visage du voyageur s'assombrit.

— La peste, dit-il.

Le mal venait de ravager Moscou où un cinquième de la population avait péri.

Mon père regardait Isaac attentivement.

— En général, on la fuit. On ne vient pas la chercher.

— Les *ashkenazim* m'ont appelé à leur secours, dit Isaac. Et nous avons besoin de toi.

Il se tut un instant.

— Je te propose dix mille roubles, dit-il soudain.

J'écoutais, assis sur les marches de l'escalier. Je fus surpris de constater que mon père ne posait aucune question quant à la nature de l'aide qui lui était ainsi demandée. Il semblait au courant.

— Allons, allons, dit-il. Tu sais bien que je le ferai pour rien.

C'est ainsi que, trois semaines plus tard, se déroula à Kharkov une cérémonie à laquelle j'assistai, car mon père m'avait emmené avec lui, moins pour l'aider dans son travail, bien que tel fût le prétexte, que pour contribuer à mon éducation. Il était important pour moi de bien comprendre, me dit-il, combien certaines ruses sont nécessaires lorsqu'il s'agit de combattre la haine et le mépris que la plus grande force spirituelle de tous les temps, dont le nom est la Bêtise, ajoute aux autres embûches et périls qui nous guettent sur notre chemin.

Les Juifs étaient accusés d'avoir introduit délibérément la peste en Russie pour faire mourir les chrétiens, alors qu'ils en étaient eux-mêmes préservés par leur sang impur. On les brûlait, on les lapidait ou bien on les tuait honnêtement, à coups de sabre. La rumeur courait d'un massacre général imminent, sur l'instigation de leur plus grand ennemi, le patriarche Guérassim. Il faut reconnaître que Catherine était fortement opposée à l'idée d'exterminer les Juifs, redoutant que le peuple, n'ayant plus personne à haïr vers le bas, ne se mît à haïr vers le haut. Ils étaient du reste bons pour le commerce.

Le plan qu'Isaac de Tolède et mon père mirent au point était remarquable dans sa simplicité. Il mêlait les exorcismes talmudiques, dont le premier connaissait admirablement l'efficacité théâtrale, à la *commedia dell'arte*, dont le second savait si bien utiliser les recettes et les habiletés.

La manifestation d'exorcisme eut lieu à Kharkov fin mars, alors que l'épidémie était déjà à son déclin. Je ne puis mieux faire que de transcrire ici le récit qu'en fit Garbatov dans sa chronique *Vremie Tsaritzy* : « Tous les habitants avaient reçu l'ordre de demeurer chez eux, afin de se mettre à l'abri de la grande vague d'infection. Celle-ci ne pouvait en effet manquer de déferler au moment où la Peste serait obligée de sortir de son trou infâme par la force d'une musique youpine, qu'elle détestait par-dessus tout. La place du Marché était alors un espace de quelque quatre cents archines de long et de large où affluaient tous les jeudis les marchands ambulants et les paysans, les bergers et leur bétail. Je me tenais à la fenêtre de ma maison, qui donne directement sur le marché. Il était trois heures de l'après-midi et le jour commençait à baisser, lorsque nous entendîmes les premiers accents lointains des violons juifs. Les youtres étaient venus des villages avoisinants. Ils devaient être au moins deux cents et, ayant cerné la ville, ils avançaient de tous les côtés vers le centre, en jouant de leurs instruments. Je ne saurai décrire ici cette musique, car je n'avais jamais rien entendu de pareil. Je savais que les youtres étaient portés vers la mélodie et qu'ils étaient particulièrement adroits à se servir du violon, mais c'est là un divertissement de cabaret, et je n'ai jamais recherché ces vulgarités, n'aimant que le clavecin et les tons nobles de nos chants liturgiques. Ce que je peux dire, cependant, c'est que c'était une mélodie à la fois triste et gaie, rapide, dansante et pourtant donnant l'impression de quelque chose d'illimité, sans fin, qui est peut-être le destin si mérité de cette race maudite. Les violons devenaient de plus en plus proches, la place était vide dans sa blancheur, le crépuscule tombait. Ce fut alors que ma femme Vassilissa, mes deux enfants Nadia et Machinka et moi-même, vîmes, avec l'horreur qu'on imagine, apparaître au bout de la place, entre l'isba de Doukhine le serrurier et celle du boucher Blaguimatov, une créature dont l'apparence horrifique était certainement ce que mon œil a contemplé de plus répugnant. C'était une sorte de monstre humain, si l'on entend par là tête, visage et corps, mais si hideux et marqué de toutes les malédictions des puissances infernales que chacun de nous le reconnut immédiatement. " Tchouma ! La Peste ! " s'exclama ma petite Nadinka. Le visage de l'atroce apparition, enveloppé de bandelettes noires, était invisible, mais par les interstices dégoulinait une ignoble chair putréfiée et rougeâtre, cependant que le crâne se laissait voir dans toute sa nudité osseuse. Le corps, lui aussi, était enveloppé des mêmes bandelettes, car il était évident que, sans ce soutien, il n'aurait pu conserver son contenu pourrissant, dont on voyait les affreuses substances, tantôt poudroyantes tantôt liquides, déborder les attaches qui les enveloppaient. A la place des

163

mains, qui avaient perdu toutes leurs chairs, on n'apercevait que des ossements pointus. L'infâme créature
avança de quelques archines sur la neige, tournant sur
elle-même, visiblement à la recherche d'un chemin
qu'elle eût pu emprunter pour fuir, car la mélodie
fiévreuse et presque gaie des violons juifs la cernait de
tous côtés et s'approchait de plus en plus vite. Cette
musique paraissait lui causer une atroce souffrance. La
sale chose se tordait sur elle-même, les bras levés,
faisant des gestes pour se protéger contre les assauts
mélodieux, tournoyant, dansant presque sur place une
sorte de lente danse de douleur et d'agonie, et il ne fait
point de doute que la source de cette souffrance
indicible était dans les violons juifs et dans la mélodie
que cette infection ne pouvait supporter. Elle réussit à
faire encore quelques pas, sans cesser de se tordre sous
les flots de la musique qui l'incendiait. Nous vîmes
alors sortir de tous les côtés, apparaissant entre les
isbas, les musiciens juifs, vêtus comme toujours de leur
capote et chapeau noirs, jeunes et vieux, mais chacun
armé de son violon. Ils refermaient de plus en plus le
cercle autour de la Peste, car il ne saurait y avoir dans
mon esprit le moindre doute à ce sujet ; c'était bien
cette incarnation et cette source de malemort que nous
avions devant nous. La musique devint acharnée,
furieuse, cependant que les Juifs, ayant refermé leur
cercle, s'arrêtaient ; l'atroce chose s'écroula dans la
neige, leva un moignon en l'air comme pour implorer
la pitié, se tordit, s'aplatit, roula sur elle-même et enfin
s'immobilisa. Mais les violonistes juifs, craignant sans
doute quelque résistance prodigieuse de l'infection,
continuèrent à tirer de leurs cordes les accents de cette
musique purificatrice, à laquelle ne paraissait pouvoir
survivre la source du mal. Et, tout en jouant, certains,
et pas seulement les plus jeunes, commencèrent
d'abord à se balancer, ensuite à danser, et je reconnus
les pas et les rythmes par lesquels s'exprime dans nos
villages la gaieté, née de la confiance en leur Dieu, de
cette étrange secte de leurs croyants qu'ils appellent

les *hassids*. La chose purulente, enfoncée dans un tas de neige, ne bougeait plus. Mais les musiciens continuaient à s'acharner de toute l'ardeur de leur foi et de leurs violons contre le nid du mal. On eût dit qu'ils ne visaient plus seulement la Peste mais, bien au-delà d'elle, toutes les sources innombrables de noire infection. Nous tremblions tous. Alors, au moment où la nuit allait déjà nous dérober cette scène qui me parut, je m'en souviens clairement, annoncer la fin de l'épidémie, et même la naissance de quelque prodigieuse santé future, nous vîmes apparaître parmi les Juifs dont la danse devenait de plus en plus joyeuse, le docteur italien signor Zaga, accompagné de son très jeune fils. Ils portaient chacun à la main une torche ou, plus exactement, un flambeau et, s'avançant d'un pas ferme et sans la moindre crainte vers la source de l'infection, ils y mirent le feu, cependant que le déchaînement des violons devenait si frénétique et si heureux que mes deux petites filles se sont mises à battre des mains. En une seconde, la chose ignoble s'embrasa, ne laissant bientôt dans la neige qu'une cendre qu'effacèrent le lendemain les sabots des bêtes. On ne revit plus jamais la Peste à Kharkov, ni ailleurs en Russie, et bien que cela ne change rien à mon opinion sur les Juifs, il faut reconnaître qu'ils ont leur utilité, à condition de limiter leurs pouvoirs à ceux du violon et de la musique. »

Signor Ugolini, dont ce fut là la grande création — je dirai même que ce fut l'œuvre de sa vie, celle qu'il n'eut jamais l'occasion d'accomplir sur la scène — s'en était tiré avec un rhume. A la faveur de la nuit tombante, il avait pu se glisser, comme c'était prévu, hors de son déguisement maléfique, et rejoindre, par un passage creusé dans la neige, l'abri qui l'attendait, cependant que mon père et moi mettions le feu à la dépouille que nous avions mis beaucoup de soin à fabriquer. Je regrettais d'avoir eu à la détruire, car elle me semblait avoir sa place parmi tous les autres accessoires de notre métier que je venais parfois admirer dans le grenier.

Les violons juifs avaient vaincu la peste et il fallut chercher contre la race d'Abraham d'autres chefs d'accusation, ce qui ne fut pas difficile. L'affaire de Kharkov eut une conséquence inattendue : chaque fois qu'il y avait un grand malade dans un village, on faisait venir un violoniste juif, jusqu'à ce qu'une décision du rabbinat mît fin à cette pratique, car lorsque le malade mourait, la famille, trop souvent, réclamait des dommages au musicien.

J'ai tiré de cet épisode, pour mon illustre ami le marquis de Cuevas, un ballet que la mort prématurée de ce mécène empêcha d'accéder à la scène.

XIX

Ce qu'on commençait à appeler parmi les amis de mon père les « folies » de Teresina prenait des proportions qui provoquèrent bientôt un froncement de sourcils de la Cour. Ces excentricités n'allaient pourtant pas bien loin et je ne suis pas de l'avis de M. de Coullanges qui l'accuse dans son ouvrage d'avoir délibérément mené à la mort quelques-unes des personnes les plus haut placées de Saint-Pétersbourg. Teresina n'avait pas reçu une instruction ni acquis des connaissances, ou une « formation idéologique », comme on dit aujourd'hui, qui l'eussent pu mener à concevoir un plan aussi « terroriste » ou « anarchiste », mots et choses qui n'avaient pas encore fait leur apparition. Je ne nie point, bien au contraire, qu'elle eût certains instincts irrépressibles, propices à ces désordres de la liberté, qui ne reconnaissent ni hiérarchie ni rang social ni droit de naissance. Je le sais, le dis et suis sûr de servir ainsi sa mémoire. Mais cette sève insoumise excluait le calcul et la préméditation, et s'il est vrai que la nature de Teresina annonçait peut-être ce printemps du monde que l'on attend du reste toujours, il est évident qu'il ne pouvait s'agir de complot diaboliquement ourdi dans le drame dont elle fut bien indirectement la cause. Du reste, aurait-elle pu s'assurer la complicité du climat, ou recevoir peut-être du froid et de la neige des informations politiques ?

Mais voyons les faits.

Lors de la fête de saint Théodose, qui tombait en plein février, alors que mon père et signor Ugolini étaient justement occupés à mettre au point notre représentation de Kharkov et travaillaient aux costumes dont elle dépendait, il y eut quelques jours de froid exceptionnel tel que jamais, de mémoire d'homme, on n'en avait connu sur la Néva. Les bouleaux et les sapins qui commençaient alors à Verkhovka, en pleine ville, étaient couverts d'une couche de givre si épaisse qu'ils ressemblaient à ces belles pièces de verre que l'on fabrique à Murano et que mon grand-père Renato fut le premier à introduire en Russie. Les arbres épars et malingres étaient comme des lustres étincelants et l'air lui-même paraissait sur le point de se muer en un bloc de glace. On trouvait chaque matin dans les rues des corps gelés et notre premier cocher Vassili jurait qu'il avait vu un de ces malheureux se casser en plusieurs morceaux lorsqu'on tenta de le soulever, si bien qu'on put réunir ses restes en un petit tas, comme un fagot.

C'est pourtant cette semaine terrible que Teresina avait choisie pour donner sa fête vénitienne au palais Abramov, chez le marchand de fourrures qui avait ses comptoirs dans tout le pays et jusqu'en Chine. Les bals costumés et les déguisements en général avaient alors encore quelque peine à s'acclimater en Russie, car l'Église les condamnait, puisqu'il était bien connu que le Diable tirait grand parti des déguisements, qui lui permettaient de se glisser partout sans être reconnu. Tel était du moins l'avis du patriarche Guérassim, dont l'âge plus que vénérable s'accommodait mal des innovations.

Le palais était à sept verstes du Nevsky, bâti au milieu d'un îlot sur un des nombreux lacs qui ont disparu depuis, après la construction de la digue et l'assèchement des marécages par les ingénieurs allemands. Le palais était une réplique exacte du Palazzo Strozzi, sur le quai des Esclavons. On avait envoyé la veille les serviteurs et les victuailles, dont pour plus de dix mille roubles de vins italiens. Les invités devaient venir costumés et, à partir de cinq heures de l'après-midi, les traîneaux se mirent en route dans la direction du lac, où Teresina, sa troupe de gitans et les comédiens italiens qui étaient alors en représentation au Petit Théâtre, s'étaient rendus dans la matinée.

La tempête de neige se déchaîna brusquement vers cinq heures et demie. Quelques instants auparavant, rien n'était pourtant plus dépourvu de souffle que cette journée qui semblait entièrement promise à une immobilité de glace. Les branches des arbres craquaient sous le poids de la neige mais tout était pris dans un vide cristallin et immuable que troublait seulement parfois d'un trait noir et rapide quelque oiseau. Revêtu depuis des heures de ma tenue de mousquetaire du Roi et attendant impatiemment le bon plaisir de mon père pour monter dans le traîneau, je m'approchai de la fenêtre pour regarder une fois de plus si les chevaux étaient enfin avancés. Ce fut à ce moment que la bourrasque arriva, dans un ululement de sorcière, et que le monde disparut d'un seul coup dans les mouvances de la neige qui tombait en même temps du ciel et montait de la terre. On eût dit que des hordes sauvages de minuscules démons blancs et tournoyants s'étaient abattues sur la ville et les campagnes. On ne voyait rien ; les bataillons ailés des flocons innombrables ne laissaient pas la moindre chance à l'œil. Les derviches tourneurs se déchaînaient, cependant que le vent trouvait dans je ne sais quel gosier monstrueux des accents si furieux qu'ils paraissaient sortir du ventre même de la haine. Celui qui n'a pas vécu ces *metel* s'imaginerait difficilement ce que peuvent être ces implacables ensevelissements de toute chose, vie ou pierre, sous une blancheur dont la marée impalpable se mue rapidement en une prison glacée autour de celui qu'elle a surpris hors de sa tanière. Le prince Mourachkine note dans son journal que ce jour-là Saint-Pétersbourg fut enseveli « jusqu'aux épaules », et que, lorsqu'on essaya de sonner le tocsin, on trouva toutes les cloches déjà gelées. Les gens qui étaient sortis de chez eux à cinq heures et demie de l'après-midi avaient de la neige jusqu'au ventre à six heures.

Mon père ne se montrait toujours pas. J'appris plus tard qu'il avait fait semblant de ne rien savoir de la fête et de ses préparatifs et s'était enfermé dans son cabinet depuis le matin. Je le trouvai dans le salon, regardant par la fenêtre la nuit qui se refermait sur les hordes tourbillonnantes chassées des enfers par quelque furieuse et souveraine décision. Il portait une simple *roubachka* de paysan et des bottes de feutre ; une pelisse de fourrure fauve jetée sur ses épaules lui donnait l'apparence d'un géant. Il était en compagnie d'un ami, le botaniste allemand Knabbe, qui lui exprimait son inquiétude, en comparant la tourmente de neige aux déchaînements de sa Baltique natale.

— Eh bien, que voulez-vous que je fasse ? dit mon père. Je n'ai pas mes petites entrées auprès de Dieu. Et si vous connaissez un autre moyen d'arrêter la tempête, je vous serai fort obligé de me l'indiquer.

Il s'exprimait en français. J'avais remarqué qu'il utilisait toujours cette langue lorsqu'il se sentait porté au mordant et à l'ironie.

— Il faut envoyer des secours...

— Oui, c'est évidemment ce qu'il faut faire. Volez, mon ami volez.

— D'ici une demi-heure, les chevaux ne pourront plus passer.

— Et comme, par beau temps, il faut deux heures au moins pour arriver jusqu'aux lacs...

Il haussa les épaules. Je fus saisi d'une peur atroce. L'idée de Teresina ensevelie dans la neige me parut tellement monstrueuse que je crus défaillir. Personne ne me paraissait moins fait pour la mort. Je traversai le vestibule en courant et me jetai dehors. Toutes les meutes de la bourrasque se ruèrent sur mon corps et me couvrirent de leurs morsures ; je fus pris dans un sabbat de sorcières blanches et de derviches tournoyants qui me lançaient en ululant leur substance glacée dans les yeux, dans les narines et me l'enfonçaient dans la bouche. Aveuglé, je me débattais en pleurant, et luttais à coups de poing contre ces divisions impalpables. Les domestiques me rattrapèrent dans la rue ; lorsqu'on me plaça devant la cheminée pour me réchauffer, mes larmes étaient déjà gelées en de minuscules glaçons. Mon père me jeta un regard curieux. Il tenait un verre d'ambroisie à la main et buvait à petites gorgées. C'était un homme magnifique. Très grand, large d'épaules, le visage basané sous une perruque d'argent, spécialement conçue de façon à ménager l'abondance et la longueur de ses cheveux noirs. La dureté de ses traits céda soudain à la douceur.

— Tu l'aimes, n'est-ce pas ?

— Je...

— Tu l'aimes comme on aime une femme.

L'Allemand jouait avec le ruban de sa montre d'un air contrarié. Sans doute estimait-il qu'il y avait là une situation italienne et désapprouvait de tels épanchements.

Je dévisageai mon père sans comprendre. Comment pouvait-il demeurer aussi calme alors que Teresina, notre Teresina, était peut-être saisie par les mains glacées de ces mille sorcières dont nous entendions les voix haineuses et qui me paraissaient déjà triomphantes, et que le plus doux des corps se transformait en un bloc de glace !

Il porta le verre à ses lèvres et but encore une petite gorgée.

— Il ne lui arrivera rien. Elle est bien à l'abri dans le palazzo. Dommage pour la petite fête, évidemment...

Une lueur de mauvaise ironie — ou était-ce de rancune ? — passa sur ses traits et sa voix eut un accent de vulgarité rare chez un homme si attentif à paraître.

— Mais il est vain de chercher des réjouissances et des plaisirs... *extérieurs*, lorsqu'on ne possède pas en soi-même ce don naturel de ressentir et de goûter une

171

volupté et un bonheur que... que nul ne peut vous procurer...

Il vida son verre d'un trait, à la russe, façon qui n'était point de mise, ainsi que me l'avait expliqué Ugolini, avec des liqueurs sucrées et suaves. Il parut gêné, regrettant sans doute de s'être laissé aller à de tels propos devant un étranger. Herr Knabbe s'était détourné ; il entreprit de remonter le ressort de sa montre à l'aide d'une clé, avec une indifférence soudaine, comme pour nous dire : « *Ach so*, puisque c'est comme ça, ce n'est vraiment pas la peine que je me mette en frais. »

J'étais indigné par l'indifférence de mon père, alors que notre Teresina courait de si graves dangers. Je savais pourtant qu'il était profondément amoureux de sa femme. Mais j'étais trop jeune pour comprendre la passion et la rancune désespérée d'un homme viril et sensuel qui se découvre incapable d'imposer le partage du plaisir. Je ne savais pas non plus que l'amour peut atteindre parfois à un tel degré de souffrance et de frustration qu'il en vient à rêver d'être privé de son objet.

La tempête dura pendant trois nuits et deux jours. Lorsqu'elle prit fin, il fallut attendre deux semaines avant de retrouver la trace des routes. Sur les soixante invités de Teresina, tous ceux qui avaient été surpris sur le chemin des lacs avaient péri. Parmi eux, il y avait le prince Rachidjé, le Géorgien dont on disait qu'il était sur le point de remplacer Potemkine dans le lit de l'impératrice, l'ambassadeur de l'Électeur de Saxe, Kurtzenberg, les officiers de la garde Istomine, Volabamov, Kounitzine. Tous avaient été trouvés dans des attitudes grotesques, raidis sous leurs déguisements de pêcheur napolitain, de pirate barbaresque, de polichinelle. Kounitzine, déguisé en Dante, le médecin Pyjov, qui portait sous sa pelisse un costume de Méphistophélès avec des cornes et une queue — c'était un homme qui aimait rire — le vieux colonel Roublev, en Khan tatar, furent retrouvés les premiers dans leurs traîneaux aux cochers et chevaux pétrifiés. Le sort des dames fut moins tragique, car aucune ne faisait partie de la bonne société. La plupart ne furent regrettées qu'en raison de leur beauté, par ceux qui bénéficiaient de leurs faveurs ou en tiraient profit. Il y eut même quelques bons mots cruels qui prirent naissance à cette occasion et qu'il m'arrive d'entendre depuis, attribués tantôt à l'un, tantôt à l'autre. C'est ainsi que pour la Pougachkina, que l'on disait insatiable, et qui avait mis à sérieuse épreuve les forces des officiers les mieux doués, on dit, lorsque son corps de glace, vêtu à l'espagnole, fut libéré des neiges : « Enfin froide ! » Pour le comte polonais Zaslavski, un aimable viveur de cinquante-cinq ans et déjà inefficace, qui s'était mis en troubadour, on dit : « Enfin raide. » Ces commentaires peu aimables furent imprimés notamment dans *L'Almanach étincelant*, que publiait en français à Saint-Pétersbourg le gribouilleur Vavrin. Pendant plusieurs semaines, on continua à trouver ainsi les dépouilles lamentables de ceux qui ne furent jamais de la fête. Les derniers corps découverts furent ceux de Mme von Scholte, serrée dans les bras de son cocher, les lèvres de ce géant barbu pressées contre celles de sa maîtresse, qu'il avait ainsi essayé de réchauffer de son dernier souffle.

Teresina en sortit saine et sauve, ainsi que ceux des invités qui étaient arrivés au palais Abramov avant le début de la bourrasque, dont Pouchkine s'inspira plus tard pour son récit *Metel*. Elle n'eut aucune parole pieuse de regret ou de sympathie pour les disparus. La seule remarque que je lui entendis faire à ce propos me parut fort choquante. Elle ne se consolait pas, disait-elle, « de ce contretemps qui avait empêché quelques-uns des amis de la tsarine de participer à une fête fort réussie et que la force des choses avait fait durer pendant deux jours et trois nuits ». Elle disait cela avec une nonchalance qui m'épouvantait. Je clignais des yeux, ahuri ; comment pouvait-elle se montrer si méprisante, si cruelle même, envers des personnes si bien nées et qui avaient fait notre fortune ? J'avais alors un côté « petit prince » qui me paraît aujourd'hui assez odieux et, avec mes longues boucles, mes vêtements de soie et mes bonnes manières, je devais paraître très caniche de salon, toujours prêt à faire le beau pour recevoir une friandise. On parlerait aujourd'hui de snobisme ; on disait alors en russe : « C'est un parfumé. » Il me fallut beaucoup de temps pour comprendre, ou plutôt pour pressentir, deviner. Il y avait chez cette enfant, née au plus bas de la tourbe sociale qui fournissait des bras aux galères, aiguisait la langue d'Arlequin, armait la main des brigands et suscitait les rictus et les insolences des gens du peuple, une étincelle qui couvait en attendant que se mît à souffler le grand vent du large. C'était tout instinctif, elle n'en avait point conscience, mais cette flamme irrépressible était toujours à la recherche d'une mèche à allumer, d'une proie sur qui bondir. Ce que nous prenions pour des lubies et des caprices, sa haine de tous les carcans du respect et ce goût du désordre, sa *tziganchtchina*, comme on disait alors, venait d'une sève d'irrédentisme qui bouillonnait obscurément dans les souterrains de la société mais qu'aucune étoile encore ne guidait hors des ténèbres.

Lorsqu'elle revint à la maison, je me jetai dans ses bras avec un élan qui la fit pleurer. Elle se serra longuement contre moi. Je sentais son petit nez froid dans mon cou. Puis elle ôta sa fourrure de *gornostaï* et m'apparut dans sa robe espagnole toute couverte de roses écarlates et de dentelle noire.

— Comme c'est dommage, dit-elle, cependant que les femmes de chambre accouraient avec du chocolat chaud, défaisaient les rubans et les agrafes, lui mettaient ses mules et poussaient vers elle un fauteuil dans lequel elle se laissa tomber. Oui, dommage, vraiment... Tous ces gens si bien nés mourant de froid comme des gueux. La vie a de fort mauvaises manières.

Elle monta ensuite dans ses appartements et il y eut entre elle et mon père une explication dont l'épaisseur des murs ne suffit pas à étouffer l'éclat.

XX

L'affaire du palais Abramov faillit coûter cher à mon père. Sa situation exigeait beaucoup de doigté et de discrétion. Il était toujours à la merci de ce qu'on appelle aujourd'hui les mouvements d'opinion et, à Saint-Pétersbourg, l' « opinion » était le fait de quelques-uns. Ses ennemis acharnés n'étaient pas ceux qui le considéraient comme un escroc mais ceux qui le prenaient très au sérieux et voulaient sa perte, voyant en lui un homme dangereux, un franc-maçon au service des forces maléfiques.

Je ne cherche pas ici à accréditer une image fausse de mon père. Il est certain que l'élixir de jouvence qu'il vendait aux dames ne rajeunissait que l'idée qu'elles se faisaient d'elles-mêmes. Mais ses guérisons par la méthode psychologique étaient nombreuses et il existe à cet égard des témoignages indiscutables. Son regard avait une puissance de suggestion qui aidait les angoissés et les hypocondriaques à retrouver leur confiance en eux-mêmes et l'hypnotisme est un fait scientifique depuis longtemps reconnu. Je ne nie point qu'il ait fait de ses dons un instrument de réussite personnelle, semblable en cela à tous les autres membres de notre tribu. Mais s'il ne s'était pas fait rétribuer, s'il n'avait pas donné l'impression de se soucier avant tout de ses propres intérêts, il aurait connu les pires ennuis, car l'Église ne pardonnait guère à ceux qui la menaçaient par un exemple de sainteté authentique. Sa science astrologique lui valut les marques de reconnaissance des meilleurs esprits. Personne ne saurait nier que l'astrologie constitue une contribution capitale à la somme de nos connaissances, car elle ne cesse d'éclairer d'une manière révélatrice les étrangetés de l'âme humaine.

M. Van der Meer, dans les trois pages qu'il consacre à Giuseppe Zaga dans son monumental ouvrage *Art et charlatanisme*, accuse mon père d'avoir soutiré cinquante mille roubles au comte Karapouzov, dans sa recherche de la pierre philosophale et de la transmutation des métaux. Mais il ne dit rien des plaisirs, des espoirs et des rêves que l'enchanteur avait ainsi prodigués au brave comte jusqu'à sa mort. Le comte Karapouzov aurait pu dépenser son argent à bâtir des palais et acheter des tableaux, mais il avait préféré se fournir en merveilleux, et le sentiment de mystère et l'exaltation que mon père lui procurait avaient enrichi et embelli sa vie. Ce que M. Van der Meer appelle les « canailleries » de Giuseppe Zaga donnait à l'existence de ses « victimes » une dimension nouvelle et dont l'effet durait plus longtemps que celui d'une représentation de Shakespeare.

L'affaire du palais Abramov fut donc exploitée par les ennemis de mon père et notamment par les médecins, qui ne lui pardonnaient pas les guérisons qu'il obtenait là où ils avaient échoué. Toutes sortes de stupides calomnies furent répandues. On disait que les invités avaient péri parce qu'ils se rendaient à un « sabbat de sorcières » et que ç'avait été un juste châtiment. Ces âneries furent reprises et propagées par les popes. Certains de nos amis n'osaient plus venir nous voir. Nous ne savions jamais, en nous endormant, si nous n'allions pas être réveillés au milieu de la nuit pour être emmenés à la forteresse Pierre-et-Paul.

Une seule personne venait nous rendre régulièrement visite. Chaque soir, dès que le froid et les ténèbres avaient chassé des rues les derniers passants, notre *dvornik* Foma ouvrait la porte à un homme vêtu d'une peau de mouton blanche et d'un grand bonnet en fourrure de loup : c'était Yermolov, le préposé au pot de chambre de la tsarine. Il entrait, ôtait son bonnet dans un envol de neige, essuyait son immense moustache givrée, secouait sa barbe blanche qui, libérée des flocons, retrouvait sa noirceur, frottait son crâne plat et chauve et, plissant ses petits yeux malins, jetait autour de lui des regards vifs et soupçonneux, avec un air de conspirateur. On le faisait monter dans le cabinet de mon père et il ressortait quelques minutes plus tard. Me souvenant des conseils que l'auteur de mes jours m'avait donnés, selon lesquels la plus grande vertu de l'homme était la curiosité, car elle ouvrait la porte à la connaissance, je finis par suivre le Cosaque jusqu'au bout du couloir et, dès que Yermolov fut entré, collai l'oreille à la serrure.

J'entendis la voix de mon père :

— Alors, toujours rien ?

— Rien, *vaché seyatelstvo*, Votre Honneur.

— Tu es sûr ?

— Sûr. Je ne laisse personne d'autre y toucher. Elle pisse, c'est tout.

Il y eut un moment de silence tragique. Si mon père perdait les faveurs de Catherine, il ne nous restait plus qu'à partir discrètement avant d'être embastillés comme charlatans, francs-maçons et serviteurs du diable. Le patriarche Guérassim avait fait une démarche auprès du ministre Zamiatine, exigeant que l'*Italianietz* fût jugé pour pratiques contraires à la sainte religion. Selon une nouvelle version que les popes faisaient courir, la bourrasque de neige avait été déclenchée par les démons, sur la demande de mon père agissant pour le compte des Juifs, dans le but de faire crever le bétail et mettre ainsi les paysans à la merci des usuriers. Il est certain que Giuseppe Zaga s'était causé beaucoup de tort par les rapports amicaux qu'il entretenait avec

178

la race d'Abraham, pour laquelle notre tribu a toujours eu beaucoup de sympathie.

— Voyons, dit mon père, cela fait onze jours...

— Onze, *vaché seyatelstvo*, Votre Honneur. Elle fait des efforts terribles, la malheureuse. Ce matin, elle est restée une heure sur la chaise, à pousser, à pousser... ça fend le cœur.

J'entendais les doigts de mon père tambouriner sur sa table de travail.

— Si elle reste un jour de plus sans chier, elle va faire un malheur, dit Yermolov. Le peuple va le payer cher. Elle est d'une humeur terrible. On dit même qu'elle ne veut plus baiser, mais là, je demande à voir... Les gens chez nous exagèrent toujours.

— Elle a vu Mittelhauser ?

— Oui, il lui a donné de la poudre de laurier. Et rien.

Les constipations de Catherine étaient un mal chronique dont, aux moments aigus, finissait par souffrir tout le pays. L'historien Grouchine dit que lorsqu'elles se prolongeaient, ces constipations tournaient au désastre national. D'ailleurs, l'impératrice de toutes les Russies devait mourir sur sa chaise percée, frappée d'apoplexie alors qu'elle faisait un effort particulièrement violent pour se libérer.

Mon père tenait en réserve un recours suprême, une nouvelle décoction que lui avait fait parvenir un savant allemand de la Loge de l'Illustre Lion de Juda et qui mêlait à la berce, la prêle et la renouée des oiseaux, une huile extraite de la graisse de certains poissons de la Baltique. Le lendemain matin, un officier de la Garde arriva dans le traîneau même de l'impératrice attelé à deux troïkas et précédé d'une escorte de *kirassirs* au galop. Mon père lui remit un sachet de poudre avec les instructions écrites de sa main.

Pendant les heures qui suivirent, et pour la première fois depuis que nous étions père et fils, je sentis que mon père était angoissé. Notre sort dépendait entièrement de l'intestin de la tsarine. Giuseppe Zaga demeurait assis dans le grand fauteuil près de la cheminée, le visage amer, caressant la tête de notre cher Molière que celui-ci venait parfois mettre affectueusement sur les genoux de son maître. Mon père l'avait appelé Molière parce que avec son regard triste, l'épagneul le faisait penser au grand auteur, dont le tragique destin avait été de faire rire un roi.

Vers midi, Teresina descendit dans le salon. Elle rôda un instant sans but, en fredonnant, déplaçant les bibelots, jetant à son mari des regards où la colère et l'ironie me semblaient l'emporter sur la pitié. Puis, à un moment, n'y tenant plus, elle vint se planter devant lui.

— Elle a chié ?

Mon père haussa les épaules.

— Alors, comment vous sentez-vous, mon mari ?

Mon père leva les yeux.

— Et comment te sens-tu, ma femme ? J'imagine que rien ne te fait davantage plaisir que d'avoir provoqué contre nous la colère des grands. Cela risque de nous coûter cher.

Elle l'observait attentivement.

— Quel effet cela fait-il à Giuseppe Zaga de sentir que son sort et ceux de sa femme et de son fils dépendent de la merde ? Oui, qu'ils dépendent d'un tas de merde qui ne veut pas sortir ? Que voici donc un merveilleux sujet de comédie pour M. Goldoni, bien qu'on m'ait dit que le vieux devient beaucoup trop respectueux pour être encore capable de faire rire.

— Fiche-moi la paix, gronda mon père. Une merde en vaut une autre. Et celle dont je t'ai tirée à Venise ne sentait guère meilleur.

J'étais debout dans un coin du salon, faisant mine de nourrir notre perroquet vert Julio qui glapissait dans sa cage. Je guettais le visage de Teresina du coin de l'œil. Je suis à peu près certain d'y avoir vu une larme. Je ne saurais dire ici l'effet que me faisaient les larmes de Teresina car je connais les limites de mes talents professionnels. J'avais oublié ma main à l'intérieur de la cage et Julio en profita pour me pincer cruellement.

— Vive le tsar! glapit-il, une phrase qu'il avait apprise au temps de Paul et que depuis dix ans signor Ugolini essayait en vain de changer en « Vive la tsarine! ».

— Un jour, dit Teresina, je retournerai à Venise, et je deviendrai une putain, pour être enfin vraiment membre de votre famille, car il n'y a jamais eu, dans l'histoire des putains, de putains plus putains et plus heureuses de servir que les Zaga!

Elle tourna le dos à mon père, remonta l'escalier en courant, relevant des deux mains les pans de sa robe. Je voulus la suivre.

— Reste ici, me lança mon père, d'une voix que je reconnus à peine, tant elle était rauque. Tu ne pourras pas la consoler. Il n'y aurait qu'une façon de la consoler et sa nature est inaccessible à de tels apaisements. Il y a des femmes...

Il essaya de se retenir mais son humiliation et son sentiment d'impuissance étaient trop douloureux pour que tout le vernis, le poli acquis pût surmonter la rudesse profonde qui était en lui, celle des bateleurs, des mariniers et des charretiers de Chioggia.

— Il y a des femmes inconsolables et auxquelles on ne peut jamais rien offrir parce que, pour l'essentiel, elles sont trop dépourvues. On peut les baiser pendant des heures sans qu'elles cessent de compter les mouches au plafond. Celles-là, rien, jamais, ne peut les contenter. Ni les bijoux, ni les fêtes, ni les hommages les plus admiratifs...

Il se leva, alla vers un guéridon et saisit d'une main impatiente la bouteille d'une nouvelle liqueur qui venait d'Angleterre mais que l'on fabriquait au Portugal. Il la porta à ses lèvres, sans utiliser de verre. J'étais stupéfait par la vulgarité de son propos et effrayé par l'expression de rancune de son visage. C'était le visage brutal d'un homme qui fouette à mort son âne, parce qu'il se sent trop malheureux. Son regard glissa vers moi, brûlant, cynique, et tout aussi dur que l'expression de ses traits.

181

— Tu vas avoir quatorze ans, fiston, me lança-t-il avec une sorte de cruelle moquerie, qui ne s'adressait sans doute pas à moi, mais naissait de ses défaites, de toutes les hontes qu'il avait bues au service des grands, puisant ses accents presque haineux dans une humiliation d'homme viril incapable de donner du plaisir à la femme qu'il aimait.

« Tu vas bientôt avoir quatorze ans. Tu es bâti comme un Turc, là où il le faut. Je me suis renseigné auprès des filles de la mère Proska. Tu es doué, tu feras des merveilles avec ta baguette d'enchanteur... »

Il se mit à rire. C'était un rire qui me désespéra car je voyais se défaire sous mes yeux l'image d'un père que j'adorais et respectais par-dessus tout.

— Lorsque tout te fera défaut et que toutes tes entreprises tourneront mal — et il est de telles périodes dans la vie — tu pourras toujours gagner ta vie comme maquereau, ce que plusieurs des nôtres n'ont jamais hésité à faire, magie pour magie, enchantement pour enchantement...

Il pointa son index vers moi. Il était ivre ; sans doute l'était-il déjà depuis le matin.

— Mais je vais te dire. Il y aura des femmes avec lesquelles tu n'arriveras à rien. En général, cela n'aura aucune importance, car il est fort agréable de se servir, sans nécessairement pour cela servir l'autre... Seulement, lorsque la femme ainsi damnée, ainsi privée d'elle-même, se trouvera être celle que tu aimes par-dessus tout, alors... petit imbécile... alors... tu connaîtras l'enfer... et l'enfer, tu sais ce que c'est ? C'est la fin de *pouvoir*. Va-t'en.

Je me dirigeai vers la porte, essayant de retenir mes larmes.

— Attends.

Je m'arrêtai. Mais je ne me tournai pas vers lui. Je ne voulais pas voir mon père Giuseppe Zaga dans cet état. Je savais déjà qu'il fallait savoir défendre son amour, ses illusions, ses belles images. Et parfois la meilleure si ce n'est la seule façon de les défendre, c'est de leur

182

épargner l'épreuve d'un regard froid et d'une tête lucide.

— Tu aimes Teresina, dis-moi ? Tu l'aimes ?

— Oui, je l'aime.

J'eus aussitôt honte de cette phrase, non point à cause de l'aveu, mais parce que je l'avais dite avec des larmes et une voix d'enfant.

— Alors...

J'attendais. Mon père se taisait. Puis j'entendis le parquet qui craquait. Je fermai les yeux et serrai les dents, car j'attendais que son poing s'abattît sur moi. J'étais sûr qu'il allait me battre à mort, comme un chien. Sans doute n'avais-je pas compris la profondeur de son désespoir, de sa solitude et de son sentiment d'échec.

Sa main se posa sur mon épaule ; il me tourna doucement vers lui et me saisit dans ses bras. Cette fois, je ne pus plus rien faire pour me dominer et je me jetai contre lui en sanglotant. Il me serrait dans ses bras de toutes ses forces.

— Pleure, me dit-il avec une douceur qui me crevait le cœur. Pleure pour toi et pour moi. Pleure à ma place, car malheureusement, je n'en suis plus capable. Je n'ai plus ce qu'il faut. Les larmes, c'est encore plus difficile à fabriquer que la pierre philosophale. Ça vient et puis un jour, ça ne vient plus. Un jour, les larmes vous quittent. Elles ne se sentent pas bien chez vous, il n'y a plus la chaleur, le climat qu'il faut...

Il se mit à rire.

— Les larmes, c'est comme les oranges.

Il s'en alla. J'étais heureux, apaisé et libéré car pendant quelques instants horribles j'avais cru que je n'aurais plus jamais de père, puisque je ne pourrais plus l'admirer.

XXI

Lorsque je le revis le lendemain, il avait retrouvé son assurance, sa dignité, son personnage.

Nous attendions avec impatience les nouvelles du pot de chambre de l'impératrice. Me voyant rôder autour de lui en essayant de cacher mon inquiétude, il vint près de moi et me donna une tape amicale sur l'épaule.

— N'aie pas peur, petit. Elle va chier. Il faut faire confiance à l'art.

Il était quatre heures de l'après-midi lorsque nous entendîmes des coups violents frappés à la porte cochère. Je jetai à mon père un regard affolé. J'étais certain qu'on venait nous chercher pour nous arrêter. Quelques instants plus tard, Yermolov se précipitait dans le hall comme un boulet de canon. Il lança son bonnet de fourrure en l'air, ôta une de ses moufles, la jeta à terre de toute sa force russe, puis ouvrit larges ses bras, évoquant un tas aux proportions effarances :

— *Ourra !* gueula-t-il. *Vysralas !* Elle a chié !

Nous étions sauvés.

Je dois ajouter que les confidences que mon père m'avait faites dans son extrême détresse quant à ce côté inaccessible ou, si l'on préfère, « insoluble » de Teresina, ne me firent guère d'effet sur le moment et, à vrai dire, je n'y avais pas compris grand-chose. L'idée qu'un homme pût attacher tant de prix à la volupté

184

qu'une femme refusait de s'accorder à elle-même, ou qu'elle ne pouvait atteindre en raison d'une triste barrière psychique, dépassait de très loin mes jeunes moyens d'entendement. Cet aspect des choses ne prit de l'importance dans mon esprit que plus tard, lorsque le souci de la perfection me fit surmonter dans les étreintes une excessive préoccupation de moi-même, et aussi lorsque le besoin de gagner ma vie m'obligea à tenir compte des goûts du public.

Bien qu'il n'y eût plus de nouvelles tourmentes de neige comparables à celle qui nous avait valu tant d'ennuis, l'hiver, cette année-là, parvenait à une sorte d'encanaillement absolu avec la glace et la froidure. Teresina détestait ce climat dont elle disait qu'il était un ennemi du cœur et où tout ne semblait avoir qu'un seul but, enserrer la vie dans un bloc de glace, jusqu'à la disparition du dernier souffle humain. Par ces dures journées de vide cristallin où le soleil n'apparaissait au-dessus des clochers de Saint-Pétersbourg que pour avouer sa faiblesse et semblait se traîner à genoux comme un pénitent à la lisière du ciel, elle me parlait de l'Italie pour se réchauffer. Il y avait dans sa chevelure rousse plus de lumière et de chaleur que dans tout le pays. Chaque matin, ses petits pieds enfouis dans les mules rouges trop grandes pour elle, que les Tatars vendaient au coin des rues, vêtue d'une robe de chambre qu'elle avait brodée elle-même de motifs où se mêlaient les orangers, les rossignols et les mimosas, le flot de sa chevelure dansant sur les épaules à chaque mouvement, elle prenait sa tasse de chocolat des mains de Varia, sa femme de chambre et amie, et me parlait de cette terre qui était la mienne et dont je ne connaissais que le parler et les chansons. Ses yeux avaient la couleur de notre mer Adriatique et ses lèvres, en ces heures pâles d'hiver, évoquaient mieux encore que ses paroles la saveur de ces fruits que je n'avais jamais goûtés et que dans notre langue on appelait les grenades.

Je ne sais si elle venait ainsi me donner sa leçon de

185

douceur pour s'enivrer elle-même de cette évocation, mais je doutais fort, déjà, que le retour au pays de mes ancêtres eût pu me donner une joie plus grande que ses visites matinales. Comme j'avais raison ! Je ne devais jamais retrouver l'Italie des récits de Teresina car, vu de Russie et raconté par l'amour, ce pays avait pris un aspect auquel nulle géographie ne pouvait plus se mesurer. C'est ainsi que je fus condamné à errer plus tard sur la place Saint-Marc à la recherche d'une fête qui ne pouvait plus jamais avoir lieu, que j'ai cherchée dans les gondoles, dans les palais, dans les parloirs des couvents, des dames et des seigneurs d'une grâce, d'une beauté et d'un esprit que je ne pouvais plus rencontrer, et de ma loge du Fenice, je regardai les comédies et les acteurs, j'écoutai les saillies, les voix et les opéras que les récits émerveillés de Teresina avaient condamnés à la médiocrité. La tasse de chocolat posée sur les genoux, le sourire aux lèvres et le regard perdu non point dans le lointain mais dans ces dimensions imaginaires où le rêve engage une course qu'il gagne toujours avec le souvenir, elle me parlait de Venise si bien qu'elle en détruisit pour moi à tout jamais la réalité, et que je ne devais plus jamais retrouver cette ville qu'elle faisait flotter sur une eau qui ressemblait fort au ciel. Mais le plus grand enchantement était sa voix. Il est des voix féminines qui agissent sur le corps entier de celui qui les écoute et sur ses sens les plus secrets ; qui courent sur vous comme des attouchements ; effleurent vos lèvres et creusent vos flancs ; caresses plutôt que sons, elles vous mettent dans ces états dont le philosophe arabe Mansour disait qu' « ils naissent sur le passage d'Allah ». Je me tenais à côté d'elle, un peu en retrait, pour permettre à mon regard de mieux la voler : les seins, les cuisses, les flancs et les hanches, le cou et le bout d'épaule... J'avalais ma salive, les mains me démangeaient. Je ne saurais dire combien de fois je faillis la saisir dans mes bras, l'attirer à moi, coller mes lèvres aux siennes... Je ne saurais le dire, car cette envie ne me quittait jamais, ni le jour ni la nuit. Il faut croire qu'une puissance bienveillante et indulgente au rêve veillait sur moi et me donnait la force de résister, car tous ceux qui donnent à rêver savent que les songes ne gardent leur beauté, leur attrait et leur puissance que par la grâce de l'inassouvissement. Plus tard, je fus ébloui par la phrase de Nietzsche : « L'assouvissement, c'est la mort », que l'on trouvera dans la lettre qu'il m'écrivit lorsque je fus jeté en prison à Baden-Baden, lors de l'odieuse affaire de l'élixir de vie que je n'avais jamais mis en bouteilles et encore moins en vente, comme on l'avait prétendu, car je ne suis point homme à me tromper aussi grossièrement de siècle et je n'étais pas dans la brocante. J'avais déjà commencé à publier, et l'accusation de charlatanisme était certainement le fait de quelques envieux que ma réputation naissante empêchait de dormir. Je ne me serais jamais lancé dans une entreprise aussi dépassée à un moment où le commerce de l'immortalité était en baisse sérieuse et où celui de l'utopie commençait à devenir lucratif, sans atteindre encore le rendement qu'il devait connaître au moment de Fourier et de Proudhon.

Parfois, lorsque le soleil fragile parvenait à se frayer un passage à travers l'air flou et vaporeux qui entourait Saint-Pétersbourg de sa pâleur fantomatique, je partais avec Teresina pour une longue course en traîneau à travers la campagne. Enfouis jusqu'au nez dans nos fourrures, la couverture de renard sur les genoux, nous glissions sur les champs immaculés au son de ces clochettes qui expriment mieux que tous les poèmes et tous les tableaux la pureté glacée de la plaine russe. C'est une voix qui appelle l'infini, l'horizon, la forêt ; sa gaieté et sa tristesse cherchent à se partager le monde, n'y parviennent pas et restent ensemble. La troïka avait avec la neige un contact doux et presque caressant et volait si vite que l'on s'attendait à tout moment à quitter enfin la terre pour de bon et à s'élever au-dessus des arbres ; je fermais parfois les yeux, dans l'attente d'une surprise, pour les ouvrir ensuite et, me penchant par-dessus bord, cherchais loin en bas les toits des villages blottis dans la blancheur, et la cime des arbres d'où mon vol ferait fuir des corbeaux épouvantés.

Les bouleaux nus et épars ressemblaient à des orphelins partis à la recherche de la grande forêt, leur mère ; les corneilles croassaient tels des courtisans flagorneurs pour souligner la majesté du silence ; les lacs étaient invisibles mais, sous trois mètres de glace, il y avait, disait-on, des eaux vives où les sirènes survivaient par la volonté populaire, celle des *skaski* et des Récitants. Parfois, sur leurs chevaux blancs, les *kirassirs* de la garde impériale passaient dans l'étincellement rapide de leurs cuirasses, traversant le fleuve au galop. Il y avait des renards et même des loups qui demeuraient un instant pétrifiés à notre approche et puis filaient vers leurs tanières, laissant derrière eux une odeur fauve, que l'immobilité de l'air gardait un long moment. Les chevaux piaffaient dans la vapeur, le dos du cocher Effim faisait mur devant nous, privé de tête par son immense col relevé ; lorsque le silence lui pesait trop, il se tournait vers nous ; son visage apparaissait sous le bonnet de mouton. Il demandait :

— *Zatianout, chtoli ?* J'en pousse une ?

— *Zatiani*, disait Teresina.

Alors, du fond de ses poumons, où il semblait y avoir assez de place pour tout l'air de la Sainte Russie, Effim poussait une chanson dont la mélodie et les paroles étaient tout autant autour de nous que dans sa voix ; elles semblaient monter de ces arbres orphelins, de la brume bleuâtre, de l'espace blanc sans commencement ni fin, et de ce ciel-marchand-de-farine-avare qui laissait tomber, comme à regret, avec lenteur et à contrecœur, de petits flocons parcimonieux. Teresina était blottie contre moi, la tête appuyée sur mon épaule. Je sentais son petit glaçon de nez contre ma joue. J'étais triste, car je savais que ce n'était pas de la tendresse mais un besoin d'amitié. Pourtant, nous avions quatre bons chiens à la maison. Elle jouait avec eux et lorsqu'elle s'en lassait, c'était mon tour. J'attendais patiemment, lorsqu'elle s'amusait avec les chiens, car elle savait se montrer juste et ne négligeait jamais aucun de nous. Bien au chaud sous la couverture, tenant la main de ma « sœur » dans la mienne et entourant ses épaules de mon bras, je pressais ma jambe contre la sienne, je recueillais son haleine chaude dans mon souffle et, regardant le ciel fixement, je m'efforçais de penser à Dieu, car j'étais fort embarrassé par une raideur qui durait souvent pendant toute la promenade et que seules quelques pensées très pieuses parvenaient parfois à attendrir.

— Teresina, pourquoi es-tu si gentille avec moi et si dure avec mon père ?

— Parce que je t'aime.

Je demeurai tout penaud, car si elle pouvait le dire si tranquillement, c'est que j'étais encore un enfant à ses yeux. J'avais envie de mourir.

— Ce n'est pas gentil, murmurai-je.

Sa main serra la mienne. Elle pencha son visage vers le mien et je vis que ses yeux étaient tristes. C'était cette tristesse faite de tendresse qui devient peu à peu sourire, mais que le sourire rend encore plus triste. Seuls les yeux et le bout du nez m'apparaissaient dans le nid tumultueux des boucles rousses.

— Je suis sûre que tu m'aimeras toujours, dit-elle. Toujours. Je ne te décevrai jamais. Je serai toujours là, bien au chaud dans tes souvenirs, et il ne pourra rien m'arriver. Je deviendrai même de plus en plus belle. Je serai morte depuis longtemps mais grâce à toi, je resterai toujours vivante et jeune. Et tu ne cesseras jamais de m'embellir. Tu me garderas pour toujours et personne ne pourra plus me reprendre. Ton père croit que tu seras écrivain, il dit que tu as des yeux qui savent inventer tout ce qu'ils regardent. Invente-moi bien, Fosco.

— Teresina...

— Non, ne dis rien. D'ailleurs, tu ne pourras pas le

dire. C'est mieux ainsi. Il vaut mieux sentir. Les mots ont de mauvaises habitudes, ce sont des filous.

Je dus faire un geste, malgré moi, pour la prendre dans mes bras, mais vraiment je ne l'avais pas fait exprès, je savais bien que ce n'était pas possible. Il m'arrive encore maintenant de faire ce geste, mais la femme que mes bras entourent ainsi est toujours une autre.

— Non, Fosco... Chez nous, à Chioggia, il y a un proverbe qui dit : *le bonheur ne se mange pas...*

C'était bien possible, mais en attendant j'avais l'impression de mourir de faim. Je me rattrapais comme je le pouvais chez la mère Proska.

XXII

La maison accueillante se trouvait près du lieu dit *boloto*, ce qui veut dire marécage, car la fonte des neiges le transformait en un bourbier gluant. Il y avait chez Proska des Polonaises, des Tziganes et des Juives, petites mignardises ou plats copieux ; la *mat' kourva* elle-même, la mère p..., comme on appelait la vieille, avait un visage enfariné richement servi en rouge aux pommettes ; sa bouche était une fente aux bords amincis par l'usage ; la couche de fards paraissait s'épaissir d'année en année et couvrait les traits d'un masque figé, où seuls des yeux myopes vivaient d'une vie clignotante de taupe. Lorsqu'elle descendait ou remontait l'escalier, la bougie à la main, pour accueillir ou guider un client, ses colliers, bracelets, boucles d'oreilles et les pièces d'or de sa ceinture tintaient comme les clochettes d'une troïka. Si elle accentuait par trop son expression de bienvenue, dans un excès d'obséquiosité, pour faire honneur à quelque Excellence, le masque peinturluré se fendait parfois d'une soudaine craquelure, comme le plâtre des murs. Elle me collait sur la joue un baiser humide que j'essuyais aussitôt du coude ; ce visage, qui s'approchait toujours trop dans sa myopie et semblait triompher de l'âge par la grâce de quelque divinité de la pourriture, me levait chaque fois le cœur. Et toujours ce sourire si bas, dans sa connaissance profonde et ignoble du monde, un sourire qui avait tout vu, tout léché, tout avalé et qui en redemandait — tel est le souvenir que je garde de la vieille Proska. J'étais déjà trop sensible à la beauté pour pouvoir rire de la laideur et je m'efforçais de cacher ma répulsion. La maquerelle me prenait par la main, me tirait à l'intérieur et refermait la porte. Elle levait ensuite sa bougie pour mieux voir mon visage, son sourire s'accentuait et, sans doute parce que sa main serrait tendrement la mienne, me paraissait encore plus répugnant. Elle levait ensuite les yeux au ciel, ce qui, la bougie aidant, révélait la boue glauque du regard, et s'extasiait en minaudant :

— *Gospodi !* Seigneur ! Qu'il est beau, qu'il est séduisant ! Quelles merveilleuses souffrances il va nous infliger plus tard, à nous autres, pauvres femmes ! Et qui désire-t-il honorer, aujourd'hui ?

Cela m'était égal. Je demandais très peu de chose à la réalité. Quelle que fût la fille, c'était toujours Teresina que je tenais dans mes brs.

Il va sans dire que je fus ainsi condamné au mensonge. Chaque fois que je caressais une femme avec tendresse, ses yeux cherchaient et trouvaient dans les miens un regard d'amour ; elle sentait mon cœur marteler des serments contre sa poitrine ; mes bras qui l'enserraient dans une emprise si étroite qu'ils paraissaient moins la tenir qu'exclure le reste du monde. Elle me prenait alors pour un amant : je n'étais qu'un rêveur. Que de femmes se sont crues ainsi aimées, alors qu'elles n'étaient contre moi qu'une absence de quelqu'un ! Lorsque je recommençais mes élans au fil des heures, elles y voyaient la preuve de la passion qu'elles m'inspiraient, alors que je luttais seulement contre ces temps morts où mes sens assouvis me privaient d'imagination et me réduisaient ainsi à la réalité, si bien que ces étrangères m'apparaissaient dans toute leur gênante et irréfutable évidence. Elles croyaient se rapprocher et se mêler intimement à moi dans nos étreintes, alors que c'était à ce moment-là que je les quittais pour rejoindre une autre.

Je me souviens d'une petite Polonaise, Helenka, une jolie maigrichonne qui craquait entre mes doigts. Elle manquait cruellement de jugement, n'ayant pas vécu ces siècles qu'il faut avoir derrière soi pour comprendre que toutes les rencontres accomplies ne sont que les déchets de toutes celles qui n'ont jamais eu lieu. Elle ne savait pas que je la quittais, dès qu'elle s'offrait à moi, pour une terre d'où elle était entièrement exclue ; elle croyait que je l'emportais dans mes galops effrénés et prenait pour elle les marques de tendresse que je prodiguais dans ses bras à Teresina. Une nuit, alors que je me détachais d'elle, levant la tête, je vis refluer vers moi de la dimension du rêve un petit visage aux yeux bleus et au nez retroussé ; Helenka me caressa les cheveux avec fierté et me dit d'une voix d'enfant empreinte d'une bienveillante tendresse :

— Il ne faut pas devenir amoureux de moi, tu sais.

Je battais des paupières sans comprendre. Je l'avais quittée plusieurs fois cette nuit dans mes envols et, la fatigue aidant, je notai à mon retour sur la terre que la pauvrette n'avait presque pas de seins et que son poil avait cette teinte indécise qui hésite entre le brun et le blond, nuance qui évoque toujours pour moi la lessive, je ne sais trop pourquoi, peut-être parce que c'était exactement la couleur des balais dont on se servait chez nous pour laver le plancher. Je compris enfin ce qu'elle me disait et tâchai d'être à la hauteur, car j'aime trop le rêve pour ne pas le respecter chez les autres.

— Oui, je t'aime, lui dis-je et, comme chaque fois que je prononçais le mot « aimer », le visage de Teresina passa devant moi, ce qui me permit toute ma vie d'assumer à ces moments de tendre aveu l'expression d'une grande sincérité.

— Il ne faut pas aimer, ici, dit-elle. Ici, c'est seulement pour le plaisir.

Cette fille me parut avoir une juste conception de l'amour. Je remarquai pour la première fois qu'elle sentait l'ail. Mais j'avais le sentiment noble. Je m'entraînais aussi au métier d'illusionniste, qui me fut plus tard d'un tel secours auprès de mon public féminin.

— Helenka, je pense à toi jour et nuit et quand je ne pense pas à toi, je souffre atrocement parce que je ne pense pas à toi.

Ce n'était peut-être pas un propos très inspiré, mais à quatre heures du matin, avec une fille qui sentait l'ail, et qui avait, je le remarquais à présent, deux dents noires, cela témoignait tout de même de ma bonne volonté. Elle sourit.

— Promets-moi de ne pas faire de folies pour moi, dit-elle. De toute façon, la vieille garde presque tout l'argent pour elle. Mais si tu veux...

Elle hésita. Je commençais à en avoir sérieusement assez. Ce qu'il y a de difficile, dans ces rapports aimables, c'est qu'il y a toujours un moment où le silence est pris pour de l'indifférence, et il faut absolument meubler le vide. Voilà pourquoi il est si pénible de vieillir. Avec l'âge, on ne peut plus voler de sommet en sommet, et alors il faut parler de plus en plus. J'ai connu un vieil homme charmant, le baron Hoffenberg, qui disait que la vieillesse, c'est la conversation. La chose vraiment épouvantable, lorsque les heures enivrantes ont épuisé vos forces, c'est que l' « adorable objet de vos flammes », pour parler comme Pouchkine, se réduit brusquement à un être humain — et qui donc a envie de se trouver dans un lit avec un être humain ? Lorsque j'étais jeune et lorsque l' « être humain » se révélait ainsi dans mes draps, se mettait à penser à haute voix et essayait même de communiquer avec moi, il me suffisait de lui clore les lèvres par un baiser et de le serrer à nouveau dans mes bras pour que l' « être humain » disparaisse et que l'on se retrouve entre amants.

— Je ferai ce que tu voudras, dis-je à Helenka, en me reculant légèrement, pour me soustraire à son haleine, mais en lui serrant tendrement la main, car je continuerai toute ma vie à attacher la plus grande importance à la délicatesse des sentiments.

Helenka baissa les yeux pudiquement, hésita puis aspira profondément l'air et me lança :

— Je voudrais que tu m'écrives un jour une lettre. Bien sûr, je ne sais pas lire mais cela ne fait rien, ce n'est pas cela qui compte... Il me semble que si, une fois, une seule fois dans ma vie, je recevais une lettre de quelqu'un, je mourrais heureuse.

Je sentis mon cœur se glacer. Depuis, j'ai toujours eu beaucoup d'amitié pour les putains. J'en ai rencontré qui étaient de vraies garces, de vraies canailles, mais je me disais toujours que c'était uniquement parce que quelqu'un ne leur avait pas écrit une lettre.

— Helenka, non seulement je t'écrirai une lettre, mais je ferai beaucoup mieux que cela...

Je la regardai fixement.

— Je t'écrirai une lettre *en français*.

Elle parut pétrifiée, presque effrayée, son petit visage frémit, elle lutta un instant contre l'émotion et éclata en sanglots.

C'est ainsi que j'écrivis ma première lettre d'amour.

XXIII

Je ne saurais décrire la véritable manipulation à laquelle l'amour se livrait sur ma pauvre personne. J'en venais à me demander s'il n'y avait pas, hors de nous, mais omniprésente, une souveraineté mystérieuse qui se saisit des humains pour mettre sa propre force à l'épreuve.

Je ne vivais plus que par le regard. Je le chargeais de toute ma passion, de mille messages et aveux, suppliques, implorations et cris silencieux, et il m'arrivait parfois de porter avec frayeur la main à mes yeux, car il me semblait qu'ils saignaient. « Un seul être vous manque et tout est dépeuplé », écrivait Lamartine, mais je dirais plutôt : « Un seul être est là et tout est dépeuplé. » Il suffisait que Teresina fût près de moi pour que le monde et les hommes, les princes et les humbles, les choses et les multitudes vivantes perdent leur présence, s'éloignent et deviennent les lointains éléments d'un décor en trompe l'œil dont aucun tumulte, aucune beauté ni horreur ne parvenaient à retenir mon attention. Lorsque Teresina était là, tout ce qui vit et tout ce qui meurt me paraissait en suspens, mis en attente par ordre souverain ; M. le Temps attendait avec un sourire obséquieux que mon amour veuille bien me quitter pour retrouver l'usage de ses membres paralysés. J'avais beau me livrer à l'imitation auprès des filles chez la mère Proska, avec

196

toute la foi d'un Zaga dans la vertu des artifices, des accessoires et de l'illusion, l'absence de Teresina, dans le vide qui suivait chacun de ces avortements répétés, prenait une telle intensité qu'elle devenait une véritable et moqueuse présence.

Parfois, après une de mes expéditions nocturnes au *boloto*, Teresina entrait dans ma chambre, allait à la fenêtre, tirait les rideaux d'un geste autoritaire et se tournait vers moi, croisant les bras. Elle reniflait bruyamment en plissant le nez, dans une grimace de dégoût et m'observait sévèrement :

— Tu es encore allé traîner chez les garces.

La mode n'était pas encore venue — il fallait attendre Dostoïevski — de considérer les prostituées comme des saintes assumant par leur avilissement tous les péchés du monde. Cette casuistique devait faciliter grandement la tâche des enchanteurs, car elle nous fournissait l'excuse morale qui nous permettait d'introduire le vice dans nos livres.

— Il faut bien vivre, lui disais-je.

Elle s'asseyait sur le bord d'un fauteuil et demeurait très droite, l'air réprobateur.

— Raconte-moi tout.

— Mais je t'ai déjà raconté la dernière fois...

— Qui as-tu pris cette fois ?

— Helenka.

— Pauvre petite, ça doit être terrible. Et vous avez commencé par où ?

— Comment, par où ?

— Tu ne vas pas me dire que c'est toujours la même chose ?

J'étais désarçonné par cette inexplicable naïveté. Mon père n'était pas homme à laisser chez une femme pareilles ignorances. J'en venais à me demander si elle ne se moquait pas de moi, s'il n'y avait pas chez elle une perversité secrète, peut-être inconsciente. La réputation de mon père, dont on disait à Saint-Pétersbourg qu'elle était « très italienne », ne pouvait se concilier avec les airs d'oie blanche que Teresina se donnait.

197

Voulait-elle humilier son mari, suggérer ainsi d'une façon indirecte et insidieuse qu'il était un piètre amant ? Non, je crois que ce sont là des suppositions que me suggère ma jalousie, car je me laissais souvent aller à la rancune envers mon père. Mais comment expliquer qu'elle pût témoigner d'une curiosité aussi innocente, alors qu'elle était mariée depuis deux ans déjà à un homme qui n'ignorait rien de ce que les habiletés — ce qu'on appelle aujourd'hui la technique — peuvent apporter de précieux, lorsqu'il s'agit de perfection dans l'art ? Je ne comprenais pas comment cette femme qui était faite de chaleur et de printemps pouvait se montrer si ignorante des enchantements dont la plupart ne procèdent d'aucun autre secret que celui de la nature.

Je lui donnai quelques détails.

— Ce n'est pas possible ? Elle t'a fait cela ?

— Mais oui.

— C'est dégoûtant. Je n'écouterai pas un mot de plus.

Elle sortait en claquant la porte. Je commençais à mettre la réputation de mon père en doute, mais un soir, en visite dans la maison du *boloto*, je vis apparaître la forte silhouette de Giuseppe Zaga dans l'escalier branlant menant à des lieux qui ne l'étaient pas moins. Il s'arrêta et me contempla avec une certaine fierté. Deux filles encore encanaillées, la Juive Khaïa et une nouvelle que je ne connaissais pas, apparurent à ce moment-là derrière lui, arrangeant leurs coiffes et leurs jupons. Il me lança en italien :

— Tel père, tel fils. Ou, comme disent les Polonais : la pomme ne tombe jamais loin du pommier.

La Juive que je pris ce soir-là me dit que mon père avait au lit des manières de charretier et lui avait ainsi arraché du plaisir. Je ne pouvais donc mettre en doute sa virilité, sa fougue, et encore moins son savoir-faire.

Je m'aperçus à peu près au même moment que, sans me manifester de la jalousie, il s'irritait des heures que je passais avec Teresina. Il survenait parfois lorsque nous étions seuls, s'asseyait dans un fauteuil, nous regardait ; il en résultait un silence gêné, un de ces silences faits de trop de choses que l'on évite de dire. Mon père se mettait alors à parler de nos affaires et je m'appliquais à écouter avec la plus grande attention et à poser des questions, car Teresina s'en désintéressait complètement et ne cachait guère son indifférence.

La réputation astrologique de mon père était alors à son apogée. Elle était fondée en grande partie sur la diplomatie. J'entends par là qu'avant de se lancer dans une lecture de signes, il s'entretenait longuement avec les favoris bien en Cour, ministres, conseillers, ambassadeurs ou courriers fraîchement arrivés des pays étrangers et porteurs des dernières nouvelles : il était ainsi souvent en mesure de prédire la tournure que les événements allaient prendre. Des personnalités haut placées ne lui refusaient pas leur concours, car c'était là pour elles un moyen habile d'influencer et d'orienter indirectement les décisions de Catherine. Giuseppe Zaga put ainsi prédire l'abolition des privilèges des Cosaques en 1770, et annoncer les proportions inattendues et effrayantes qu'allait prendre la révolte de Pougatchev. Je dis ceci pour laver la mémoire de mon père de toute accusation d'aventurisme. C'était un homme prudent, hautement conscient de ses responsabilités et qui se bornait en général à annoncer des événements dignes de foi. Confident des ministres, il devenait à ce titre également celui des ambassadeurs, car il permettait à ces illustres étrangers de bien informer leurs princes. Il recevait d'eux en échange et avant ceux à qui elles étaient destinées, des nouvelles toutes chaudes, ce qui lui permit d'annoncer à l'impératrice, après une étude des signes astrologiques faite en présence de la souveraine elle-même, la Déclaration d'indépendance des États-Unis et l'expulsion des Jésuites espagnols. Mon père n'aimait pas faire de la peine et il y avait certaines prédictions, certaines lectures d'avenir qu'il omettait délibérément, se gardant bien de montrer trop de prescience. Il m'expliqua que ce fut pour cette raison qu'il avait omis de prédire la guillotine française. Il mettait la délicatesse et le tact au premier rang du savoir-faire. On peut critiquer cette prudence, mais s'il avait annoncé la Révolution et la chute des Bourbons à un moment où rien ne paraissait plus improbable que de telles horreurs, il ne se fût attiré que des ennuis. Mon père était ce qu'on appelait un esprit politique.

Je me souviens d'une négociation entre Giuseppe Zaga et l'ambassadeur de Hollande, M. de Haagen. Celui-ci était un gros homme à la face rougeaude et poudrée, au nez important qui luttait contre ses propres dimensions à l'aide d'un mouchoir de dentelle sous lequel son maître le dissimulait toujours habilement. Vêtu à la dernière mode et botté jusqu'aux fesses, il avait été le premier à Saint-Pétersbourg à apprendre par je ne sais quel courrier la Déclaration d'indépendance des États-Unis. Il s'était déplacé en personne pour proposer la nouvelle à mon père en échange d'informations sur la disette qui avait suivi la révolte paysanne autour de Kazan. Il spéculait sur le bétail et voulait savoir s'il devait vendre ses brebis ou attendre que le manque d'approvisionnement fît monter les prix.

— Donnez-moi d'abord la nouvelle que vous me proposez, exigea mon père. On verra ensuite.

Le Hollandais ferma un œil à demi, pour contrer la fumée de sa pipe de faïence.

— Une fois que vous aurez l'information, vous n'aurez plus besoin de moi.

— De toute façon, je vous demanderai cinq pour cent des bénéfices.

Les petits yeux de l'ambassadeur tâtèrent le visage de mon père.

— Nous sommes entre hommes d'honneur, je vous fais confiance...

Il prit un air important.

— Les colonies anglaises ont proclamé leur indépendance, dit-il.

Mon père fit la grimace.

— Ce n'est pas d'un intérêt passionnant pour la Cour de Russie... Enfin... Gardez votre bétail encore quelques mois. Les prix vont doubler. Toute la région de l'Oural jusqu'à la Volga est à vau-l'eau. Il n'y a plus de fourrage. Vous n'avez qu'à attendre.

Je venais d'assister sans le savoir à la naissance des temps nouveaux et de ce qu'on devait appeler dans ma vieillesse, le « capitalisme moderne ».

Giuseppe Zaga s'efforçait de bien d'autres façons de faire pénétrer en Russie les courants occidentaux. C'était le moment où la vogue des automates faisait rage dans les pays civilisés et atteignait la Moscovie. Les meilleurs venaient de Prusse, où cet art fleurissait, car il correspondait bien à l'esprit et au caractère national qui étaient en train de s'y forger. Mon père avait établi un atelier à Bachkovo et y faisait fabriquer des machines de toutes dimensions, dont certaines surpassaient dans la perfection de leurs mécanismes celles qui venaient d'Allemagne. Je passais dans cet atelier des heures excellentissimes. J'adorais les boîtes à musique qui se mettaient soudain à vivre : le couvercle s'ouvrait, un bonhomme souriant, portant un joli habit vert couvert de cordons et de médailles, s'élevait, offrant le bras à une petite dame blonde dont la robe était couverte de pierreries. Il s'inclinait devant elle, la prenait par la main et le couple esquissait quelques pas de danse au son d'une aimable musique, puis le bonhomme faisait à nouveau sa révérence, se redressait, prisait et éternuait avec satisfaction. Je me plaisais à imiter les manières de ce gentil couple en compagnie de Teresina ; je m'inclinais devant elle, elle me tendait la main, nous dansions quelques mesures de menuet, puis je la saluais très bas, elle m'adressait sa révérence, je faisais mine de priser et tous les deux nous éternuions ensemble, en même temps que le petit bonhomme sur son coussin de velours amarante.

Au moment où j'écris, la boîte à musique est posée devant moi sur ma table de travail. Je ne sais par quel miracle je l'ai retrouvée, dans le vieux château de Leugen, en Bavière, où je l'avais laissée en 1848, fuyant les étudiants enragés qui m'accusaient de prodiguer à Louis II « l'opium d'une littérature où tout n'est que bonheur, beauté et volupté et d'où est soigneusement banni tout ce qui peut rappeler la misère et la souffrance du peuple ». Cette leçon qu'ils me donnèrent me fut fort utile : j'avais en effet compris que les étudiants avaient raison. Je n'ai jamais manqué, depuis, d'évoquer dans mes ouvrages le sort des faibles et des démunis, et de dénoncer avec toute la vigueur de mes cordes vocales l'oppression des forts, ce qui eut pour effet de donner à mes écrits une belle tenue littéraire. Il s'ensuivit aussi une forte augmentation de mes tirages et de ma popularité, car mes livres furent désormais lus par les intéressés, lesquels sont innombrables. Il est essentiel pour la littérature de maintenir un contact nourricier avec le monde.

Parfois, il m'arrive de douter de moi-même. Il m'arrive de jeter un regard désabusé vers la collection complète de mes œuvres sur les rayons de la bibliothèque, me disant qu'il n'y a guère de différence entre cet art et celui de mes ancêtres les jongleurs, les contorsionnistes, les escamoteurs et les danseurs de corde. J'appuie alors sur le petit levier de la boîte de Dresde. Aussitôt la vieille musique retentit, le couple s'anime, si fragile et pourtant si durable, le bonhomme prend la dame par la main et les voilà qui recommencent leurs quelques pas de danse, pour retrouver vite leur immobilité : je reprends alors un peu confiance en moi-même et dans les autres enchanteurs, d'Homère à Cervantès et de Dante à Tolstoï, qui ont déjà tant fait et accompliront encore de si grandes choses pour la littérature. Il va sans dire que l'on peut changer de musique, composer des airs nouveaux et des pas de danse différents, on peut même changer les figurines des danseurs, l'essentiel est de savoir que le génie capable de ces merveilles ne cessera jamais de nous inspirer. La poupée blonde et rose se fige et demeure les bras levés, après avoir battu deux fois des mains, le bonhomme prise et éternue, et voilà, le tour est joué, rien d'important ne meurt jamais, les hommes peuvent mourir rassurés. Il me suffit de goûter cet instant de réconfort pour retrouver toute ma confiance dans la vocation de notre tribu. Par la fenêtre, je vois dans la cour de ma rue du Bac les marronniers qui, eux aussi, ne cessent d'exécuter avec application leur tour; ils perdent consciencieusement leurs fleurs et leurs feuilles, puis les retrouvent au printemps et tout se passe avec la plus grande bienséance, dans le respect des conventions arrêtées une fois pour toutes et, il faut bien le dire, admirablement réglées.

Que l'on excuse ce petit éternuement méditatif. Cela dégage les humeurs.

Il y avait dans l'atelier des échantillons nombreux de ces amusettes mécaniques qui avaient charmé l'aristocratie pendant des générations pour finir dans la brocante et les magasins de curiosités. Le maître Krönitz, de Dresde, nous envoyait des chiens en peluche qui donnaient la patte, faisaient le beau, aboyaient ou fumaient la pipe, des orchestres de chats où ne manquaient ni les flûtes, ni les cymbales, ni le chef dont la crinière hérissée annonçait déjà Beethoven. Il dirigeait ses trente-deux chats pendant une dizaine de minutes; l'orchestre jouait une de ces symphonies que Krönitz lui-même composait : c'était un précurseur, car le grincement des mécanismes avait été prévu comme élément musical. Lorsque la musique s'arrêtait et que le maestro se tournait par saccades vers le public et saluait profondément, Teresina soulevait légèrement sa robe et lui répondait par une révérence. Krönitz avait prévu les applaudissements et lorsque le maestro invitait son orchestre à se lever et à saluer à son tour, tous les chats gris, noirs et marmelade d'orange se dressaient et s'inclinaient devant nous.

Il y avait aussi dans l'atelier le mannequin d'un astronome debout sur sa tour, qui braquait une lunette vers le ciel, où les astres admirablement ciselés tournaient lorsqu'on appuyait sur un bouton, selon un mécanisme non moins rigoureux que celui de l'infini. Pour les amateurs aux goûts légèrement plus troubles, il y avait l'exécution de Marie Stuart, d'Anne Boleyn et des autres chères petites reines : elles s'agenouillaient, laissaient tomber gentiment leur tête dans le petit panier sous la hache du bourreau, pour la retrouver aussitôt par un ressort en retour, car le constructeur autrichien avait le cœur tendre et aimait déjà le *happy end*. Henry VIII assistait à la cérémonie, dans l'attitude célèbre du portrait de Holbein. Le tout n'avait pas vingt centimètres de hauteur. Je n'ai cessé de rechercher cet admirable bijou chez les antiquaires et s'il vous arrive de le retrouver, ami lecteur, apprenez que j'en suis toujours preneur et vous en donnerai bon prix, car pour vous ce n'est qu'un automate de plus mais pour moi il contient une part invisible, qui est ma jeunesse.

Je n'ai oublié aucune de ces merveilles, ni le jardin d'Éden ni l'arche de Noé. Le jardin avait un mètre carré et les animaux miniatures trottinaient gentiment autour d'Adam et Ève. Le serpent était tellement mignon qu'il était difficile de l'imaginer capable de si noirs desseins ; Teresina disait d'ailleurs qu'Ève avait déjà mangé plusieurs pommes sans aucun ennui, jusqu'à ce que l'Église s'en fût mêlée. Selon elle, on aurait dû habiller le serpent en moine et lui donner la tête du pape, du patriarche Guérassim ou de Savonarole.

L'arche de Noé s'était détraquée pendant le transport et chaque fois qu'on mettait le mécanisme en marche, le lion, au lieu de rugir, faisait coucou ! et le coucou rugissait d'une voix de lion. Mais peut-être était-ce l'intention de l'artiste qui était en avance sur son temps et avait prévu la lutte des classes et le changement des rapports de forces entre les couches dominantes de la société et les masses populaires.

L'atelier se trouvait dans la partie basse de l'ancien

palais Domov qui avait été mal construit et tombait en ruine. Une partie avait été reconstruite en bois. Mon père avait fait abattre les murs intérieurs et sur les dalles de marbre en damier noir et blanc, il avait disposé ses plus grandes pièces, dont quelques-unes avaient taille d'homme. Ces pièces étaient beaucoup plus élaborées et ambitieuses que les petites et la plupart ne résistaient pas à l'épreuve du Temps. Je n'aimais guère leur compagnie, car il est dans la nature de l'homme de se sentir mal à l'aise devant ce qui lui ressemble trop et en diffère tout autant. Il y avait là des janissaires aux yeux exorbités, le sabre levé — en déclenchant le mécanisme, ils se mettaient en marche d'une manière menaçante — et ces personnages que l'on appelait alors des « grotesques », parce qu'ils ressemblaient aux sculptures grimaçantes des grottes italiennes : des eunuques, des sultans, des pirates et des ogres. La plupart étaient fort mal articulés : lorsqu'on les mettait en mouvement, leur raideur saccadée freinait l'imagination au lieu de l'aider à prendre son vol.

Mais un de ces grands personnages était par contre très réussi. Il représentait la Mort tenant sa faux ; sur sa poitrine, incrusté dans le thorax, il y avait un miroir qui réfléchissait l'image de celui qui regardait l'automate. Une pendule était dissimulée à l'intérieur et lorsqu'elle sonnait l'heure, les mâchoires de la Mort esquissaient un sourire, suivi d'un rire dont on peut imaginer sans peine les sinistres grincements.

La Mort était placée sur des rails longs d'une cinquantaine de pieds et lorsqu'on la déclenchait, elle avançait sur vous d'un pas lent mais implacable. Brrr. J'ai encore des frissons lorsque j'y pense. Une autre belle pièce, œuvre du maître russe Kozlov de Voronej, représentait le chevalier légendaire Ilya Mourometz, bardé de fer, avec ses gantelets d'acier et sa massue ; levant une main, il scrutait l'horizon. Mais le brave chevalier avait été construit pour être placé sur un cheval. Et comme il n'y avait pas de cheval, l'effet était assez comique, car le géant barbu au regard féroce, dans sa position accroupie, paraissait faire ses besoins contre le mur.

Deux ouvriers russes, Kouzma et Iliouchka, s'occupaient de ces mannequins sous la direction du Wurtembergeois Müller, que mon père avait fait venir et qu'il payait fort cher pour assurer l'entretien des pièces achetées par les amateurs et en concevoir de nouvelles. C'était un petit homme rouquin presque transparent à force de pâleur; il avait pour ses automates, qu'il appelait « mon petit peuple », un amour qui semblait laisser bien peu de place dans son cœur pour les vulgaires imitations qui sortaient humblement des mains de la nature. Il avait passé sept ans dans l'atelier de Volberg, à Dresde, et avait acquis auprès de ce maître une science mécanique dont mon père tira grand profit, jusqu'au jour où elle nous mena à deux doigts de notre perte.

XXIV

Mon père avait confié à Müller la mise au point de ces guerriers turcs dont j'ai parlé plus haut et que l'on appelait janissaires. Ils étaient l'œuvre du grand Krönitz. La main de l'artiste s'était plu à doter leurs traits de toute la cruauté qui convient lorsqu'on représente les ennemis de la vraie foi. Ces monstres étaient disposés en cercle autour d'une plate-forme articulée et quand on déclenchait le mécanisme qui se trouvait au centre, ils avançaient vers le milieu en abattant à chaque pas leurs sabres recourbés. Ces pièces avaient été commandées par le prince Nassiltchikov, qui était grand collectionneur d'automates et n'aimait rien tant que de faire délicieusement peur aux dames en dissimulant, au milieu d'un plat d'ortolans rôtis, un énorme rat articulé qui bondissait soudain sur la table. Bien des esprits pressentaient déjà la naissance d'un homme nouveau, auquel la mécanique et la science en général allaient servir de ressort et d'appui.

Le « jeu des janissaires » consistait à faire venir quelques amis et à placer l'un d'eux au centre de la plate-forme articulée. On déclenchait ensuite discrètement le mécanisme et les féroces guerriers, dont les mouvements et les coups de sabre étaient réglés de façon à ne laisser aucun passage à celui qui tenterait de fuir, se mettaient à avancer d'un pas implacable sur l'invité d'honneur. La victime commençait par rire,

207

mais comme elle ne pouvait sortir du cercle sans se faire hacher et que celui-ci se resserrait de plus en plus et se refermait sur elle, le moment venait où l'homme se croyait condamné à une mort certaine. Il y avait là de quoi divertir même les spectateurs les plus blasés, d'autant que Nassiltchikov s'était rendu célèbre par ses frasques et était capable de toutes les folies. Le 29 décembre 1772, on joua de cette délicieuse façon en présence de nombreux invités, dont le ministre Oblatov, le prince Galitzine et bien d'autres personnages de rang élevé. Après les premiers cris de terreur de ces dames, on s'aperçut vite que la machine avait été ajustée de telle sorte que le dernier pas des janissaires et le dernier coup de sabre ne faisaient courir aucun danger à l'invité qui se tenait au milieu du dispositif. Pour finir, Nassiltchikov se plaça lui-même au centre, ayant réglé le mécanisme au plus serré. On vit les janissaires s'ébranler, en roulant des yeux féroces, et avancer de leur marche grinçante vers l'amateur éclairé de ces jeux de société nouveaux, qui les attendait en riant. On n'a jamais su si le mécanisme s'était détérioré, si le prince l'avait déréglé par inadvertance, ou si quelque main criminelle, ainsi qu'on l'a prétendu par la suite, avait allongé le parcours des automates, mais les janissaires ne s'arrêtèrent pas à l'endroit qui leur avait été assigné comme limite.

Sous les regards épouvantés de la noble assistance, dont chaque membre ressemblait lui-même à un mannequin raidi dans une attitude d'horreur, le prince Nassiltchikov fut haché sur place par ses atroces poupées. Lorsque j'ajouterai qu'il n'y avait là personne qui fût capable d'arrêter la machine détraquée, qu'il fallut courir à la fabrique pour réveiller Müller et le faire venir, et que donc pendant près d'une demi-heure les mannequins continuèrent à hacher les restes sanglants de leur maître, on comprendra l'effet produit par cette merveille mécanique que la tsarine elle-même était venue admirer quelques jours auparavant et qu'elle avait qualifiée de « triomphe du génie

208

humain ». Le moins qu'on puisse dire, c'est qu'il fut fort nuisible au commerce des automates.

On ne sut jamais s'il y avait eu là préméditation criminelle, œuvre de quelque valet soudoyé par les ennemis de la science ou par ceux des princes et de leurs jeux de société. Crime ou simple incident mécanique, son impression sur le populaire fut profonde, et comme les mannequins avaient été mis au point par Müller dans l'atelier de mon père, la rumeur publique nous accusa une fois de plus de « diablerie ». Le patriarche Guérassim fit donner ses popes, lesquels ameutèrent la population et dénoncèrent les « serviteurs du démon ». La foule vint briser les vitres de notre maison et, pour finir, on mit le feu à la fabrique.

Nous fûmes avertis de l'incendie dans le milieu de la nuit. Lorsque nous arrivâmes sur les lieux, toute la partie en bois où se trouvaient les grandes pièces était déjà en feu. Nous demeurâmes, mon père et moi, dans notre traîneau, un peu à l'écart, car il y avait là cinq cents personnes au bas mot et il ne pouvait y avoir de doute sur le sort qu'ils auraient réservé à l'*italianski diavol* — le diable italien — si on nous avait reconnus. Je me souviens d'un pope tout noir qui levait sa croix vers le brasier et chacun sait que lorsqu'ils se trouvent derrière une croix, les bons chrétiens sont capables de tout. Notre cocher Effim, la tête rentrée dans les épaules, ne cessait de se signer et nous pressait de repartir, mais mon père, le visage impassible, observait avec une étrange attention ce déchaînement populaire. On eût dit qu'il recevait là une leçon dont il entendait tirer le plus grand profit.

Il eut enfin une phrase prophétique, qui montre à quel point ce grand homme, aux prises avec les pires difficultés personnelles, demeurait maître de ses pensées et capable de s'élever au-dessus des circonstances, vers des sommets philosophiques :

— Regarde bien, mon fils, dit-il. Il y a là des possibilités immenses, de véritables trésors, un domaine nouveau à prospecter... Oui, l'avenir sera du côté du peuple. C'est vers lui que nous devons nous tourner. Il y a là un blé innombrable en train de se lever. Les grands esprits ont jeté la semence, mais ce sont des mains habiles qui feront la moisson. Le peuple, c'est l'avenir.

Je ne sais si ce fut pour lui donner raison, ou si les forces secrètes qui présidaient à la lente élaboration de toutes choses ne trouvaient pas à leur goût une compréhension aussi sereine de leur jeu, mais l'avenir se manifesta aussitôt, et fort fielleusement, en la personne d'un moujik énorme et barbu, vêtu d'un *touloup* en peau de mouton, qui s'était tourné vers nous et nous reconnut. Il brandit le poing dans notre direction et tonna d'une voix de basse, dont l'effet de terreur fut tel, sur moi, que je ne puis aujourd'hui encore assister à certains opéras russes, comme *Boris Godounov*, sans être couvert de sueur froide chaque fois que se lève la voix grondante de l'acteur principal :

— Les voilà ! Les voilà, les antéchrists ! Sus ! Sus ! Dans le feu, les démons !

La foule, avec ce goût des apothéoses au nom des causes justes et du Dieu très chrétien, qui lui avait fait parfois jeter les enfants dans l'eau bouillante ou les tuer dans le ventre de leurs mères, se porta vers nous.

Nous fûmes sauvés par un incident où chacun est libre de voir soit le fait du hasard, soit la main du Destin, qui devait hésiter encore en ces temps-là entre les élites et le cœur populaire. Une partie du mur de l'atelier s'était déjà écroulée et se consumait au milieu des flammes qui dansaient autour du palais et semblaient se donner la main. Au moment où rien ne paraissait plus pouvoir nous sauver du bûcher, il y eut une sorte de *ha ha ha ha* qui monta de la foule, suivi de ce brusque silence qu'impose le souffle coupé. Sans doute sous l'effet de la chaleur, le mécanisme d'une de nos plus belles pièces s'était déclenché et l'on vit apparaître au milieu du feu notre chef-d'œuvre, inspiré du dessin célèbre de Dürer, dont j'ai déjà parlé, celui de la Mort au Miroir. L'automate se dirigeait de son pas saccadé vers la foule, levant et abaissant sa faux dans un geste de moissonneur avec une calme détermination. J'ai, depuis, assisté à de bien admirables spectacles, que ce soit chez Piscator à Berlin, ou chez Meyerhold à Moscou, et j'ai moi-même mis en scène un film dont on a bien voulu noter l'effet saisissant, inspiré de la tragédie des janissaires rapportée plus haut, et qui fut interprété par mon ami Conrad Veidt. Mais je n'ai rien vu de plus saisissant dans ma carrière que cette sortie de la Mort au Miroir hors du brasier. Elle avançait de son pas cadencé et inéluctable vers la foule moscovite, dans la nuit couronnée de fumée, prélude à tant d'autres fêtes flamboyantes.

En un clin d'œil, la rue se vida. Les gens fuyaient dans le grand silence des gorges étranglées par la peur. Le pope avait jeté sa croix et, retroussant sa soutane, galopait avec une agilité digne de nos plus belles chèvres. Effim, notre cocher, s'était laissé tomber du siège et s'efforçait de ramper sous le traîneau.

Nous remarquâmes alors qu'un homme était demeuré en place et qu'il faisait face au squelette, soit que la peur lui eût coupé les jambes, soit qu'il eût hérité de tout le courage proverbial du peuple russe, soit qu'il fût ivre, ce qui se révéla être le cas. C'était un moujik aux cheveux coupés en frange sur le front ; il tenait à la main une bouteille de *gorelka*, ancêtre de la vodka. La Mort s'était arrêtée, étant parvenue au bout de ses rails, sous le nez du brave Moscovite. Ils se trouvaient à une demi-archine l'un de l'autre. Notre citadin eut alors un geste admirable et fraternel : il contempla un instant la Mort, puis lui tendit la bouteille de *gorelka*. La Mort n'ayant pas réagi, le Moscovite porta la bouteille à ses lèvres, acheva de la vider d'un seul trait et la jeta dans les flammes. Il réfléchit un moment, s'essuya la bouche et tenta de prendre le squelette par le bras, en gesticulant d'une manière fort explicite, dans le but évident d'entraîner la Mort vers quelque taverne qu'il connaissait. Ayant fait deux ou trois efforts pour convaincre l'automate, il fit un geste dégoûté, menaça la Mort du point, puis s'en alla tout seul en titubant et en agitant sa chapka.

L'admirable création de maître Krönitz demeura seule dans la rue sur un fond de flammes.

Nous pûmes pénétrer à l'intérieur de la fabrique et là nous trouvâmes Müller, sérieusement enfumé mais sain et sauf. Il est certain que son idée de placer l'automate sur ses rails et de le faire avancer vers la foule à travers les flammes nous avait sauv? la vie. Nous nous empressâmes de récupérer la machine et toutes les autres pièces de grande valeur, avant qu'une nouvelle vague d'indignation chrétienne ne vînt déferler sur l'atelier.

Comment s'étonner que l'on ait voulu aussitôt voir derrière cette tragédie la main criminelle des ennemis de la noblesse et du pouvoir absolu ? Le prince Nassil-tchikov avait des accès de tristesse et d'hypocondrie et avait alors pour coutume de soumettre ses serviteurs à des bastonnades et indignités diverses, afin de se sentir moins seul dans sa morosité et de goûter les consolations de la fraternité. Il n'en fallut pas plus pour accuser mon père — et d'aucuns n'hésitaient pas à accuser Teresina — d'avoir manigancé sa mort dans un esprit de libéralisme italien. Pourtant, au fond de la Russie, rien ne laissait présager le jour où les poètes et les enchanteurs feraient fonctionner le couperet de la guillotine, quand ils ne lui prêteraient pas eux-mêmes leurs têtes inspirées, dans le souci d'une œuvre bien bouclée. Mon père avait certes le pressentiment de l'avenir, mais il savait que le public pour ces idées nouvelles n'existait pas encore. Et il n'était pas homme à jouer devant les salles vides.

Catherine, que toute cette affaire avait plutôt divertie, et qui n'imaginait pas son protégé capable de telles hardiesses, crut cependant bon de nous mettre pendant quelque temps à l'abri. Nous fûmes donc sinon jetés, du moins invités à loger à la forteresse Pierre-et-Paul, sur la Néva, d'où nous jouissions d'ailleurs d'une vue fort plaisante. On nous y reçut aimablement, nous ne manquâmes de rien, et Sa Majesté elle-même nous fit parvenir à plusieurs reprises du confit d'oie, du pâté de lièvre et des cuissots de cerf rôtis aux pommes de terre, car la mode de cette racine savoureuse, importée d'Allemagne près d'un siècle auparavant, s'était répandue dans toute la Russie et le nom lui-même s'était russifié, *Kartoffel* devenant *Kartochka*. Catherine tenait beaucoup à la réputation dont elle jouissait en Occident, celle d'un despote éclairé, et elle s'efforçait, dans la mesure où cela n'offensait pas trop ouvertement le peuple, de protéger les arts.

XXV

Nous fûmes donc logés et traités convenablement. Mon père soigna le gouverneur de la place, le général baron Dimitch, ainsi que sa femme et ses deux filles, car toute la famille souffrait du ver solitaire. Je mis à profit notre séjour à la forteresse pour perfectionner mon allemand en compagnie d'un vieux gentilhomme, le comte d'Œlnitz, notre voisin, qui avait été embastillé pour avoir publié un *Traité de la Beauté*, dans lequel il exigeait l'ennoblissement par l'instruction de tout le peuple russe, afin de le tirer de sa laideur et de son abjection. Par égard pour son grand âge et sa famille, Catherine ne lui avait pas fait subir la peine de mort qu'eussent méritée de tels écrits, sentence qui venait pourtant d'être prononcée contre Radichtchev, auteur de ce *Voyage de Saint-Pétersbourg à Moscou*, que j'ai déjà eu l'occasion de mentionner ici. Elle le fit déclarer fou et il demeura jusqu'à la fin de ses jours à la forteresse. Pour meubler le temps, mon père m'initiait à la Cabale et aux possibilités d'interprétations profondes qu'offre à l'esprit ce qui n'a point de sens apparent et perceptible.

Giuseppe Zaga était assez satisfait de la tournure qu'avaient prise les choses. Il y avait longtemps qu'un Zaga n'était plus allé en prison et, disait-il, il fallait redorer le blason. Il se promenait devant la cheminée où l'on entretenait un feu digne de nos tempéraments italiens, et disait :

— Pour un artiste soucieux de la postérité, il est bon d'avoir connu la paille humide des cachots. L'idée que la souffrance et les persécutions sont indispensables au créateur ne déploiera vraiment ses ailes qu'au XIXᵉ siècle, lorsque le pouvoir aura passé des mains de la noblesse dans celles de la bourgeoisie. C'est alors que l'on dira de la littérature et de la peinture, de la musique et de la poésie : « Il faut souffrir pour être belles. » Évidemment, l'idée que la souffrance puisse être utile à quoi que ce soit, qu'elle doive même être encouragée chez les artistes, c'est une idée de cochon, mais croyez-moi, en ce jour nouveau qui va bientôt se lever sur le monde, misez sur le cochon, vous ne pouvez pas perdre.

Il portait un habit de soie noire et une perruque poudrée d'argent qui soulignait encore l'aristocratie de ses traits, la seule véritable, car elle reflète les beautés intérieures, celles de l'âme. Lorsque je pense que l'on a pu traiter Giuseppe Zaga de « faiseur », et même, que Dieu pardonne à M. François Vidal cette infamie, de « cas unique de loup, faisan et renard incarnés en une seule personne » (*Le Rêve humain et ses parasites*, Paris, 1886), je ne puis que sourire avec mépris.

Mon père s'approcha de Teresina et lui passa un bras autour des épaules. Ce geste était si paternel qu'il me redonna je ne sais quel espoir, comme s'il eût libéré la jeune femme des liens sacrés du mariage.

— Or, cette idée de cochon, l'idée qu'il n'y a pas de grandeur sans la souffrance, de profondeur sans affres et angoisses, l'idée que la misère et la peine ennoblissent, purifient et rendent plus humain...

Teresina, avec tout le don expressif qu'elle avait pour la *commedia*, se mit la main sur le cœur et fit mine de cracher avec dégoût du fond même de son âme vénitienne.

— ... Cette idée faite de sang et de merde va prendre bientôt de telles proportions que la prison, le supplice et la mort seront jugés aussi nécessaires à l'artiste que

215

le papier et l'encre. Considérons donc notre emprisonnement comme une contribution à notre bon renom et à notre gloire. On dira de Giuseppe Zaga qu'il avait souffert dans son esprit et dans son corps de la tyrannie, et qu'il avait été jeté sur la paille humide des cachots en raison de ses idées et de son goût pour les œuvres nouvelles, parce qu'il était en avance sur son temps...

Le valet suédois que le gouverneur avait détaché auprès de nous entra pour annoncer que le dîner était servi. Nous allions nous asseoir autour d'une table bien mise où l'argenterie, cadeau du prince Narychkine, et les cristaux colorés de Venise nous attendaient sur une nappe blanche, accueillant bientôt la carpe fourrée aux épices, suivie d'un rôt de sanglier aux myrtilles. Le tout était accompagné du tokay hongrois que mon père recevait régulièrement du prince Bagranyi. Il avait guéri ce noble Magyar, par imposition des mains sur les parties, d'une maladie qui ne devait l'emporter que quelques années plus tard.

Mais les meilleurs moments de cette prison, la première de ma longue carrière, étaient ceux que je passais auprès de Teresina. Quel bonheur plus enivrant peut-on imaginer que celui d'être enfermé derrière les murs solides d'une forteresse avec celle qu'on aime ? Il m'arrivait même de rêver d'un cachot plus parfait encore, plus complice, étroit et glacé, qui la forcerait à se réfugier dans mes bras, faute de place, et où elle n'aurait d'autre source de chaleur que mon souffle.

Quelques jours après notre installation à la citadelle, je me heurtai avec mon père d'une manière dont la violence, et je dirai même, la grossièreté, furent pour moi la première révélation de ces maelströms insoupçonnés qui tourbillonnent obscurément dans les crevasses de ce qu'on n'appelait pas encore en ce temps-là « psychisme » mais âme.

Mon père et Teresina partageaient une chambre qui donnait directement sur celle qui nous tenait lieu de salon et de salle à manger. Un soir, alors que Teresina s'était déjà retirée, mon père s'attarda à jouer avec moi au piquet. Il paraissait distrait et de mauvaise humeur. Il portait une étonnante robe de chambre violette dont les couleurs passaient au vert selon la lumière et les mouvements, suivant un savant dosage des fils de couleur dans le tissage. Il avait ôté sa perruque et portait une sorte de coiffe que l'on enroulait à la mode des Indes ; elle s'ornait au-dessus du front d'un saphir. Jamais il ne m'avait paru plus sauvage dans son aspect physique : ses traits étaient crispés dans une expression de dureté à laquelle l'éclat sombre des yeux donnait un air de ce que les Anglais appellent *malevolence* ; je me surpris à penser aux poisons et poignards de Florence. Giuseppe Zaga portait rarement, lorsque nous étions entre nous, ces ornements qui devaient devenir plus tard si populaires sur les scènes et qu'affectionnaient ceux qui se faisaient appeler *fakirs*. Ils n'étaient pas encore devenus courants et impressionnaient toujours fortement nos visiteurs. Il y avait quelque chose d'incongru à le voir attablé en cette tenue pour une partie de piquet. J'ignorais quelle était la bête secrète qui le rongeait, mais je devinais sa présence.

Mon père avait une bouteille de liqueur à portée de la main et s'en servait copieusement. Il jouait distraitement et pensait visiblement à autre chose. Finalement, il se leva et, sans me souhaiter bonne nuit, me tourna le dos et se retira dans la chambre voisine. Sans doute parce qu'il avait bu, il négligea de refermer entièrement la porte. Je ne sais quel démon me poussa, mais au lieu d'aller me coucher à mon tour, je demeurai sur place, l'oreille tendue.

Je n'aurais certes pas dû le faire, car je ne fus récompensé que par un désespoir sans nom qui me saisit dès que j'eus perçu les premiers craquements du lit et les premiers murmures. Je n'avais encore jamais entendu les mots qui me parvenaient car, n'ayant pas mis les pieds en Italie, je ne connaissais de la langue de mon pays que ce qu'on voulait bien m'en apprendre. Mon père faisait l'amour à Teresina avec une brutalité et un acharnement dans la durée et dans la poursuite du plaisir — non point le sien, mais celui qu'il cherchait à imposer, à arracher à sa jeune femme — qui me blessaient odieusement non seulement dans mon amour mais aussi dans mon respect filial. Ce fut cependant la voix de Teresina qui fit courir sur mon dos des fourmis glacées. Elle riait. Ce rire ne différait en rien, dans sa légèreté et dans sa gaieté, de celui que j'avais entendu si souvent en de tout autres circonstances, mais à présent, alors que mon père essayait de lui imposer son plaisir de femme, il me paraissait presque aussi monstrueux, et plus odieux que les insultes dont mon père accompagnait ses caresses. Je fis alors une chose dont j'ai honte, oui, dont j'ai honte en ce moment encore, et où je suis le premier à voir un signe de bassesse, car il est des curiosités que nul n'est en droit de chercher à satisfaire, même s'il est issu de plusieurs générations de saltimbanques, auxquels la dignité et l'honneur furent si bien refusés par la société qu'ils apprirent à s'en passer. Je me levai, m'approchai de la porte et, pour dégager complètement la vue, l'entrouvris un peu plus.

Je fréquentais déjà la maison de Proska et ses pensionnaires depuis plus d'une année et je n'ignorais rien de certaines étreintes où l'absence de tendresse est compensée par la brutalité, où l'impossibilité de faire partager sa volupté se mue en volonté d'humilier et d'abaisser. Mais je croyais encore dans ma naïveté que de tels égarements n'étaient concevables qu'au lupanar, où le paradis avait un goût d'enfer. A un moment, au hasard de ses retournements, j'aperçus le visage de Teresina et je fus stupéfait d'y découvrir un sourire de victoire. Au-dessus d'elle, le profil de Giuseppe Zaga, ce beau profil de ténébreux, était celui d'un oiseau de proie mais — que l'on me pardonne cette expression, car j'aimais mon père très tendrement — à ce moment-là, c'était aussi celui d'un charognard.

Il n'y avait heureusement qu'une faible bougie pour éclairer la pièce et le pire fut ainsi épargné à ma curiosité.

Je me souviens que les larmes coulaient sur mes joues, et puis le sang vénitien fut plus fort que ma vénération et mon respect filial, et je me retrouvai avec un couteau à la main. J'avais dû faire du bruit, car au moment même où, ayant saisi le couteau sur la table, je me tournais à nouveau vers la porte, je vis mon père qui se tenait sur le seuil. Je sanglotais, mais ma main continuait à serrer le couteau.

Je ne devais plus jamais revoir Giuseppe Zaga en proie à une telle rage, à une telle haine. Il avança d'un pas et me tordit le poignet, faisant tomber le couteau sur les dalles. Ce qu'il fit ensuite, je ne puis le décrire qu'avec le sentiment de trahir sa mémoire, mais lorsque je dis « mémoire », je ne parle point d'un mort, mais d'un homme qui s'est survécu à lui-même au point de n'être qu'un fantôme dont je ne sais s'il existe ailleurs que dans mes souvenirs. Les larmes emportèrent heureusement cette image de haine, mais j'entends encore cette voix grondante, tant d'années après, dans un tout autre siècle, un tout autre monde :

— Va la baiser, puisque tu en meurs d'envie depuis si longtemps. Va, couillon ! Tu verras qu'elle n'existe pas. Il n'y a rien, du vide, il n'y a pas de femme... Elle ne sait même pas ce que ça veut dire, être une femme !

Et il me poussa à l'intérieur de la chambre avec une telle force que je tombai sur le tapis, au pied du lit. Je ne pouvais bouger, privé de volonté, presque de conscience, secoué par des sanglots où se vidaient tous ces torrents de rêve, ces flots de moments mille fois imaginés qui expiraient à présent sous le poids d'une cynique réalité.

Je ne sais combien de temps je demeurai ainsi prostré au bord du néant. Je sentis un parfum dont je connaissais si bien la douceur, deux bras qui se refermaient autour de mon cou, une joue contre la mienne, et j'entendis la voix de Teresina, où quelques mots russes se mêlaient au dialecte vénitien :

— *E qué !* Ce n'est pas si grave, va ! Lorsqu'il s'agit de ces choses-là, on est toujours chez les palefreniers !

J'ouvris les yeux. Mon père n'était plus là. La chevelure de Teresina coulait sur mon épaule. Les larmes avaient emporté avec elles quelques-unes des pires réalités, son visage souriant au-dessus du mien renouait avec le rêve et je murmurai :

— Teresina, pourquoi es-tu comme ça ?

— Comment, comme ça ?

— Tu sais bien. Comme ça.

— Ce sont les hommes qui sont comme ça. Pas moi.

— Mais... Mais...

Elle s'agenouilla près de moi, ses doigts essuyèrent mes larmes et aussitôt, il ne resta plus trace de saleté nulle part.

— Teresina, pourquoi... n'es-tu pas là ?

Elle se releva.

— Je suis là, dit-elle. C'est ton père, Giuseppe Zaga, qui n'est pas là... Va dormir, maintenant. Tout ça, c'est...

Et là, elle dit vraiment quelque chose que je ne compris pas et ne comprends pas encore :

— Tout ça, c'est des manières de grands seigneurs très forts, très puissants... mais qui n'oublient jamais de compter la monnaie de leur pièce... Ils y tiennent ! Va...

J'étais à peine couché lorsque mon père entra dans ma chambre. Il hésita un instant, puis vint s'asseoir sur mon lit. Il se tenait tourné de côté et je sentais qu'il n'osait pas me regarder. Je ne le regardais pas non plus, car je ne voulais pas qu'il lût dans mes yeux un reproche. Puis sa main chercha la mienne et il la serra dans son poing.

— Ah, malheur ! dit-il en français. Et quand on pense que tout le monde s'imagine que Giuseppe Zaga peut faire des miracles !...

Il se leva et s'en alla d'un pas lourd. Je ne sais pourquoi il me fit penser à notre vieux Dimitri, le valet qui était chargé d'éteindre les bougies dans le palais Okhrennikov et qui rôdait toute la nuit de pièce en pièce, pour s'assurer qu'elles étaient toutes bien éteintes.

J'ai toujours le sentiment de ne pas avoir décrit comme il convient Teresina, telle qu'elle se tient à mes côtés, en ce moment même, lisant ce que je viens d'écrire par-dessus mon épaule. Son nez très légèrement retroussé, que je vois de profil, est de ceux que l'on pourrait qualifier, comme on l'a fait si souvent, de « spirituel », s'il n'était plus proche de cette innocence des chiots qui ne semblent avoir été mis au monde que pour remplir vos mains de caresses. Les yeux ont quelques stries ambrées dans leurs eaux d'émeraude où, par un caprice étrange des lois de l'optique, ne se reflète pas l'église San Giorgio Maggiore. Le cou, le front et le menton, les épaules, les lèvres et le sourire, tout cela est sorti vainqueur des œuvres du Temps, qui s'est arrêté et, de frustration, s'est rongé lui-même, s'est cassé et émietté, si bien qu'on en ramasse ici et là les pierres et les roches érodées, les palais et les temples en ruine, parmi tant d'autres œuvres réputées solides mais dont le plus grand tort est de ne pas avoir été faites de souvenirs. Il m'arrive d'emmener Teresina chez Saint-Laurent ou chez Courrèges pour l'habiller à la moderne et les grands couturiers, fort étonnés d'ailleurs de me voir rôder ainsi toujours seul dans leurs salons, se sont mis à m'envoyer leurs invitations. Il est très difficile d'habiller ses souvenirs à la dernière mode du jour et il faut beaucoup d'essayages, mais j'ai trouvé parfois une ou deux toilettes qui lui vont bien.

XXVI

Notre séjour à la forteresse Pierre-et-Paul se prolongeait d'une façon inquiétante. L'impératrice nous fit savoir qu'elle attendait pour permettre à mon père de reprendre ses paisibles travaux que les esprits se fussent calmés. On ne dira jamais assez combien cette grande souveraine était soucieuse des arts et avec quelle générosité elle accueillait en Russie tous ceux qui venaient cultiver dans ses serres quelques-unes des fleurs de l'esprit qui s'épanouissaient à la lumière de l'Occident.

Nous avions pour voisins dans notre bastille certaines personnes fort distinguées, dont la comtesse polonaise Lesnicka, qui avait eu le mauvais goût de se montrer jalouse de Catherine, en raison de l'usage immodéré que celle-ci faisait de son mari, ainsi que le célèbre duelliste Panine, à qui l'on reprochait des machinations sanglantes et ténébreuses. Si l'on en croit l'ouvrage *La Noblesse et le sens de l'honneur au xviiie siècle*, de Mornin, paru en 1901, Panine, dont l'adresse à l'épée tenait du prodige, aurait été membre de la loge maçonnique des « égalitaires » ; ses adeptes avaient juré la destruction des gens « nés », c'est-à-dire des nobles, dont ils détestaient les privilèges. Le livre de Mornin brille surtout par l'absence de toute preuve sérieuse contre Panine. J'ai gardé de notre compagnon de captivité le souvenir d'un jeune homme blond, plein de vie et de gaieté et qui mettait au maniement de l'épée la même passion que d'autres à celui du pinceau ou de la plume. Le mot anglais *sport* vient à l'esprit à son propos, car des témoignages existent prouvant qu'il s'était à plusieurs reprises offert à perfectionner la main et le jarret de ses adversaires, avant de les rencontrer en combat. L'impératrice l'avait embastillé parce qu'il avait tué en duel, sur son ordre discret, le comte-colonel Roubov, un amant devenu jaloux et encombrant, dont la souveraine s'était lassée. Panine devait rester en prison pendant toute la période de deuil et de chagrin que Catherine tenait à manifester par égard pour la beauté des sentiments, et aussi pour le désespoir de la comtesse Roubov, une de ses dames d'honneur. L'officier était également un excellent tricheur aux cartes et il amusait beaucoup mon père, car il y avait longtemps que Giuseppe Zaga ne gaspillait plus ses dons en de telles facilités.

Je dois avouer franchement qu'il m'était devenu difficile de vivre dans la promiscuité à laquelle nous condamnait tous les trois l'exiguïté des locaux qui nous avaient été alloués. Il n'y eut pas de répétition de la scène abominable que j'ai dû me résigner à consigner ici, dans mon souci de vérité. Je fis même un effort pour demeurer seul dans ma chambre, mais la voix de Teresina ne cessait de me parvenir car elle chantait beaucoup, comme toujours lorsqu'elle était malheureuse, et sa voix, quel qu'en fût le contenu, chanson, rire ou propos, était pour moi une sommation à laquelle j'étais incapable de résister. Parfois elle me faisait venir pour dégrafer une robe, chercher une boucle d'oreille perdue ; parfois aussi elle m'appelait sans motif et me regardait longuement, tristement, et il me semblait alors que nous étions bien moins prisonniers que ses yeux, où je lisais le besoin dévorant de je ne sais quelle absolue liberté. Un de ses amis les plus chers, le vieux musicien aveugle, alors fort à la mode, Ivan Blokhine, lui rendait souvent visite à la forteresse, où un clavecin l'attendait dans la chambre de Teresina. Je me joignais à la compagnie; mes doigts avaient déjà acquis l'habileté qu'il fallait pour passer de la viole russe à la guitare italienne dont les accents me semblaient venir de mon pays natal.

Panine m'avait pris en amitié et il s'établit bientôt entre nous une espiègle complicité, car nous devînmes tous deux les témoins et aussi les bénéficiaires d'un grand amour.

La fille du gouverneur de la place était mariée au lieutenant von Vizin, un jeune et brillant officier qui se trouvait en garnison sur le fleuve Yaïk, que l'on appelle aujourd'hui l'Oural; depuis plus d'un an déjà s'y faisait sentir une forte impudence parmi les Cosaques. Annottchka était un peu rondelette, un peu courte sur pattes et son visage ne brillait peut-être pas par une expression d'intelligence, mais j'étais loin des facilités accueillantes de la petite maison du *boloto* et la faim confère à la plus humble soupe aux choux un fumet délicieux. Or, il se trouvait que, pour mon bonheur, Annotchka était follement éprise de son lointain mari. Elle ne pensait qu'à lui, ne parlait que de lui et atteignait même en l'évoquant à un degré d'intensité et de chaleur qui prêtait à son visage un peu de cette douceur intérieure sur le point de s'accomplir et qui laisse deviner la montée profuse et intime de gouttes de rosée. Elle venait tout près de moi, me fixait de ses yeux que la myopie faisait clignoter et appuyait contre mon épaule sa petite tête de pauvre oiseau abandonné.

— Je ne pense qu'à lui, je l'aime, je l'aime... Si tu savais comme je l'aime !

Je prenais sa main et la serrais doucement.

— Dis-le-moi, Annotchka...

— Je donnerais ma vie pour être dans ses bras !

C'était une image hardie, car je ne voyais pas quelle joie son mari eût pu éprouver à tenir dans ses bras un cadavre.

— Mon pauvre cœur ! Il me semble parfois qu'il va éclater !

Je mettais ma main sur son sein et je comptais les battements de son pauvre cœur.

— Ferme les yeux, Annotchka, je vais t'aider à mieux penser à lui... Je fais ça tout le temps, j'ai l'habitude... Crois-moi, les Zaga sont des magiciens. Concentre-toi. Pense que c'est sa main qui est là, qui te touche, qui se promène...

Ma main touchait, se promenait...

— Que fais-tu, que fais-tu...

— Ce sont des passes magiques, Annotchka, je vais t'aider à penser à ton mari... Il va venir tout près de toi... Tu le sens ? Ne le quitte pas... Ferme bien les yeux...

— Oh oui ! Oh non !

— Le voilà qui est revenu, qui se serre tout contre toi, qui cherche son bien, qui le trouve. Pense à lui ! Pense à lui très fort !

— Oh oui ! Oh oui ! Je pense ! Oh comme je pense fort !

— Pense !

— Je... pense !

Ma main était, si j'ose dire, un peu étonnée au milieu de ces débordements car, n'ayant goûté qu'aux professionnelles, je ne me doutais pas que le feu pût prendre dans une telle humidité.

— Pense !

— Je pense ! Je pense ! Mon petit mari ! Pietia ! Pietienka !

— Oui, c'est moi, c'est ton petit Pietia, je suis revenu !...

— Entre !

— Tiens, me voilà ! Je suis là !

— Oui ! Oui !

— Tiens... là !

— Aïe !

— Oui ! Oui ! O..u..i..! Oui !

— Ou..ou..ou..iii !

— Miaou !

Mais ce dernier cri ne venait point de l'heureuse épouse ni de l'heureux époux enfin réunis par ma

225

baguette magique, mais du chat Mitka, indigné et fort dérangé par la chute brusque de nos deux corps sur le lit, où il dormait paisiblement dans un rayon de soleil. J'étais tout ébloui par la révélation de mes pouvoirs d'enchanteur et il me semblait que tous mes ancêtres Zaga étaient fiers de moi. Je n'étais qu'un débutant, et pourtant je venais de ramener des lointaines steppes du Sud un mari tendrement aimé pour le rendre à son épouse assoiffée de douceur.

Ne m'étant encore point fait aux usages du monde ou peut-être, avouons-le, trop italien pour la discrétion, je ne manquai pas de me vanter devant Panine d'avoir permis à deux êtres séparés par des milliers de verstes de se retrouver par mes soins. J'appris ainsi qu'Annotchka pensait à son mari avec plus d'ardeur encore que je ne croyais, car à peine me quittait-elle qu'elle courait aussitôt chez Panine à la recherche de son époux bien-aimé. Panine, qui était au fond un sentimental, fut très impressionné.

— Elle a une vraie passion pour son Pietka, voilà qui est certain. C'est très beau.

— Je crois qu'on n'arrive jamais à séparer deux êtres qui s'aiment vraiment, dis-je, avec une gravité qui s'efforçait de prêter à mes quinze ans un air d'expérience.

Au bout d'une semaine, nous commençâmes l'un et l'autre à être fort éprouvés par l'ardeur insatiable qu'Annotchka mettait à retrouver son Pietka. Heureusement, le règlement de la citadelle était plein d'égards pour les personnes de qualité, et nous pouvions fermer la porte de nos chambres à clé de l'intérieur.

J'écrivais déjà beaucoup. L'impossibilité de sortir de la forteresse exaspérait mon besoin d'évasion et la plume me donnait des ailes. Mes récits ne brillaient pas par la profondeur, mais sans doute comprenais-je instinctivement que, pour peu qu'on soit habile, la forme fait souvent figure de fond, et je travaillais avec acharnement à ma main, soucieux de *paraître*, première condition de la qualité. Au début, la calligraphie pouvait à la rigueur tenir lieu de style, comme plus tard, lorsqu'on accède à la maîtrise, le style parvient souvent à donner une impression de fond. Je m'adonnais aussi au chant en compagnie de Teresina. J'avais une voix de ténor assez agréable et bien qu'elle ne m'eût point suffi pour faire carrière dans l'opéra, elle joua un rôle important dans ce que j'oserai appeler ma réussite sociale, car elle me permit de donner à mes accents des modulations persuasives et de prêter souvent à mes propos un joli accent de sincérité. L'art de vivre en société ne saurait évidemment prétendre aux places d'honneur, mais il n'est pas à négliger. Bien que mon père n'aimât guère jouer aux cartes, les jours et les heures passaient lentement et il s'employa à m'initier à toutes les finesses indispensables à celui qui risque son argent sur le tapis. Je reçus donc de lui de si bonnes leçons qu'au cours d'une longue carrière, personne ne put jamais m'accuser de tricher. Mon père suivait mes écrits avec attention et je crois qu'il y découvrit suffisamment de promesses pour m'aider de son mieux à acquérir toutes les adresses nécessaires à celui qui compte s'engager dans cette voie. Il existe un fonds commun à tous les arts, et j'appris donc à battre les cartes avec dextérité et à glisser les plus sûres là où j'étais certain de les trouver au bon moment. Giuseppe Zaga se fit également apporter de l'atelier une collection entière de serrures allemandes et je m'exerçais à les ouvrir par des moyens de fortune, ainsi qu'à fabriquer des clés qui leur convenaient et même une clé universelle, ce qui était à cette époque beaucoup plus facile qu'aujourd'hui, car ni la serrurerie ni les idées n'avaient encore atteint au degré de complexité qui est le leur de nos jours.

XXVII

Je remarquai bientôt que mon père buvait de plus en plus. Parfois même il se saoulait complètement et restait pendant des heures à fixer le sol d'un œil hébété. Il était déjà rongé par le ver de l'authenticité, que connaissent souvent ceux qui ont par trop pratiqué le faux-semblant, le trompe-l'œil et le faire-croire et tiré trop d'effets ravissants de leurs lanternes magiques.

Je crois qu'en d'autres temps Giuseppe Zaga eût été mûr pour ce qu'on appelle aujourd'hui l'idéologie, la lutte politique et la révolution, et qu'il eût même cherché dans le sang versé une mise à l'épreuve de sa sincérité et de ses convictions. Cela se traduisit un jour par cette phrase étonnante, qui me semble montrer clairement jusqu'où peut aller un maître magicien épuisé par ses jeux illusoires et vers quelle rupture radicale avec lui-même il se sent parfois porté :

— Il faudrait nous tuer tous, murmura-t-il. Un jour viendra...

Ce jour, fort heureusement, n'est pas encore venu, malgré quelques petites aubes blêmes ou sanglantes qui virent se consommer tant de sacrifices exemplaires, et il me suffit de jeter un regard sur les rayons de ma bibliothèque pour me sentir rassuré.

Je ne sais si c'est sous l'effet de cette mélancolie, de son besoin de se rassurer lui-même et de surmonter les moments de doute si dangereux pour nous autres, qui avons besoin de toute notre assurance, mais ce fut en tout cas là, derrière les murs de la forteresse Pierre-et-Paul, que mon père remit entre mes mains le Livre de notre tribu.

Le printemps commençait déjà à nous faire des signes de gaieté, le petit soleil du Nord laissait courir sur les pierres grises ses rayons, que les Russes appellent *zaïtchiki*, ou petits lapins, cependant que les glaces de la Néva craquaient et éclataient la nuit, dans ce grondement qui inquiète toujours un peu les privilégiés de la naissance et de la fortune, parce qu'ils évoquent d'autres éléments déchaînés.

Je me souviens avec une clarté extraordinaire du moment où mon père apparut devant moi, non point comme si c'eût été hier, selon l'expression, mais comme s'il était devant moi au moment même où je vous parle, ce qui est d'ailleurs bien le cas, et quoiqu'il soit d'usage en cette circonstance de parler de « fantôme », je puis assurer à ceux qui me font la grâce de me lire qu'il se tient devant moi dans toute sa réalité. Si celle-ci est quelque peu floue, incertaine et comme transparente, cela ne met point en cause la forte présence de Giuseppe Zaga à mes côtés, mais témoigne chez son fils d'une usure du cœur et de l'imagination dont une trop longue pratique de l'art finit par frapper souvent ceux qui en font profession. Mon père se tient encore devant moi, dans mon bureau de la rue du Bac, et il me tend toujours le Livre, mais si le moment est venu où le lecteur, en tournant ces pages, commence à se sentir entouré de fantômes, qu'il en accuse un très vieil homme et le déclin de son inspiration.

C'était un gros volume relié de cuir; la reliure n'avait plus ni teinte ni épaisseur, étant aussi vieille et usée que la sagesse elle-même.

— Prends, dit mon père. Tout y est...

Il me parlait d'une voix basse, qui avait des accents de révérence et presque de piété et il y avait dans son regard à la fois sombre et doux une gravité, une fixité de sérieux dont il réservait en général l'expression à ceux avec qui il était en affaires.

— Voici le secret dont ton grand-père Renato Zaga parlait sur son lit de mort. Il faut que ton esprit et ton âme en soient pénétrés. Ainsi, tu surmonteras toujours le doute et le désespoir et tu garderas éternellement le sourire, qui est celui de notre patron Arlequin. Tu pourras puiser dans ces pages les forces nécessaires pour continuer à faire notre métier et pour te tirer de tous les pièges de la négation et des « à quoi bon ? » que la réalité tentera en vain de jeter sous tes pas...

J'eus un moment d'hésitation. Il me semblait que si je soulevais cette terne reliure qui ressemblait à un couvercle, Dieu lui-même allait me sauter à la figure, car je ne voyais pas quelle autre clé universelle pouvait exister. Finalement, je me décidai. Je fus surpris de voir que, malgré l'état de la reliure, les pages à l'intérieur étaient très propres et d'excellente qualité, faites du meilleur vélin. Il y en avait sept en tout et toutes étaient rigoureusement blanches. Elles n'étaient souillées d'aucune écriture, d'aucun postulat ou démonstration, il n'y avait trace d'aucun signe, d'aucun dogme absolu. Je me rappelai alors que mon père m'avait déjà parlé du Livre dans mon enfance, mais je n'étais plus un enfant : serais-je encore capable de comprendre ? Je tournais les pages avec la plus grande révérence et soudain, sans que mon père ait eu besoin d'en dire davantage, la lumière se fit, et je compris toute la grandeur de l'espoir irrésistible, souverain, dédaigneux des contingences et des accidents de parcours, qui montait de ces pages enivrantes où rien n'était encore écrit.

— N'oublie jamais, mon fils.

J'avais la gorge serrée. Je pensais à tous ceux qui s'étaient si cruellement trompés au cours des âges et continuaient à se tromper, parce qu'ils croyaient détenir la vérité, et à tous ceux qui avaient tué, massacré, torturé, brûlé, ou qui avaient subi les plus atroces souffrances au nom de quelque parole définitive, alors que rien encore n'a été dit et que toutes les chances sont encore intactes. Je pensais à tous les papes des vérités absolues et me promis de ne jamais me prêter à leur plus grossière tromperie, celle qui a pour nom « certitude ». Et en ce moment même, je pense à la grande Révolution bolchevique de 1917, Dieu ait son âme, dont j'ai pu me tirer en chantant dans mes œuvres les louanges de Lénine et de Staline.

Je refermai le Livre et il me semblait qu'une pure et blanche lumière montait de mes mains.

Je ne dormis point cette nuit-là. Je me sentais posé au bord d'une aventure sans fin. J'écoutais la Néva qui se libérait de ses glaces, je me grisais de ses grondements et de ses craquements, je voyais les peuples qui se soulevaient, les armées qui marchaient à leur rencontre et puis les peuples devenaient des armées et les armées des peuples. Je comprenais enfin que l'homme était une œuvre d'imagination et qu'il devait être inventé, créé et recréé sans cesse, et que toutes les vérités qu'il se donnait n'étaient que des costumes d'époque et des gîtes d'étape. J'ai vu même, au tumulte de la Néva libérée et libératrice, Danton, Robespierre et Bonaparte, et Lénine debout sur son estrade dressée dans la rue, haranguant la foule, image qui est devenue aujourd'hui un cliché mais que j'avais quand même quelque mérite à percevoir sous le règne de Catherine II. A ceux qui ne me croiraient pas et hausseraient les épaules, qui parleraient avec mépris d'une élucubration de charlatan ou me la pardonneraient gentiment au nom de la licence poétique, je dirais : Vous avez bien raison, messires, ou plutôt messieurs — j'ai horreur des anachronismes — je n'ai jamais été autre chose qu'un saltimbanque. Je pourrais néanmoins vous donner la preuve écrite de la réalité de ces visions, mais je m'en garderai bien, car s'il est un péril mortel pour un amuseur, c'est d'être pris au sérieux et, ne sachant point ce que les élections prochaines vont donner dans ce pays, je n'ai aucune envie de finir mes jours dans un hôpital psychiatrique.

Jamais je ne jouai avec plus de bonheur avec Teresina qu'à ce moment. Je dis « jouer », car il n'est pas d'autre mot propre à décrire ces heures de plénitude, où toutes les balles et les bulles de la joie de vivre volaient dans les airs, et pour les relancer, il suffisait d'un mot, d'un rire, d'un battement de cœur.

Teresina s'habillait chaque matin comme pour le carnaval. Il nous fallait beaucoup de gaieté, de couleurs, de déguisements joyeux pour lutter contre la voix des *kolokols*, ce tintement incessant des cloches qui paraissait toujours porter vers nous une plainte née entre le marteau et l'enclume, et qui est restée pour moi à jamais la voix du peuple russe.

Les dominos, les masques, les pompons, les chapeaux pointus, les polichinelles venaient à la rescousse, dans un va-et-vient incessant d'abord de traîneaux et ensuite — avec la fonte des glaces — de la *kolaska*, entre le palais Okhrennikov et notre prison. Signor Ugolini nous ouvrit généreusement son coffre. Sur le lit de Teresina, surmonté de gros anges russes joufflus qu'elle avait habillés à la turque, ce qui faisait sans doute grincer des dents la vraie religion — mais Teresina disait que la vieille avait perdu toutes ses dents depuis longtemps — s'était installée toute l'illustre compagnie. Il y avait là le Capitaine, avec son sexe en cuir, Pantalon au nez rouge, maître Polichinelle, aussi crochu et malveillant que possible à l'égard du sérieux, le Docteur au cul nu et Arlequin, bien sûr, cet Arlequin dont je finissais par être jaloux, tant Teresina lui témoignait de doux égards.

Notre séjour en forteresse se prolongeait d'une manière inquiétante, mais le gouverneur se montrait on ne peut plus aimable. Catherine avait donné des ordres : la prison, certes, mais aussi les attentions qu'il convient pour les arts. Tout ce qu'il y avait de saltimbanques à Saint-Pétersbourg, tous les tireurs du diable par la queue venaient nous divertir. La compagnie du Turc Kremen nous donna une représentation de marionnettes *karagöz* ; nos amis les avaleurs de feu et

232

de sabres, les escamoteurs et Fritzi, le grand ventriloque suisse, se portaient à notre secours. Ces joyeux compagnons recréaient autour de nous un monde libre où les seules rigueurs étaient de se tenir sur un fil sans tomber, de ne pas révéler le contenu de ses manches et de ne pas remuer les lèvres lorsqu'on faisait parler une poupée placée à l'autre bout de la pièce. C'était, en Russie, le dernier rayon venu d'une Venise qui était en train de mourir, où la *commedia dell'arte* finissait dans la préméditation de textes écrits et appris d'avance, et où le Doge, lorsqu'il jetait son anneau dans la mer pour l'épouser, faisait rire l'armée autrichienne.

Je crois cependant que la véritable vocation de Teresina était la danse. Jamais, depuis, je n'ai vu un corps aussi aérien et harmonieux dans ses élans et dans ses tourbillons. Je dansais souvent avec elle. Il m'en est resté le goût d'une griserie d'où monterait vers moi le son des castagnettes et des guitares, et je n'ai jamais cessé de fréquenter, à Séville, à Grenade, le peuple du flamenco. Quelques gitans, parmi ceux qu'avait amenés à Saint-Pétersbourg Isaac de Tolède, étaient demeurés dans la capitale et venaient eux aussi nous tenir compagnie. Ils me révélèrent que les mouvements trépidants sur place du flamenco, les envols réprimés, interrompus des bras et des mains, étaient nés de l'esclavage et qu'ils évoquaient les mouvements des esclaves essayant de rompre leurs chaînes.

XXVIII

Nous quittâmes la forteresse à la fin du mois de mai : ce fut pour apprendre la mort de ma sœur Angela, emportée par une infection virulente de la gorge au cours d'une partie de chasse près de Königsberg. Le chagrin de mon père fut immense, mais il faut dire aussi qu'il s'y mêlait une part de déception et de souci professionnel, car une faille dans la réputation d'immortalité qui auréolait notre famille s'ouvrait ainsi aux yeux de tous.

Fort heureusement, de bien meilleures nouvelles nous parvinrent bientôt, très discrètement, de Königsberg. On s'était en effet aperçu, lorsqu'on avait voulu mettre le corps de ma sœur en bière, que le visage de la défunte avait un lustre étrange et que les traits d'Angela paraissaient avoir singulièrement changé. On constata alors qu'il y avait eu substitution, que le corps de la morte avait disparu et qu'une grande poupée en porcelaine, habilement peinte et habillée à son image, avait été placée parmi les fleurs sur le lit mortuaire. Il y eut la panique que l'on imagine dans un pays comme la Prusse, si épris de l'ordre. Le médecin fut interrogé longuement, ainsi que mon beau-frère, le comte Osten-Saken. Le premier donna toutes les garanties de bonne fin nécessaires, ayant assisté la malade pendant le déroulement fort régulier de son mal ; le deuxième dut confirmer, par-devant juge et notaire, qu'il n'avait pas

234

quelque goût dépravé qui l'eût poussé à vivre avec un mannequin.

Le médecin Katzenbach était un jeune et grand gaillard, doué d'une force peu commune. Il quitta Königsberg peu de temps après et nous apprîmes qu'il s'était établi avec Angela d'abord à Brunswick et ensuite dans le Wurtemberg. Lorsque je rencontrai deux ans plus tard Angela, ma sœur me donna les raisons de ce subterfuge que je considère aujourd'hui encore comme un exemple d'élégance et de savoir-vivre. Cette délicatesse montre quel prix nous attachions dans la famille à ménager la sensibilité et l'honneur de ceux que nous ne pouvions épargner entièrement, mais que nous désirions néanmoins aider à supporter leur épreuve.

Voici ce qui s'était passé.

Osten-Saken était follement amoureux de sa femme, mais Angela s'était détachée de lui et s'était éprise de Katzenbach ; elle avait décidé de partir avec le beau médecin, tout en évitant de blesser publiquement un mari qu'elle estimait, sans outrager aussi les conventions et les mœurs de son milieu. Elle s'était donc rendue à Worms où mon oncle, qui se faisait alors appeler von Sagge, lui fabriqua un de ces mannequins dont il était le grand fournisseur auprès des Cours allemandes. La ressemblance de la poupée avec Angela fut naturellement rendue de main de maître. Revenant ensuite à Königsberg, ma sœur simula une maladie et la mort fut dûment constatée par le docteur Katzenbach ; avec l'aide de notre servante Carla, on plaça la poupée sur le lit de la morte, sous les fleurs ; on s'installa ensuite dans la voiture qui attendait et on se mit en route, ayant ainsi épargné au mari l'humiliation de se sentir trahi.

Lorsque la substitution fut découverte, les bons *bürgers* ne manquèrent pas d'y voir l'effet de sinistres et obscures manigances, mais personne ne soupçonna ma sœur. Telle est la vérité sur cette affaire de la « poupée morte » qui fit tant de bruit et dont

MM. Hoffmann et von Chamisso ont cru devoir s'inspirer dans leurs élucubrations, faisant intervenir naturellement des puissances occultes, aux ordres desquelles, selon eux, mon père aurait contrevenu.

Je tiens également à défendre ici l'honneur de ma sœur, puisqu'elle devait devenir, dans de tout autres circonstances, l'objet de basses calomnies. Il est certain que les plus belles choses ont une fin et il est bien possible qu'Angela se soit lassée de Katzenbach, qui se révéla être un lourdaud plus porté sur la pipe et le tabac que sur cette poésie sublime dont on dit qu'elle est aux sens ce que le feu est à la cheminée. Il est vrai également que, dans ces conditions de plus en plus refroidies, Angela s'était éprise de l'aventurier Forbach ; celui-ci tenait alors un salon de jeu au bout de la rue où ma sœur s'était installée. Or, tout homme peut tomber malade, même un médecin, et vouloir attribuer le décès du malheureux Katzenbach à l'œuvre de quelque breuvage infâme qui lui eût été administré par ma sœur, constitue un défi aux bonnes manières dont nous ne nous sommes jamais départis dans la famille, pas plus que de notre prudence. J'y vois de plus une fâcheuse confusion entre les mœurs de Venise et celles de Florence. Le brave Katzenbach mourut donc tout bêtement ; ce sont là des choses qui arrivent aux êtres par trop dépourvus d'imagination. C'est à partir de ce fait certain et banal que la pluie des calomnies commença à tomber.

Ma sœur témoigna de tout le chagrin que la bonne éducation exige. Elle fut vraiment très surprise lorsque au moment de mettre en bière le corps du brave Johann, quelques familiers parmi les personnes présentes remarquèrent que les traits du mort, tout en marquant une ressemblance indiscutable avec le visage de l'intéressé, paraissaient néanmoins légèrement différents ; lorsqu'on les examina de plus près, on s'aperçut qu'il s'agissait d'un mannequin habilement couvert de fleurs mais dont la porcelaine, pour être de bonne qualité, ne devait néanmoins rien à la main divine. Ce fut évidemment pain bénit pour les gazettes : on ne saurait leur en vouloir, puisqu'elles sont payées pour être vendues. Un fait demeure acquis : le corps périssable du docteur Katzenbach avait disparu. Qu'il y eût eu substitution, point de doute encore. Mais de là à accuser ma pauvre petite sœur de crime et à affirmer que la substitution avait eu lieu parce que les signes de l'empoisonnement par le *malcal* avaient commencé à apparaître dans toute leur évidence sur le visage du cadavre authentique, il y a un pas monstrueux et que seuls les monstres peuvent franchir.

Je sais bien que ma sœur possédait au plus haut point ce respect pour la vulnérabilité d'autrui et cette délicatesse des sentiments qui pousse certains à tuer, plutôt que de faire de la peine, et qu'il lui eût été fort cruel de blesser jusqu'au fond de l'âme Johann en le quittant brutalement. Comme tant d'autres êtres hautement idéalistes, eût-elle eu à choisir, elle eût sans doute préféré frapper le corps plutôt que l'âme. Je considère cependant que c'est là faire bon marché de la spontanéité et même de la cruauté propres à toute jeune femme amoureuse, qui vont rarement de pair avec tant de délicats égards pour le mari que l'on se propose d'abandonner.

Il convient d'ajouter, pour mettre fin définitivement aux calomnies de prétendus historiens, que l'innocence d'Angela eut bientôt l'occasion d'être publiquement reconnue. Accusée quelques années plus tard d'avoir empoisonné cette fripouille de Forbach, elle fut libérée lorsque son avocat put montrer que ce dernier, couvert de dettes et affublé d'une maîtresse, s'était enfui, car on n'avait jamais retrouvé son corps. Les premières traces du poison que le médecin avait trouvées sur son visage prouvaient simplement qu'avant de fuir, il avait essayé de se faire passer pour mort et de faire planer les soupçons sur son épouse. La sincérité de ma sœur lors du procès avait convaincu entièrement les juges.

Angela Zaga écrivit ensuite quelques charmants

livres pour enfants et devint célèbre sous le nom de plume de Mathilda von Sardi, grâce aux nombreux romans d'amour dont elle charma les loisirs de la bonne société. On y trouve une connaissance remarquable du cœur humain.

Nous fûmes heureux de retrouver notre maison de la Moïka et de reprendre nos habitudes. Mon père crut cependant plus prudent de mettre une sourdine à certaines de ses activités, car si en cette fin de siècle éclairée par les philosophes, les accusations de magie noire et de sorcellerie ne menaient plus au bûcher, un mot nouveau, qui correspondait mieux à l'esprit des temps, aux progrès et aux mœurs de l'époque, commençait à être très à la mode celui de « charlatan ». S'il n'y avait pas là de quoi vous mener au supplice par le feu, les glaces de Sibérie n'en devenaient pas pour autant plus attrayantes. Il fallait tenir compte aussi des médecins allemands et anglais qui protestaient avec de plus en plus de véhémence contre les empiétements de celui qu'ils appelaient le « charlatan italien » sur un terrain qu'ils considéraient comme leur chasse gardée. Mon père se limitait donc à soigner ce qu'on appelait alors, en français, les « humeurs », et que l'on désigna bientôt, dans le vocabulaire russe, du terme de *douchevnye bolezni*, les « maladies de l'âme ».

Son patient le plus célèbre fut le prince Narychkine ; la méthode de traitement qu'il employa et la guérison du malade furent citées dans une lettre de Lou Andreas-Salomé à Rilke comme un exemple de « prescience », et Freud lui-même mentionna ce premier balbutiement de son art au Congrès de Psychanalyse de Berlin, en 1901.

Le cas du prince Narychkine était une bien triste illustration des mœurs barbares qui régnaient en Russie avant l'avènement de Catherine. Le tsar avait coutume, lorsqu'un de ses gentilshommes lui déplaisait ou avait provoqué sa colère, de prendre un décret officiel, un *oukase* en bonne et due forme, proclamant qu'à partir de tel ou tel jour, le seigneur en question devait être considéré comme fou. On sait que cette méthode est encore pratiquée de nos jours en Union soviétique à l'égard de certains poètes, écrivains ou autres pauvres débris de la tribu des enchanteurs, lorsque ceux-ci cessent de plaire. Il résultait immédiatement d'un pareil *oukase* — ce fut le cas du prince Léon Narychkine — que le malheureux courtisan qui tombait ainsi en disgrâce devait désormais se conduire comme un bouffon et que tout l'entourage du tsar, tous les courtisans devaient le traiter comme tel. Le noble ainsi promu au rang de pitre, ou *shout*, était obligé de supporter en riant tous les mauvais traitements physiques et toutes les offenses, les coups de pied, les gifles et autres indignités. Le prince Narychkine dut se soumettre à ces abjections pendant plus de deux ans, jusqu'à ce que Catherine, aidée par les cinq frères Orlov et le régiment Préobrajensky, ainsi que par dix mille hommes de troupe, marchât sur Peterhof et détrônât son époux, lequel fut étranglé trois mois plus tard par Grigori Orlov. Sa mort fut attribuée à des hémorroïdes. Mon père eut alors un mot que Diderot recueillit plus tard et dont il se fit l'écho dans une lettre à Sophie Volland : « Le tsar a été étouffé par ses hémorroïdes. »

Bien qu'il fût alors rendu à la dignité, le prince Narychkine n'arrivait pas à se remettre du traitement auquel il avait été soumis quotidiennement pendant des années. Il faut dire que son aspect prêtait au comique. C'était un homme potelé, de tempérament angoissé, dont la grosse tête ronde tremblotait continuellement d'un mouvement latéral, si bien qu'on avait presque envie de l'aider à se dévisser, cependant que les yeux agrandis, qui paraissaient en proie à l'horreur, s'agitaient dans les orbites, comme ces bestioles tombées dans un bain d'huile dont elles cherchent désespérément à se dégager. Il louchait fortement, ce qui n'ajoutait rien au charme de son regard.

Son angoisse était telle qu'il ne pouvait plus s'arrêter de faire le pitre, bien qu'un *oukase* de Catherine eût officiellement proclamé qu'il était désormais dispensé de sa « folie ». En plein dîner, alors qu'il était assis au rang que sa naissance lui conférait, il se levait et courait au milieu de la salle. Là, sous l'œil consterné des princes et des ambassadeurs, il s'accroupissait avec, sur le visage, une expression d'épouvante que lui inspirait cette force intérieure irrésistible dont il était devenu la victime, et faisait co-co-co-co, avec des mouvements de tête et des clignotements de paupières appropriés, imitant la poule qui pond un œuf, divertissement que Pierre III appréciait particulièrement et qu'il imposait à son « fou » plusieurs fois par jour. A d'autres moments, alors qu'il s'entretenait gravement avec l'ambassadeur d'Angleterre du traité de paix avec la Prusse ou des dernières victoires remportées par les troupes russes dans leur guerre contre les Turcs, il se mettait soudain à aboyer, faisait le beau, réclamait un sucre, agitant son derrière comme une queue de chien, après quoi il reprenait avec le plus grand sérieux et par un propos fort approprié le fil de la conversation.

Depuis son retour en dignité, Narychkine briguait le poste de ministre des Affaires étrangères ; l'impératrice comprit parfaitement que ses grimaces et pitreries relevaient d'un mal comme la danse de Saint-Guy et que les qualités de finesse et de pénétration de son esprit demeuraient intactes, mais il était difficile pour Sa Majesté de prendre pour ministre et de faire asseoir à la table du conseil un personnage ainsi affligé. On la voyait mal prenant avis d'un homme qu'une force intérieure poussait à se lever et à courir autour de la table à quatre pattes, reniflant les pieds des chaises pour s'arrêter et lever la jambe, geste dont la drôlerie ne pouvait apparaître qu'aux yeux d'un tsar qui ne goûtait rien tant que l'atmosphère prussienne d'un corps de garde.

Mon père guérit le prince Narychkine. Le traitement par le magnétisme, comme on disait alors, ou par l'hypnotisme, comme on devait dire bientôt, n'était pas la seule méthode qu'il avait appliquée. Il avait très bien compris que ce qui provoquait le déclenchement automatique des bouffonneries du prince était la peur du châtiment paternel. Le tsar est couramment appelé « père », *batiouchka-otetz*, dans le langage familier du peuple russe. C'était donc la peur du Père dont il fallait guérir le patient.

Le récit des séances a été publié par M. Xavier Kerdi à Lausanne, mais cette distinguée personnalité helvétique ne semble pas avoir apprécié à sa juste mesure ce qu'il y avait de nouveau, de hardi, et pour tout dire de révolutionnaire, dans la méthode employée par Giuseppe Zaga.

L'idée de s'inspirer du portrait de Pierre III pour fabriquer un masque de cire reproduisant avec une fidélité hallucinante le visage du souverain et d'habiller en tsar notre aide-cuisinier Pouchkov, qui mettait le masque, peut paraître aujourd'hui astucieuse, sans plus. Pour la bien juger, il convient de la situer dans son temps. Les notions de libération psychologique et d'action sur le psychisme étaient alors complètement inconnues. Celles de sacrilège libérateur, de profanation accomplie dans le but de se soustraire au respect, étaient non seulement totalement inconnues mais encore fort dangereuses pour qui eût eu l'idée de s'en prévaloir. Le faux tsar était donc à son tour transformé en bouffon et le prince Narychkine se libérait de ses terreurs en forçant à son tour Pierre III à lui lécher les bottes, à imiter la poule qui pond un œuf, à courir en aboyant à quatre pattes et à pisser contre les murs en levant la jambe.

Le traitement se prolongea pendant plusieurs mois et le prince fut entièrement guéri. Le seul tic qui lui resta fut un petit rire de gorge, lequel était d'ailleurs fort recommandé par mon père, car il se produisait désormais chaque fois que Narychkine pensait au tsar, et était en lui-même une excellente thérapeutique. Léon Narychkine ne devint pas ministre des Affaires étrangères mais ce fut largement sous son impulsion que l'institut Lomonossov fut créé. C'était un homme intelligent, ainsi que je l'ai dit, et bien qu'il eût fait don à mon père de cinquante mille roubles, il se méfia toujours un peu de Giuseppe Zaga. Il lui dit un jour :

— Vous m'êtes très cher, *douchka*, mon âme, mais je vous ai à l'œil. Si vous vous mettiez en tête d'appliquer ce genre de traitement au populaire, nous finirions tous sur l'échafaud.

Mon père, quelles que fussent ses pensées secrètes, ne tenait pas à être sur ce point en avance sur son temps et il sut trouver le mot qu'il fallait :

— Point trop n'en faut, dit-il.

Me faut-il rappeler encore qu'il est aujourd'hui même en usage en Russie soviétique de décréter officiellement par un jugement en bonne et due forme que tel ou tel écrivain ou citoyen ayant perdu la faveur des autorités, devait être considéré comme *fou* et que la méthode de libération inventée par mon père, dite de « manque de respect » et d' « irrévérence », y est aussi dangereuse aujourd'hui pour celui qui se risquerait à la pratiquer qu'elle l'était au temps des bouffons officiels.

XXIX

Depuis plusieurs mois, un propriétaire terrien immensément riche, Ivan Pavlovitch Pokolotine, faisait parvenir à mon père de véritables suppliques, conçues en termes touchants, admiratifs et flatteurs, invitant l'illustre guérisseur à venir le soigner du « grand mal de tristesse » qui le rongeait. A l'en croire, ses jours étaient comptés, car la « mélancolie gagne chaque jour du terrain et prive le jour de sa lumière et la nuit de son repos ». Il offrait à mon père vingt mille roubles, si ce dernier acceptait de venir dans sa lointaine province pour lui rendre le goût de la vie. C'était une somme énorme, même pour l'époque où un serf, une « âme » comme on disait, ne coûtait que cent vingt roubles.

Les domaines de Pokolotine se trouvaient dans la région d'Oranienbourg, ce qui représentait au moins trois semaines de route. Mon père répondait à son correspondant en l'invitant à venir le consulter à Saint-Pétersbourg. Les lettres se faisaient de plus en plus larmoyantes. Pokolotine affirmait que sa carcasse ne pourrait supporter le voyage. Nous fûmes tous très surpris lorsque mon père accepta soudain de se rendre à Priannikovo.

Ce qui décida Giuseppe Zaga à entreprendre ce périple fut la froideur que la Cour lui témoignait, à la suite de la guérison du prince Narychkine ou, plus exactement, de la façon dont celle-ci avait été obtenue. On avait détrôné Pierre III et on l'avait étranglé, mais c'étaient là des manières entre souverains et personne n'avait à s'en préoccuper. Catherine était suffisamment fine mouche pour pressentir ce que la méthode de mon père, celle de l' « irrespect » — on dirait aujourd'hui de la « désacralisation » — pouvait présenter de dangereux pour la noblesse et le trône lui-même. Plusieurs « visites » furent d'ailleurs effectuées au palais Okhrennikov et on y découvrit les œuvres de Voltaire, de Rousseau et de Diderot, qui étaient interdites en Russie et dont seules Catherine et les personnes de haut rang avaient le droit de se délecter, car elles étaient capables de juger comme il convenait ces jeux de l'esprit faits seulement pour divertir.

Mon père estima donc plus prudent de mettre quelque distance entre lui et la souveraine : il connaissait le danger qu'il y a pour un enchanteur à se tromper de public. Si la Cour se mettait en tête qu'au lieu de quêter la faveur des princes, il se mettait à rechercher celle du populaire, les pires ennuis ne pouvaient manquer de s'abattre sur nous. Il décida donc d'accepter l'invitation de Pokolotine et, au plus beau de l'été, le 10 août 1773, toute la tribu prit la route. Derrière les voitures des maîtres, venaient deux charrettes avec les domestiques, les vêtements et divers accessoires dont mon père ne se séparait jamais lorsqu'il se déplaçait, car on ne pouvait jamais savoir à quelles habiletés il allait falloir recourir. Mon père voyageait avec Teresina ; je partageais ma *kibitka* avec Ugolini. Je prenais grand plaisir à nos campements, car les auberges étaient infâmes et nous nous étions équipés avec toute la prévoyance des gens du voyage. J'aimais le feu qui léchait la nuit, les paysans qui venaient nous apporter des œufs et des poulets et qui se tenaient pendant des heures devant nous, regardant gravement nos tentes luxueuses et admirant nos habitudes étranges. Teresina jouait de la guitare et chantait Venise dans la solitude étoilée de la plaine russe.

Ugolini parcourait les vieilles gazettes que lui avait communiquées l'ambassadeur d'Italie. Nous étions installés sur des coussins que l'on plaçait sur les tapis de Bessarabie, rouge et noir. Parfois surgissaient de la nuit des cavaliers cosaques, leurs *papakhas*, bonnets de fourrure, enfoncés sur l'œil. Ils venaient par trois ou quatre et demeuraient sur leurs chevaux ; on leur offrait à boire et ils poussaient des *ha-ha-ha* étonnés et éclataient de rire en goûtant ces liqueurs d'une douceur si peu faite pour leurs rudes gosiers. Mon père sortait parfois d'un sac de cuir sa précieuse lunette astronomique et se perdait dans la contemplation des poussières d'or et des diamants dont le ciel d'été se parait avec une opulence de satrape d'Orient. Il y avait dans les airs une douceur un peu sèche où se devinaient les moissons et les blés coupés ; des troupeaux invisibles erraient dans un tintement de clochettes qui paraissait toujours lointain même quand il était proche. Il y avait les lueurs rougeoyantes des feux qui consumaient les herbes mortes des champs, afin d'enrichir l'humus de la terre. Les mugissements des bœufs et des vaches donnaient à l'immensité de la steppe une présence rassurante et familière. Nos domestiques s'endormaient toujours les premiers, car ces âmes simples étaient plus sensibles à la fatigue qu'à la poésie. Le peuple a encore beaucoup à apprendre. C'était la saison des étoiles filantes et je me demandais pourquoi elles choisissaient pour tomber le même mois que les fruits mûrs. Couché sur le dos, je me perdais dans le ciel ; je me promenais sur la Voie lactée, grimpais sur la Grande Ourse comme sur un arbre, m'égratignais les mains en me hissant sur le Chariot, fréquentais Sirius, ramassais à mes pieds certaines étoiles sans nom et trop humbles pour oser me le dire : je les portais à mon oreille pour guetter leur murmure comme celui des coquillages et me mettais à jongler avec Castor et Pollux, dont on méconnaît en général les humeurs espiègles. Je m'endormais ainsi en plein rêve et lorsque je me réveillais, tout ce tapis étincelant et brodé avec un si profond souci de plaire au regard avait disparu et, la tête encore pleine de bribes d'imaginaire, je me demandais dans quel magasin le grand Zaga qui donnait là-haut ses représentations avait rangé ses merveilleux accessoires. Je reprenais ensuite contact avec la banalité du réel, qu'accompagnaient cependant fort agréablement les œufs battus et brûlants, les blinis au miel, les galettes de maïs lourdes de confiture et le thé préparé dans un immense samovar en argent gravé d'une couronne ducale, qu'avait fabriqué pour mon père le grand orfèvre et maître de tous les samovars russes, Ivan Trofimov, de Nijni-Novgorod.

Mon premier souci au réveil était de courir dans la tente de Teresina pour lui annoncer que le déjeuner était prêt ; c'était le meilleur moment de la journée, car la chaleur du sommeil portait vers moi son corps par grisantes bouffées. Son visage, que la chevelure entourait de son immensité répandue sur les oreillers qu'elle dissimulait entièrement, s'offrait à moi comme le plus beau don du jour, au milieu de ces senteurs féminines dont la terre, les champs et les vergers ne peuvent que rêver en vain et avec envie jusqu'à la fin des temps. Elle était heureuse, car rien ne convenait mieux à sa nature et à ses humeurs vagabondes que *partir*. Il m'arrive encore maintenant de fermer les yeux pour imaginer un carrosse sur les chemins de France, d'Italie ou d'Allemagne, cheminant à travers les forêts évanouies et sur des routes qui ont depuis longtemps perdu leur cher goût de poussière ; Teresina se tient à l'intérieur, et mon songe ne se risque jamais à ouvrir la porte du carrosse, car j'ai toujours eu au plus haut point le souci du réalisme et je crains que, malgré tous les soins que j'ai apportés à mon œuvre, il n'y ait personne à l'intérieur. Je prends grand plaisir aussi en compagnie des Tziganes et je m'arrête toujours, le cœur serré, devant leurs roulottes, mais là non plus je ne me risque pas à entrer, car il faut savoir être habile et prudent lorsqu'on a affaire à la réalité et que l'on veut éviter ses rudes manières.

Parfois aussi mes trois jeunes amis, les Tziganes Ivanovitch, viennent me trouver, lorsqu'ils devinent que je manque de rêve, et me jouent pendant des heures ces airs qui ne sont pas italiens mais qui me parlent pourtant si bien de celle qui n'était pas une Tzigane, car il me semble que Teresina est toujours présente dans tous les chants populaires du monde.

Mes rapports avec mon père étaient redevenus affectueux. Je ne sais s'il était résigné à son échec intime, ou s'il se consolait en se disant qu'il n'y avait pas au monde de virtuose capable de tirer une mélodie de certains violons. Il s'était laissé pousser une barbe, ce qui n'était encore guère de mode chez les gens bien nés ; elle donnait à son visage, je ne sais trop pourquoi, une dureté et une sévérité qui évoquaient l'Espagne, pays dont on commençait alors à parler. Je note en passant que mon père avait fort bien connu Lope de Vega et Calderon et bien qu'il me parût y avoir là quelque bizarrerie dans les dates, j'attribuais mes doutes au fait que j'avais grandi trop vite et me trouvais à cet âge assez ingrat où les forêts enchantées de l'enfance vous ont quitté alors que le talent personnel ne vous est pas encore venu.

Les visages vénitiens, peut-être parce qu'ils se forment aux confluents de l'Occident et de l'Orient, changent souvent au moindre éclairage ; ils se prêtent ainsi admirablement à un métier qui commande tantôt une expression de lucidité, tantôt un air de mystère ; il me semblait que mon père hésitait longuement, chaque matin, avant de choisir son visage, selon ses états d'âme ou le public qu'il allait affronter. Je garde de celui qu'il avait adopté pour traverser la steppe, le souvenir d'une figure de grand d'Espagne, peut-être parce que en s'éloignant de la capitale, où son métier était trop connu et ne lui permettait donc pas de frayer avec la noblesse d'égal à égal, il profitait de ces loisirs pour choisir librement son personnage et rêver un peu de lui-même, après avoir tant fait rêver les autres. A l'approche de Balkonsk, les tabors de Tziganes, nombreux dans cette région, nous déléguèrent des *kotchevoï* porteurs de cadeaux, car mon père avait obtenu pour ce peuple frère le droit de campement dans toute la Russie et aussi celui de traverser les villes ; pendant longtemps, cette décision de Catherine porta la marque de notre nom, puisque les Tziganes l'appelaient le droit *zagar*.

Je ne fus jamais plus heureux que pendant ces longues semaines où les jours et les nuits se succédaient dans une chaleur généreuse, où la terre prenait au soir une senteur qui mêlait les intimités profondes et innombrables des racines atteintes par le soleil, des plantes desséchées et des sèves intérieures ; il y avait là je ne sais quels secrets olfactifs, caressants, insistants, par lesquels la glèbe se révélait à la fois femme et pain, fruit et animal. Et toujours ces passages de cavaliers lancés au galop sur leurs chevaux blancs, aux selles en bois, roses et bleues, dont on ne savait s'ils poursuivaient quelqu'un, fuyaient, ou si c'était simplement une façon de vivre. Leur rapport avec la steppe était sans doute celui de l'oiseau avec le ciel, et ils ne devaient se poser quelque part que pour s'envoler aussitôt. Ces galops à la fois fulgurants et sans but étaient peut-être leur manière de s'enivrer.

Chaque matin, Teresina sortait de sa tente, *v volossakh*, « dans ses cheveux », comme disent les vieilles Russes, et levait les yeux vers un ciel où tout était bleu, de ce bleu si lumineux et si pur que je ne cessais de m'émerveiller, n'étant point encore blasé, devant la merveilleuse aisance d'un tel art.

— Ils ont tout emporté, ils sont partis et ils ont même enlevé les tapis, disait-elle. Ils doivent être tous des nomades et des romanichels, là-haut, et quand ils ont fini de plaire au public, ils font bien attention de nettoyer les tréteaux. Ce serait amusant si un matin, en levant les yeux, on voyait un faux nez qu'ils auraient oublié, un chapeau pointu ou un masque de polichinelle. C'est tellement beau, la nuit, que je m'attends toujours à trouver le matin quelque trace de la fête, des serpentins, des confettis qui traînent, ou quelques étoiles fatiguées, qui se sont endormies et ne se sont pas levées à temps, ou qui ont oublié de filer...

Un matin, alors que tout le monde dormait encore et que le soleil faisait déjà pâlir la terre mais n'avait pas encore éveillé les premiers oiseaux, si bien que tout avait encore le silence sans alouettes ni insectes du sommeil, je quittai ma couche, torturé par cet appel de mon sang qui fait des premières heures du jour les moments de jeunesse les plus impérieux. Je n'entrai pas dans la tente de Teresina dans l'espoir d'accomplir ce que, dans mon respect du Père, j'aurais considéré comme une profanation des lois les plus sacrées de notre tribu ; j'y entrai pour m'asseoir par terre dans un coin et écouter sa respiration, ce qui était aussi *ma* façon de respirer. Écouter son souffle lorsqu'elle dormait me procurait un apaisement que je n'explique point ; je réglais ma respiration sur la sienne et il me semblait que nous ne faisions qu'un. Il m'était arrivé de rester ainsi immobile dans la pénombre à vivre avec elle et au même rythme qu'elle pendant des heures et de sentir qu'elle était en moi. J'en arrivais même, en refermant étroitement les bras autour de moi-même, à me sentir *elle*, à sortir complètement de cette hantise qui me traquait partout où j'allais dans ma solitude d'avoir été mutilé, séparé de mon identité véritable, privé de moi-même, coupé de ma vie et de sa source, qu'un autre être détient et porte en lui, si bien que vous n'arrivez jamais à exister réellement. J'ai vécu ainsi privé de cette partie essentielle de moi-même qu'une aberration de la nature avait dotée d'une vie indépendante, et il m'a fallu beaucoup d'art pour faire semblant d'exister.

J'étais assis à la turque sur le tapis, le dos contre la tente qui pâlissait derrière moi sous la lente montée du jour. Je respirais avec Teresina. Je ne voyais d'elle que la masse rousse de sa chevelure qui dormait, elle aussi, et que je n'ai jamais pu considérer comme une chose : c'était une créature chaude et vivante. Parfois je levais la main et la caressais doucement et ses écureuils couraient sous mes doigts. J'entendis alors la voix de Teresina :

— Tu m'aimes ?

Je retirai ma main, car c'était une question qu'elle n'avait pas le droit de me poser, sachant que j'en étais encore à mes débuts, que je n'étais certain d'avoir ni du génie ni même du talent, et que je ne pouvais donc trouver les mots qu'il fallait pour exprimer ce que je sentais et qu'aucun homme avant moi n'avait encore connu.

— Viens ici...

Je me levai et me penchai vers elle. Je fus pris dans cette chaleur où un corps de femme et le rêve se mêlent si étroitement que le rêve se fait corps. Mon sang faisait retentir la terre de ses sabots. J'eus alors ma dernière pensée d'adolescent : le contraire de la mort n'est pas la vie, c'est l'amour. Ce fut une pensée d'adolescent, car ce n'était pas là une bien grande découverte, et ce fut ma dernière pensée d'adolescent, car j'ai continué à vivre, ce qui prouve que j'étais devenu vraiment un homme, que j'étais prêt à m'arranger, à renoncer et à subir. Je sentis ses lèvres sur les miennes dans un effleurement à peine perceptible et ce baiser sans profondeur me priva de mon corps : pendant les secondes qu'il dura, je fus tout entier dans mes lèvres et puis mon corps revint brutalement, par un tel choc en retour que j'entendis un grondement dont je ne savais s'il venait d'un galop de Cosaque dans la steppe ou de mon sang.

— Non.

Elle leva ses deux mains devant elle et les appuya contre mon visage.

— Non, je veux vivre...

Elle toucha mon front de ses doigts :

— Je veux vivre là-dedans. Je n'ai pas envie de mourir.

— Teresina...

— Je veux que tu continues à m'inventer, à m'imaginer. Je ne veux pas que ça finisse. Je veux que tu continues à m'imaginer aussi longtemps que tu vivras.

Mes mains cherchaient, s'exaspéraient... Elle les saisit.

— Fosco, je t'en supplie. Je veux durer. J'ai besoin de toi. J'ai besoin d'être rêvée.

Je crois que je ne l'aurais pas écoutée et que j'aurais forcé le destin si mon père n'était entré à ce moment-là. J'étais dans un tel état de désir et de désespoir qu'il m'était entièrement indifférent de savoir ce qu'il allait faire, s'il allait me donner au visage un coup de la cravache qu'il tenait à la main, s'il allait me tuer ou seulement me jeter dehors et cesser de me considérer comme son fils.

Je me redressai, me tournai vers lui et le regardai sombrement, peut-être même avec défi. Il était parti la veille pour Simbirsk, à la demande du gouverneur qui était à l'agonie et souffrait cruellement. Je ne savais pas qu'il allait faire plusieurs heures de cheval, la nuit, pour revenir juste à ce moment-là. Je ne pense pas que ce fût là un effet de ses dons prémonitoires, qu'il fût jaloux de moi et qu'il n'eût pas voulu me laisser seul avec Teresina toute une nuit. Il était revenu, c'était tout.

Giuseppe Zaga portait une *tcherkesska* blanche, avec des cartouchières verticales en guise de poches : c'était une façon de porter ses munitions qui nous venait du Caucase. Sur la tête, un bonnet en mouton gris, ceint au-dessus du front d'un large ruban blanc. Il avait à la ceinture le pistolet italien qu'il avait reçu de Potemkine et dans le maniement duquel il était fort habile. J'attendais, avec espoir. J'étais si jeune ; c'est un âge où la mort paraît souvent un enchantement.

Mon père se tourna vers un coin de la tente où il y avait une table chargée de fruits. Il alla vers elle et prit une grappe de raisin.

— *Tchort pobieri !* Que le diable l'emporte ! dit-il.

251

Sept heures de cheval... Fort heureusement, le gouverneur est mort avant mon arrivée, ce qui m'a évité un échec...

Il mangeait le raisin en silence, sans nous regarder. Il était très calme. Je crus saisir dans son expression quelques furtives traces d'ironie. J'attendis un moment encore et me dirigeai vers la sortie.

— Fosco...

Je me tournai vers mon père. Il finissait la grappe de raisin avec un plaisir évident. C'était extraordinaire à quel point, dans cette tenue de Tcherkesse, il avait à présent l'air russe : je devais retrouver le même visage, au regard près — des yeux d'un bleu très pâle au lieu d'yeux noirs —, chez un de mes amis, l'acteur Ivan Mosjoukine, que je rencontrai à Nice après la Première Guerre mondiale.

— Veux-tu dire à Stepan de m'apporter du thé... Et aussi, qu'il vienne me tirer mes bottes.

Je sortis. Je me suis aperçu l'autre jour, en prenant l'ascenseur, que la taille de Teresina était moins fine que je ne croyais et ses hanches plus lourdes ; ses mollets étaient forts, de ce galbe paysan qui suggère de bons rapports avec la terre. Mais la chevelure est demeurée de ce feu et de cette chaleur qui me font sourire de bien-être chaque fois qu'elle balaie mes yeux et ma mémoire.

XXX

Nous étions en route depuis plus de deux semaines et nous avions dépassé Pomoïsk lorsque se firent nombreux autour de nous les signes et les traces de la révolte de Pougatchev, que l'on n'avait jusqu'à présent guère prise au sérieux à Saint-Pétersbourg. On était habitué à ce que la misère et les famines provoquent dans le peuple de fugaces énervements, auxquels viennent aussitôt mettre bon ordre quelques têtes coupées.

La révolte des Cosaques, à laquelle prêtaient main-forte de nombreuses tribus de Tatars, Bachkirs, Tchoutchènes et Kalmouks, n'avait pourtant aucune commune mesure avec les sautes d'humeur populaires qui l'avaient précédée. Les militaires que nous croisions sur notre chemin, courriers, blessés ou officiers relevés de leur commandement, nous juraient que les horreurs, cette fois, étaient pires que celles de la peste à Moscou, de sombre mémoire. La vague sanglante avait reflué vers le sud et la répression, dans les villages qui s'étaient ralliés au faux « tsar libérateur », assurait par son caractère exemplaire à toute cette région de belles années de sécurité.

Mais il y avait de la mort dans l'air.

Je ne sais si c'était fait délibérément, ou s'il s'agissait de négligence, mais on tombait ici et là, tantôt sur des bras et des jambes en vrac, tantôt sur un corps entier encore empalé, aux morceaux fins déjà emportés par

253

les rapaces, ou encore sur une tête de Cosaque gaillardement plantée sur une pique. On trouvait aussi un peu partout des ossements que les pluies d'un printemps précoce et humide avaient tirés de la terre délavée et que les chaleurs de l'été avaient ensuite débarrassés de leur malpropreté. Ce n'était pas un spectacle agréable, et le cocher fouettait nos chevaux. Pour dissiper l'impression pénible, je saisissais ma guitare, mon père se mettait à chanter et comme Teresina baissait la tête, écartant d'une main la chevelure qui essayait de caresser son visage triste, nous invitions nos domestiques à se joindre à nous, car rien n'était plus drôle que nos braves Parachka, nos Ivan et nos Siemka, lorsqu'ils essayaient d'entonner en chœur nos refrains italiens.

Les auberges étaient infâmes.

Les macaronis, que l'on appelait *lapcha* dans ce pays, n'avaient aucune parenté avec la géniale création de notre peuple, dont celui-ci avait pris peu à peu la souplesse et la sinuosité. Mon père avait des poudres contre la vermine, mais la saleté des lits, la lourdeur de la nourriture et le désespoir de ces gens pris entre la révolte, la misère et la répression me faisaient plus que jamais rêver d'Italie. La fête vénitienne s'éloignait, disparaissait, comme si elle fuyait la détresse de ces gens ; on avait de la peine à croire au carnaval ; Ugolini lui-même, qui avait pourtant emporté son précieux coffre, n'osait en sortir les costumes magiques. Il craignait que messires Arlequin, Pantalon, Polichinelle et tous les autres seigneurs de si haute et aérienne légèreté, ne fussent incommodés par ce public affamé et frappé de malheur et ne refusassent de se matérialiser dans une région du monde où seule la cruauté faisait rire. Le pauvre Ugolini ne pouvait supporter la vue de tant d'atrocités jointes à tant de misère ; il en était venu à se demander, me confia-t-il, si l'Italie n'était pas un conte de nourrice que l'on se racontait dans la plaine russe afin d'aider la vie à continuer.

Certains des paysans que nous rencontrions avaient

les narines arrachées, marque d'infamie infligée à ceux qui avaient suivi la rébellion. Dans une auberge près de Riazan, nous fîmes la connaissance d'un gentilhomme : Pougatchev lui avait fait couper le nez et les oreilles et l'avait ensuite forcé à les manger. Un pope lui tenait compagnie, car le malheureux avait des affres de conscience, s'accusant de cannibalisme. Le pope s'efforçait de le rassurer en lui expliquant que le cannibale était l'homme qui mangeait les autres et non celui qui se mangeait lui-même.

Tout le monde, dans les auberges, parlait de femmes de la noblesse qui avaient été violées et qui étaient devenues folles. On remarquera, en étudiant l'histoire de la littérature, que toutes les femmes nobles violées se sentent obligées de devenir folles, cela fait partie des bonnes manières.

Je ne sais si on me jugera sévèrement lorsque j'aurai dit que pour lutter contre cette impression de détresse et d'horreur qui nous accueillait tout le long du chemin dans cette région dévastée, nous puisions à pleines mains dans nos ressources de saltimbanques ; que l'on veuille bien croire qu'il n'y avait ni cynisme ni indifférence lorsque nous saisissions nos guitares et nous mettions à chanter, en passant à côté des gibets d'où pendaient encore les cadavres de rebelles qu'il était défendu de décrocher, « pour l'exemple », paraît-il. C'était notre façon à nous de « tenir le coup », comme on dit vulgairement, et aussi de proclamer notre confiance dans l'avenir de notre pitoyable espèce, capable du meilleur comme du pire.

Mais nos guitares et nos chants étaient des armes bien faibles dans cette lutte inégale. Teresina fut la première à lâcher pied : elle éclata en sanglots dans le village de Kochkino, où les enfants jouaient au ballon avec la tête du fameux *ataman* Proïkine. Quant à Ugolini, il en était venu à invoquer le nom de notre doux Seigneur Jésus-Christ, ce qui était vraiment ajouter un personnage nouveau à la *commedia dell'arte*. Ce fut alors que mon père lui ordonna de tirer les

255

costumes de son coffre. Et c'est ainsi que Teresina, vêtue en Colombine, mon père en Capitaine, Ugolini en Brighella et moi, Fosco Zaga, en Arlequin, nous cheminâmes dans nos *kibitka* pendant trois jours à travers cette steppe asiatique dont la réalité nous paraissait à présent plus cruelle que toutes les légendes sanglantes auxquelles elle a donné naissance. Ce fut une tentative bien timide mais aussi bien hardie d'ouvrir un passage vers l'Est à une humble patrouille de la fête vénitienne, entreprise plus hasardeuse encore que celle de Marco Polo, et je n'ai point honte de nos chants, de nos guitares, de nos mimiques joyeuses et de nos lazzis au pied des gibets, car la dignité humaine a appris à rire depuis qu'on lui a si bien appris à pleurer.

Il nous arrivait aussi de croiser sur la route quelques chefs de la rébellion faits prisonniers par l'armée du général Michelson; on les transportait sur une charrette, dans des cages de bois, au bout d'une chaîne qui se terminait par un anneau passé à travers le nez. Jamais nous ne nous sentions plus fiers d'être les enfants de la fête que face à de telles monstruosités. Notre honneur de saltimbanques était outragé, car ces spectacles indignes mettaient en cause la confiance et le respect que nous avions pour notre public. C'est ainsi que nous croisâmes près de Tversk un des adjoints de Pougatchev, le chef cosaque Pietoukh, l'anneau au nez. L'attitude de mon père, qui goûtait Érasme, nous valut une altercation avec l'officier de l'escorte. Ce qu'il fit fut incompris, mais moi, son fils, je lui en ai gardé un gré infini, car par ce geste, Giuseppe Zaga proclamait qu'il choisissait un nouveau public et indiquait clairement dans quels cœurs et dans quelles tripes la tribu des Zaga allait désormais puiser son inspiration.

Mon père fit arrêter notre voiture, descendit et fit d'abord un tour du côté de la charrette qui transportait sous une bâche tout notre attirail. Il revint ensuite vers la cage du rebelle. L'endroit où l'anneau avait percé son nez s'était infecté et cette plaie si proche du cerveau devait lui causer une grande souffrance.

Mon père lui sourit, recula d'un pas et lui montra ses mains nues, comme on le voit faire si souvent en scène par tous les illusionnistes. Dans l'instant qui suivit, une colombe blanche s'envola de ses mains et s'élança dans le ciel, suivie aussitôt par une autre et encore une autre colombe.

Une expression d'étonnement sans bornes apparut sur le visage défiguré du Cosaque et puis... Il fit un clin d'œil à mon père. C'était un sourire de complicité. Il avait compris.

L'officier d'escorte vint nous faire des remontrances sévères, mais c'était trop tard. L'avenir avait déjà été annoncé.

Pour entrer dans les bonnes grâces du général Mansourov, chargé de « nettoyer » les villages, les paysans plaçaient sur les palissades qui entouraient leurs isbas les têtes coupées des rebelles. Ils les ramassaient ou les tranchaient eux-mêmes ; après les pendaisons : c'était à peu près la seule récolte qui avait été faite dans toute la région. Les palissades ainsi garnies témoignaient des sentiments loyaux des moujiks envers la couronne. La plupart des villages cosaques avaient suivi Pougatchev comme un seul homme, mais les autres tremblaient pour leur vie et ce n'était un secret pour personne que ces pauvres gens, à l'approche des troupes régulières, cherchaient à se procurer des têtes par n'importe quel moyen. Un officier du régiment Volsky, qui nous tint compagnie à dîner, nous dit en riant qu'il avait vu lui-même de véritables marchés de têtes dans les *slobodas*, où elles étaient rapportées des champs et jetées en tas sur la place, parmi les cochons, les chevaux et les brebis.

Je manquerais à la sincérité si je ne disais pas que le spectacle de ces visages morts qui ornaient les palissades fut pour moi plus tard une source d'inspiration et que j'en ai tiré des effets favorablement accueillis par la critique dans certaines de mes mises en scène de théâtre, et notamment dans celle des *Brigands* de Schiller, pièce que j'ai montée chez Vachtangov, à Moscou, en 1922.

Je dois enfin ajouter, pour terminer ce chapitre pénible — je l'aurais, en d'autres temps, épargné à la sensibilité de mes chers lecteurs, mais le public aujourd'hui est exigeant — que dans certaines propriétés que nous traversions et qui avaient échappé aux rebelles, la noblesse ne donnait guère l'exemple d'une dignité dont les âmes bien nées ne devraient jamais se départir face à la barbarie. Sur le gazon, devant la belle demeure bâtie dans le style français de la famille Pavlov-Orekhine, nous fûmes les spectateurs consternés d'un jeu de quilles dont la balle était la tête du célèbre Pouzov, l'un des trois premiers commandants des Cosaques révoltés du Yaïk. Cette indécence était d'autant plus affligeante que toute la compagnie de belles dames et de beaux messieurs parlait français, ce qui me paraissait un outrage à la langue maternelle des sentiments les plus nobles et des idées les plus élevées.

Nous fûmes rendus à notre destination vers les premiers jours de septembre. La propriété de Pokolotine se révéla être une maison d'aspect agréable, assez petite, il est vrai, car elle ne devait guère avoir plus de trente pièces, mais fort bien tournée à l'italienne, sise au milieu d'immenses vergers dont les fruits, dans l'apothéose de leur maturité automnale, paraissaient attendre le bon plaisir d'un Haroun al-Rachid. Nous fûmes accueillis par un personnage étonnamment maigre, aux bras et aux jambes minces comme des fils, mais aux mains immenses ; son corps aboutissait d'une manière inattendue, après un cou très long, à une tête trop petite pour une si grande compagnie, et ornée d'une paire d'oreilles qui paraissaient avoir été hissées là dans quelque but de navigation, pour recueillir le vent. Il tenait un violon et un archet sous le bras. Il nous dit avec un fort accent allemand et de lourds et lents battements de ses paupières excessivement fournies en peau, qu'Ivan Pavlovitch Pokolotine nous attendait, qu'il était au plus triste et avait grand besoin d'être diverti, car le divertissement était, selon le corps médical, ce qui convenait le mieux à l'état de ses humeurs. Mon père, d'une voix assez sèche, pria l'individu de rappeler à notre hôte qu'il était venu de Saint-Pétersbourg pour tenter de le guérir et non pour l'amuser et demanda à être conduit à nos appartements. Ce qui fut fait. Nous eûmes à peine le temps de changer de vêtements qu'un domestique en chemise rouge et pantalon bouffant bleu nous intima l'ordre de nous rendre auprès de son maître.

Nous nous trouvâmes en présence d'un homme en tout point semblable à l'idée que je me faisais de Néron d'après ma lecture de Tacite. Gras, mou, blanchâtre, l'œil soupçonneux et veule, la lippe poupine et capricieuse, vêtu d'une robe de chambre sale, il était vautré sur son lit en compagnie de trois dogues, lesquels se jetèrent sur nous et nous eussent sûrement mis à mal si les domestiques ne s'étaient interposés. Là-dessus, sans la moindre politesse ou honnêteté, Pokolotine fourra dans sa bouche malodorante et agrémentée de dents pourries une espèce de biscuit, dont il avait tout un tas à portée de la main, jetant à mon père :

— Eh bien, te voilà, *italianskaïa morda*. Amuse-moi.

Italianskaïa morda veut dire « mufle italien ». Il nous apparut ainsi immédiatement que nous avions fait trois semaines de voyage pour nous trouver en présence d'un de ces Russes barbares qui retardaient d'un siècle ou même de deux, et en étaient restés aux mœurs et habitudes d'Ivan le Terrible. Notre hôte, si on peut qualifier d'un tel nom ce tas de graisse habité par la plus minuscule des intelligences, voyait manifestement dans tous les Italiens des amuseurs de foire qui font les singes moyennant quelque monnaie. Les lettres suppliantes de ce triste sire, échec de toutes les lois de la nature, n'avaient été qu'une ruse pour nous attirer dans ce coin perdu. Nous sûmes en effet plus tard que Pokolotine ne savait ni lire ni écrire et que la correspondance que nous recevions était de la main d'une de ses maîtresses, une malheureuse femme qui avait été réduite à un état voisin de la folie par les services abominables que le gredin exigeait d'elle tous les matins.

Il m'est difficile de décrire ce que furent les jours qui suivirent notre arrivée. Le sang me monte à la tête au souvenir des ignominies auxquelles nous fûmes soumis. Jamais un grand artiste ne fut traité avec un plus total mépris pour le caractère sacré de sa mission. Mon père, cet homme aux pouvoirs si rares, dont toute la vie avait été une lutte pour élever à une place d'honneur dans la société ceux qui prodiguaient à l'humanité des enchantements propices à l'élargissement du domaine de l'âme et à l'épanouissement de l'être, fut traité avec une sauvagerie effrayante par ce monstre russe, qui ne voyait dans les choses de l'esprit qu'un refus du pitre de faire son métier. Il exigeait l'obéissance la plus totale et la satisfaction immédiate de ses pauvres caprices, comme si s'étaient incarnées en lui toutes les tyrannies passées, présentes et futures qui se fussent jamais abattues sur les porteurs du Message, ainsi que Julien de Castille appelle ceux qui ont charge d'art. Ce cochon avait en lui du prophète, car seul peut-être Staline sut abaisser et bafouer notre tribu de cette façon. Tout ce que cette sangsue apocalyptique, qui n'a échappé à sa véritable image, de nature fécale, que par une incompréhensible erreur dans l'ordre de l'univers — tout ce que cet abcès blafard exigeait de mon père, de Teresina, du cher Ugolini et de moi-même, c'étaient des tours de cartes, des pitreries à quatre pattes, des escamotages, des lapins dans les chapeaux, des jongleries. Me croira-t-on quand je dirai que lorsque mon père refusa de s'abaisser à de tels tours et se réclama d'une voix tremblante de la liberté qui permet aux artistes de donner le meilleur d'eux-mêmes et d'ajouter ainsi quelques joyaux nouveaux à la couronne de beauté dont ils ont ceint le front de l'humanité, me croira-t-on si je dis que cette punaise enragée appela un de ses Cosaques et fit fouetter Giuseppe Zaga, le traitant de Juif, afin de stimuler l'énergie féroce de la valetaille, habituée à manier le *knout* d'une manière particulièrement haineuse à la seule mention de ce mot ?!

Pendant plus de quinze jours, du matin au soir, Teresina fut forcée de danser, je dus marcher sur les mains, Ugolini, le visage barbouillé de farine, dut servir de cible à des pommes pourries, et mon père, la noble âme, dut épuiser jusqu'au dernier les tours de cartes qu'il connaissait et dont ce satrape était particulièrement friand. Pendant qu'il se mettait à table pour s'empiffrer, je devais jouer de la guitare et Teresina lui chantait des chants d'amour. Le récit de nos humiliations a été fort bien fait par Gogol dans sa correspondance avec Pouchkine, mais je trouve que le grand écrivain lui donna une forme amusée et une tournure ironique que je ne puis m'empêcher de déplorer, bien que je me réjouisse que nos épreuves eussent servi à allumer dans l'imagination du grand romancier l'étincelle d'inspiration qui devait nous donner les extraordinaires échantillons humains, ou plutôt inhumains, des *Ames mortes*.

Teresina s'était armée d'un couteau et parlait de tuer cette grasse et vile canaille. Mais mon père était un esprit politique ; il se proposait donc de verser quelques gouttes de poison dans la soupe aux choux et à la betterave dont cette insulte vivante au bon renom des porcs se gavait bruyamment à longueur de journée.

Le pauvre violoniste qui nous avait accueillis nous expliqua qu'il avait été lui-même attiré traîtreusement chez Pokolotine ; il s'appelait Johann Waldemar Prost et était un musicien très estimé à Leipzig. Ayant eu l'occasion de l'écouter jouer, je puis dire que c'était certainement un homme de grand talent. J'ajoute qu'il n'eut plus jamais l'occasion de le manifester à son retour en Allemagne car son séjour chez Pokolotine et les événements qui suivirent lui avaient causé un tel choc que, depuis, ses membres furent agités de tremblements continus, ce qui ne lui permettait plus de manier l'archet et le violon. Il mourut, si j'ai bonne mémoire, en 1805, ayant composé des *lieder* que l'on chante encore aujourd'hui. Il y avait d'ailleurs d'autres artistes tenus prisonniers par ce tyran porcin, dont le peintre Monomakhov, connu pour ses icônes et ses portraits religieux, mais que Pokolotine forçait à exécuter des scènes ignobles, et notamment des accouplements de bêtes, dont sa nature abjecte se délectait.

Je crois que cette expérience eut un effet profond sur les idées de mon père. Le soir, lorsque nous étions rendus à nous-mêmes, lui qui n'avait pas l'habitude de se laisser aller à l'énervement, frappait du poing sur la table et grondait :

— Il faut balayer toute cette vermine. Il faut que tous les opprimés et les humiliés de la terre se soulèvent, qu'ils se donnent la main et fassent rendre gorge à la canaille gavée de leur sang et de leur sueur. Je crois que nous sommes à l'aube d'une civilisation nouvelle et que les hommes vont se tourner vers ceux qui se sont donné pour mission de faire de la vie un art et de l'art une vie faite d'harmonie et de beauté... Les peuples ont besoin de beauté avant toute chose...

Teresina avait une façon bon enfant et même un peu vulgaire de parler à son mari, que je trouvais assez choquante.

— Écoute, papa, lui dit-elle, en posant la main sur son bras, le jour où les peuples vont réclamer de la beauté avant toute chose, ce sera la fin du monde.

Giuseppe Zaga nous expliquait alors ce que « beauté » signifiait pour qui avait lu Érasme : la fin des ténèbres et le règne de la sagesse.

Le fond de notre misère fut atteint lorsque Pokolotine ordonna à Teresina de danser nue sur la table pendant qu'il soupait ; se heurtant à un refus, il fit saisir Teresina par ses canailles et voulut lui donner la fessée. Cette vomissure ignoble avait à peine osé toucher la jupe de notre bien-aimée que mon père et moi-même nous élançâmes sur lui ; il s'ensuivit une lutte avec toute la valetaille accourue ; bien que nous eussions été vaincus par le nombre, Teresina avait eu le temps d'assommer un des coquins avec un chandelier en argent massif, et de donner dans les parties sensibles de Pokolotine un coup de pied si bien ajusté, qu'il envoya cet obèse et puante truie geignant et pliée en deux contre le mur.

Nous fûmes impitoyablement rossés. Le *knout* s'abattit sur notre dos avec une brutalité dont je portai les traces pendant plusieurs semaines. Teresina ne fut pas épargnée. Giuseppe Zaga subit cette suprême offense avec une dignité exemplaire, laissant échapper seulement parfois, entre ses dents serrées, quelques-unes de ces malédictions pour lesquelles notre chère capitale adriatique est si justement célèbre. Jamais la *Madonna* ne fut invoquée — et profanée, il faut bien le dire — avec une telle variété dans ses attitudes, pour ne pas dire dans ses positions. Pendant qu'on s'acharnait ainsi sur nous, je criai à mon père de ne pas oublier que Voltaire lui-même avait reçu la bastonnade, mais l'auteur de mes jours ne paraissait pas sensible à l'honneur de se trouver en si illustre compagnie. Les yeux levés au ciel, il continuait à hurler des blasphèmes dont je ne saurais dire qu'ils fussent une contribution originale à l'art de l'insulte ; mais incontestablement ils visaient haut et frappaient bas. Quant à Teresina, elle poussa de tels cris qu'il me parut soudain entendre du fin fond de la Russie les voix de toutes les poissonnières d'Italie donnant au ciel et à la terre entière la mesure de leur indignation. Ah, mes amis inconnus ! Qu'elle était donc belle, ma Teresina, se débattant comme une furie, mordant, crachant, griffant, donnant des coups de pied ! Je vous dirai seulement que si la Marseillaise de mon ami Rude se fût trouvée là, elle eût pu en prendre de la graine, car je trouve que l'œuvre du bon sculpteur manque un peu, dans sa facture, de cette férocité passionnée qui est l'apanage des femmes du peuple et des grands félins.

Nous fûmes ensuite enfermés dans la cave où nous

263

rejoignit bientôt le brave Herr Prost qui avait eu le courage de s'interposer. Il était difficile de croire que nous étions au XVIIIe siècle, tant ce traitement barbare et brutal infligé à des artistes sentait déjà les temps futurs.

Je ne sais ce que nous serions devenus si un événement extraordinaire ne s'était produit au cours de la nuit. Il mit fin à notre humiliation, nous rendit la liberté et nous permit d'assister à la prodigieuse et exaltante révolte des paysans russes, la première lueur d'une aube qui allait se lever bientôt et éclairer le monde, ce qui devait me fournir le sujet de plusieurs romans, traduits en dix-sept langues et dont les tirages, sans compter les livres de poche, se montent à plusieurs millions d'exemplaires. Je reçus également, comme marque de gratitude et de reconnaissance, le prix Érasme de littérature, destiné à récompenser, et je cite, « une œuvre témoignant d'un grand souci humanitaire, de générosité et de compassion ».

XXXI

Il devait être minuit ; aucun de nous ne réussissait à dormir sur la paille humide et malpropre qui nous servait de couche ; il n'y avait ni huile ni bougie et nous étions plongés dans le noir le plus complet. Parfois, Teresina se mettait à chanter mais pour la première fois depuis que je la connaissais, sa voix manquait de conviction, se cassait, se couvrait de silence. Je cherchai à tâtons ses épaules pour les entourer de mon bras, sa main pour la serrer, ses cheveux pour y errer, car j'avais grand besoin de réconfort et rien ne soutient mieux un homme que d'offrir sa protection à celle qu'il aime. Signor Ugolini finit par trouver dans un coin un bout de filin humecté de graisse dont se servent les paysans pour s'éclairer ; il fit jaillir une étincelle de sa pierre allemande et, après plusieurs essais, une petite lueur se mit à cheminer sur le cordon. Jamais on ne vit Colombine, Arlequin, Polichinelle et le Capitaine dans un plus triste état ; nos costumes eux-mêmes, que Pokolotine nous interdisait de quitter depuis plusieurs jours, semblaient partager notre humiliation. Pour tenter d'élever nos cœurs, mon père nous récita ce passage de Dante Alighieri où le poète raconte sa sortie de l'Enfer. Mais Teresina lui fit remarquer, non sans justesse, que Dante n'avait jamais été en Russie, et qu'il ne savait donc pas de quoi il parlait. Le souvenir de mon père assis sur un tas de fumier et récitant des poèmes immortels est demeuré cependant pour moi comme une image exaltante que j'évoque chaque fois que l'histoire accumule autour de moi ses immondices. Je demeure convaincu que la beauté aura le dernier mot et que la race des Zaga sera présente à son apothéose.

Nous entendîmes d'abord des hennissements de chevaux, suivis de cris de terreur. Ce fut ensuite, au-dessus de nos têtes, une sorte de danse ponctuée de hurlements atroces et de rires, dans un fracas de chaises renversées et de vaisselle brisée. Ces bruits s'espacèrent, mais on entendait encore parfois tantôt un râle, tantôt une plainte féminine, et toujours des rires et des cris stridents. Il nous était impossible de deviner ce qui se passait dans la maison ; une bonne heure dut s'écouler ainsi ; nous nous regardions consternés, ne comprenant rien à ce tumulte ; puis des pas et des voix s'approchèrent et la porte de la cave vola en morceaux sous le coup d'un tronc d'arbre dont on se servait comme d'un butoir.

Nous vîmes alors, dans la lueur des torches, un groupe de Cosaques, dont deux avaient des traits fortement tartares et le troisième n'avait pas de traits du tout, car son visage avait été réduit en une bouillie inhumaine par le fer rouge et les tenailles qui marquent pour la vie les criminels ayant défié le droit impérial. Ces braves guerriers étaient manifestement à la recherche de tonneaux de vin, dont il n'y avait pas trace autour de nous.

Ils ne s'attendaient nullement à nous trouver là et nous dévisagèrent un instant avec stupeur. Croyant sans doute que nous faisions partie des gens de Pokolotine, et que nous nous étions cachés dans la cave, ils se ruèrent alors sur nous, et surtout sur Teresina, avec des intentions si brutalement évidentes et si rapidement exhibées qu'il ne nous restait plus qu'à mourir pour protéger celle qui nous était plus chère que la vie même.

Nous fûmes sauvés par un nouveau venu. C'était un

266

homme jeune, élégamment vêtu, bien qu'il ne portât pas perruque ; une épaisse chevelure noire battait ses épaules ; il était beau, d'une beauté assez dure mais portant la marque de cette distinction naturelle qui ne doit rien aux hasards de la naissance et tout à la noblesse du cœur. Nous le reconnûmes sans peine, car depuis le début de la révolte de Pougatchev, l'histoire du lieutenant Blanc avait pris des proportions légendaires, si bien qu'on s'était mis à douter à Saint-Pétersbourg de son existence. On y voyait une de ces créations auxquelles est portée l'imagination populaire lorsque, déçue par le Père, elle s'invente un Fils invincible, dont elle ne cesse de chanter les exploits pour se donner de l'espoir et du courage.

François Blanc était ce précepteur français dont Pouchkine devait se servir plus tard pour son personnage de Doubrovsky, dans le récit qui porte ce nom et que l'on connaît surtout en Occident sous le titre de *L'Aigle blanc*. Le poète avait cependant transposé la vérité, car le jeune homme était bel et bien un précepteur français et non russe, pauvre mais fort instruit, que la famille des propriétaires terriens Ivanov avait fait venir de Paris à Kazan. Dès le début de la révolte de Pougatchev, alors que la famille qui l'avait engagé courait chercher refuge à Moscou, Blanc avait abandonné ses employeurs et avait rejoint l'armée du Cosaque rebelle. Quelque vingt ans avant la prise de la Bastille, ce fils d'une bonne famille de négociants en drap du faubourg Saint-Antoine avait déjà la foi révolutionnaire d'un Saint-Just et la fougue militaire d'un maréchal de l'Empire. Sans le hasard qui l'avait jeté au fond de la Russie, il aurait probablement donné à la Révolution un de ses plus ardents défenseurs et à l'Empire un de ses plus fougueux conquérants.

Le nom de François Blanc est aujourd'hui rarement cité par les historiens soviétiques, qui ne tiennent peut-être pas à donner à un étranger une place d'honneur dans le grand soulèvement de la paysannerie russe. Voilà cependant ce qu'en dit l'impératrice Catherine dans une lettre à Voltaire :

« Souffrez, monsieur, que je me plaigne de ce que vos idées, comme celles de M. Rousseau et de M. Diderot, soient aussi aimables à la lecture qu'elles deviennent funestes pour peu qu'elles aient accès à des cerveaux grossiers. Tel est bien le danger des constructions hardies de l'esprit, faites pour divertir, quand elles sont prises au sérieux. Nous en voyons en ce moment même l'exemple dans la déplorable personne de ce M. Blanc que l'on trouve partout où M. de Pougatchev vient semer la terreur, le feu et le sang. Il est des choses amusantes à la lecture que l'on devrait réserver à des gens avertis. Elles sont faites pour demeurer soigneusement enfermées à clé dans la bibliothèque, ne jamais mettre le nez dehors et éviter ainsi la fréquentation des têtes folles, car rien n'est plus fâcheux que de vouloir mélanger les jeux de l'esprit et la réalité. »

Le jeune homme qui rappela les Cosaques d'une voix sèche et autoritaire était manifestement habitué à se faire obéir, car ils s'écartèrent immédiatement et obséquieusement. Il parlait le russe couramment mais avec une intonation que nos oreilles formées à la latinité n'eurent aucune peine à situer du côté de la France. De taille moyenne, mince, le torse enserré dans un caftan turc rouge et vert, il avait un visage tout en frémissements et en intelligence, auquel une flamme intérieure prêtait une pâleur fanatique. Ses boucles noires luisaient autour d'un front haut aux veines saillantes. Le regard sombre se livrait sur vous à une sorte d'agression constante et vous faisait violence, tant il était dur, fixe et pénétrant. Les lèvres étaient à la fois sensuelles et cruelles, ce qui est un mélange qui pousse souvent à des excès, aussi bien dans la volupté que dans le feu de l'action. Le menton était ferme et fin, l'ovale du visage relevait de la main d'un maître et paraissait avoir été dessiné dans un extrême souci des proportions ; la pureté du teint, dans l'éclat de la torche qu'il tenait à la main, le regard, la beauté mâle du visage et la prestance, donnaient à cette apparition surgie des ténèbres un aspect saisissant et même envoûtant. Je remarquai que Teresina, comme instinctivement, leva soudain la main pour arranger un peu sa chevelure défaite, geste qui, en d'autres circonstances, eût paru de la coquetterie. Le jeune homme se taisait et nous regardait avec une attention tendue et nerveuse qui créait un malaise, car elle faisait pressentir quelque brusque et redoutable décision.

Mon père fut le premier à parler : s'il était un art dans lequel il était passé maître, c'était celui de reprendre ses esprits.

— Je vous remercie, monsieur, dit-il en français, car vos gens étaient sur le point de nous faire un mauvais parti.

Le visage du Français se durcit.

— Ce ne sont pas « mes gens », monsieur, dit-il. Ils sont devenus leurs propres maîtres. Mais je tiens à m'excuser de l'inconvénient qu'ils ont failli vous causer. Les chemins qui mènent à la liberté et à la dignité humaine passent par bien des abîmes et ne sauraient donc nous mener d'un seul coup aux sommets... Qui êtes-vous ?

Mon père lui dit qu'il s'appelait Giuseppe Zaga, gentilhomme de Venise, qu'il pratiquait les arts et la science, étudiant le caractère des hommes afin de soigner certains maux qui ont leur source plus dans les âmes que dans les corps. Il ajouta que Teresina était sa femme, moi son fils et que Signor Ugolini était un ami de la famille et un auteur dramatique distingué. Nous étions, conclut-il, de ces Italiens et de ces Français que la générosité et l'amour du prochain poussent à quitter leur lointaine Europe pour apporter quelque lumière à ce malheureux pays plongé dans les ténèbres.

Il lui fit part enfin, avec une indignation dont sa très belle voix accentuait encore l'émotion profonde, de l'esclavage abominable dans lequel l'infâme Pokolotine nous avait tenus pendant près de quinze jours et des indignités qui nous avaient été infligées.

Le Français parut contrarié, ce qui se remarquait chez lui par la façon qu'il avait de se mordre la lèvre inférieure.

— Je regrette de n'avoir pas entendu cela plus tôt, car j'aurais fait payer cher au gredin cette manière de traiter les artistes. Ne doutez point, monsieur, que lorsque le monde entier aura été purifié par ces flammes dont vous voyez ici le premier éclat, le peuple mettra la pensée et l'art à sa droite, là où depuis toujours la tyrannie a placé l'Église. Savez-vous que, spontanément, sans la moindre incitation de ma part, notre grand chef Pougatchev a fait peindre son portrait ? Il a fait fouiller tous les villages pour trouver un peintre, et il vient d'en trouver un à Illitsk. Ce qui nous permet en somme de dire que la grande révolution du peuple russe a commencé par une œuvre d'art...

Mon père parut très impressionné et je fus moi-même sensible à ce touchant hommage qu'avait payé à la beauté un chef cosaque dépourvu d'éducation et que l'on nous avait décrit comme une brute avinée.

— Monsieur, dit mon père, en s'inclinant légèrement, je ne saurais prétendre que je représente ici, à moi seul, tout l'art de Dante, d'Érasme et de Léonard, mais j'ai toujours ressenti comme une tragédie le refus des princes de partager avec le peuple les joies et les richesses du sublime... Mais vous me dites que Pokolotine vous a échappé ?

Blanc eut un léger sourire. Je remarquai que ses sourires n'adoucissaient guère sa physionomie, mais la touchaient d'une ironie qui accentuait encore ce qu'elle avait de cruel.

— Je n'ai pas dit cela, répondit-il. J'ai seulement dit que, ignorant toute l'étendue de la bassesse que vous m'avez révélée, je n'ai pas fait subir au coquin le châtiment qu'il méritait. Mais venez donc voir vous-mêmes.

Nous le suivîmes, fort heureux de la tournure que prenaient les événements et éprouvant déjà une chaleureuse sympathie pour le peuple révolté. Ce sentiment était fort naturel, ainsi que mon père le fit remarquer au Français, car la tribu des Zaga était elle-même issue des souches les plus humbles ; si besoin en était, à l'aube de ces temps nouveaux, nous pouvions citer parmi nos ancêtres quelques brigands de grand chemin, des voleurs et même des valets. Jamais nous ne nous étions sentis aussi fiers de nos origines populaires.

Malgré tout ce que nous avions subi, la surprise qui nous attendait devant la maison ne nous fut pas agréable. Dans la lumière des feux de bivouac que les Cosaques avaient allumés dans le verger, gisaient les restes de Pokolotine : on l'avait haché pièce par pièce, ou, pour être plus précis, on l'avait dépecé vivant. C'était aussi le châtiment que les représentants de l'autorité impériale infligeaient dans cette région aux insoumis capturés, auxquels on coupait d'abord un pied, ensuite la jambe entière, etc., la tête demeurant sur les épaules tant que le regard et la conscience de la victime pouvaient encore participer à l'opération. Celle de Pokolotine trônait au sommet et, à la manière des aubergistes, on lui avait mis une pomme entre les dents et du persil derrière les oreilles.

J'avoue que, devant ce spectacle, je ne comprenais guère le dépit manifesté par Blanc et son regret de ne pas avoir infligé au coupable un traitement plus sévère. Je fus peiné aussi par la réaction de Teresina, non qu'elle ne fût pas naturelle, mais plutôt parce qu'elle l'était trop ; je n'étais pas encore à cette époque accoutumé aux égarements de la passion que les humiliés et les opprimés manifestent parfois lorsqu'ils retrouvent leur dignité. Teresina fit un bond en avant, se pencha sur le tas et cracha dans l'œil de l'objet rond qui présidait au reste. Je ne voudrais pas qu'on juge sévèrement cet excès de sentiment : on ne peut réprimer la nature humaine et la bafouer impitoyablement sans que sa libération soudaine ne donne lieu à quelques excès.

Ce geste spontané, en tout cas, nous valut immédiatement la sympathie de toute la compagnie, qui était d'ailleurs fort peu nombreuse, étant occupée ailleurs. Le lendemain matin, en effet, nous trouvâmes un peu partout autour de la propriété des petits tas pareils à celui de Pokolotine. Certes, les valets qui avaient servi un tel maître et lui obéissaient aveuglément méritaient d'être punis. Il me parut néanmoins que la sentence eût gagné à être rendue par le truchement de quelque tribunal de fortune, mais je comprenais qu'il était difficile de demander à des hommes recrus de fatigue et vivant au milieu des pires dangers d'habiller la Justice de toutes les élégances dont elle est coutumière.

XXXII

L'armée populaire de Pougatchev en était alors à la deuxième année de son épopée. Jamais, dans l'histoire moderne, on n'avait vu un tel mélange de populations sortir soudainement de la terre pour massacrer, brûler, violer, écorcher vifs, pendre et piétiner les oppresseurs. Les propriétaires terriens et les membres des Grands Corps, noblesse, notables, officiers étaient passés au fil de l'épée ou plus exactement pendus, roués ou écorchés vifs. Les places fortes tombaient les unes après les autres car les troupes qui les défendaient étaient elles-mêmes composées de Cosaques, Bachkirs, Tchout-chènes, Kirghiz, Kalmouks et Dieu sait quoi encore ; elles se rangeaient spontanément du côté des rebelles, changeant parfois de camp et égorgeant leurs officiers en plein combat. La Russie était en guerre avec la Turquie et les troupes sûres manquaient. Le comte Orlov disait à ses confidents que Catherine commen-çait à être si inquiète que la fameuse constipation impériale prit brusquement fin au moment où Pougat-chev traversa le Don.

Je dois avouer que lorsque nous fûmes libérés des pattes de Pokolotine, je croyais voir dans chaque Cosaque Spartacus lui-même ; j'ajouterai aussi, sans fausse honte, que mon âme d'artiste était éblouie par la beauté du spectacle. Toutes ces peuplades asiati-ques, aux traits tantôt aigus, minces et durs comme les

273

lames de leurs sabres et de leurs piques, tantôt plats et lunaires, ces chants tristes mais envoûtants où retentissait l'écho de la steppe infinie dont aucune chevauchée ne venait jamais à bout, et jusqu'à cette façon de tout livrer au feu sur leur passage comme pour venger la terre des siècles de souillure, tout cela m'exaltait et me donnait la sensation d'être présent à je ne sais quel prodigieux commencement. J'allai chercher dans mes affaires du papier et des fusains et je m'appliquai à saisir sur le vif les scènes les plus frappantes de ces noces sanglantes du peuple avec la liberté. Je croquais les filles saisies et jetées en travers de leurs selles par les Cosaques qui les emportaient au galop, et je m'appliquais à soigner le mouvement, à esquisser l'élan du cheval, dont la crinière se mêlait à la longue chevelure de la vierge emportée, et ma main ne tremblait pas devant l'atroce, car l'art ne doit jamais fermer les yeux. Je regrettais de n'avoir pas de couleurs : le rouge du sang, l'orange du feu, le noir des ruines et des corps brûlés créaient une ambiance unique, mais par manque de matériau, ce spectacle d'horreur digne d'un pinceau de maître allait être perdu pour la postérité. Les premières aurores de la liberté sont toujours enivrantes et l'exaltation qu'elles éveillent donnent aux souffrances des victimes un aspect d'irréalité. L'enthousiasme régnait parmi ces gens qui n'avaient jusque-là connu du nom d'homme que l'interdiction de s'en prévaloir. Ils étaient désarmants au milieu des pires égarements, innocents dans leur cruauté et victimes jusque dans les actes atroces qu'ils commettaient car, n'ayant jamais été des hommes à part entière, il était difficile de les condamner au nom de l'humanité.

Éveillerai-je parmi mes lecteurs un sentiment d'indignation, encourrai-je leur courroux, lorsque je dirai que j'avais le sentiment de participer à une fête populaire ? Les masques de souffrance n'étaient pour moi que des masques, le sang n'était que du beau rouge et je ne voyais, dans les officiers qu'on pendait, avec leurs perruques encore poudrées et leurs habits à l'allemande, que des marionnettes qui s'agitaient au bout de leurs ficelles. Peut-être me réfugiais-je délibérément dans l'inconscience pour protéger ma sensibilité contre un excès d'horreur.

La tribu des Zaga, en cette circonstance, ne faillit pas à ses devoirs et à ses traditions et nous nous efforçâmes d'apporter à la *tchernia*, ou « noirceur », comme on appelait en russe les couches populaires, quelques distractions et délassements. Nous improvisâmes donc des tréteaux et, écartant résolument toutes les finesses et les artifices trop élaborés, nous donnâmes une représentation qui fut sans doute la première de ce qu'on devait appeler plus tard le « théâtre aux armées ».

Personne n'avait encore jamais joué la *commedia dell'arte* dans de telles conditions. Nos costumes firent merveille : Arlequin, Polichinelle, Colombine, le Capitaine furent adoptés aussitôt par tous ces cœurs simples. Bref, ce fut un véritable triomphe et Ugolini en fut touché jusqu'aux larmes ; mon père lui-même était bouleversé ; il disait qu'il était merveilleux d'avoir pu introduire les personnages de la comédie italienne dans le folklore russe, et de jouer devant un public d'une telle fraîcheur d'âme, dont le goût n'était pas encore blasé par l'abus des plaisirs.

Parfois, au milieu de mes culbutes sur les tréteaux — nous tenions à demeurer à la portée de notre public —, je voyais du coin de l'œil un Tchoutchène s'approcher à cheval du spectacle, tenant encore par les cheveux une tête fraîchement coupée. Notre succès fut d'ailleurs pour nous le début de grandes difficultés, car les Cosaques quittaient leurs postes de combat pour venir nous voir parfois de fort loin, et on finit par nous donner l'ordre d'aller avec nos charrettes d'un détachement à l'autre, offrant aux armées de la liberté des moments de délassement dont elles avaient tant besoin.

Il n'était donc plus pour nous question de repartir.

Nous étions devenus en quelque sorte les prisonniers de cette joie que nous procurions.

L'armée de Pougatchev, désordonnée, toujours improvisée, qui se formait et se déformait sans cesse comme du vif-argent, se déplaçait selon l'humeur de ses chefs. Les différents détachements ne joignaient leurs forces que pour s'emparer d'une ville ou balayer les troupes de l'armée régulière, lorsque celles-ci essayaient de leur barrer le passage.

Le lieutenant Blanc venait nous trouver dès que le combat lui en donnait le loisir ; plus d'une fois, il emmena Teresina avec lui, afin qu'elle pût contempler du haut d'une colline le spectacle prodigieux des cavaliers kirghizes, lancés à l'assaut sur leurs petits chevaux noirs.

Ces absences de Teresina se prolongeaient souvent d'une manière inquiétante ; une ou deux fois, elle ne revint d'un champ de bataille qu'au petit matin, si épuisée qu'elle se laissait tomber de cheval, mettait sa tête sur mes genoux et s'endormait aussitôt, sous l'œil soucieux de mon père qui commençait à craindre que ces fatigues excessives et ces émotions trop violentes n'eussent un effet fâcheux sur sa santé.

Un soir, après les dernières chouettes, alors que la steppe dormait dans le silence d'une durée immémoriale et que le Temps paraissait avoir quitté la terre pour aller refaire ses provisions auprès de sa mère l'Éternité, ne pouvant fermer l'œil, je me levai et sortis de la tente. Je demeurai un moment à baigner dans le chaos des lumières, les yeux levés vers cette autre steppe où étincelait la poussière de je ne sais quel galop, je ne sais quel éclatement. Puis je sellai un cheval et me lançai au hasard à travers les champs auxquels la lune prodiguait ses faveurs argentées. J'arrivai bientôt à une rivière ; laissant ma monture, je me mis à errer sur le sable, cherchant à apaiser mon inquiétude au calme murmure d'une eau qui tenait à chaque pierre effleurée de doux propos. Il y avait là une barque ; un îlot de verdure faisait le gros dos entre

276

deux bancs de sable. Je ne sais quelle était la force qui me poussait, pourquoi j'étais venu en cet endroit, pourquoi j'avais pris la barque et m'étais mis à ramer. Le sang des Zaga confère-t-il vraiment à ceux de notre souche des dons prémonitoires et m'avait-il guidé vers ce lieu sous l'empire d'un pressentiment obscur, qui n'arrivait pas à ma conscience, et pourtant me faisait agir ? Ou bien le Destin avait-il décidé de s'amuser un peu à mes dépens ?

J'étais à quelques mètres à peine des fourrés lorsque j'entendis une plainte très douce ; je ne sus au premier abord s'il s'agissait d'un heureux effet de ces jeux auxquels l'eau s'amuse avec les cailloux ou de quelque rêverie d'une créature de moi inconnue. Je reconnus cependant une présence humaine car, après avoir vibré d'une manière qui me troubla profondément par sa volupté, la plainte se mua en cri et perça les airs avec un tel élan que je levai malgré moi les yeux, comme à la recherche de cette flèche sonore partie vers son invisible proie. Il y eut ensuite un profond silence.

Je laissai là ma barque, me frayai prudemment un chemin à travers les roseaux et fis quelques pas dans l'eau, sans bruit, parmi les buissons.

J'écartai les feuillages et me trouvai devant ce que je ne saurais décrire autrement que comme la fin du monde ; tout devint noir autour de moi, le ciel s'éteignit et je ne fus rendu à l'existence que par un déchirement si douloureux qu'il me fallut bien reconnaître à ce signe que la vie continuait à trouver quelque plaisir en ma compagnie.

Teresina, ma Teresina, était toute nue dans les bras de ce Français, de ce traître à la civilisation qui, pour assouvir je ne sais quelle rancune personnelle contre la société et quel goût odieux pour le sang humain, s'était joint aux bêtes sauvages de Pougatchev, se vautrait avec une joie dépravée dans tout ce que la lie de la terre peut rejeter d'immondices lorsque se déchaînent dans ses profondeurs les instincts les plus bas et les plus hideux de la plèbe ! Cette enfant si pure, qui n'avait jamais trouvé d'attrait aux étreintes, se tordait à présent comme une anguille sous le poids de l'ennemi du genre humain qui la traitait sans aucun des égards dus aux créatures de rêve. Je n'étais plus un blanc-bec, ayant fait mon apprentissage dans les meilleurs lupanars de Saint-Pétersbourg, où rien de ce qui est défendu ne m'avait été refusé. Mais jamais je n'avais vu deux êtres se servir l'un de l'autre avec une telle avidité et un tel égarement, mélangeant les appas dont nos corps sont dotés sans la moindre considération pour leur usage légitime et les places auxquelles la nature les avait mis. Ce qu'il y avait de plus humiliant, de plus déshonorant, c'est que, confronté avec cette fin de moi-même, de toutes mes plus douces illusions et rêveries, volé de mon amour, je n'avais pas la force de fuir, et je demeurais là, à creuser et à nourrir ma souffrance du spectacle de ces ébats, dont ma peine souhaitait qu'ils prissent fin, et ma curiosité qu'ils durassent encore. Ah ! qu'il est donc difficile parfois de comprendre une âme d'artiste, le goût de l'art ! Je veux croire que je faisais là des provisions de souffrance et de désespoir qui m'eussent permis désormais de vivre sur l'acquis et d'accueillir avec indifférence les mauvais moments lorsqu'ils surviendraient. C'est à cette cuirasse qu'après avoir vidé si tôt dans l'existence la coupe du malheur, je dois ma réputation d'homme que rien n'a jamais réussi à entamer.

Au cours des jours qui suivirent, je ne dis rien à mon père, car je craignais qu'il en mourût. Je subis donc tout seul ces tourments, sans pouvoir les partager avec celui à qui ils revenaient pourtant de droit. Je gardai toute la souffrance pour moi seul ; chaque nuit, je retournais au lieu du supplice.

Pourtant, je trouvais je ne sais quelle consolation à voir Teresina heureuse. Je ne saurais expliquer d'où venait chez un Vénitien une telle générosité. Peut-être l'aimais-je au-delà de tout ce que j'imaginais et le rêve que j'avais d'elle ne pouvait être atteint ni diminué par aucune ignoble réalité.

En tout cas, chaque soir je m'éloignais du campement et galopais vers le lieu du rendez-vous maudit. Là, me glissant entre les feuillages, froidement, l'œil lucide, je regardais. Je ne me connaissais pas une telle largesse, un tel goût pour le bonheur des autres. Je me dis aujourd'hui que je cherchais ainsi à me guérir de ma plaie d'amour, en soumettant mon rêve merveilleux à l'épreuve de la réalité la plus basse, la plus charnelle, la plus animale. Mais le rêve sortait toujours vainqueur de cette épreuve par le feu : rien, apparemment, ne pouvait venir à bout de ma vocation d'illusionniste. Teresina revenait toujours intacte de ces étreintes, des tentatives d'exorcisme auxquelles mon imagination la soumettait. Je continuais à rêver d'elle, à l'inventer très tendrement. Le rêve se révélait être ma nature profonde. Et puisque je me suis promis de ne rien cacher ici de ce que je crois savoir de moi-même, je vais vous avouer qu'il m'arrive souvent de donner une préférence au rêve, ne laissant jamais à sa rivale la Réalité plus de cinquante pour cent des bénéfices, ce qui explique peut-être ma longévité, dont tant de gens s'étonnent, car ne vivant vraiment qu'à moitié, il est normal que ma ration de vie s'en trouve doublée.

Il m'arrive aussi de douter que ces accouplements dans l'îlot, dont j'ai pourtant si claire souvenance, aient vraiment eu lieu, et je ne sais si ce doute est une ruse, une façon de ménager mon rêve ou la pudeur de mes lecteurs. Il m'arrive de croire que j'invente, que je m'invente, et là encore je ne sais si c'est une suprême habileté, afin de souffrir moins, un jeu que je joue avec les souris du souvenir, vieux chat malin qui ne parvient pas à oublier et prétend qu'il affabule, ou si je remue cette boue douloureuse afin d'y plonger ma plume au plus frais de la souffrance, toujours si profitable à l'œuvre, car rien ne fait mieux fructifier le capital littéraire. Je n'existe, ami lecteur, que pour ta délectation, et tout le reste n'est que tricherie, c'est-à-dire malheur des hommes. Ce que je sais, c'est que je suis assis au coin du feu, rue du Bac, méprisé et moqué en raison de mon dévouement absolu à mon métier d'enchanteur, si démodé aujourd'hui, le cahier sur mes genoux, avec mon vieux bonnet voltairien que j'ai gardé contre vents et marées au fil des siècles, me grattant le bout du nez d'un air rusé, l'air de Renato Zaga, faisant les poches de ma vie et de mes peines, afin de ne rien laisser échapper qui pourrait enrichir ma Narration. Et tout le reste est Histoire, et j'y prête l'oreille de mon mieux, car il y a peut-être là aussi quelque chose à prendre. Je me souviens, en tout cas, que je dis un soir à mon père, alors que Teresina était partie :

— Prends tes pistolets et suis-moi.

Il était étendu sur le dos auprès du feu qui se démenait comme un beau diable, manifestant toute son envie et ses vaines prétentions face aux dédaigneuses clartés des étoiles.

— Et pourquoi donc ? On tue bien assez sans nous.

J'hésitai.

— Teresina...

Quelques secondes passèrent et puis Giuseppe Zaga dit :

— Je sais.

Je fus frappé d'une telle stupeur, d'une telle incompréhension qu'il me fut à partir de ce jour difficile d'être surpris, comme si j'eusse épuisé en une seule fois tous les étonnements.

Mon père regardait les étoiles. Il croisait les mains sur sa poitrine et son visage avait cette expression de tranquillité dont Salluste nous dit qu'elle attend toujours les hommes au bout de la souffrance.

— Il y avait à Naples un danseur que j'ai connu et qui s'appelait Vestris, dit-il. Vestris était si célèbre que plusieurs générations de danseurs ont adopté son nom. Dans sa vieillesse, il eut un jour à écouter les plaintes d'un jeune acteur que sa femme trompait un peu trop abondamment. Le vieux Vestris lui tapa amicalement sur l'épaule : « Mon ami, mon jeune ami, lui dit-il, il faut savoir qui on est et ce que l'on veut. Tu es au théâtre, oui ? Tu es saltimbanque ? Alors rappelle-toi que dans notre métier, les cornes, c'est comme les dents : au début, quand elles poussent, ça fait un mal de chien, et puis ça se calme, on s'y habitue, et puis, et puis... les cornes, on finit par manger avec ! »

J'étais indigné. Nos ennemis avaient toujours proclamé que les Zaga étaient une tribu de maquereaux et que les baladins étaient tous des gens sans foi ni honneur. Mais le sourire de mon père était d'une tristesse où la trace de gaieté n'était qu'une façon un peu spéciale de saigner, et son regard tourné vers le ciel avait cette expression d'interrogation qui ne va jamais de pair avec un cœur léger.

— Elle nous trompe, murmurai-je.

— Eh oui, dit mon père. Il faut bien vivre...

Je ne crois pas que la vie fût particulièrement peinée par l'amertume de cette phrase.

L'inconscience de Teresina aggravait encore ma peine. Il n'y avait trace chez elle ni de honte ni de repentir. Il faut bien reconnaître que personne n'a jamais vu le bonheur avoir honte, n'en déplaise à tous ceux qui considèrent le fait d'être heureux comme une sorte d'infirmité, dont seraient atteints les principes et la morale. Lorsqu'elle revenait le matin, c'était toujours en fredonnant, le regard clair, aussi innocente que le matin lui-même. J'attribuais cette absence de remords à son ignorance, à ce qu'on appelle aujourd'hui le manque de culture, car tous les bons auteurs exigeaient alors que ces ivresses coupables fussent payées d'affres de conscience et recommandaient comme bienfaisants les tourments du déshonneur. Teresina caressait négligemment ma joue en passant et allait dormir. Nulle marque de pitié, nulle trace de compassion. C'est à croire que l'amour est avant tout un manque de cœur. Je la suivais sous sa tente. Elle se déshabillait, se regardait dans la glace qu'Annouchka lui présentait, faisait la révérence à son image et disait :

— Teresina, mon amie, allons vite dormir pour mieux rêver, pendant que c'est encore tout frais...

Je dois reconnaître que le lieutenant Blanc, malgré la situation difficile dans laquelle il s'était mis à notre égard, était avec nous d'une extrême courtoisie et nous traitait sans trace de gêne. Il venait s'entretenir parfois avec mon père de théâtre italien, ou de nouveaux auteurs français, nous parler science et philosophie ; ces manières élégantes nous permettaient de trouver un terrain neutre et mettaient tout le monde à l'aise.

XXXIII

La barbarie de la horde de Pougatchev dépassait tout ce qu'on pouvait attendre même de ces descendants de Gengis Khan.

Je me souviens qu'après avoir envahi la demeure d'un vieux gentilhomme russe qui avait refusé de fuir, un noble vieillard, Andreï Nikolaïévitch Roukine, les Cosaques tombèrent en admiration devant une grande horloge à balancier, œuvre du maître suisse Collet. L'horloge indiquait non seulement l'heure, le jour et la date, mais aussi les divers quartiers de la lune et toute une gamme de phénomènes célestes, liés aux mouvements du soleil et de la terre. On chercha la clé pour mettre l'horloge en marche mais on ne la trouva pas. La canaille fit alors interrompre le supplice du vieux Roukine, à qui l'on avait déjà coupé un bras ; on traîna le malheureux devant l'horloge, et lorsqu'il eut indiqué l'endroit où se trouvait la clé, on le ramena dehors pour finir de le hacher.

Notre situation était d'autant plus pénible qu'après de telles monstruosités, il nous fallait dresser nos tréteaux, revêtir nos costumes de la *commedia* et monter sur les planches pour divertir cette meute sanglante de nos grimaces et de nos pitreries. Les chefs cosaques appréciaient l'excellent effet que nos représentations avaient sur le moral de leurs troupes et il n'était pas question pour eux de nous laisser partir.

Ce qui me laissa une impression encore plus pénible que la fin du vieux Roukine se produisit quelques jours plus tard, devant Simbirsk. Ce fut là que le chef cosaque Boubel donna ce qu'il appelait un « bal », qui fut une atroce singerie des aimables divertissements de la bonne société. Toute la garnison de la place s'y rendit, après que la moitié des troupes chargées de la défendre se fut rangée du côté des rebelles. Le bal eut lieu dans la soirée, et je peux apporter là un témoignage personnel et précis, car les descriptions de cette « fête » ont disparu comme par miracle des ouvrages d'histoire russe.

Il était huit heures lorsque Boubel vint nous trouver et nous annonça que, pour une fois, au lieu d'être les amuseurs, nous allions être les amusés. Il nous ordonna de mettre ce que les Cosaques appelaient nos « vêtements italiens » pour « honorer la compagnie ». Cette compagnie, jamais, je crois, un œil de Zaga, habitué pourtant à tous les publics, n'en avait contemplé de plus infâme.

Il y avait là tout ce que — des rivages de la Caspienne aux *aouls* du Caucase, de la steppe kirghize à Samarkand, de la Tchetchénie au Yaïk et du Don à la Turquie — la terre russe avait produit de plus rude, de plus cruel et de plus effrayant. Les visages étaient à ce point différents de ce qu'on appelle ainsi en Europe, qu'il nous était difficile d'y voir des visages humains. Les carquois bourrés de flèches sur le dos, coiffés de bonnets mongols jaunes, rouges, noirs, bleus et verts à bord de fourrure, la *chachka*, ce court sabre recourbé, au flanc, l'arc sur l'épaule, parfois vêtus de pelisses luxueuses et les selles souvent ornées de pierreries pillées, échangeant des propos en des langues gutturales aux accents animaux, hurlant et riant, des Barbares entouraient une plate-forme circulaire faite de planches assemblées, qui devait bien avoir cent pieds de diamètre.

La nuit était chaude, douce et belle, très féminine, et comme à la recherche d'un miroir, indifférente, me semblait-il, à tout ce qui n'était pas sa propre beauté ; les feux de camp faisaient monter vers les étoiles leurs fumées et leurs flammes ; les chiens hurlaient, affolés par cet immense troupeau humain et ses odeurs.

Les invités se tenaient au milieu de la foule. Il y avait là le colonel Porochkov, commandant de la place, ainsi qu'une trentaine d'officiers faits prisonniers, avec quelques-unes de leurs épouses et filles, tous les notables de la ville, les riches *koupetz*, ou marchands, ainsi que des propriétaires terriens qui avaient fui leurs domaines et avaient cru trouver le salut à Simbirsk. Les officiers portaient tous perruque, culottes blanches, bottes de cheval à mi-cuisse et on leur avait permis de garder les vareuses rouge et vert avec les marques de leur rang. L'*ataman* Boubel avait invité les notables à revêtir leurs plus beaux vêtements, « afin d'honorer les invités », et ils portaient soie et brocart, par-dessus ces gilets de velours finement travaillés qu'avaient mis à la mode les maîtres de danse et de maintien français, au début du règne de l'impératrice. Leurs épouses, sœurs et filles, ainsi que les *prijivalki* — ces parentes éloignées, tantes et cousines, qui vivaient dans les grands domaines aux frontières imprécises entre la famille et la domesticité — portaient leurs plus belles robes de bal, et quelques-unes serraient même leurs pauvres éventails à la main. Tout ce groupe seigneurial, face à la multitude mongole, semblait se tenir sur la scène d'un théâtre dressé par l'Histoire dont le goût pour le divertissement, de la tragédie à la farce, est bien connu de tous ceux qui se sont penchés sur les œuvres de cet auteur au génie si puissant et toujours si indifférent au choix des moyens. On avait fait venir des villages voisins une vingtaine de Juifs avec leurs violons ; il ne s'en trouva cependant que six à savoir vraiment jouer de cet instrument, car les Juifs, ayant vite compris le goût des Cosaques pour les massacres et pour les violons, s'armaient des derniers dans l'espoir d'échapper aux premiers, qu'ils sussent ou non jouer. On leur donna l'ordre d'ouvrir le bal, et ce fut le prélude à une abomination d'autant plus outrageante qu'elle était accompagnée d'accords mélodieux, qui sont la plus noble expression de l'âme humaine.

Les Cosaques soulevèrent la plate-forme de bois et poussèrent les prisonniers sous ce toit qui se trouva ainsi chargé sur leurs dos. Après quoi, saisissant les femmes, les filles et les parentes de ces malheureux, ils les obligèrent à monter sur la plate-forme. Alors, ils bondirent à leur tour sur les planches et, tantôt forçant les femmes à les suivre, tantôt seuls, une centaine de Cosaques, de Tchoutchènes, de Tatars et de Bachkirs se mirent à danser sur les têtes et les épaules des captifs qui s'épuisaient rapidement à soutenir ce balcon monstrueux, titubantes cariatides que rien ne pouvait sauver d'un lent et atroce écrasement.

Teresina, qui était arrivée vêtue de sa robe espagnole sur les lieux, dès qu'elle fut confrontée avec ce supplice par la danse et la joie, cette odieuse profanation de la fête, se jeta impétueusement vers Blanc. Le Français, les bras croisés, observait la scène avec un sourire amusé.

— Faites cesser cette barbarie ! cria-t-elle. Arrêtez ! Arrêtez immédiatement ! Donnez des ordres !

Le jeune homme se rembrunit ; je saisis, sur son visage, ce frisson nerveux qui trahissait, malgré la ferme contenance qu'il se donnait toujours, mille passions obscures difficilement contenues.

— Chacun son tour, dit-il. Ces soudards bien nés ont assez dansé sur le dos du peuple. A présent, c'est leur tour de subir, et c'est le tour du peuple de danser.

Mon père se tourna vers lui. Il avait le visage calme, la voix tranquille d'un homme qui connaissait le bon plaisir que l'Histoire, selon ses fantaisies et la mouche qui la piquait, prenait avec les hommes, en ayant toujours soin de donner à ces sanglants ébats une musique d'accompagnement aux accents de plus en plus beaux et de plus en plus justes.

— Monsieur, dit-il, votre raisonnement est d'une

logique irréprochable, mais il a le défaut de ne diminuer en rien la somme de souffrance ici-bas. Eussiez-vous remplacé les chrétiens par les Romains, vous auriez néanmoins continué à nourrir les lions de chair humaine.

Mon père était un humaniste.

Le Français le regardait avec attention. Il était extraordinairement beau et les idées au nom desquelles il massacrait étaient sublimes : je le détestais, mais il était difficile d'en disconvenir. La dureté du visage était celle des médailles antiques et le regard portait en lui cette flamme de fanatisme et de dévouement aux grandes causes qui donne toujours aux femmes l'espoir d'être aimées.

— Monsieur, répondit-il à mon père, l'humanisme a déjà beaucoup servi, avec sa sainte mère la philosophie, pour le plus grand bien des gens d'esprit. Mais avant que le peuple y ait accès, il nous faudra faire rendre gorge à beaucoup de rossignols qui se contentent de la griserie et de la beauté de leur chant et s'en tirent avec de beaux livres. Il convient donc de commencer par le commencement et donner de l'esprit aux gens qui n'en ont point. Ils ne demandent qu'à en avoir, ainsi que nous le prouve cette petite fête si bien venue. Car il fallait y penser, monsieur, et pour y penser, il fallait un certain talent, de l'ironie, de l'humour, un sens — comment dire ? — un sens de la *repartie*... Le peuple donne la réplique et ce n'est point trop tôt.

Je regardais ce que le Français appelait le « peuple » danser sa danse de mort vengeresse sur la tête et les épaules des malheureux représentants des Grands Ordres comme on disait en ce temps-là ou, plus modestement, de la bonne société, et j'avais le sentiment confus — car je ne pouvais ni le justifier ni même le définir — qu'un monde nouveau était en train de naître sous mes yeux. Les violonistes juifs se dépensaient sans compter, et même ceux qui parmi eux ignoraient tout de l'art du violon, s'appliquaient à faire

287

courir leurs archets sur les cordes, faisant mine d'en tirer des mélodies sublimes, car c'était la façon la plus sûre d'éviter le sabre des Cosaques. Je dois dire à l'honneur de ces derniers qu'il n'est point d'exemple qu'ils eussent sabré et empalé sur une pique un Juif en train de jouer du violon. Voilà pourquoi, de tout temps, tant de Juifs dans les ghettos russes se sont voués à la pratique de l'art musical, ce qui nous vaut encore aujourd'hui quelques virtuoses admirables, même en Russie soviétique, où cette tradition cosaque est toujours respectée, et où les violonistes juifs sont considérés plus comme des violonistes que comme des Juifs.

Sous le poids de la plate-forme et des danseurs, le colonel Porochkov, avec sa perruque blanche, sa culotte de soie et ses hautes bottes — œuvre de son cordonnier qui se trouvait présent à la fête, mêlé à la foule —, toute la noblesse, les notables et les riches marchands de la région, ne tenaient plus debout que par un miracle de volonté. Certains commençaient déjà à tomber, ce qui ne faisait qu'augmenter le poids pour les autres et rapprochait ainsi le moment de la chute finale et de l'écrasement. Les Cosaques menaient une danse endiablée sur leurs dos et leurs têtes et rien n'était plus terrible que de voir les pauvres épouses, fiancées, sœurs, filles et grand-mères danser et se démener, grimaçant d'horreur, dans les bras de leurs cavaliers hilares, qui écrasaient peu à peu sous leurs talons les hommes qu'elles aimaient si tendrement. L'une des vieilles tantes ou cousines devint brusquement folle et, avec un atroce rictus en guise de sourire, se mit à gigoter et à sautiller sur place comme une marionnette, levant très haut ses jupes, ce qui provoqua la plus grande joie chez les Cosaques mais me glaça le dos car la vieille, toute vêtue de blanc et coiffée d'un *tcheptchik* de dentelle, avait des yeux de démente dans un visage desséché de momie. Elle se trémoussa ainsi en sautillant jusqu'à l'épuisement, puis roula à terre, les jambes en l'air et continuant à faire des culbutes, puis à se tordre, avant de demeurer prostrée

288

et immobile comme une atroce poupée piétinée et désarticulée.

En 1920, à la fin de la guerre civile, je revenais, en compagnie d'un confrère de médiocre réputation qui se faisait appeler La Mort, d'une tournée théâtrale et littéraire dans une de ces régions de la Baltique où les derniers combats entre les troupes blanches et l'Armée rouge s'exacerbaient dans l'atroce, jusqu'à atteindre ce paroxysme où fraternisent dans l'horreur la liberté et la servitude, la justice et l'iniquité. Je lisais des poèmes aux soldats et mon collègue faisait un numéro d'illusionniste. A cinquante kilomètres de Memel, alors que nous traversions à cheval la plaine marécageuse où s'étaient déroulés les derniers affrontements, nous tombâmes sur le bivouac de l'armée Kniazine et fûmes invités par le chef d'état-major à une soirée qui devait avoir lieu dans le parc du château de Bergdorf. Le château avait brûlé, mis à feu par les Rouges au moment de la retraite ; les ruines fumaient encore. Nous arrivâmes à la réception avec un peu de retard, mais, dès le premier coup d'œil, les souvenirs s'élevèrent de ces recoins obscurs de la mémoire où ils savent si patiemment attendre l'heure. Pareils à de sinistres chauves-souris tapies au fond de galeries noires, se mirent alors à voleter dans la lumière des flambeaux depuis deux siècles éteints les visages et les grimaces, les costumes, les feux et les étoiles d'un tout autre lieu, d'une tout autre nuit. Car rien ne ressemblait davantage à la fête sauvage du « libérateur » Pougatchev que celle donnée à présent dans le parc par le « libérateur » Kniazine. Cinquante prisonniers rouges tenaient sur leurs épaules une estrade de planches où était disposé un orchestre de onze personnes composé d'officiers et de soldats de la division Kniazine. Au centre de la plate-forme, la troupe de l'Opéra de Memel donnait *La Traviata* devant un parterre de troupes blanches, avec Kniazine lui-même assis au premier rang. La malheureuse cantatrice, dont le visage était d'une extrême pâleur, malgré le rouge dont elle l'avait abondamment garni, élevait une voix de contralto fort peu assurée et qui ressemblait par moments à un cri d'horreur et à un appel au secours plutôt qu'au *bel canto*. Les autres chanteurs, en costumes du XVIᵉ siècle florentin, s'efforçaient de bouger le moins possible sur le plancher mouvant ; on sentait même leurs efforts intérieurs, en quelque sorte, afin de diminuer par un processus psychique le poids de leur corps et échapper ainsi aux lois de la pesanteur. Sous ce théâtre aérien, les jeunes bolcheviks ne se maintenaient debout que par l'effet de la force sacrée qui vient, dit-on, aux héros dans leur dernier souffle. Je dois cependant reconnaître que *La Traviata* donnée dans ces conditions prenait un accent dramatique extraordinaire ; aujourd'hui, alors que le nouveau théâtre recherche par tous les moyens des mises en scène toujours plus frappantes, il me semble qu'il y a là une idée originale et une façon d'honorer nos bons auteurs et la lutte des classes en général qui ne devrait pas être négligée.

Il va de soi que j'étais loin de me douter que j'assistais à une « première », alors que je contemplais les Cosaques et leurs tragiques partenaires se déchaîner dans des *pliasski* bondissantes sur la tête de la noblesse, des notables et des officiers capturés pendant la ruée vers Moscou des troupes de Pougatchev. Là encore, malgré mon horreur, ma sensibilité artistique ne pouvait demeurer indifférente au spectacle, ce dont je ne crois pas devoir être blâmé, car je n'étais en rien responsable de cette chiennerie. Les Cosaques étaient d'admirables danseurs et le sont demeurés jusqu'à aujourd'hui, grâce aux soins dont les arts sont entourés en Russie soviétique, ainsi qu'ont pu le constater tous ceux qui ont eu le plaisir d'assister à la tournée des ballets folkloriques de Moïsseïev en Europe. Mais aucune représentation théâtrale ne saurait égaler la spontanéité d'un spectacle vécu, pour ainsi dire, dans tout son naturel, et je me demande si à la fin je n'étais pas plus ému par la beauté du drame que par son caractère inhumain. Parfois, un des Tatars saisissait sa partenaire, sautait à terre et emportait dans ses bras la victime hurlante dans un coin propice où, après s'être rassasié, il l'abandonnait à d'autres impatients. Parfois aussi, une jeune fille ou une épouse s'évanouissait dans les bras de son danseur mais celui-ci continuait à s'en servir comme d'une partenaire-pantin, ce qui produisait l'effet que l'on retrouve aujourd'hui encore dans le numéro folklorique appelé *Ivachka i Machka*. Aucune de ces pauvres femmes ne fut dispensée de se plier à la soif de vengeance de la *tchernia*, dont les filles avaient subi pendant assez longtemps le droit de cuissage des seigneurs et propriétaires pour que l'expression « chacun son tour » pût sonner aux oreilles des rebelles de l'écho le plus doux et le plus exaltant : j'en ai même vu qui, leurs culottes à peine relevées, rendaient grâce à Dieu. Je me souviens aussi d'une adolescente adorable, aux longues tresses blondes : son visage, par un de ces jeux bizarres et capricieux auxquels la nature est si souvent portée, avait une expression angélique, où la douceur et la beauté se mêlaient si adroitement qu'on avait peine à imaginer qu'elle fût de la classe des coupables. Elle mourut en pleine danse, mais personne ne s'en aperçut et on continua à la faire tournoyer et à la faire passer de partenaire en partenaire, sans se douter que l'on se divertissait avec un cadavre.

Une des rares survivantes de la fête fut la fille du colonel Porochkov. Elle écrivit quarante ans plus tard ces *Lettres d'une orpheline* qui firent pleurer tant d'âmes sensibles.

Les réjouissances duraient toujours lorsque nous vîmes devant nous, au sommet de la colline qui faisait le gros dos sous la lune, un cavalier qui remontait la pente comme s'il sortait peu à peu d'un abîme. Il était entouré de quelques Cosaques richement vêtus.

Je n'avais vu jusque-là de Pougatchev que son profil sur les médailles qu'il avait fait frapper au nom de Pierre III, car cet ennemi de la tyrannie avait pris la précaution de se faire passer pour tsar. Mais je reconnus le « souverain » au pope qui se tenait légèrement

291

en retrait derrière lui. C'était le seul pope qui se fût rallié à la révolte de la *tchernia*, Ivan Krolik.

Pougatchev était vêtu de pourpre et coiffé d'un bonnet de fourrure orné d'une image sainte. Il se tenait une main sur la hanche et ne manquait pas d'un certain sens rusé du théâtre, car il s'était arrêté sur une éminence et sur un fond de lune qui l'entourait de son auréole d'icône. De larges *charavary* de soie bleue débordaient en bouffant de ses bottes rouges. Les feux de camp, élevant de tous les côtés leurs milliers de langues remuantes, faisaient courir sur son visage une lueur d'incendie qui paraissait venir de la nature même de l'homme, tant son regard avait le noir du charbon calciné. Je saisis mon fusain et mon cahier, maudissant une fois de plus l'absence de ma boîte de couleurs. A côté de l'imposteur, le Djighite Oussanov, une pelisse d'hermine sur les épaules, une peau de renard enroulée autour de la tête, avec la queue touffue qui lui retombait sur l'épaule gauche, la *boulava*, insigne du rang d'*ataman*, à la main, riait silencieusement, en montrant des dents dont on percevait la blancheur même à cette distance. Ce rictus canin qui ne quittait jamais ses lèvres et les deux rangées de dents, si petites qu'elles paraissaient deux fois plus nombreuses que chez le commun des mortels, accusaient encore sur ce visage au nez coupé par le bourreau et aux pommettes saillantes le côté *tcherep*, ou tête de mort, ainsi qu'on le surnommait. A la gauche de Tcherep, le Tatar Alatyr portant caftan noir et calotte verte, se dressait sur un cheval blanc, me rappelant par sa taille gigantesque le héros légendaire des *shazki*, Ilya Mourometz, qui fut si souvent mon compagnon dans la forêt de mon enfance. Il tenait d'un bras, en travers de sa selle, un enfant qui ne devait pas avoir plus de quatre ou cinq ans ; c'était son fils, dont il ne se séparait jamais, même dans la mêlée des batailles.

Nous fûmes surpris d'apprendre que le « tsar » s'était dérangé tout exprès pour nous voir : c'est ce qui nous fut aussitôt expliqué. Il fut entendu que nous allions dresser dès le lendemain matin nos tréteaux et lui montrer ce que nous savions faire. Pougatchev ne manifesta aucun intérêt pour la danse de mort qui continuait de plus belle sur le dos des prisonniers, au milieu des feux. Ce genre de divertissement était déjà entré dans les mœurs depuis le début du soulèvement, et il devait en avoir tout son saoul. Il s'éloigna avec sa suite vers les tentes ; il y avait toute une meute de chiens qui se déplaçait avec lui, car l'homme était généreux avec les bêtes.

La sauterie prit fin d'une manière atroce. Les captifs, par leur naissance et leur éducation, n'avaient pas l'habitude des efforts et des souffrances physiques ; certains, tel le général Porochkov lui-même, avaient déjà dépassé la soixantaine. Ils faisaient preuve d'une admirable résistance et les Cosaques semblaient le reconnaître eux-mêmes, puisqu'ils leur servirent à plusieurs reprises à boire, leur donnant parfois des tapes amicales, pour les encourager à persévérer. Mais à présent, ils tombaient les uns après les autres sous le poids des danseurs. Ce fut alors qu'intervint l'instant le plus pénible du spectacle et je dois dire à ce propos que pour moi, l'art s'arrête toujours au pénible. Alors que la plupart de ces malheureux demeuraient encore debout, unissant ce qu'il leur restait de force pour retarder la chute et l'écrasement final, les Cosaques et leurs compagnons mongols montèrent sur leurs chevaux, prirent de l'élan et, partant au grand galop, se mirent à sauter sur la plate-forme au milieu des hurlements de joie de toute l'assistance qui sentait venir l'apothéose. Bientôt la plate-forme ne s'éleva plus que d'une demi-archine au-dessus du sol, sur les corps écroulés, cependant que toute la cavalerie passait et repassait sur ces tréteaux ; comme ils étaient plus de trois cents, au bas mot, car il était difficile de les compter dans cette mêlée de couleurs, on peut dire hélas ! que la fin fut digne de la fête.

C'est ainsi que périt, réduite en bouillie, toute l'élite

de la province dont certains étaient de fins lettrés, la noblesse, les officiers, les notables, les propriétaires terriens et les *tchinovniki* — fonctionnaires — bien que parmi ces derniers quelques-uns eussent prudemment rallié à temps le camp des rebelles.

Le choc que je reçus fut tel que l'effet ne s'en effaça jamais et en 1926, je tirai de cet épisode un film pour la UFA, interprété par Maly Delschaft et Ivan Petrovitch.

Aucun de nous ne dormit cette nuit-là. Nous étions aussi indignés que terrifiés, car les apparences risquaient de faire croire à l'autorité que nous étions les complices et les collaborateurs de cette canaille sanguinaire.

Les bestialités auxquelles nous assistions depuis plusieurs semaines posaient aussi pour nous un dilemme moral, dont mon père avait au plus haut degré conscience. Ne fallait-il pas nous attacher à admirer et à approuver la beauté de l'idée, n'avoir d'yeux que pour la liberté, pour la fin de la servitude, et oublier les mains sanglantes dans lesquelles ce diamant était tombé ? Ou fallait-il estimer, au contraire, qu'il n'est point d'idée en dehors de l'usage qu'on en fait, qu'il n'y a pas de dignité en dehors de l'exemple qu'elle donne, dès que jaillit sa première étincelle ?

Nous devisions de tout cela sous la tente et il faut reconnaître notre mérite d'avoir conservé ainsi l'esprit philosophique, car on entendait au loin les hurlements et les querelles des chiens qui se disputaient les restes des suppliciés. Ce n'était pas un vain débat : il y avait une décision à prendre. Il s'agissait de savoir si nous allions donner le lendemain notre représentation, ou si nous allions refuser de nous produire et de dispenser les joies de la comédie italienne devant l'homme responsable de toutes ces horreurs.

Nous trouvâmes la réponse dans l'exemple de nos illustres prédécesseurs : ni Léonard, ni Michel-Ange, ni Giotto, ni Ronsard, ni Pétrarque n'avaient laissé tomber leurs pinceaux et leur lyre alors que le poison, le poignard, la tyrannie et la famine menaient autour d'eux leur ronde infernale. L'épaisseur des ténèbres ne pouvait signifier qu'une chose : il fallait lever toujours plus haut et d'une main toujours plus ferme le flambeau de l'art.

Ce fut donc d'un pas résolu et la conscience au repos que nous montâmes le lendemain sur nos tréteaux et attendîmes Pougatchev. Nous étions prêts à lui offrir ce qu'il allait prendre sans doute pour un simple divertissement, ne voyant dans les costumes dont nous étions affublés que des déguisements de pitres ; mais pour nous, au milieu de ces affreuses noirceurs, notre pantalonnade devenait une véritable proclamation de foi humaniste.

Pougatchev arriva vers onze heures du matin, déjà passablement saoul.

Animé de sa conviction profonde, que la nuit de méditation n'avait fait que renforcer, mon père se livra à un étincellement d'art, accomplissant des tours que nous ne lui avions jamais vu faire auparavant. Il revêtit lui-même le costume d'Arlequin et, adoptant la langue italienne, il couvrit le « tsar » d'injures et de moqueries qui firent notre joie mais qui ne furent heureusement pas comprises de leur victime ; après quoi, délaissant ces raffinements, il chercha à se mettre à la portée de son triste public. Il jongla avec cinq bouteilles, tira de ses cartes à jouer des effets d'une habileté qui fit courir dans la foule des murmures d'admiration. Sa voix de ventriloque surgissait de trois ou quatre endroits différents, si bien que, lorsque le pope Krolik ouvrit la bouche pour cracher sa chique, on entendit sortir de sa gorge la confession de tous les péchés lubriques auxquels il s'était livré. Dans les bras du Tatar Alatyr, qui se tenait là, vêtu de ses blanches hermines et coiffé d'un chapeau pareil à un temple oriental, tout étincelant d'or et de rubis, l'enfant Tourlane se mit à parler soudain d'une belle voix mâle, récitant une sourate entière du Coran. Et lorsque Pougatchev lui-même, assis sur le fauteuil de velours rouge qui lui servait de trône et qu'on transportait partout où il allait, se mit à rire aux éclats, son rire se termina par cette phrase que tout le monde entendit :

— Qu'on libère tous les prisonniers qui n'ont pas encore été pendus !

Le visage du Cosaque se rembrunit lorsqu'il entendit cet ordre qui paraissait venir de ses lèvres ; il se dressa d'un bond, les poings serrés, mais à peine eut-il ouvert à nouveau la bouche pour jurer ou peut-être pour condamner mon père au fouet, que déjà cette voix qui n'était pas la sienne mais était imitée à la perfection, proclamait :

— Car je suis le grand tsar Pierre III et je veux éblouir toute la terre russe non seulement par mes victoires, mais aussi par ma générosité.

Pougatchev hésita, puis son visage s'éclaira, prit un air malin, ses poings se desserrèrent et, rejetant la tête en arrière, les deux mains sur les hanches, il éclata d'un de ses ha-ha-ha-ha célèbres dont la force de contagion était telle qu'il roula de Cosaque en Cosaque, de *droujina* en *droujina*, à travers toute la steppe, de peuple en peuple, et quelque part, aux confins de la Sibérie et de la Chine un paysan éclata soudain de rire et jusqu'en octobre 1917, ne sut pourquoi il riait.

XXXIV

Pougatchev fut si content de nous que mon père reçut l'ordre d'aller partout où se trouvaient les troupes de l'usurpateur, afin de procurer à ses soldats un peu de joie et d'émerveillement entre deux combats. C'est ainsi qu'une troupe de comédiens italiens continua à cheminer à travers la steppe meurtrie, donnant des représentations parmi les incendies, les ruines et les cadavres. Il nous fallait remplacer par des grimaces et des mimiques exagérées et vulgaires, les lazzis et les effets qu'un tel public eût été incapable de comprendre. Ugolini, en Polichinelle, n'avait jamais connu pareil succès et, jouant sans masque, il se livrait à des pitreries qui eussent déshonoré la *commedia* en tout autre lieu mais qui faisaient la joie de ces grands enfants. Teresina dansait ses pas espagnols, s'accompagnant de castagnettes dont le claquement suscitait un enthousiasme immédiat ; je tenais la guitare. Nous chantions ensuite tous les quatre en chœur quelques refrains napolitains, dont le *Dolce mio !*, si sentimental et si émouvant, et bien que l'assistance ne comprît rien aux paroles, cet air touchait la fibre populaire commune à tous les pays et il nous arrivait souvent de recueillir l'hommage de larmes. Le baryton de mon père faisait merveille, la voix d'Ugolini était détestable et il fut fort offensé lorsque nous le priâmes de se taire. J'avais déjà une voix de ténor assez agréable que je m'appliquai plus tard à développer, car il ne faut rien négliger dans l'art d'enchanter ou, plus modestement, de plaire.

Nous étions cependant décidés à mettre fin à cette servitude dans laquelle nous étions tombés et qui menaçait de finir fort mal pour nous, dès que l'ordre et l'autorité reprendraient le dessus, ce qui paraissait imminent. Il nous faudrait alors répondre de ce que nos ennemis ne manqueraient pas de présenter comme une participation volontaire à la révolte de la plèbe. D'autant que les Zaga avaient toujours été soupçonnés de libéralisme, et non sans raison. Malgré toute la confiance que j'avais en mon père, et n'ignorant rien de la virtuosité que notre tribu avait toujours montrée pour se faufiler entre les embûches, et se retourner à temps, dans le seul souci de sa mission et quelles que fussent les circonstances historiques, il me semblait que nous nous étions fourrés dans un guêpier dont seule une adresse de magicien pourrait nous sortir.

Le péril était proche, car le lieutenant Blanc ne nous cachait pas que, contrairement aux apparences, la situation de Pougatchev était désespérée. Il était vrai qu'il « marchait sur Moscou », comme il le proclamait, mais en fuyant. Ses meilleures troupes avaient refusé de franchir le Don. Trois armées adverses l'entouraient de tous côtés ; l'hiver approchait. Divisés par les rivalités des chefs, les Cosaques perdaient bataille après bataille. Vers la fin septembre, alors que nous avions donné une représentation de marionnettes devant les *Zaporojetz* de l'*ataman* Vaniukh, un cavalier arriva au galop, se pencha et tendit à mon père une lettre.

C'était un message de Blanc. Rédigée en français, cette lettre nous disait que tout était perdu et qu'une fois de plus, la tyrannie allait triompher de ce qu'il y avait de plus vaillant et de plus insoumis au monde : le cœur populaire. Il nous indiquait le chemin le plus sûr pour atteindre Moscou.

Deux documents étaient joints au message et ils nous

sauvèrent la vie. Le premier était un sauf-conduit signé du « tsar » Pougatchev lui-même : le coquin ne sachant ni lire ni écrire, le Français l'avait rédigé et signé à sa place. L'autre document était beaucoup plus important. Il était authentique, écrit et signé par le colonel-comte Yassine, qui avait été fait prisonnier. Le texte disait qu'un groupe de comédiens italiens, les Zaga, dont Giuseppe Zaga lui-même, honorablement connu à Saint-Pétersbourg, était tombé entre les mains de la *tchernia* révoltée et avait enduré pendant plusieurs semaines les pires humiliations et des souffrances sans nom. Yassine ajoutait qu'il avait pu sauver ces artistes et qu'il les faisait acheminer sous escorte vers Moscou, car ils étaient en mesure de donner des renseignements importants.

Nous apprîmes plus tard par un Cosaque témoin de la scène, que lorsque Yassine eut signé le document et l'eut scellé de sa chevalière, Blanc prit son pistolet et lui logea une balle dans le cœur, ce qui nous mettait définitivement à l'abri de révélations gênantes. Nous ignorions évidemment tout de cette abomination. Aucun de nous n'aurait jamais accepté d'être sauvé à ce prix.

Je sais qu'il y aura parmi vous, lecteurs, quelques esprits sceptiques, de ceux qui considèrent les saltimbanques de notre espèce comme gens sans foi ni honneur, soucieux seulement de tirer leur épingle du jeu. Il serait vain de protester contre cette réputation millénaire, dont nous avaient affublés aussi bien les princes que leurs successeurs les bourgeois, en attendant que le peuple à son tour ne témoignât de son manque de confiance à notre égard, en nous imposant le choix entre la soumission, le silence ou la prison. Nous n'étions pour rien dans le crime abominable du Français. D'ailleurs, il nous était encore possible de fuir vers Samarkand ou vers Constantinople, plutôt que de nous laisser ouvrir le chemin de Moscou sur le cadavre du comte Yassine.

Nous décidâmes de profiter d'une représentation

que nous devions donner à Tikhonovka pour traverser le Don et remonter vers Moscou, en suivant la rive ouest. Personne ne remarqua notre manœuvre lorsque nous nous laissâmes dépasser par l'arrière-garde des Cosaques, fîmes demi-tour et nous embarquâmes sur le bac à Pravovo. Au bout de six heures de route à peine, nous rencontrâmes le premier détachement des troupes régulières du général-comte Michelson. Le sauf-conduit du comte Yassine produisit l'effet souhaité ; on nous témoigna la plus grande sympathie, après avoir écouté avec indignation le récit de nos souffrances. A notre arrivée à Moscou, on nous fit fête ; l'ambassadeur de Venise donna un dîner ; les gazettes contèrent l'histoire de l'illustre magnétiseur et docteur M. de Zaga et de sa famille ; on disait qu'il avait pu se libérer des griffes de Pougatchev par la vertu de ses pouvoirs scientifiques, dont il était le premier en Europe, avec le docteur Mesmer de Vienne, à avoir découvert le secret. J'appris plus tard que ce récit fit son chemin jusqu'aux gazettes de Venise et que le voyageur français Pivotin s'en fit l'écho en 1860 dans son ouvrage *Voyageurs et aventuriers vénitiens du XVIIIe siècle*, couronné par l'Académie française.

XXXV

Nous dûmes demeurer quelque temps à Moscou car on se disputait la faveur de notre présence ; toutes les belles dames voulaient entendre de notre bouche les récits des horreurs de Pougatchev. Notre séjour fut d'autant plus agréable qu'une invention nouvelle venait de faire son apparition, encore un peu timidement, il est vrai, car elle paraissait risquée : on attendait, avant de l'adopter, le jugement de l'impératrice. La *valse* était, paraît-il, née en France quelques siècles auparavant mais elle y était entrée en sommeil : ce fut en Allemagne qu'elle venait de se réveiller. La cour d'Autriche l'avait adoptée, mais lorsqu'elle se fut glissée en Russie, les popes la dénoncèrent comme une diablerie, car ceux qui en étaient saisis se laissaient aller à une gaieté et à une volupté peu compatibles avec la bonne religion.

Au moment de notre arrivée à Moscou, le *kapellmeister* Bleucher venait d'être consigné dans sa maison par ordre des autorités, car c'était lui qui avait importé ces graines folles et on voulait l'empêcher de propager l'épidémie. Ce fut en vain : la ville, qui avait connu quelques années auparavant la peste et qui retentissait à présent des échos de la marche sanglante de Pougatchev, avait besoin de s'étourdir et on valsait un peu partout.

Ce fut chez le comte Pouchkine, le futur père du

grand poète, que Teresina et la valse se rencontrèrent, et jamais une musique, une danse et une femme ne s'unirent avec plus de bonheur. La légèreté est difficile à porter et demande beaucoup de grâce ; un rien la fait verser dans la lourdeur. Mais Teresina *était* la valse. Dès leur première rencontre au bal du comte Pouchkine, je compris que, tant que je vivrais et tant que la terre tournerait au son d'une musique, un air de valse me ferait toujours retrouver Teresina. Ils avaient été créés l'un pour l'autre, et je dis « ils », je parle de couple, car il me suffit d'entendre les premières mesures et de voir Teresina avancer, les bras levés, à la rencontre de la valse, pour que je sente se réveiller le pouvoir donné par la forêt de Lavrovo à l'enfant que je n'ai jamais cessé de chercher en moi et qu'il m'arrive parfois d'y retrouver. Je voyais alors la Valse comme une personne vivante, une divinité de ma forêt perdue. Elle était soucieuse de paraître immatérielle et de se voiler de musique car il lui fallait bien se soucier des convenances et du comme-il-faut, et elle ne pouvait se permettre de se matérialiser soudain sur le parquet étincelant dans tout son rayonnement magique et avec son visage de légende. Y a-t-il derrière l'apparence des choses, derrière le masque douloureux de la réalité, une féerie secrète, une gaieté essentielle, une fête qui ne cesse jamais et que nous font tout à coup pressentir quelques pas de danse, quelques notes de musique, un rire de fille enchantée ? Je ne sais. Je ne crois guère aux profondeurs secrètes, lorsqu'il s'agit du bonheur. Le bonheur est à fleur de peau, il a horreur des épaisseurs, le mystère ne lui sied guère, c'est un froufrou. Il nourrit d'éphémère. L'art des profondeurs, celui de nos savants docteurs, auteurs, penseurs, n'a jamais ramené de ses explorations un sourire : on parle rarement de gaieté lorsqu'on parle de génie. La valse a dû naître d'un oubli chez celui ou ceux qui s'occupent de l'homme ; quelque chose, quelque part, s'était détraqué dans les calculs immenses, dans les agencements hautement prémédités ; il y eut une erreur, un moment

302

d'insouciance se glissa entre le marteau et l'enclume : c'est ainsi que la valse est née. Une panne des profondeurs, et la légèreté put enfin inspirer les hommes, le temps d'un air de violon.

Le bal chez le comte Pouchkine rendit mes rapports avec Teresina beaucoup plus faciles et cet effet dure toujours. Je pense que vous serez tous d'accord avec moi : aimer une femme, cela veut dire aimer une seule fois. Il n'existe qu'un couple dans la vie et le reste n'est rien. Lorsque votre maîtresse disparaît, les siècles et les années, les secondes, les éternités, les heures et les saisons n'ont plus d'égards pour le Temps et ne peuvent plus se calculer ; je ne crois pas qu'on puisse avoir aimé sans devenir millénaire. Il me suffit alors, pour me libérer de cette durée figée et incommensurable, d'un air d'accordéon, de piano, de violon... Je retrouve alors tous mes pouvoirs, ceux qui me furent conférés par mes amis les chênes de Lavrovo. Je saisis ma baguette d'enchanteur et je fais revenir Teresina. Elle apparaît, vêtue de cette même robe blanche qu'elle portait au bal du comte Pouchkine. Ma plume court sur le papier, tout redevient possible. Les siècles glissent sous ma plume, le temps d'un sourire.

Il m'a toujours suffi depuis de prendre une femme dans mes bras pour qu'elle devienne Teresina. Au début, je manquais un peu d'adresse, et il me fallait fermer les yeux. Mais depuis, j'ai appris à regarder ma partenaire avec la plus aimable attention sans la voir ; je lui parle doux sans qu'elle m'impose sa présence, murmure son nom sans qu'il me gêne, lui presse la main afin qu'elle me guide loin d'elle, et tout cela avec la plus vraie sincérité, car ce n'est jamais d'elle qu'il s'agit. Toutes les blondes et toutes les brunes sont pour moi toujours rousses. Les plus beaux yeux noirs ou bleus sont pour moi toujours verts. Les lèvres les plus douces ne s'offrent aux miennes que pour me rappeler le goût d'autres lèvres. J'ai été d'une fidélité extraordinaire et tous ceux qui m'ont sans cesse accusé de n'avoir pu m'attacher à aucune femme m'ont toujours fait sourire de pitié. Toutes les femmes qui sont venues à moi m'ont aidé à vivre, parce qu'elles m'ont aidé à rêver de ma Teresina et je leur en sais un gré infini, je leur en rends mille grâces, je les adore. Elles ont toutes été la même femme, je n'en ai jamais connu deux. Elles possèdent toutes le plus heureux des pouvoirs : celui de vous rendre la seule femme que vous ayez aimée. Il est vrai que chaque seconde, chaque mois, chaque année d'absence devient décennie, siècle, et que vous ne mourez jamais parce que vous avez charge d'amour. A travers mille visages, on ne cesse de travailler au portrait d'un seul, jusqu'au plus infime détail, et on y arrive très bien. Vous prenez à Louise le dessin des lèvres, à Françoise le coin du sourire, à Christa le bout du nez, à Jenny les sourcils, à Marie le doux calice, vous prenez ici un cou, là un menton, ailleurs une nuque : ce sont des babioles, mais elles vous aident dans votre quête d'authenticité. Il convient cependant de ne pas se tromper de nom, à l'heure des murmures : ce n'est pas poli. On peut évidemment fermer les yeux, mais c'est manquer de moyens, d'aisance, de facture : on arrive très bien à cesser de voir les yeux ouverts. Cet émouvant regard que vous lui adressez et qui la fait sourire si gentiment, cependant qu'elle effleure du bout des doigts votre joue, qu'il arrange donc bien les choses, avec élégance et courtoisie ! Elle prend cette tendresse pour elle, alors que vous la donnez à une autre. Donnez-vous à Pauline, à Isolda, à Lucita complètement, tout entier, passionnément : vous les effacerez mieux, vous les percevrez à peine : il n'est plus habile façon de quitter une femme que d'user d'elle amoureusement pour en rejoindre une autre, la seule, l'unique, la vraie : celle qui n'existe pas. Il m'a toujours fallu un médium pour retrouver Teresina plus aisément et j'en ai toujours su gré aux femmes : elles ont, au moment le plus doux, le génie de l'absence.

Ce fut le comte Pouchkine qui ouvrit la danse. La première valse que je rencontrai ainsi n'avait ni nom ni auteur, comme il se doit pour toutes les grandes créations qui jaillissent spontanément de la nature même du bonheur. J'ai appris plus tard qu'elle avait été entendue par le *kapellmeister* Bleucher dans un café de Vienne : c'était l'œuvre d'un jeune compositeur et violoniste du nom de Maazel, qui crachait un peu de ses poumons chaque jour, entre trois heures de l'après-midi et onze heures, parmi les buveurs de bière et les fumeurs de pipe de la Geheimratstrasse. Bleucher lui avait donné le nom de *La Valse des sourires ;* Dieu seul sait comment un jeune tuberculeux avait pu trouver dans son cœur tant de gaieté et de légèreté, alors que la mort rôdait déjà autour de lui. Peut-être avait-il compris que la mort ne craint rien tant que la gaieté et la légèreté et il avait composé sa valse pour l'empêcher d'approcher.

De nombreuses *Valses des sourires* ont été écrites depuis et celle de Maazel est aujourd'hui entièrement oubliée, ce qui m'est très propice, car je n'aime pas être envahi dans mon intimité avec Teresina.

Le comte Pouchkine, qui portait l'uniforme blanc de la Garde, dansait adroitement bien qu'il eût tendance à ponctuer ses tournoiements en frappant du talon, ce qui relevait plutôt du *krakowiak* polonais. J'éprouvais un vif plaisir — je l'éprouve encore — à voir la longue chevelure rousse flotter dans toute sa royale liberté dans le sillage du couple. L'orchestre était fort mal assorti et composé d'amateurs, dont le vieux comte Dobrikov, si comique, avec les poils de sa barbe qui se mêlaient aux cordes du violon et éveillaient sous l'archet des notes inattendues.

La valse fut bientôt adoptée par toute la bonne société russe mais elle ne put accomplir son œuvre, car elle ne fut pas donnée au peuple et manqua donc pendant longtemps du soutien nécessaire.

Mon père était très entouré. Il se tenait, un verre de champagne à la main, aux côtés de la princesse Bagration et du comte polonais Zawacki, essayant de satisfaire la curiosité que nos aventures dans la sanglante tourmente de la rébellion avaient éveillée dans

305

le beau monde. Les dames étaient surtout intéressées par les viols et les messieurs par les tortures. Giuseppe Zaga répondait poliment, mais distraitement. Lorsque la valse prit fin, le comte raccompagna Teresina auprès de son mari ; mon père fut sur le point de dire quelque chose, mais se retint. Ce fut seulement lorsque notre hôte s'éloigna que mon père murmura, en le suivant du regard :

— Le comte Pouchkine aura bientôt un fils. Ce fils sera le plus grand poète que la Russie aura connu. Il mourra en duel à l'âge de trente-six ans.

On ne manquera pas de dire qu'en bon charlatan j'invente, et on ajoutera sans doute que je me suis appliqué toute ma vie à nourrir la légende des pouvoirs supérieurs de notre tribu. Or, le mensonge m'a toujours fait horreur, car il est le contraire de l'art, lequel crée la vérité, au lieu que le mensonge la dénature et la travestit. Que mon père ait annoncé la naissance et le destin tragique de Pouchkine est confirmé par des témoignages. Je m'en réfère notamment à ceux du comte Zawacki. Dans ses mémoires, rédigés quelque soixante ans plus tard, il mentionne ce qu'il appelle l' « extraordinaire prophétie du baron Zaga ». Au moment où il rédigeait ses souvenirs, le comte était tombé dans la misère, ayant un fâcheux penchant pour le jeu. Je dus lui venir en aide à plusieurs reprises, car c'était un homme charmant. Sa mémoire ne l'a trompé que sur un point : Giuseppe Zaga ne s'était jamais prévalu d'aucun autre titre aristocratique que celui de l'art.

XXXVI

Nous nous mîmes en route pour Saint-Pétersbourg à la fin novembre ; mon père était assez soucieux et buvait plus que de coutume. Il se disait en proie à des pressentiments funestes, et parfois, levant en même temps la bouteille et les yeux vers le ciel, il marmonnait qu'il y voyait des signes dont on ne pouvait attendre rien de bon, car il y avait des acoquinements entre Mars, Saturne et Jupiter, planètes qui n'avaient jamais été favorables aux gens de notre tribu. La liqueur portugaise aidant, mon père m'informa qu'il existait, là-haut, des cosmographies rivales, en lutte entre elles depuis le début des temps, et que même les meilleurs astrologues y perdaient leur latin, car on avait affaire là à des caprices imprévisibles, de véritables tours de cochon que les puissances du ciel se faisaient entre elles. Selon lui, les choses étaient encore compliquées par le fait que les dieux de l'Olympe continuaient à tenir un quartier du ciel, aujourd'hui tombé en désuétude par rupture du fil conducteur avec les humains. Cette accumulation d'énergies divines non exploitées depuis des siècles pouvait se révéler d'une grande utilité à celui dont la foi ou la science renouerait le fil conducteur interrompu, par la vertu de ce simple calcul que, plus il y a d'énergies divines et moins il y a d'hommes y faisant appel, plus grande serait la part de chacun.

— Les Anciens savaient traire leurs dieux, voilà ! marmonna-t-il.

— Tu bois trop, papa, lui dit Teresina, en essayant de lui retirer la bouteille des mains, cependant que notre carrosse se traînait sur des chemins boueux entre des bouleaux tellement effeuillés par la mauvaise saison qu'ils paraissaient avoir le cul nu.

Mon père défendit à la fois la bouteille et sa dignité ; il nous dit qu'il descendait du dieu Mercure, par le fils de celui-ci, Arlequin ; car on ignore généralement les origines divines du faquin ; il est possible, affirmait Giuseppe Zaga, en levant un index solennel, il est possible, par une nuit bien étoilée, de reconnaître dans la gaieté des étoiles celle d'une *commedia dell'arte* qui se joue là-haut et dont nous faisons les frais en faisant leurs délices.

Pérorant ainsi, mon père se penchait à la fenêtre et levait vers le ciel un regard qui paraissait y chercher des confrères saltimbanques. J'y voyais des étoiles, non point les étoiles du ciel, lesquelles étaient entourées de nuages mouillés, mais celles qui se consument lentement, le temps d'une vie, dans nos ténèbres intérieures et ne sont visibles dans tout leur éclat et dans toute leur pureté que sur les visages d'enfants. Après quoi, mon père nous donna le *solo* du troisième acte du *Barcarolle*, un médiocre opéra du signor Spassi, mais il était après tout normal qu'après avoir tenu avec tant de maestria son rang dans la haute société de Moscou, mon père se laissât aller un peu à une certaine authenticité dans sa nature. Nos domestiques dormaient dans les charrettes, parmi tout notre attirail dont rien n'était perdu, malgré tant de périls. Ils étaient tous là : les masques, les polichinelles, les colombes endormies dans les manches d'une redingote car, par habitude, elles ne pouvaient vivre ailleurs ; les jeux de cartes truqués ; la baguette électrique de M. Trussaud ; les caisses à double fond et à ressorts ; les miroirs déformants à trois foyers ; l'horloge disant l'heure d'une voix humaine suivie d'un râle d'agonie, qui était fort bien vue de l'Église ; une certaine graine qui induisait tantôt des visions sublimes, tantôt des visions d'enfer, selon les penchants de chacun ; la poudre d'or que l'on met sur les paupières de ceux frappés d'insomnie et qui leur dispense les plus beaux rêves ; les fausses œuvres de Socrate recueillies par ses disciples ; les vraies : celles de Dante, et le théâtre de Shakespeare ; nos flûtes et nos guitares. Et, bien sûr, le coffre magique du signor Ugolini, où dormaient les défroques de ces personnages dont le sérieux a si grand besoin pour soumettre toutes les vérités à l'épreuve du feu par l'ironie, la parodie et la moquerie.

Teresina dormait, la tête sur mon épaule, enveloppée dans sa chevelure et dans sa pelisse ; signor Ugolini piquait du nez mais se réveillait toujours à temps pour sourire à mon père, car celui-ci avait besoin d'un public ; j'avais passé discrètement un bras autour de la taille de ma Teresina, ce qui me rendait le sommeil impossible. Les chiens s'acquittaient par leurs aboiements inquiets de cette tâche d'angoisse que leur confie avant de s'endormir le cœur des hommes. Tout paraissait lent, infini ; il était difficile d'imaginer que nous nous traînions ainsi à travers un pays et non à travers le Temps lui-même. Il me semble que j'y suis encore, que la nuit russe dure autour de moi et que notre carrosse et nos charrettes chargées d'accessoires de saltimbanques continuent à cheminer à travers les ténèbres vers quelque gîte d'étape où nous pourrions reprendre des forces et nous réchauffer peut-être à quelque nouveau faux espoir, avant de continuer notre route sans fin.

Nous étions à Saint-Pétersbourg depuis trois jours à peine lorsque les sombres prémonitions de mon père se vérifièrent d'une manière qui semblait confirmer le vieil adage selon lequel la vérité se trouverait au fond d'une bouteille.

Il était sept heures du soir ; mon père venait de congédier son intendant et les quelques personnes qui étaient chargées de ses intérêts. Nos affaires étaient compromises. Des sommes importantes que mon père avait prêtées à certaines personnes, et notamment au comte Grigori Orlov, bien que les traites fussent venues à échéance, n'avaient jamais été remboursées. Il n'y avait guère de chance pour qu'elles le fussent jamais ; en proie au remords, le régicide Orlov avait des accès de folie qui devenaient de plus en plus fréquents. On disait qu'il passait ses nuits à étrangler Pierre III. Il y avait alors à Saint-Pétersbourg un vil charlatan du nom de Pahlen, qui avait suggéré à Orlov une façon singulière de se débarrasser de son cauchemar. Il soutenait que si le comte avait été si profondément marqué par son acte, c'est que celui-ci était demeuré unique, par quoi il entendait que si Orlov avait étranglé de ses mains un certain nombre de gens, il en aurait pour ainsi dire pris l'habitude et aurait cessé d'y penser. Il lui conseillait en somme de créer l'accoutumance, ou, comme on dirait aujourd'hui, de banaliser son geste meurtrier. Grigori Orlov aurait ainsi étranglé plus de vingt paysans pour essayer de retrouver la paix de l'esprit en endurcissant sa conscience.

Il s'agissait sans doute de calomnies, car on savait que les frères Orlov avaient perdu la faveur de l'impératrice, et chacun s'empressait de leur faire payer cher leur arrogance passée. Pahlen, néanmoins, fut mis aux fers et reconduit ensuite à la frontière, sous l'accusation de « pratiques cabalistiques ». Le patriarche Guérassim saisit cette occasion pour renouveler ses dénonciations et les sermons contre les francs-maçons et les « cabalistes » ; il ne manqua pas de s'en prendre publiquement à mon père. On nous rapportait tous les jours des rumeurs que les popes faisaient circuler à notre sujet, parmi lesquelles figuraient en bonne place l'accusation de « magie noire » et, bien sûr, celle de mêler le sang des enfants à certains breuvages et potions que mon père était censé fabriquer. Ses débiteurs en profitaient pour ne pas le rembourser, sachant fort bien qu'il ne pouvait porter plainte, car il n'aurait pas manqué de s'entendre accuser d'usure. On remit sur le tapis l'affaire de notre présence dans la suite de Pougatchev et on alla jusqu'à affirmer que mon père avait un tel asccendant sur le gredin que ce dernier, avant de tenter de fuir, lui avait confié son trésor. Potemkine, qui était très bien disposé à notre égard, nous fit parvenir un message, lequel était un conseil amical de songer à quitter pour quelque temps le pays.

Ce fut donc en ces circonstances, alors que l'intendant et les deux marchands avec qui mon père était en affaires venaient de quitter la maison, que l'on frappa à la porte de la cour avec une vigueur et une insistance qui ne nous parurent point annoncer la venue d'un ami. Mon père fit ouvrir et, quelques instants après, un bel homme d'une trentaine d'années, vêtu de la tenue blanche des officiers de la Garde sous la lourde pelisse d'ours négligemment jetée sur ses épaules, et tenant une cravache *nagaïka* à la main, faisait son entrée dans le vestibule du palais Okhrennikov, éclairé par la lumière des bougeoirs que nos valets de porte levaient devant le visiteur.

Nous ne le connaissions pas. Il avait un visage fin et ironique, orné d'une curieuse petite moustache noire, très soigneusement taillée en forme de léger papillon, que l'on n'avait guère l'habitude de cultiver en Russie.

J'étais assis dans un coin du grand salon d'où l'on voyait l'entrée ; je venais de terminer une partie de piquet avec ma Teresina. Elle jouait avec les trois chiots que son épagneule irlandaise Milka avait mis au monde quelques semaines auparavant. Mon père se tenait dans l'escalier, vêtu d'un habit de soie noire aux parements argentés que son tailleur venait de lui livrer ; il se rééquipait à la dernière mode occidentale, en prévision de notre voyage à l'étranger, car il était décidé à suivre les conseils du prince Potemkine dès que possible.

Ce qui frappait d'abord chez le visiteur, c'était le sourire éblouissant, très gai, presque un rire silencieux ; tout le visage avait d'ailleurs une expression d'insouciance, d'inconscience, dirais-je même : celle des grands joueurs et des têtes brûlées, pour qui le risque et les périls ne sont que sources de divertissement. Il avait des yeux de séducteur que l'on qualifiait dans la littérature à la mode d'« yeux de velours ». D'une belle taille, comme tous les gentilshommes que Catherine choisissait pour servir dans sa garde, alliant l'élégance de l'uniforme qu'il portait à merveille à une grâce féline, presque féminine, indéfinissable, et qui tenait à la grâce des mouvements, la finesse des attaches et l'habitude de charmer, c'était un homme dont on se sentait immédiatement jaloux, pour peu qu'on fût soucieux de plaire aux femmes. Il était difficile d'imaginer ce qui pouvait l'amener ainsi chez nous, à l'improviste, car entre gens bien nés et lorsque les intentions étaient honorables, on se faisait annoncer par un valet porteur d'un billet, mais une chose était sûre : où qu'il se trouvât, cet homme était là pour jouer. Tête nue, il avait des cheveux noirs et bouclés qui épousaient à la perfection son profil viril ; tenant d'une main le pan de sa lourde pelisse et de l'autre sa cravache, il nous dévisageait d'un œil à la fois narquois et attentif, jugeant ses nouveaux partenaires avant d'abattre ses cartes.

— A qui ai-je l'honneur, monsieur ? demanda mon père, avec une certaine hauteur, tant il y avait quelque chose de déplaisant et même d'offensant dans les manières du visiteur.

— L'honneur, l'honneur... Voilà un bien grand mot, dit le jeune officier, et son sourire se retroussa encore davantage : on ne saurait décrire autrement cette façon qu'il avait de découvrir ses petites dents d'une admirable blancheur.

Il caressa sa moustache du bout de son petit doigt.

— Un très grand mot, en vérité, surtout venant d'un homme qui, après avoir vendu son âme au diable — d'ailleurs, laissons ces sornettes au peuple —, n'hésite pas à refaire la même affaire avec un bien plus modeste acheteur... Avec M. Pougatchev, par exemple. Mais permettez-moi de me présenter...

Il s'inclina légèrement.

— Colonel comte Yassine, dit-il. Je vois à l'expression de vos visages que ce nom vous rappelle quelque chose...

Je dois dire qu'alors que mon cœur se glaçait, je fus, dans la seconde qui suivit, pris envers mon père d'une admiration sans bornes. En vérité, jamais je ne l'ai admiré autant qu'à ce moment-là. C'était un homme fait pour les plus hauts postes de la diplomatie. Car non seulement il ne perdit point contenance, mais il sourit, se mit à descendre l'escalier puis, ouvrant les bras, alla vers l'officier dans un élan chaleureux qu'il ne parut contenir qu'à grand-peine et s'arrêta juste avant de lui donner l'accolade. Teresina jeta vers moi un regard terrifié et je m'empressai de lui serrer tendrement la main. Bien que je fusse frappé de terreur à l'idée des conséquences que ne pouvait manquer d'avoir pour nous la soudaine apparition de celui que Blanc avait forcé à signer notre sauf-conduit avant de l'abattre, mais qui se révélait on ne peut plus vivant, il y avait néanmoins dans mes sentiments asez de place pour la fierté d'avoir un tel père.

— C'est pour moi un immense soulagement de vous savoir en vie, comte, dit mon père.

Le colonel eut un geste d'appréciation.

— Fort bien joué, dit-il. Il n'y a que les coquins italiens pour avoir tant d'allure dans la bassesse. C'est ce que mon ami Casanova a toujours soutenu. Ainsi que vous le voyez, la balle qui devait m'être fatale est ressortie sans trop de dégâts. Les soins de quelques paysans empressés et dévoués qui sentaient le vent tourner ont fait le reste. Je suis à Saint-Pétersbourg depuis ce matin et demain, j'ai audience avec l'impératrice. Je lui raconterai comment son charlatan préféré s'est dépensé sans compter pendant six semaines pour divertir la canaille de Pougatchev, chantant sur tous les tons la liberté des peuples et la chute des tyrans. Je

313

ne manquerai pas non plus de lui dire comment, sous menace de mort, d'ailleurs suivie d'exécution, j'ai été forcé de signer un sauf-conduit qui devait vous tirer d'affaire...

Il se tut et regarda chacun de nous tour à tour avec volupté, en frappant sa botte de sa cravache, geste qui me faisait penser à celui du chat agitant sa queue, avant de donner le coup de griffe final à la souris. Mon père me dit que c'était à ce signe d'une âme médiocre et à la vue de ce sourire voluptueux de l'officier qu'il commença à reprendre espoir. Le comte Yassine ne semblait pas doué d'une nature suffisamment désintéressée pour être venu là animé seulement d'une noble indignation, afin de nous livrer à la justice. Il devait se soucier de la justice comme d'une guigne. Ce n'était pas un homme à rechercher des satisfactions morales, espèce dangereuse entre toutes. Il ne jouait pas pour le plaisir, mais pour des gains beaucoup plus palpables.

— Nous ignorions tout des agissements de ce Français, bien entendu, dit mon père, comme il convenait. Nous ne lui avions rien demandé. C'était un homme qui avait le goût du sang.

Yassine leva sa belle main.

— Eh bien moi, je ne l'ai point, dit-il. Je n'éprouverais aucun plaisir à vous voir tous les trois à la potence. Par contre, j'ai d'autres goûts, beaucoup plus humains. Donc, mon bon ami — car désormais nous allons être *très* amis — vous allez commencer par me verser cinquante mille roubles et par m'assurer trente mille roubles de rente. Vous m'associerez également à toutes vos affaires, ce qui vous sera une aide d'autant plus précieuse que je vous promets de ne pas m'en mêler. J'aime les cartes, le vin et les bonnes fortunes.

Je respirais plus aisément. Il est toujours rassurant de se retrouver à la merci d'un coquin, alors que l'on croyait être tombé entre les pattes d'un homme à principes. Avec ces derniers, il est en général impossible de conclure un arrangement.

— Je n'ai évidemment pas cette somme ici, dit mon père. Mais vous l'aurez demain.

Yassine ajusta sa pelisse sur ses épaules, s'inclina dans la direction de Teresina, lui envoya un baiser, accompagné d'un éblouissant sourire, tourna sur ses talons et sortit.

En quelques semaines, nous fûmes ruinés. On ne saurait même dire que Yassine nous ruinait délibérément : il prenait simplement l'argent où il le trouvait. C'était un des joueurs les plus enragés de Saint-Pétersbourg, criblé de dettes, et qui traînait partout avec lui une bande de flagorneurs qui l'exploitaient. On le disait rongé par une « galanterie » particulièrement tenace et impossible à guérir, ce qui lui donnait, dans ses rapports avec la vie, une hâte et une précipitation dans la recherche fébrile des plaisirs et des assouvissements, qui faisaient de chacun de ses instants une sorte de course de vitesse contre la mort. Mon père fut obligé de payer toutes ses dettes. Bientôt, nous fûmes nous-mêmes en proie aux créanciers. Giuseppe Zaga avait un énorme crédit auprès des Juifs mais il se refusait lui-même à dépasser la limite des prêts très considérables qu'ils lui avaient déjà consentis. La situation était d'autant plus tragique que Yassine buvait beaucoup et que quelques mots, lancés dans l'ivresse, auraient suffi à nous perdre.

Pougatchev fut exécuté en janvier. Je le vis passer sur un traîneau, conduit à l'échafaud que l'on avait dressé au milieu du *boloto*. Selon la vieille coutume appliquée à tous ceux que l'on conduisait au supplice, il tournait le dos à la direction dans laquelle glissait le traîneau, car « le condamné n'ayant plus droit à l'avenir, ne doit pas regarder devant lui ».

Sur la couverture du livre scolaire consacré par l'historien soviétique Mouratov à Pougatchev en 1972, l'illustration donne au visage du cosaque les traits de Lénine...

La répression continuait à faire rage et notre vie dépendait d'un viveur capable de toutes les légèretés.

Enfin vint le moment où il ne nous fut plus possible d'hésiter. Il ne s'agissait même plus d'argent, il s'agissait cette fois de Teresina.

Quelques jours après l'exécution de Pougatchev, alors que mon père venait de contracter un nouvel emprunt, Yassine se présenta devant nous à neuf heures du matin, les vêtements en désordre, le visage défait ; il cherchait à cacher son manque d'assurance sous cet excès d'autorité qui est toujours le dernier recours de la faiblesse. Dans des circonstances moins périlleuses, on eût pu presque s'émouvoir à la vue de ce jeune homme si beau, si viril et si fragile à la fois ; il ressemblait à un lionceau pris dans les filets invisibles que le Destin, ce maître dompteur, avait jetés sur lui. Je dois avouer que j'ai rarement vu un jeune homme d'une telle prestance ; son encanaillement semblait l'effet de quelque malédiction du sort plutôt que celui d'une nature pervertie. Mon père avait pris des renseignements ; le médecin écossais qui traitait l'officier disait que sa vérole avait déjà attaqué les nerfs ; c'était impossible à imaginer, tant ses traits étaient purs.

Lorsqu'on l'annonça, mon père prenait son chocolat et je lui tenais compagnie. Il faisait nuit noire ; l'air était lourd et humide ; la cheminée tirait mal. Yassine entra sans mot dire et se jeta dans un fauteuil. Son valet, un vieillard chauve au visage désespéré, qui l'avait vu naître et le suivait partout comme une mère poule, s'arrêta sur le seuil, couvant son maître d'un regard triste.

Yassine réclama un verre de vin que je lui fis servir. Mon père ne leva même pas les yeux. Il était à bout de ressources.

Je ne pense pas que mon père craignît de reprendre son chemin de baladin, les mains vides, pour aller chercher fortune dans un autre pays, auprès d'un autre public. Je crois même qu'il était prêt à recommencer tout depuis le début, revenir aux origines et repartir, avec un singe sur l'épaule, un orgue de Barbarie, six *piegeni* pour jongler, lisant les signes dans le ciel et les lignes de la main : c'était le vieux destin de notre tribu. Je ne pense même pas qu'il fût fatigué : il y avait trop longtemps qu'il suivait à travers les siècles son chemin de saltimbanque et les fatigues du voyage n'avaient pas de prise sur lui. Si je sentais chez lui une angoisse certaine, la raison en était ailleurs : je suis persuadé en effet qu'il savait déjà ce que Yassine allait lui dire, et il avait pris ses dispositions. Certes, le lecteur m'accusera peut-être ici de faire mon numéro d'illusionniste : il aura raison. Je crois cependant qu'il devrait aussi s'adresser ce compliment à lui-même. Toute vie est faite de tours de passe-passe, il ne saurait y avoir de génie authentique hors de l'immortalité. La mort n'étant pas autre chose qu'un manque de véritable talent, nous voilà tous condamnés à l'illusionnisme et à des numéros d'imitation plus ou moins réussis.

Yassine se fit encore servir du saumon et du champagne. Sa main tremblait de fatigue ; il renversait le vin sur son uniforme. Puis il se fit apporter une serviette et s'essuya les mains. Il prit un petit miroir de femme dans sa poche, se regarda, caressant sa moustache.

— J'ai perdu votre femme aux cartes, cette nuit, dit-il, sans cesser de se regarder dans le miroir.

— Oui, dit mon père.

— Vous m'espionnez ?

Il ne reçut pas de réponse.

— Je jouais avec cette canaille de Vorontzev, et il gagnait à tous les coups. Il faut dire qu'il est tellement laid que la chance au jeu est tout ce qui lui reste dans la vie. A cinq heures du matin, j'avais perdu quinze mille, à six heures quarante mille. A sept heures j'ai perdu votre maison et à sept heures et demie votre domaine de Lavrovo. « Je vous joue quitte ou double en un seul coup », dit Vorontzev. Je lui ai répliqué que je n'avais plus de quoi faire face à une telle mise. « Eh bien, qu'à cela ne tienne, me lança-t-il. Il paraît que M. de Zaga n'a rien à vous refuser. Tout Saint-Pétersbourg dit que vous avez sur ce prétendu magicien un

317

mystérieux pouvoir... Jouons quitte ou double. Si vous gagnez, bon. Si vous perdez, vous vous arrangerez pour que la délicieuse Mme de Zaga passe une nuit avec moi et se plie à tous mes goûts. »

Yassine remit le miroir dans sa poche. Il tendit la main, prit la coupe de champagne et but une gorgée.

— Et voilà, dit-il. J'ai perdu.

Il se leva.

— Les dettes d'honneur doivent être réglées dans les vingt-quatre heures, dit-il, puis se leva et sortit.

On me reprochera sans doute de ne pas l'avoir poursuivi, de ne pas l'avoir tué. Il est beaucoup plus difficile qu'on ne l'imagine de tuer de ses mains un homme le matin quand on boit son bon chocolat chaud.

Le comte Yassine mourut le jour même. Il va sans dire que mon père détruisit par le feu aussi bien le saumon que l'assiette dans laquelle il fut servi et le verre dans lequel il avait bu. Les chemins de l'honneur ne sont pas toujours aussi droits et aussi faciles que l'on croit et je ferai la nuance nécessaire en disant que pour les suivre, il faut parfois s'y fourvoyer.

XXXVII

Nous étions néanmoins aux abois. Nos ennemis répandirent des rumeurs abominables, nous accusant d'avoir empoisonné le jeune comte. On demandait aussi à mon père d'un ton moqueur pourquoi, puisqu'on le disait ruiné, il ne fabriquait pas de l'or et des diamants, par une de ces alchimies dont il détenait, paraît-il, le secret. Rien ne paraît en effet plus contradictoire avec une réputation de magicien que le manque d'argent. Ces personnes malveillantes étaient trop frustes et incultes pour que nous puissions leur répondre que la véritable alchimie ne consiste pas à fabriquer des pierres précieuses mais à donner à rêver, qu'elle ne cherche pas à remplir les bourses mais à enrichir les imaginations. Cagliostro avait raison lorsqu'il disait à Goethe lors de leur rencontre à Weimar : « Vous êtes, monsieur de Goethe, le plus grand alchimiste de tous les temps. »

Bien que les rumeurs eussent fini par s'apaiser, mon père était résolu à quitter la Russie. Ce qui avait encore renforcé sa décision, c'était le nombre de charlatans de tous plumages et de tous ramages que les chaises de poste amenaient en nombre grandissant de l'Occident dont ils se vantaient d'apporter avec eux les lumières. Ils étaient même si nombreux qu'il était impossible de distinguer le faux du vrai et il nous devenait difficile de tenir notre place. Pour cinq mille roubles, le sieur

319

Pistole, ancien barbier d'Arles, se faisant passer pour un prince égyptien, « maître du secret des Pyramides, détenteur de la Clé, compagnon d'Alpha », faisait apparaître dans le noir vos chers défunts, vulgaire effet d'hypnotisme qui indignait mon père et que le grand Mesmer lui-même qualifiait de « déshonorant pour la science ». Mais il me suffira de citer mon ami le comte Alexandre de Tilly qui raconte dans ses mémoires l'exhibition à Londres d'un autre de ces charlatans, M. de Saint-Yldro qui avait sévi également à Saint-Pétersbourg.

Tilly avait assisté à la « séance d'illumination » à Chelsea et voilà le récit qu'il en fait : « Tout à coup, vingt bougies allumées dans l'appartement s'éteignirent comme par un souffle magique et je vis apparaître un fantôme de grandeur surnaturelle, vêtu de blanc et d'un capuchon rouge d'où tombait du sang dont la robe était tachée. Une lueur phosphorique serpentait dans ses cheveux et éclairait assez la chambre pour ajouter à l'horreur, sans en rien dérober. Ce spectre articula quelques mots baroques qui firent frémir le maître, M. de Saint-Yldro. Sur le tronçon d'une colonne jaspée se tenait au milieu de l'appartement un fourneau de trois ou quatre mètres de diamètre. Le métal qu'il renfermait bouillonnait avec bruit. Une fumée d'un vert diaphane montait en cylindre au plafond. Quelques-uns de ces messieurs poussèrent des cris de joie qu'il n'aurait tenu qu'à moi de prendre pour des cris de rage. Le sub-délégué — c'est ainsi que s'intitulait l'assistant du maître qui m'avait racolé — leur imposa silence, le recueillement succéda. Mon voisin était abîmé dans une méditation extatique ; il en fut tiré par un coup de tonnerre terrible et prolongé que suivit une profonde obscurité. Une douce lueur, celle de quelques étoiles au plafond, la dissipa. Jésus-Christ portant sa croix nous apparut. Quelque chose de mélancolique mais de vraiment divin respirait dans ses yeux. Ses cheveux, d'une couleur jaune, portaient une couronne d'épines. Cette croix d'une dimension prodigieuse, et qui m'avait semblé de bois, comme celles où s'accomplissent les sacrifices expiatoires, il la jeté à ses pieds ; elle s'y brisa comme du verre, avec un bruit aigu. Après avoir erré dans la chambre, il me toucha au front. Se tournant ensuite vers l'assemblée, il dit, en hébreu, en français et en anglais " qu'il laissait la paix et son esprit parmi nous et qu'il nous exhortait à une union fraternelle, et à nous croire toujours sous ses yeux ". Une poudre d'or pétillant dans ses mains nous inonda d'un torrent de lumière et répandit l'odeur la plus suave. Le chevalier, qui s'était levé, se précipita enfin à ses genoux. Il en releva des morceaux de la croix, les baisa respectueusement avant de les enfermer dans une boîte d'or. Jésus-Christ, lui tendant la main avec bonté, marcha avec lui vers la partie la plus isolée de l'appartement. Là, ils eurent à voix basse une assez longue conférence. Bientôt, un nouveau coup de tonnerre se fit entendre et nous retombâmes dans les ténèbres. Quand le Bon Dieu fut parti, une telle clarté nous fut rendue que la pièce où nous étions parut absolument embrasée. L'incendie du palais d'Armide ne jeta point autant de feux. Ils diminuèrent insensiblement, mais ce qu'il en restait éclairait la descente, du milieu du plafond, d'un monsieur mort depuis quinze ou vingt ans et père de quelqu'un de la compagnie, qui avait demandé à le revoir. C'était la caricature du Commandeur dans *Le Festin de Pierre*. Il appela son fils à haute voix, et l'invita en italien à s'approcher sans crainte. Celui-ci quitte sa place, veut embrasser l'auteur de ses jours et s'évanouit. Le chevalier sonne : nouvelles ténèbres. Deux valets de chambre entrent enfin avec des bougies et tous les secours sont prodigués au marquis Massini, de Milan, tombé en syncope. J'ignore jusqu'à ce jour s'il était bafoué ou mystificateur, mais sa frayeur me parut celle d'un honnête homme. »

La petitesse du talent se reconnaît à la grosseur des ficelles.

Goethe n'avait pas besoin de faire appel à de tels

artifices pour écrire *Faust,* ni Dante pour composer sa *Divine Comédie.* On trouvera ce récit du comte de Tilly dans son volume de mémoires imprimé en 1965 au Mercure de France.

On comprendra aisément que mon père était débordé et qu'en homme de goût, héritier d'un nom illustre, il n'avait aucune envie de faire face à pareille concurrence. J'ajouterai que les caprices de Catherine se portaient à présent vers un autre enchanteur, d'ailleurs parfait homme d'esprit, Diderot, qu'elle avait fait venir de France parmi d'autres curiosités que son ambassadeur lui faisait tenir régulièrement.

Mon père se trouvait donc passé de mode et son irritation, lorsqu'il voyait l'accueil fait à chaque imposteur venu de Paris ou d'ailleurs par ses anciens protecteurs, l'enfermait dans une morgue pénible à voir. Le fond de la bassesse fut atteint par un gibier de potence génois, Fiorellini. Celui-ci faisait apparaître à ses « initiés » de jeunes sorcières et alla jusqu'à faire assister ses « disciples » à des sabbats où, dans une atmosphère « surnaturelle », créée à l'aide de poudres de couleur et de feux grégeois, ces coquines s'accouplaient entre elles et avec des boucs. Malgré le secret dont ces séances étaient entourées — il fallait verser dix mille roubles au « diable », ce qui limitait l'entrée uniquement à l'élite — la chose finit par se savoir et Fiorellini fut pendu, cependant qu'une dizaine d' « initiés » furent condamnés à l'exil. La Russie n'était pas la France et la révolution ne s'approchait pas encore d'elle, à pas de loup, de licence en licence.

Face à une telle surenchère, mon père n'avait plus aucune chance de se maintenir en place. Et le discrédit dans lequel ces misérables imposteurs ne manquaient pas de tomber rejaillissait sur nous, car dans ce qu'il est convenu d'appeler les « mouvements d'opinion », la généralisation est de règle. Nos créanciers ne nous laissaient plus de répit et les nouvelles de la Cour étaient mauvaises. Un médecin allemand du nom de Schuller avait convaincu la tsarine que le laudanum et l'opium que mon père lui fournissait pour calmer ses migraines étaient fatals à sa constipation, laquelle ainsi encouragée, se portait à la tête. L'impératrice prit le parti de suivre les prescriptions de l'Allemand avec des résultats favorables, comme il arrive souvent, par le jeu de la psychologie, au début d'un traitement. De là à accuser mon père d'être un imposteur, il n'y avait qu'un pas ; la mort du comte Yassine survint à ce moment et, bien qu'il n'y eût pas l'ombre d'une preuve contre nous, l'ordre de quitter la Russie nous fut signifié un matin. Un sort plus terrible ne nous fut évité que grâce à l'intervention de Potemkine. Celui-ci avait toujours protégé les Italiens, parce qu'il aimait les oranges.

L'humain est une chute. Mon père s'effondra dès qu'il lut l'ordre signé de la main de Catherine, qui lui fut remis par un officier méprisant.

Giuseppe Zaga se tenait dans son fauteuil ; son attitude exprimait une sorte de banqueroute totale du rêve, des illusions entretenues avec acharnement. En le regardant, j'avais envie de crier à la puissance invisible qui présidait à notre théâtre, de faire baisser le rideau pour épargner au grand acteur qui ne savait plus son rôle et avait perdu tous ses moyens, l'humiliation, la pitié ou les huées du public.

Jamais Teresina ne lui avait marqué plus de touchante attention. Certes, ce n'était pas de l'amour, mais seulement la solidarité entre membres d'une tribu qui ne manque jamais de se manifester lorsqu'un des leurs rate soudain son numéro, tombe lourdement sur le tapis et reste écroulé, tête baissée, cependant que se déchaînent autour de lui les sifflets et les quolibets.

Teresina s'occupa de mon père comme d'un vieillard, avec une tendresse qui nous unissait tous les trois profondément et éveillait en moi je ne sais quelle fierté tribale. Les Juifs et les Tziganes connaissent bien cette ressource suprême commune à tous les faibles : vient un moment où le sentiment de notre extrême faiblesse nous donne la force et la fierté qu'il faut pour faire face au sort.

Nous entourâmes Giuseppe Zaga de tout notre amour. Nous n'étions pas déçus de l'entendre gémir, geindre, pris d'une pitié extrême envers lui-même, et son accent italien ne chantait jamais mieux notre patrie lointaine qu'à travers ces larmoiements, ces nasillements, ces appels à la Madone, cependant qu'il levait les yeux et les bras au ciel, comme nos marchands de Venise lorsqu'ils apprenaient que tous leurs vaisseaux avaient péri corps et biens.

— Mais qu'est-ce que je vais faire, Sainte Mère ? Qu'est-ce que nous allons devenir ?

Il se tenait écroulé lourdement à côté de la table qu'il frappait parfois à grands coups de poing impuissants. Teresina s'était agenouillée près de lui ; elle lui avait pris la main, levant vers son visage un regard souriant.

— Quand j'aurai payé mes dettes, il ne me restera même pas de quoi payer des chevaux jusqu'à la frontière !...

— Eh bien, dit-elle gaiement, nous partirons à pied. Je chanterai et je danserai dans les foires, tu feras des tours d'adresse, Fosco passera le chapeau à la ronde... Après tout, n'est-ce pas ainsi que Renato Zaga est venu de Venise à Moscou ? Et puis quoi, il faut nous retremper aux sources, c'est ainsi que l'on reprend des forces nouvelles, il n'y a pas de meilleure jouvence...

J'eus alors une très belle phrase dont je devais plus tard tirer grand profit dans la pratique de mon art :

— Les Zaga sont montés trop haut, il est temps de redescendre. Nous avons rompu avec nos racines, avec le peuple...

Mon père me regarda de travers :

— Le peuple, le peuple... Tiens !

Il fit alors avec l'avant-bras, toute la main et un doigt, ce geste obscène dont je n'aurais jamais cru capable un homme de sa distinction, mais qui me rassura, car il vint comme un démenti à ce que je venais de dire, prouvant que Giuseppe Zaga n'avait nullement rompu avec ses origines populaires.

Nous fûmes aidés par l'arrivée à Saint-Pétersbourg

d'Isaac de Tolède qui parcourait l'Europe avec ses trois fils ; il avait été chargé par le sanhédrin d'Espagne de porter aux Juifs de l'Europe de l'Est quelques-unes de ces fausses nouvelles qui raffermissent aux heures difficiles le cœur de la tribu d'Israël et lui permettent de tenir son baluchon prêt pour le grand retour.

Il s'agissait du rachat au Grand Turc de la terre de Palestine. Cela pouvait prendre encore quelque temps mais il fallait trancher d'abord une question épineuse, d'une haute importance. Isaac de Tolède venait pour en discuter avec les plus grands rabbis, Moshé de Berditchev, Ben Chour de Tversk et Itzak de Wilno. La question se présentait ainsi : N'était-ce pas manquer gravement de respect au Messie que de retourner dans la Terre promise *avant* et *sans* lui ? Ne fallait-il pas, tout étant prêt, attendre la venue du Messie, afin qu'il pût donner l'ordre du retour et ramener lui-même ses enfants au bercail ?

De quoi aurait l'air le Messie s'il arrivait en Palestine alors que son peuple y serait déjà ? Ne risquait-il pas d'interpréter une telle précipitation comme un immense *hutzpé*, un culot monstre, et même comme un manque de foi dans son retour ?

Isaac de Tolède en discutait avec mon père et ce dernier félicitait son vieil ami de cette ruse digne des plus fins diplomates. En réalité, il n'était nullement question de retour en Terre promise. Il s'agissait uniquement de créer et d'entretenir le sentiment de son imminence, afin d'aider les Juifs à tenir. Tout ce qui compliquait les choses et prolongeait le débat était d'un effet psychologique salutaire, calmant les impatiences et renforçant les espoirs. Isaac de Tolède allait de village en village, soulevant partout le débat, et le problème épineux qu'il exposait aux fidèles était si absorbant, offrait de telles possibilités de discussions passionnantes, et en même temps donnait au grand Retour et à la Venue du Messie un caractère si réaliste, que la diaspora de Pologne et de Russie y puisait la force nécessaire à sa survie au milieu des pogroms, sévices et exactions dont elle était l'objet. Grâce à ces discussions sans fin, les mois aidaient les années à passer et les années aidaient les siècles.

Isaac ne négligeait pas les affaires pour autant et il proposa à mon père de prendre la tête d'une entreprise qui réunirait pour la première fois, sous une tente que l'on irait planter à travers l'Europe, la grande tribu des amuseurs : jongleurs, acrobates, escamoteurs, musiciens, chanteurs, comédiens, chiens savants et animaux étranges, ainsi que les monstres de la nature, dont deux frères allemands indissolublement liés par un côté, et d'autres créatures susceptibles de provoquer l'émerveillement du public. On ne pouvait plus attendre, disait Isaac de Tolède, que les couches populaires parviennent à ces hauteurs où l'œuvre véritable est prodiguée dans toute sa splendeur ; il fallait que l'art eût assez d'humilité et de générosité pour descendre jusqu'aux foules privées de ses merveilles. Goethe, Schiller, tant d'autres seigneurs de l'esprit, ne prodiguaient leur génie qu'aux privilégiés de la fortune et de l'instruction. Il fallait enfin faire quelque chose pour les grandes foules sevrées d'enchantements.

Mon père refusa.

— Ma mission est d'élever les âmes et non pas les veaux à deux têtes, dit-il. Et puis...

Il hésita un moment.

— Des temps meilleurs vont venir. Tu sais que nous n'avons pas le droit de lire notre propre avenir. Mais une prédiction m'a été faite il y a un siècle environ par Sir Alistair Crowley, le célèbre initié anglais, qui m'a serré un jour sur son cœur : il m'avait croisé dans la rue et avait reconnu en moi un compagnon de l'éternité. Il venait d'être pendu quelques jours auparavant, mort à laquelle il avait dû avoir recours afin d'aller chercher de nouvelles instructions et de nouveaux chiffres magiques dans l'au-delà, ses communications avec Satan ayant été interceptées et leur code décrypté par la police anglaise...

326

Je découvrais dans la voix moqueuse de mon père un ton encore nouveau pour moi : celui de l'humour. Mais sur le long visage osseux d'Isaac de Tolède errait une expression de plaisir, cependant qu'il reconnaissait les accents de cette douloureuse drôlerie, de cet art de se défendre au milieu des pires désespoirs, dont sa race avait si bien appris à se servir pour survivre. Il approuvait de la tête, lissant sa barbe de ses doigts de virtuose.

— Selon cette prédiction, après des moments difficiles, la vieille tribu des Zaga connaîtra des triomphes nouveaux... Il lui faudra simplement dispenser l'illusion sous des formes différentes, lui donner des modes d'expression plus conformes aux besoins profonds de l'âme humaine... Je ne pense pas que ce soit, comme jadis, sur ces tréteaux où nos ancêtres montaient pour jongler. Je crois que les tréteaux seront différents, et que M. Goethe, M. de Voltaire et ceux qu'on appelle les « philosophes » sont beaucoup plus proches de la nouvelle vérité... Mon fils semble manifester des dispositions dans ce sens...

Isaac de Tolède tourna vers moi un œil attentif, sous des sourcils épais et tombants qui fournissaient à l'expression du regard une cachette aux ombres propices. Je ne puis mieux décrire ce regard qui me tâtait et me soupesait comme une étoffe qu'en disant ceci : j'avais l'impression d'avoir trouvé mon premier éditeur.

Il força mon père à accepter cent mille roubles et l'assura qu'il allait obtenir des Juifs créanciers ce qu'on appelait alors dans le langage des affaires le « silence » de la dette. Lorsque mon père, les larmes aux yeux, serra la main de ce vieillard éternellement jeune, cherchant à exprimer sa gratitude, celui-ci lui dit :

— Tu ne me dois rien. Je fais une bonne affaire. Les Juifs savent qu'on ne fait jamais une mauvaise affaire lorsqu'on fait confiance à l'imagination.

Le destin se mit brusquement à nous sourire. Les

constipations de Catherine s'aggravèrent au point que les popes organisèrent des prières spéciales dans les églises afin d'obtenir sa délivrance. Les souffrances de l'impératrice provoquèrent la célèbre remarque de Voltaire : « Sa Majesté Russe a tous les pouvoirs, sauf un seul », et celle du prince de Ligne : « La Russie est le seul pays au monde où le peuple prie pour la libération de l'impératrice. » Or, mon père avait reçu quelques jours auparavant un nouveau remède découvert en Angleterre, l'écorce broyée d'un arbre des Indes. Il le fit parvenir à l'impératrice. Quarante-huit heures plus tard, celle-ci nous faisait cadeau de quarante mille roubles, de notre palais Okhrennikov et de notre domaine de Lavrovo, qui avaient été cédés à nos créanciers et que Catherine leur reprenait ainsi. Elle rapportait en même temps l'ordre d'expulsion, mais mon père avait subi trop d'humiliations dans ce pays pour songer à y demeurer. Et il ne tenait pas non plus à dépendre de l'efficacité d'un remède, laquelle ne pouvait manquer d'aller en s'amenuisant. Nous continuâmes nos préparatifs de départ, n'attendant plus que la bonne neige pour quitter Saint-Pétersbourg.

XXXVIII

Le 27 février, alors que les coffres fermés encombraient le vestibule, et que nous distribuions les derniers cadeaux aux domestiques qui ne se consolaient pas de notre départ, le vieux Foma vint nous informer qu'un traîneau s'était arrêté devant la porte cochère, et que le cocher insistait pour parler à *gospoja* Teresina, et à personne d'autre. Le cocher refusait de s'éloigner de son attelage et priait la *barynia* de venir elle-même. Mon père dit à Foma d'envoyer l'insolent à tous les diables, mais la curiosité de Teresina était éveillée; elle mit sa pelisse, car le froid mordait sérieusement, et sortit. Elle revint quelques minutes plus tard, paraissant légèrement troublée, ou plutôt étonnée. Son regard allait de mon père à moi avec une certaine hésitation.

— Venez, nous dit-elle.

Nous traversâmes la cour sous la petite neige qui tombait et nous nous trouvâmes devant un traîneau dont l'arrière était couvert d'une méchante bâche. Le cocher était debout, le fouet à la main. Il me parut que je connaissais ce visage rond, aux pommettes saillantes, barbu, mais en hiver tous les moujiks se ressemblent.

— Regardez, dit Teresina.

Elle souleva légèrement la couverture. Il faisait sombre et je ne reconnus pas immédiatement l'objet qui se révéla à mon attention. Je m'attendais si peu à voir le visage mort du lieutenant Blanc apparaître sous le coin d'une bâche puante que je crus d'abord être le jouet d'un de ces tours d'imagination qui devaient me valoir plus tard tant de succès dans l'exercice de ma profession. Les yeux du Français étaient ouverts. Ses traits ne portaient pas encore les marques de *rigor mortis* : sa fin devait être récente. Un peu de sang s'était figé à un coin de sa bouche, mais n'avait pas encore tourné au noir.

— Nous ne connaissons pas cet homme, dit mon père avec une présence d'esprit admirable.

Teresina tourna vers le cocher un regard innocent.

— Qui est-ce ? demanda-t-elle.

Je reconnaissais à présent le cocher. C'était le Cosaque Ostap Moukine, un des coquins qui servaient Blanc et constituaient sa garde personnelle. Notre réaction parut le frapper d'une telle émotion qu'il se mit à suer, malgré le froid glacial. Il ôta sa chapska et s'essuya le visage.

— Je ne vois pas du tout pourquoi vous nous amenez ici ce corps, dit mon père.

Ostap loucha vers nous et soupira :

— Il a été blessé hier dans un accrochage avec les *streltzy*, dit-il. Il s'était mis en tête de venir vous voir. Il y a cinq mois qu'on bat la campagne avec un groupe de *rebiat*, de gars... On voulait passer en Pologne. Mais il s'était mis en tête de venir vous trouver...

— Tiens, pourquoi ? demanda mon père.

J'observais Teresina. Elle contemplait le visage du mort avec la plus profonde indifférence. Je ne puis nier la volupté que j'éprouve à écrire ces mots : « Elle le contemplait avec la plus profonde indifférence. » On m'accusera sans doute de cruauté, et on s'étonnera qu'après tant d'années ma rancune et ma jalousie puissent se complaire à de si pauvres règlements de comptes. Mais je suis ici chez moi. Ces pages m'obéissent. Je dis ce qui me plaît, je crée ce que je veux, j'invente avec l'abandon de la sincérité la plus com-

330

plète, dans la fidélité scrupuleuse à moi-même, et si je me donne ici la délectation d'écrire que Teresina « contemplait le visage du mort avec la plus profonde indifférence », cela prouve seulement l'humilité avec laquelle je livre mes sentiments les plus intimes au lecteur, le mensonge n'étant dicté ici que par le souci de la vérité. Je sais — pourquoi le nierais-je? — qu'un sourire satisfait, cruel, erre sur mes lèvres pendant que ma plume court sur le papier et ma joie est grande de pouvoir livrer ainsi la dépouille de mon rival haï au regard indifférent de Teresina. Les lecteurs bienséants, épris du comme-il-faut, sont priés d'évoquer ici à leur aise l'image d'une Teresina en proie au désespoir le plus déchirant et se jetant sur le corps de son amant pour le couvrir de tendres baisers et de pleurs. A chacun selon sa faim.

Mais je m'aperçois que je viens d'épuiser la satisfaction que l'indifférence de Teresina devant le cadavre de l'aventurier m'avait procurée, et avec votre permission, mais tout aussi bien sans elle, j'irai un peu plus loin :

— *E, per Bacco!* s'exclama Teresina. Qu'est-ce que c'est que cette façon de livrer quelque chose qui ne vous a pas été commandé?

Ici, je vais poser un instant la plume pour me frotter les mains et m'esbaudir. Peut-être trouvera-t-on que je jouis à bon compte, et qu'au lieu de me vautrer dans les paroles cruelles que je prête à ma Teresina, j'aurais pu m'abstenir de mentionner le lieutenant Blanc et de m'infliger cette inutile torture. Malheureusement, l'imagination ignore les mensonges et ses lois sont bien plus implacables qu'on ne croit généralement. Si je veux rendre vie à Teresina, il me faut accepter de souffrir. Il n'y a sans cela ni vie ni amour. Et l'on pourrait tout aussi bien douter de la vérité et de ma parole en arguant des siècles écoulés depuis ces temps que je décris, et me démontrer aimablement que je ne puis être en vie aujourd'hui, et avoir été en vie alors... Je vous ai déjà donné pourtant le secret de cette immortalité : j'ai charge d'amour.

— *E, per Bacco,* qu'est-ce que c'est que cette façon de livrer quelque chose qui ne vous a pas été commandé ?

Le Cosaque lui jeta un regard triste et ne répondit rien.

— Nous n'avons jamais vu cet homme, dit mon père. Tenez.

Il fouilla dans sa bourse et tendit au cocher une pièce d'or.

— Allez boire un verre à sa santé.

Je regardai le visage du Français. Je ne sais s'il s'agissait d'une prémonition et si je sentais confusément que j'allais encore avoir affaire à lui et qu'il me fallait donc apprendre à le reconnaître. La rigidité cadavérique commençait à s'installer et à accentuer la dureté des traits. Ce qu'il y avait de fanatique et d'impitoyable dans sa nature ressortait ainsi d'une manière encore plus forte, comme si la mort avait voulu tirer de lui ce qu'il avait de plus essentiel. Je ne pus m'empêcher de frissonner et de détourner mon regard.

Je devais revoir Blanc plus d'une fois, au cours des longues années qui m'attendaient. En 1919, alors qu'il était commissaire du peuple, Blanc faisait enfoncer des clous dans les épaulettes des officiers tsaristes faits prisonniers. C'est un fait historique : les lecteurs qui m'accuseraient d'excès dans l'exercice de mon métier n'ont qu'à se renseigner. Ce fut encore lui qui mena à bien, sur l'ordre de Staline, l'exécution des officiers polonais à Katyn. Doué d'une ubiquité et d'une immortalité que seule confère la toute-puissance des passions politiques, il devint ensuite un des enfants chéris d'Hitler, non sans avoir déjà milité à la fin du XIXe siècle parmi les lanceurs de bombes dans les rangs des anarchistes, où il avait trouvé une fois de plus cette mort provisoire dont la haine et le fanatisme sortent toujours plus vivants et plus ardents. Mais je ne comprenais pas encore cette force élémentaire dont les détenteurs ne périssent que pour mieux renaître, et lorsque Ostap sauta sur le siège et fouetta ses chevaux, je crus vraiment que le Cosaque emportait vers un trou dans la forêt glacée la dépouille mortelle d'un homme dont je n'entendrais plus jamais parler.

Il n'était plus question à présent de retarder notre départ. Un des compagnons de Blanc pouvait venir soudain frapper à notre porte ou nous dénoncer et notre situation était déjà suffisamment précaire. Les convois pour la Sibérie partaient chaque semaine et une bonne moitié des prisonniers mouraient en route.

Nous quittâmes Saint-Pétersbourg le surlendemain, après avoir distribué aux serviteurs tout ce que nous ne pouvions emporter.

Il fallait encore régler certaines affaires et notamment la vente de Lavrovo et du palais Okhrennikov; l'acheteur éventuel, le marchand Ivan Pimov, sachant que nous étions bannis, faisait traîner les choses en longueur, espérant obtenir le domaine et la maison à vil prix. Il fut décidé que notre fidèle Ugolini demeurerait à Saint-Pétersbourg le temps nécessaire pour conclure la vente dans de bonnes conditions. Je ne devais plus jamais le revoir. Il fut emporté par une crise cardiaque quelques jours après notre départ. Notre ami pressentait sa fin prochaine et les adieux furent déchirants. Il me serra longuement dans ses bras, ses larmes me mouillaient le visage. Je lui rappelai alors que notre séparation serait de courte durée et que nos retrouvailles sur la lagune allaient donner à la fête vénitienne un éclat de bonheur plus merveilleux encore que celui dont elle était déjà si bien pourvue. Les minces sourcils du cher homme se levèrent en leur milieu, ce qui lui donnait un air triste de vieux Pierrot, et ses yeux en boules de loto, d'habitude si mobiles, se fixèrent sur mon visage dans une expression de peine infinie. Il soupirait, secouait la tête.

— Je ne sais pas, Fosco, mon petit, je ne sais pas... Il se passe là...

Il touchait sa poitrine à l'endroit du cœur.

— ... Il se passe là de drôles de choses. On y refuse de jouer son rôle. Le vieux saltimbanque dans mon sein commence à se lasser du personnage. Ce pourrait être la fin de la *commedia*, ce dont je ne me plaindrais point si je vous aimais moins...

Pour cacher mon inquiétude et refouler mes larmes, je me mis à rire et lui annonçai qu'il allait vivre encore cent ans et que j'avais même assez d'imagination pour le rendre immortel.

Avant de quitter pour toujours le palais Okhrenni-kov, je montai au grenier pour jeter un dernier regard sur cet attirail de l'illusion qui avait enchanté mon enfance. Les masques traînaient dans les coins, leurs yeux vides ouverts sur la poussière du plancher. Certains parmi eux étaient vieux de plusieurs siècles et avaient caché bien des visages charmants ; j'en ramassai un, brodé de fils d'argent et de bistre, avec une perle cousue au coin de chaque œil : il paraissait pleurer la fête vénitienne et tous les carnavals évanouis. Des polichinelles désarticulés sortaient à demi des coffres, les bras pendants, la tête baissée, dans une profonde tristesse, car il n'est pas d'art plus nonchalamment cruel et déchirant que celui de l'abandon. Les marionnettes de Colombine, du Capitaine et de Sganarelle étaient unis dans la fraternelle prostration des choses inertes, ayant perdu une fois pour toutes la bataille sempiternelle que la comédie livre à la vie. Je glissai dans ma poche le document que Faust avait signé de son sang et qui se trouvait là sans doute parce que le Diable, un jour qu'il avait besoin d'argent, l'avait vendu aux amateurs de pièces rares. Les vieux ouvrages épais consacrés à l'immortalité de l'âme, et dont les plus sages donnaient la recette qui permettait d'éviter une telle calamité, traînaient à côté de quelques autres vieilles boîtes à musique. Je jetai un dernier coup d'œil aux manuels d'alchimie qui indiquaient les moyens infaillibles de fabriquer de l'or. Nous apprîmes plus tard que mon père avait eu le plus grand tort de les abandonner en Russie ; ils furent en effet utilisés contre les Juifs, car la plupart étaient rédigés en hébreu, ce qui démontrait d'une manière pour ainsi dire matérielle et indélébile le lien unissant la race maudite et Mammon. Je promenai pour la dernière fois ma main sur la collection de talismans et glissai dans ma poche les plus petits et les plus faciles à emporter. La plupart conféraient l'immunité contre les maladies, le mauvais sort et éloignaient la mort ; ce sont aujourd'hui des objets qui n'ont cessé d'augmenter de valeur et qui sont très recherchés, non à cause des immunités qu'ils confèrent, lesquelles semblent s'être émoussées à l'usage, mais pour leur rareté et leurs qualités artistiques. Je ne puis m'empêcher de sourire en pensant à toutes ces fioles où se desséchaient les restes des philtres d'amour, des eaux de jouvence et des élixirs de vie éternelle ; ces vieilleries n'ont plus ni sens ni effet et l'amour se passe aujourd'hui si bien de philtres qu'il se passe même fort bien de l'amour.

Les larmes me montaient aux yeux, car je savais que je faisais mes adieux non seulement au grenier du palais Okhrennikov, où j'avais passé tant d'heures à rêver de merveilleux, mais aussi à la forêt de Lavrovo, à mes vieux amis les chênes, aux dragons, aux sorciers et à Baba Yaga, que l'on dit mère de tous les maléfices mais qui est en réalité seulement celle de tous les enfants. Puis je tournai le dos à ces lieux que je n'avais point connus et où je n'étais jamais venu — c'est ce que j'essaie en tout cas de me dire aujourd'hui, lorsque la nostalgie se fait trop déchirante et lorsque l'enfant qui se tient à mes côtés ne cesse de me raconter des histoires auxquelles le vieil homme que je suis n'a plus droit.

XXXIX

Nous nous enfonçâmes dans la nuit blanche bien avant que se mettent à retentir les cloches des matines à la cathédrale de Sainte-Vassilissa. Dès que les chevaux eurent quitté la ville, mon père nous surprit en se mettant à chanter de sa belle voix de baryton *dolce suave*, comme on dit chez les gondoliers. C'était sans doute le résultat de longs mois de tension, d'insomnies et d'inquiétude, car il ne se laissait pas aller facilement à de telles manifestations de légèreté, fort contraires à l'air mystérieux et ténébreux dont il ne se départait jamais en présence d'étrangers.

Nous fîmes plusieurs jours de voiture en compagnie du nain hollandais, l'illustre docteur Van Kroppe de Jong, un homme d'une extrême courtoisie, d'une grande science et d'une taille si petite que l'impératrice Catherine, à qui le prince de Ligne l'avait offert, le faisait accompagner partout d'un valet pour empêcher qu'on ne lui marchât dessus.

Les nains traversaient à cette époque des heures difficiles. Après avoir été les compagnons et amuseurs préférés des grands, ils avaient passé de mode et n'étaient plus considérés comme de bon goût. On estimait que leur présence sentait encore le Moyen Age et que le divertissement qu'ils procuraient était grossier ; je crois que ce fut la venue de Voltaire à la Cour de Frédéric qui sonna le glas des bouffons.

Le docteur de Jong avait profité largement de la générosité des princes et comptait se retirer dans ses terres près d'Utrecht, mais il nous dit que la plupart de ses semblables, surtout les jeunes, étaient dans une situation pénible. Il restait le peuple, mais après avoir connu les Cours princières, se rabattre sur les tréteaux des foires était humiliant. Ceux qui s'étaient résignés à cette disgrâce cherchaient à s'assurer le concours de géants, car le public riait à gorge déployée dès qu'apparaissait en scène un tel couple, mais les hommes de très grande taille étaient difficiles à trouver. Le prince de Wurtemberg avait créé un village de nains à côté de Wagen ; il y avait des boulangeries, des boucheries et toutes sortes d'échoppes tenues uniquement par des nains et le public venait de très loin pour les voir.

Le docteur de Jong mesurait quatre-vingts centimètres et avait une barbe noire qui lui arrivait aux genoux. Pouchkine devait s'inspirer de lui plus tard lorsqu'il écrivit son grand poème *Russlan et Ludmilla*, bâti autour d'un personnage de nain diabolique, capable de voler dans les airs par la seule puissance motrice de sa barbe. C'était un homme fort versé dans les sciences, et je trouvai dans la correspondance du prince de Ligne le passage suivant, qui lui est consacré : « J'ai reçu ce matin M. le nain Van Kroppe de Jong, qui est venu solliciter mon appui auprès de l'académie d'Utrecht, où il désirerait représenter les mathématiques. Il a des idées fort étranges. Il m'a entretenu pendant une heure de sa théorie, selon laquelle le temps passerait d'autant plus lentement qu'on s'éloignerait davantage de la terre et des hommes. Bien que je n'eusse rien compris à sa démonstration, je fus extrêmement diverti par l'assurance avec laquelle une si petite personne parlait de l'infini. Nous avons beaucoup ri après son départ. J'ai recommandé à M. Voittier de le pressentir pour son théâtre, car il possède au plus haut degré le don du comique involontaire, lequel porte toujours d'autant plus qu'il est moins conscient de lui-même et qu'il s'accompagne de grand sérieux. M. le nain m'a expliqué que sa théorie mathématique, laquelle postule le ralentissement du temps au fur et à mesure que celui-ci quitte la terre et s'enfonce dans les sphères célestes, a une grande portée philosophique. En effet, selon lui, lorsque le temps arrive auprès de Dieu, il se couche à Ses pieds et s'arrête complètement, ce qui donne l'éternité. La drôlerie de cet être diminutif discutant d'éternité et d'immensité ne manque pas d'un certain côté pathétique, car elle ne fait que traduire la souffrance que lui cause sa petitesse et l'envie déchirante qu'il a de grandir. »

Nous étions fort à l'aise pour deviser dans notre chaise de poste qui s'enfonçait dans la nuit ; l'intérieur était spacieux, les sièges bien rembourrés et l'on glissait agréablement sur la neige abondante. Teresina écoutait M. de Jong en s'attendrissant sur ce pauvre petit peuple qui avait perdu le don de plaire et qui était abandonné par les princes comme un jouet démodé.

— Ah, madame, disait M. de Jong, en la regardant gravement par-dessus ses besicles, croyez-moi, il est bien difficile d'être un homme exceptionnel. Les gens n'aiment guère ceux qui se singularisent en s'écartant hardiment des mesures communes. Secrètement, voyez-vous, on se méfie des petits. Vous avez sans doute pu constater que plus les gens sont grands, et plus ils sont bêtes, car le corps tire à lui la substance nourricière qui devait aller au cerveau. Notre petite taille nous a condamnés à l'esprit, à l'intelligence, à l'habileté ; je n'ai point connu de nain qui ne fût un grand politique. Il faut beaucoup de petitesse, madame, pour apprendre et comprendre l'humain. Si vous me permettez cette expression un peu hardie, Érasme et Montaigne étaient des nains.

Nous arrivâmes au relais tard dans la nuit et pendant tout ce temps-là, M. de Jong ne cessa de parler de la grandeur des nains ; il prenait tant de place et faisait montre de tant d'importance que mon père me glissa à l'oreille :

338

— Nous voyageons avec un géant.

L'air des grands chemins paraissait avoir rendu à Giuseppe Zaga toute sa confiance en lui-même. Il nous faisait part de mille projets ; on eût dit qu'à l'approche de l'Occident et de ses lumières, il sentait renaître en lui une foi nouvelle dans ses talents, comme s'il sentait que l'art de l'illusion attendait là-bas au seuil de ses plus enrichissantes conquêtes, dont il semblait déjà entrevoir à l'horizon des siècles futurs les possibilités infinies. Il nous annonça que l'art allait de plus en plus dépendre de la puissance du verbe, laquelle se nourrirait de la beauté des idées. Afin de conserver cette beauté intacte, ces idées ne seraient jamais réalisées et il serait interdit d'y toucher.

Giuseppe Zaga parlait avec une telle sincérité que Teresina s'inquiéta et que j'en vins moi-même à me demander s'il n'était pas atteint du mal qui fut fatal à plusieurs membres de notre tribu, mal qui consiste à se prendre au sérieux au point de se prodiguer à soi-même cette poudre d'or de l'illusion qui n'est bénéfique aux enchanteurs que s'ils la jettent aux yeux de leur public. J'ai connu nombre de mes confrères qui se sont pris à leur propre jeu au point de ne plus savoir que tout notre art est tendu vers un seul but : faire oublier au public qu'il ne s'agit que d'art. Mais nous ne devons jamais l'oublier nous-mêmes, sous peine de perdre cette sûreté de main et cette adresse qui s'accommodent mal des émotions par trop sincères.

J'eus vite fait de comprendre cependant que mon père ne déclamait ainsi, la main sur le cœur et l'authenticité aux lèvres, que pour se mettre en forme et huiler ses mécaniques à l'approche de l'Occident.

Je fus tout à fait rassuré à cet égard à la frontière de la Bohême lorsque nous nous arrêtâmes dans une auberge à l'enseigne du *Prince Charmant*. Nous y trouvâmes deux hussards de l'armée autrichienne. Ils rentraient de Pologne où venait d'expirer la liberté d'un peuple ; ce peuple a depuis étonné le monde par son aptitude à expirer et à renaître, ce qui semble d'ailleurs être le propre de la liberté. Ils battaient les cartes sur une table crasseuse et je remarquai qu'il y avait là un petit tas d'or qui ne changeait guère de mains et ne paraissait avoir d'autre raison d'être que d'attirer les mouches. Au regard nonchalant mais aimablement intéressé que mon père jeta à cet appât, je reconnus que l'auteur de mes jours se portait bien et qu'il n'avait été nullement contaminé de cette pureté excessive fatale à tous ceux qui vivent du public.

Nous prîmes notre repas en compagnie du seigneur de Jong qui se caressait la barbe d'un air rêveur et semblait, lui aussi, sensible à ce charme que l'or exerce sur tous les vrais amateurs de beauté.

Le gibier était faisandé à point, le vin de Tokay soutenait plaisamment le renom de la Hongrie proche. Teresina, un peu pâlotte depuis quelques jours, se retira aussitôt le souper fini, avec la discrétion souriante dont sait témoigner l'intuition féminine en présence d'une bonne affaire. Un des officiers, un gaillard aux belles moustaches, et doté d'un fier organe olfactif, faisait sonner négligemment les pièces d'or.

Mon père laissa errer un regard rêveur sur l'épaisse barbe noire du docteur.

— J'ai là, dit-il, deux jeux de cartes identiquement pareils, si vous excusez ce barbarisme.

— Lorsqu'on voyage, dit M. Van Kroppe, c'est une précaution qui s'impose.

— Je suis également partisan de la morale, médita à haute voix mon père. Celle-ci nous enseigne qu'il ne faut jamais hésiter à donner une bonne leçon à ceux qui n'en observent pas les règles.

— Je partage cette philosophie, dit le petit docteur, et je suis également prêt à en partager avec vous les bénéfices.

Avec la dextérité légendaire des Zaga, mon père lui glissa un jeu de cartes.

— Sous la barbe, suggéra-t-il.

— Je ne connais pas de lieu plus sûr, dit notre aimable ami.

Le Magyar, ayant fait sonner quelques fois encore les écus, se leva et s'approcha de notre table.

— Messieurs, dit-il, nous nous ennuyons à mourir. Voilà dix jours que nous attendons la chaise de poste pour Prague, mais elle nous passe chaque fois sous le nez, car toute l'armée autrichienne emprunte cette route et les généraux et les colonels sont bien connus pour leur manque de courtoisie envers les lieutenants. Nous sommes probablement condamnés à rester ici jusqu'à ce qu'un avancement, d'ailleurs hautement mérité, nous permette de faire état à notre tour de notre gradé. Nous tenons là une petite banque, pour tuer le temps...

Mon père se leva.

— Permettez-moi de vous présenter l'illustre docteur Van Kroppe de Jong, le philosophe, dit mon père.

— Mais, bien sûr, dit l'officier. N'est-ce pas vous, monsieur...

Il hésita.

— Parfaitement, bougonna le docteur. J'ai démontré l'immortalité de l'âme par les mathématiques, ce qui m'a causé les pires ennuis avec l'Église. Ils prétendent que vouloir prouver scientifiquement l'immortalité de l'âme, c'est manquer de foi.

— Une petite partie ? suggéra l'officier.

— Je ne vois pas ce que le mot « petit » vient faire là-dedans, grommela le nain, en travaillant de la fourchette. Je veux bien vous aider à tuer le temps, mais je vous préviens que ma condition physique m'a rendu extrêmement méfiant. Les circonstances qui m'ont fait naître et qui m'ont rendu tel que je suis me paraissent déjà en elles-mêmes extrêmement louches et me font croire à l'existence d'une conspiration métaphysique dont je suis la victime. La chance est contre moi, mais cela ne m'empêche pas de me défendre. Ce qui veut dire que je ne joue qu'avec mes propres cartes. Ce n'est pas une offense, monsieur l'officier, croyez-le bien, c'est une philosophie.

Le lieutenant s'inclina.

341

— On ne saurait mieux parler, dit-il.

Il fut entendu que la banque passerait aux valets et qu'on jouerait à la tierce, c'est-à-dire au neuf, à la dame et à l'as, ce qu'on appelait alors la « cavalerie ».

J'ai toujours pris le plus grand plaisir à voir mon père manipuler la carte, car sa dextérité évoquait la main de nos ancêtres, les premiers baladins du *broglio*, ceux qui exerçaient leur métier bien avant qu'il ne nous fût venu de si hautes ambitions — ou prétentions. Ce soir-là, il se surpassa, car je crois qu'avant d'aborder l'Occident, où la concurrence était si grande, et où l'art accédait à des sommets nouveaux, il éprouvait le besoin de se retremper aux sources et de mettre à l'épreuve la sûreté de sa main et son adresse d'escamoteur.

Les deux lieutenants furent plumés si vite et si bien qu'au bout d'une heure, n'ayant plus de mise, ils s'offraient à signer des papiers, ce qui provoqua le fou rire du docteur Van Kroppe. L'aubergiste juif qui nous accompagna dans nos chambres nous expliqua qu'il y avait deux semaines que les deux *schüler*, ou tricheurs professionnels, tenaient là leurs quartiers, car l'endroit était un grand carrefour de l'Europe et fort fréquenté, en raison de l'affaire polonaise. Il s'agissait des frères Zilahy, qui furent plus tard jugés et pendus dans l'affaire des soixante-douze Polonaises qu'ils avaient épousées, pour les expédier ensuite dans les harems turcs.

Je crois que, de tous les temps que j'ai vécus, les années 1775 furent les plus passionnantes, parce que l'Europe des princes à son déclin voyait éclore toute une faune d'aventuriers, de picaros et de gredins sans scrupules mais non dépourvus d'imagination, et dont certains éveillaient dans mon cœur le même frisson délicieux, et dans mon esprit, la même curiosité que les monstres merveilleux que mon œil avait appris à discerner dans la forêt enchantée de Lavrovo. L'approche de temps nouveaux se manifestait par ce pourrissement propice aux grands craquements qui donnait à la société une saveur, certes, blâmable, du point de vue de la morale, mais qui avait toute la richesse faisandée, la variété et le goût des fromages parvenus à l'apogée de leur mûrissement et prêts à être servis.

XL

Nous entrâmes dans Prague par un matin gris et
strié des flocons d'une neige errante qui semblait trop
légère pour tomber et ne touchait terre que pour
s'évanouir aussitôt ; la ville était posée sur les collines
et le fleuve comme une immense araignée de pierre. En
passant devant le château de Hradtchine, nous croisâmes la procession de saint Jean, patron des tailleurs
et des drapiers. En Bohême, les cierges ont taille
d'homme ; ils étaient épais et jaunes, suintant à travers
les brumes leur présence fantomatique ; la procession
était comme effacée par la grisaille, la neige et les
vapeurs humides du sol. J'en reçus l'impression d'un
monde qui hésitait au bord de je ne sais quelle
décomposition ou de la tombe, et au même moment,
ayant regardé le visage de Teresina pour me réchauffer
le cœur, j'aperçus ou crus apercevoir qu'il avait pris
une sorte de transparence et d'imprécision. Mon
regard avait peine à la contenir, comme si mon
imagination, brusquement épuisée et défaillante, se fût
trouvée en proie à un de ces assauts de la réalité qui
réussissent parfois à prendre par surprise ceux qui se
mettent à douter d'eux-mêmes. Je touchai sa main :
elle était glacée. Mon père avait également remarqué
ce soudain naufrage, cette évanescence des traits devenus irréels ; j'appuyai mes lèvres contre ses tempes :
elles paraissaient avoir été gagnées, elles aussi, par ce

froid dont Prague, plus que toute autre œuvre de pierre, paraît avoir hérité. Teresina me sourit et, d'un seul coup, toutes nos craintes s'évanouirent, car le sourire nous la restituait dans une gaieté, un rayonnement, qui firent fuir en un instant les bêtes glapissantes de la peur. Ce n'est rien, nous expliqua-t-elle, la fatigue du voyage, et puis... Elle me caressa le visage, et le sourire, bien qu'elle ne cessât de nous l'offrir, se voila à demi de tristesse. Et puis, reprit-elle, Fosco a laissé son enfance derrière lui, là-bas, sur cette terre russe, le grenier où il rêvait, et cette pauvre vieille forêt de Lavrovo qui doit être bien triste, à présent, livrée au seul dragon véritable, au seul vrai monstre qui l'habite, et qui a nom *réalité*... Fosco est devenu un homme et peut-être ne m'aime-t-il plus comme avant, ce qui ne pardonne jamais aux créatures de rêve... Je me récriai. D'une voix tremblante, car j'étais en proie à une étrange terreur, peut-être parce que je sentais que Teresina avait raison et qu'ayant quitté la terre de mon enfance, j'avais rompu avec une partie pourtant essentielle de moi-même, je jurai que si l'amour pouvait vraiment aller et venir ainsi selon l'âge, les forêts, les greniers et les latitudes, il ne pouvait s'agir que de l'amour d'un autre et non du mien. Ah bah! dit Teresina, et je ne sais s'il y avait dans sa voix de la résignation ou de l'insouciance, ah bah! ce qu'il nous faut, c'est un bon feu, des violons et *La Valse des sourires* : plus les miasmes sont morbides et plus ils ont horreur de la gaieté.

Nous descendîmes à la fameuse hostellerie de Jean Huss, où l'on vous montre encore la place et la table où Bénézar Ben Zwi écrivit sa célèbre confession. Le créateur du Golem fut un de nos plus illustres prédécesseurs et mon père m'en avait toujours parlé avec la plus grande admiration, bien que son tempérament vénitien ne se plût guère à des enchantements aussi sombres. Contrairement à ce qu'enseigne l'Histoire et à ce qu'il a raconté lui-même, il n'est nullement certain qu'il fut la victime tragique de son œuvre : il est plus que probable qu'il a inventé ce dénouement, afin de donner plus de portée à sa création. Mon père avait rendu visite à Bénézar Ben Zwi au moment où celui-ci désespérait parce qu'il ne trouvait pas ses différents ingrédients et ignorait les proportions dans lesquelles ils devaient être mélangés à la glaise pour fabriquer le *Golem*. Ben Zwi avait passé une grande partie de sa vie à peindre et ne s'était mis à la sculpture, dans le but de créer un homme nouveau, qu'à l'âge de soixante-cinq ans. Mon père disait qu'il était plongé dans la plus grande misère mais continuait à se vouer corps et âme à la poursuite de son chef-d'œuvre. Il vivait dans un souterrain du ghetto, très mal vu des autres Juifs, car la peinture et la sculpture s'étaient à ce point compromises avec la religion catholique que tout Juif qui s'y adonnait passait pour un renégat. Lorsque mon père était venu le voir, Bénézar Ben Zwi était au bord du renoncement. Son logis souterrain était souillé par la glaise et toutes sortes de substances puantes et d'essences parfumées qu'il y mélangeait.

— Je veux créer un homme nouveau, qui bâtirait un monde nouveau et le mènerait vers la lumière des idées nouvelles, marmonnait-il. Un homme qui serait différent de tout ce qui a été fait dans ce genre jusqu'à ce jour, bien que ce ne soit là en rien une critique de nos grands anciens de la Renaissance... Mais où trouver le matériau ?

Ce fut mon père qui lui donna l'idée. Il me l'a dit, et je le crois. Car c'était une idée dans la grande tradition des Zaga.

— Il n'existe qu'un matériau pour ce genre de création, dit mon père. C'est l'encre et le papier. Avec de la bonne encre sur du bon papier, et avec ta belle imagination juive, tu arriveras à créer l'homme nouveau et le monde nouveau.

La lumière se fit dans l'esprit du pauvre enchanteur.

— *Mazeltov !* cria-t-il. Dieu soit loué !

Et c'est ainsi que Bénézar Ben Zwi donna vie à son Golem immortel, avec de l'encre et du papier. L'écrivain Gustav Meyrink en tira lui aussi un très beau livre, bientôt imité par tous les *Frankenstein*.

Naturellement, la légende s'empara de la vérité historique. On a donc dit que Bénézar Ben Zwi réussit à fabriquer son géant avec de l'argile et à lui prêter vie. Mais cet « homme nouveau », qu'il avait si ardemment appelé de ses vœux, devint son maître, celui de Prague, puis, pour finir, celui de la Tchécoslovaquie entière, et il règne encore aujourd'hui sur ce malheureux pays.

Mais tous ceux qui ont vu le grand vieillard au visage émacié sous son bonnet de fourrure s'installer chaque soir dans un coin de l'auberge dont le patron était son ami et protecteur, savent comment il a créé son homme nouveau : avec une plume, de l'encre et du papier. Et sa création est restée sur le papier.

C'est une œuvre qui continuera à faire longtemps encore l'enchantement des lecteurs et des spectateurs et je suis sûr que l'idée du monstre créé par un rêveur épris de perfection gardera à jamais sa place dans l'histoire tragique de Prague.

XLI

Teresina continuait à s'effacer. Je ne saurais décrire autrement cette sorte de transparence qui s'emparait d'elle. On eût dit qu'elle s'éloignait, que ses traits et ses contours étaient subrepticement gommés chaque jour davantage par une main invisible ; sa pâleur diaphane s'accentuait d'une manière si singulière, qu'il m'arrivait de tendre la main pour effleurer doucement sa joue et m'assurer que mes doigts n'allaient pas passer au travers et toucher l'oreiller. Seule la chevelure rousse gardait encore son éclat et sa splendeur, vivant une vie à elle, tumultueuse, chaleureuse. Mais un matin, alors que j'entrais dans sa chambre où le feu brûlait jour et nuit, je vis que ses cheveux s'étaient éteints, qu'ils étaient inertes et commençaient eux aussi à se faner ; pour la première fois depuis que nous nous connaissions, ils ne m'invitaient plus à jouer avec eux. Lorsque je les effleurai, le neuvième jour après notre arrivée à Prague, cette ville terrible, glacée, machinale, d'où la fête et l'insouciance étaient bannies et où tout paraissait frappé d'une morne obéissance, il se passa quelque chose d'innommable. Ce ne fut peut-être qu'une défaillance, un découragement de ma part, un passage à vide du cœur, un manque de foi soudain dans mes moyens et dans la réalité de cette œuvre d'imagination qu'est chacun de nous, et qu'il doit continuer à inventer, avec tout son amour et avec tout

348

son espoir. Mais je me souviens de l'instant où je vis ma main tendue caressant le vide sans parvenir à trouver, à saisir cette chevelure d'or rougeoyant, que mes yeux continuaient pourtant à voir.

Je sortis en courant de la chambre de la malade et appelai mon père. Lorsque nous revînmes, Teresina nous sourit et je compris que, dans mon angoisse, j'avais devancé l'œuvre du Temps et que ce Commissionnaire n'avait pas encore reçu d'ordres et n'avait pas arrêté ses calculs mortels.

Mon père fit appeler les plus grands médecins de Prague. Jamais, jusqu'à présent, il ne s'était laissé aller à un tel aveu d'impuissance. Ils vinrent tous et reconnurent dans le mal de Teresina une ruse nouvelle de la mort qu'aucun d'eux n'avait encore rencontrée. Cela nous redonna confiance, car si ce mal ne relevait pas de la compétence des docteurs, il devenait possible de faire appel à des moyens de lutte auxquels la réalité n'était pas habituée, ce qui avait permis bien des fois aux membres de notre tribu de la prendre par surprise. La seule chose dont nous étions sûrs et dont je demeure aujourd'hui convaincu, malgré tout ce que j'ai entendu depuis, en guise d'explication, où les mots « leucémie foudroyante » revenaient avec empressement, ma seule certitude, c'est que la seule menace qui pèse sur les hommes est le manque de talent.

Teresina s'affaiblissait chaque jour un peu plus sous nos yeux, s'effaçant parfois au point de me faire douter de ma propre existence. Il me semblait en effet qu'elle n'était ainsi menacée que par la pauvreté de mes moyens, de mon talent, qu'elle était victime d'une maturité précoce qui s'était emparée de moi, mettant fin à tous les pouvoirs que j'avais reçus de ma vieille amie, la forêt de Lavrovo. Je n'avais plus en moi, dans mon regard, ce qu'il fallait pour lui prêter vie et couleur. Ce n'était pas Teresina qui s'étiolait, c'était mon imagination. J'étais devenu un homme. Je n'arrivais même plus à animer mon père, à lui faire retrouver tous ces dons que je lui avais jusque-là si généreusement prêtés. Il ne pouvait, du reste, entrer en lice lui-même, car il est bien connu qu'il nous est interdit de faire jouer nos pouvoirs dans notre propre intérêt. Il chercha donc parmi les enchanteurs de Prague ceux dont le prestige était grand parmi les initiés.

Celui qui nous rendit un peu d'espoir fut le jeune Jacov de Buda, dont on commençait à parler à l'époque, car il lui avait fallu des siècles d'étude pour accéder dans la Hiérarchie au rang élevé qu'il occupait — il l'avouait lui-même avec beaucoup d'humilité — depuis cent ans à peine.

Jacov de Buda était un petit homme blond baigné de cette douceur juive que les ennemis de la race ont si bien appris à ne pas voir. Il portait un énorme bonnet de vison et une robe noire marquée à l'épaule d'un triangle d'or brodé, bien que ce signe fût interdit à Prague par les nouveaux décrets contre les singularités. On croyait que c'était celui de « frère exalté », ainsi qu'on appelait les maçons de l'ordre d'Isaïe. Mon père savait cependant que le triangle ne voulait rien dire, qu'il ne se référait à aucune loge, mais les Juifs étaient à ce point suspects et accusés par les bien-pensants de tant de pratiques obscures, que la réputation d'enchanteur de Jacov de Buda en avait tiré grand profit.

J'étais désespéré ; je ne comprenais pas que mon père pût tomber dans des pièges dont la tribu des Zaga connaissait si bien la pauvre nature ; lorsque je le trouvais attablé devant son pot de vin à l'auberge, je ne cessais de le lui reprocher.

— Mais tu sais mieux que personne que ce Juif est un imposteur ! Il n'a aucun pouvoir ! Tu sais très bien que le pouvoir véritable, authentique...

J'allais dire : « Tu sais très bien qu'un tel pouvoir n'existe pas », mais mon regard rencontra le visage de Giuseppe Zaga et je n'y avais encore jamais vu une telle détresse. Je me tus. Ce qui compte, aux heures de désespoir, ce n'est pas ce qui est vrai et ce qui est faux, mais ce qui aide à vivre.

Je dois avouer franchement qu'à partir de ce moment-là, mon père se livra entièrement aux mains des charlatans. Il faut cependant reconnaître que Jacov de Buda fut le seul homme à avoir vite compris la vraie nature de Teresina, ce qui lui permit d'arrêter sa lente disparition par un moyen auquel, dans notre désarroi, ni mon père ni moi-même n'avions pensé.

Il vint un soir et s'assit à côté de la malade; il lui parla longuement et gaiement. Il médita ensuite, en se promenant de long en large dans la chambre — et il caressait de ses doigts sa barbe blonde. Il ne nous dit rien avant de partir mais revint une heure plus tard, alors que la nuit de Prague était au plus profond de sa froidure, accompagné de trois musiciens du ghetto armés de leurs violons.

Il leur dit de s'approcher du lit et de jouer.

Pendant toute la nuit, le son des violons juifs retentit dans l'auberge et, dès les premiers instants, il apparut que la puissance noire qui s'était abattue sur ma Teresina avait horreur de cette gaieté trépidante, dansante, aux accents si populaires et si pleins de vie, que le son des violons avait fait pénétrer dans la chambre de la malade. Sous mon regard émerveillé, le visage de Teresina reprenait ses couleurs. Les traits s'affermissaient, retrouvaient leurs contours, la chevelure se remit à vivre, les lèvres à sourire, et il nous parut que Teresina était sauvée.

Mais ce miracle ne dura pas et les démons, un instant affolés, après avoir sans doute erré pendant trois jours et trois nuits, sournoisement, hors de la portée des violons, ou peut-être juste assez près pour s'habituer et s'immuniser, revinrent en force, relancés contre mon œuvre par cette vieille garce ignoble, cette maquerelle tant aimée de la Mort — maudite soit-elle jusqu'aux tréfonds de sa pourriture — qui a nom Réalité. Dès que celle-ci eut fait sentir sa présence et eut repris les choses en main, Teresina commença à s'éloigner de nouveau et plus vite qu'avant. J'étais assis à côté d'elle, je ne la quittais pas du regard, je

351

l'inventais de toutes mes forces, de tout mon amour, mais la réalité a derrière elle des millénaires de pratique et personne ne peut rivaliser avec elle, pour le manque d'imagination.

C'est en vain que Jacov de Buda fit venir les jeunes du ghetto pour danser la *horà* dans la chambre de Teresina et autour de l'auberge, et il ajouta même aux violons un instrument qu'aucun de nous ne connaissait encore et dont il était l'inventeur : on lui donna plus tard le nom d'accordéon. La réalité ne se laissait pas entamer par cette gaieté dont elle avait à présent pris suffisamment l'habitude pour continuer à suivre son chemin, de grain de sable en grain de sable. Il y avait sous les yeux de Teresina des cernes bleus que la chienne Réalité avait tracés de ses griffes, et mon père, qui l'avait vue faire, avait jeté une bouteille dans sa direction, mais ce n'était qu'un mur.

A partir de ce moment, il se livra entièrement aux mains des charlatans et des intermédiaires sans scrupules, et perdit la tête au point de devenir la proie facile de tout ce que ce siècle dit « des lumières » traînait de plus sinistre, de plus obscur et de plus odieux dans ses plis.

Il était onze heures du soir lorsque l'aubergiste vint nous dire qu'un homme demandait à parler à Giuseppe Zaga. Il ajouta avec un dégoût évident que, s'il pouvait se permettre un avis, « Son Excellence venait sans doute de trop loin pour savoir qu'il y avait eu cette année à Prague plusieurs épidémies et qu'il fallait se méfier des gens venus de nulle part ». C'était un avertissement fort bizarre, car il semblait suggérer que le visiteur sortait de quelque nid de pourriture et d'infection.

Le seul effet de cette mise en garde fut que mon père accueillit le nouveau venu avec empressement. J'en vins même à me demander si le visiteur n'avait pas soudoyé l'aubergiste, afin que celui-ci le présentât sous ce jour ténébreux et sinistre, dans le dessein d'éveiller ainsi dans le cœur de Giuseppe Zaga l'espoir de je ne sais quel marché avec les forces de l'au-delà. Le pauvre homme avait en effet atteint ce degré de désespoir et de désarroi où toutes les superstitions et croyances dont notre tribu avait su tirer tant de profit, s'emparaient à présent de son propre esprit, pour lui faire payer le prix de leurs bons et loyaux services. Il m'avait dit sa conviction : une puissance maléfique s'était attaquée à Teresina, parce qu'elle avait depuis longtemps des comptes à régler avec la joie de vivre et les enfants de la fête vénitienne. Giuseppe Zaga en était venu au point où il était prêt à traiter avec les émissaires du Mal, pour peu que ceux-ci daignassent se manifester. Lorsque je tentai de lui rappeler que Satan n'était qu'une œuvrette littéraire et que la seule puissance authentique était celle de la banalité, mon père me saisit au cou et me traita d'ingrat et de crédule, car pour lui, désormais, la crédulité consistait à ne pas croire...

Il n'attendait plus le salut que de quelque marchandage et cherchait fiévreusement dans le chapitre des signes de la Kabbale de maître Johann Lichterli le moyen d'entrer en contact avec cette zone crépusculaire où errent ce que Lichterli appelle les « ombres intermédiaires ». Je le laissai faire ; toutes ces tromperies ne pouvaient pas sauver Teresina mais elles pouvaient au moins procurer à mon père ces lueurs d'espoir dont on peut tout attendre à condition de savoir s'en contenter.

Il me suffira d'un mot pour décrire l'individu qui entra dans notre chambre : ignoble. Son visage, ses attitudes, ses gestes, sa façon de rentrer la tête dans les épaules comme pour la mettre à l'abri sous une carapace qu'il avait perdue mais dont il avait gardé le souvenir, la petite langue vipérine, noirâtre, qu'il faisait glisser constamment entre ses lèvres serrées, ses yeux rougeâtres, entourés d'innombrables petites rides qui se mettaient à grouiller chaque fois qu'il grimaçait un sourire, tout cela était prometteur, pour peu qu'on cédât à de bien pauvres superstitions. C'était vraiment l'émissaire parfait pour qui eût cherché à conclure un

353

de ces marchés avec l'au-delà qui se sont soldés par de tels profits pour la littérature.

L'homme me jeta un coup d'œil méfiant et ayant sans doute flairé mon mépris, demanda à parler à mon père en particulier.

Je passai dans la chambre de Teresina. Je m'assis à côté d'elle, me penchai et pressai ma joue contre sa main. Il y avait sur son visage des traînées d'ombre si marquées que je levai les yeux, cherchant une présence entre elle et la lumière ; c'était un de ces moments où je comprenais mon père et me sentais prêt à faire confiance à n'importe quel charlatan, pour peu que celui-ci me procurât un peu d'illusion. Je devinais autour de moi d'infâmes présences. Le chevalier de la Mort, armé de sa lance, invisible, mais que parvint à saisir le génie de Dürer, se tenait là, dans la pièce, entre la lumière et la malade, le dos tourné au grand chandelier de bronze où se consumaient les sept bougies coulées pour nous à la synagogue.

— Crois-tu que je vais mourir, Fosco ?

— Non, Teresina. Cela ne pourra pas t'arriver tant que je serai là. J'ai du talent, tu sais. Je t'invente avec tant d'amour qu'il ne peut rien t'arriver.

Elle sourit. Je voyais encore le dessin de son visage, ses yeux, ses lèvres, mais déjà, je devais faire un effort d'imagination. Ce n'était plus qu'une esquisse, et à chaque regard, il me fallait la compléter.

— Vous autres, les Zaga, vous êtes tous les mêmes, dit-elle. Vous êtes passés tellement maîtres dans l'art de tromper le monde que, de tromperie en tromperie, vous finissez par croire que vous pouvez inventer le monde.

— Je m'occuperai du monde plus tard, Teresina. Je ne sais si nous arriverons à l'inventer un jour ou non, mais il faut essayer, c'est notre métier. Et qu'est-ce donc que l'amour, sinon une œuvre d'imagination ?

— Tu m'imagineras toujours ?

— Toujours. Sois tranquille. Tu ne mourras pas.

Elle me regardait gravement.

— Est-ce que tu crois vraiment que tu as assez de talent pour ça ?

J'appuyai mes lèvres contre ses paupières. Je ne m'étais jamais senti si sûr de moi.

— Je serai un très grand charlatan, lui dis-je. Oh, je ne dis pas que j'aurai du génie, car alors, je ne serais plus un homme. Je dis simplement que j'aurai assez de talent pour te garder toujours près de moi. Il ne peut rien t'arriver.

— Et si je meurs, malgré toi ?

Je ne pus m'empêcher de frémir, car je manquais encore un peu de métier, d'assurance. Mais je me repris vite. Il ne serait pas dit que moi, Fosco Zaga, je manquerais de confiance dans les étoiles.

— Je vais te dire, Teresina. Supposons que j'en vienne un jour à manquer d'imagination et que, ne pouvant plus t'inventer, je cesse de t'aimer. Eh bien, quelqu'un d'autre va aimer quelqu'un d'autre et ainsi chaque fois nous serons à nouveau réunis...

Lorsque je descendis dans la chambre de mon père, je reconnus à l'expression animée de sa physionomie que son visiteur avait fait du bon travail. Giuseppe Zaga était en train de mettre dans une sacoche de cuir les dernières pièces d'or qui nous restaient. Je ne pus retenir un sourire en pensant à tous ceux qui avaient accusé Giuseppe Zaga d'exploiter les crédules. La roue tournait. Il me semblait que tous nos ancêtres se dressaient d'horreur et d'indignation dans leurs tombes, en gesticulant fort, à l'italienne. J'étais moi-même surpris de la rapidité avec laquelle j'avais changé, ces derniers temps ; je commençais à trouver en moi des ressources de lucidité, de calme et même d'ironie, alors que mon père, dont ce furent là les vertus essentielles, se laissait aller de plus en plus à une crédulité, une foi aveugle et un manque de jugement indignes d'un charlatan authentique.

— Je crois que Teresina est sauvée, dit mon père. J'ai rendez-vous demain à onze heures dans un champ hors de la ville, sur la route de Grad.

Je ne lui demandai pas avec qui. Je m'en doutais bien.

Je décidai de l'accompagner. Je savais que Giuseppe Zaga était épuisé, sans défense, proie facile pour un de ces parasites sans scrupules qui vivent aux crochets de l'espoir et qui sont toujours prêts à vous donner deux sous de rêve en échange d'une bourse bien garnie.

XLII

Le lendemain, nous sortîmes de la ville par le pont de Saint-Wenceslas ; j'avais pris une paire de pistolets, afin d'être en mesure d'affronter la réalité sur son propre terrain. Il y avait une brume jaunâtre que les flocons de neige tachetaient de leur lenteur ; nos chevaux lourds marchaient au pas, suivant un chemin qui mourait à l'est dans un ciel sans horizon, confuse mouvance de brume, de neige et d'ombres d'où vint soudain à notre rencontre la croix noire d'un calvaire. Nous laissâmes là nos chevaux pour prendre vers la gauche à travers champs, sous la lente chute des signes minuscules qui ne cessaient de tomber et de s'effacer avant de toucher terre : on eût dit que les livres sacrés s'étaient mis à perdre leur ponctuation, leurs points et leurs virgules, pendant que la main de Dieu, dans sa pitié, effaçait là-haut tous les actes d'accusation et brouillait toutes les écritures, afin qu'aucun jugement ne pût être prononcé ni aucun châtiment infligé.

On nous avait indiqué de chercher les ruines d'une chapelle qu'avaient jadis bâtie en cet endroit les moines errants de l'ordre de Saint-Sigismond, pour remercier ainsi leur patron de leur avoir permis de revoir Prague, dont par temps clair on apercevait d'ici les contours. Nous dépassâmes la chapelle écroulée qui semblait prier à genoux, avec sa croix cassée et penchée en avant. Mon père leva les yeux et s'arrêta. Il me toucha l'épaule, puis tendit le bras. J'étais occupé à essuyer de mon visage une toile d'araignée mouillée que j'avais recueillie en passant dans les ruines de la chapelle ; je regardai et crus au premier abord qu'il s'agissait d'un épouvantail. C'était une silhouette mince et immobile à laquelle seul un chapeau de forme bizarre prêtait apparence humaine : il me fit penser aux couvre-chefs de certains tableaux de l'école hollandaise, qui ornaient la salle de billard du palais Okhrennikov. Mon père fit vivement quelques pas dans la direction de cette ombre et je le suivis ; nous devions nous trouver à une vingtaine de pieds de l'apparition lorsque celle-ci leva la main.

— Restez là, n'avancez plus ! cria en allemand une voix éraillée et aiguë qui était presque un piaillement d'eunuque. N'approchez pas davantage, car je ne pourrais pas m'empêcher... C'est plus fort que moi... C'est sans préméditation, croyez-le bien, sans aucun appétit et sans la moindre disposition à nuire que je me saisis de tous ceux qui viennent à portée de ma main... Le règlement — le châtiment qui m'a été infligé, plutôt — exige que je remplisse mes abominables fonctions pendant deux siècles et cinquante ans... Telle est la durée de ma peine dans un secteur terrestre qui comprend la ville de Prague, où vous avez eu la mauvaise idée de vous aventurer, et qui est devenue fatale à la jeunesse, au rire, à la beauté... Après quoi, ayant satisfait aux normes — elles varient suivant des intentions mystérieuses et des calculs qui sont l'œuvre des instances supérieures — après quoi, je serai enfin libéré de mes responsabilités, lesquelles sont ignobles. Je connaîtrai enfin l'éternité, que j'ai l'intention de consacrer à l'étude du gazouillis des oiseaux, à l'aquarelle, à la broderie et à la contemplation de quelque chose d'agréable, entièrement dépourvu de caractère humain... On m'a dit que vous aviez une requête à me présenter.

Une deuxième silhouette émergea de la brume et s'approcha. Je reconnus l'énergumène qui était venu la veille parler à mon père. Il tenait à la main une tablette sur laquelle il traçait je ne sais quels signes.

Il y avait là deux escrocs de si petite envergure que je me mis à sourire. Oser s'attaquer à Giuseppe Zaga, un enchanteur que les Cours d'Europe plaçaient plus haut que Saint-Germain et Cagliostro et dont Casanova parlait avec cette petitesse dans l'envie qui cache mal l'admiration! Je me tournai vers mon père, sûr qu'il allait hausser les épaules et tourner le dos à une si pauvre comédie. Je fus stupéfait. Il y avait sur son visage une telle expression d'espoir, de ferveur, d'innocence presque, que je dus baisser les yeux. Je ne pouvais supporter la vue de ce regard à la fois implorant et émerveillé. Qu'un Zaga, un des plus illustres, le fils du Renato, qu'un héritier du plus beau nom de la profession, si versé dans tous les arcanes du métier, dans toutes ses ficelles, artifices, jeux d'ombres et trucages dont notre tribu tirait sa subsistance et sa réputation depuis tant de générations, qu'un tel seigneur du trompe-l'œil pût succomber à de si piètres manigances, voilà qui me prouvait à la fois la profondeur de sa passion pour Teresina et aussi l'extrémité où la réalité peut vous pousser, lorsqu'elle vous cerne de tous côtés. Je compris que le charlatanisme pouvait être parfois la forme la plus déchue, la plus désespérée et la plus déchirante du besoin d'authenticité, une incantation que le faux adresse au vrai du fond de son impuissance essentielle.

Giuseppe Zaga essaya de parler, mais ne dit rien. Il était tout entier tendu vers les deux pauvres comédiens qu'en d'autres temps il eût écartés d'un haussement d'épaules. Je voulus le prendre par le bras, l'emmener, mais je me rappelai que, fût-ce avec mon propre père, ma vocation n'était pas de faire cesser l'illusion et de prêter main-forte à la réalité, mais au contraire de maintenir l'une afin d'enrichir l'autre. Je jouai donc le jeu de mon mieux, le cœur lourd.

— Mon Dieu, murmurai-je, c'est la...

La Mort leva les bras pour découvrir son visage.

Mais est-il possible de parler de visage, alors que la canaille le cachait sous un masque de cire, dont la fixité s'animait pourtant dans sa partie inférieure d'un ironique sourire ?

— Je vous demande pardon, messires, ou plutôt messieurs, comme on dit aujourd'hui, nous lança le charlatan sur un ton de persiflage, de sa voix de châtré. Je vous demande pardon de ne pas oser vous révéler toutes les beautés de ma vraie physionomie, mais d'une part, elle ne serait peut-être nullement de votre goût, et de l'autre, cela vous sauve la vie, car celui qui a eu l'insigne privilège de me contempler une fois en face est immédiatement effacé du nombre des vivants. C'est là une des grandes lois de la nature et même moi, je ne saurais m'y dérober, car c'est la nature qui commande.

— Je viens vous demander... murmura mon père.

Je le soutenais. Dans cette lueur blême que l'on ne saurait appeler lumière, son visage révélait maintenant les marques, non point de tous les siècles qu'il prétendait avoir vécus mais, combien plus humblement ! celles des ans, et il devait bien en avoir déjà près de soixante-huit.

— Parlez, monsieur, parlez donc ! s'exclama La Mort, et je compris que cette ironie, ce ton de persiflage, n'étaient pas destinés à nous seuls, mais qu'ils exprimaient un cynisme total, né d'une effroyable impuissance, et qu'ils sonnaient le creux du seul abîme sans fond, celui de l'absence absolue de profondeur, le seul abîme accessible à l'homme, celui d'une irrémédiable superficialité.

— Mais parlez donc, monsieur ! J'ai des vieillards à l'agonie qui attendent, des phtisiques à toute extrémité, des pendus qui, déjà, se balancent...

— Je viens vous demander d'épargner la vie de ma femme, dit mon père. Elle souffre de langueur...

La Mort leva la main. J'eus l'impression qu'il eut de la peine à ne pas lever la jambe pour exécuter une pirouette, tant le bonhomme devait être habitué à jouer dans les foires *Les Fourberies de Scapin*.

— Pas un mot ! Je suis au courant. Je vous ferai cependant remarquer que ce qui est écrit est écrit, que je ne suis qu'un fonctionnaire scrupuleux et obéissant, que ces décisions-là sont prises là-haut, par qui de droit...

Il leva vers le ciel sa manche noire et vide.

— ... Là-haut où il convient d'adresser votre requête, selon les formes. Les requêtes — je ne vous apprends rien — sont reçues dans les églises et jugées à la qualité de ferveur chrétienne qui les accompagne...

Son acolyte s'approcha de lui et lui glissa quelques mots à l'oreille. Sans doute estimait-il que le compère exagérait et qu'à mettre trop de brio dans la canaillerie on risquait de se faire applaudir, ce qui eût été fatal à l'entreprise. La seule touche à peu près convaincante dans cette déplorable tricherie, qui ne méritait même pas le nom d'illusionnisme, était la brume jaunâtre qui baignait les deux silhouettes noires dont la plus petite murmurait confidentiellement à l'oreille de l'autre quelques propos dont je n'entendais qu'un léger zézaiement.

— Voilà qui change tout ! piailla celui que la mort aurait dû faucher sur place pour atteinte à son crédit. Mon secrétaire me dit que de hautes influences ont joué en votre faveur en raison du rang élevé que vous détenez dans la hiérarchie des Rose-Croix. Certaines voix se seraient fait entendre, certaines interventions auraient été faites... Je prends note, mais je vérifierai. Cette fin de siècle voit une abondance d'imposteurs se réclamant des pouvoirs surnaturels, ceci en raison du déclin général de la foi et de la religion, pour ne pas parler de celui de Dieu lui-même, dont nombre d'individus douteux s'efforcent de s'approprier les dépouilles...

Et parmi lesquels tu voudrais bien te faire une petite place, coquin, pensai-je. La main me démangeait fort de saisir mon bâton et de chasser à grands coups cette valetaille. Mais ce fut à ce moment que me vint à l'esprit l'idée que la mort, dont la nature est d'une corruption infinie et à laquelle je faisais bien trop d'honneur en la dotant ainsi *a contrario* des attributs d'une majesté et d'une grandeur souveraines, pouvait bien nous offrir là son véritable visage de bassesse, de médiocrité et de vulgarité. A force de fréquenter les hommes, elle avait fort bien pu s'être humanisée au point d'avoir été gagnée par la cupidité.

Les deux silhouettes noires, penchées l'une vers l'autre, échangèrent quelques propos auxquels les corbeaux invisibles dans l'épaisseur du brouillard mêlaient leurs croassements moqueurs. Puis La Mort se tourna vers nous et fit mine de nous dévisager à travers son masque de cire aux traits figés dans une impassibilité qui tient si commodément lieu de sagesse à l'Orient.

— Il paraîtrait que la jeune personne en question est d'une singulière beauté, piailla-t-il. Je ne suis donc point étonné d'apprendre qu'elle fut prise de son mal dans la bonne ville de Prague, où tout ce qui n'est pas de pierre est fort mal vu en ce moment. Il ne saurait cependant être question pour moi de trahir les devoirs de ma charge. Je vais donc me borner à vous donner un conseil. Ainsi que je vous l'ai dit, mon autorité ne s'étend qu'à cette bonne ville, plus quelques villages avoisinants, dont deux, du reste, font objet de litige entre moi et un collègue. Je vous laisse quatre jours pour quitter les lieux et pendant ce temps-là, à moins d'instructions formelles de l'autorité que vous savez, je n'irai pas frapper à votre porte. Vous verserez également à mon secrétaire que voici la somme de cent cinquante florins pour mes bonnes œuvres, pour les veuves et les orphelins...

Mon pauvre père saisit sans hésiter sa bourse et, la main tendue, fit un pas en avant...

— N'approchez pas! cria La Mort, en levant le bras.

Je me dis que l'homme était peut-être un des assistants que mon père avait employés jadis, ou quelque pauvre comédien italien, un de ceux qui avaient échoué en Allemagne, et qu'il craignait d'être reconnu.

— N'approchez pas! J'émets, monsieur, certains rayons dont vous connaissez sans doute les effets squelettiques... Pas un mot, vous m'avez compris. Déposez par terre votre offrande. N'oubliez pas de quitter Prague dans les quatre jours, sinon je ne réponds de rien. Je vous conseille de vous diriger vers le sud, où mes collègues sont beaucoup moins rigoureux et attentifs, beaucoup plus langoureux et distraits, si bien que vous avez une chance de leur glisser entre les doigts... Et surtout, ne soufflez mot à personne de l'indulgence exceptionnelle dont vous avez bénéficié en cette circonstance, en raison des influences hiérarchiques qui ont joué en votre faveur... Et aussi parce qu'on m'assure que toute votre vie a été mise au service de l'art, et que tous vos ancêtres ont prêté leurs talents à la divine *commedia dell'arte*, dont je suis un très grand amateur... Ah, Venise... Le *broglio*! Le carnaval! La grande peste! Que de merveilleux souvenirs!...

Son compagnon lui mit la main sur le bras, car il était évident que le faquin se grisait à ce point de ses propres improvisations, qu'il commençait à se trahir.

Je raccompagnai mon père jusqu'à la chapelle, où je le priai de m'attendre un instant. Je revins en courant sur mes pas, mais les deux parasites de l'âme et de l'espoir humains avaient déjà disparu dans la brume. Je me jetai à leur poursuite, au hasard, car on ne voyait pas à cinq pas. J'aurais sans doute perdu mon temps, mais, alors que j'errais, un pistolet à la main, dans la bouillie jaune, j'entendis un rire tout proche. Je vis presque aussitôt apparaître la grande silhouette du sieur La Mort et celle de son infâme « secrétaire ». Je bondis vers eux sans hésiter et, saisissant par le bras le porteur du masque, je le forçai à me faire face en lui plaçant le canon de mon arme sous le menton.

Ils demeurèrent tous les deux pétrifiés par la peur la plus abjecte. Le « secrétaire » clignotait des yeux avec une expression de bêtise et d'ahurissement qui faisait plaisir à voir ; sous l'effet de l'émotion, certain muscle intime de sa personne se relâcha, et il en résulta une série de minuscules pets plaintifs, comme si sa voix eût cherché refuge à l'autre bout de son individu. J'étendis la main et soulevai le masque de La Mort.

Je vis la superbe trogne d'ivrogne, les yeux d'un bleu pâle délavés, sous de petits sourcils très minces, ainsi que la moustache aux poils rares et hérissés du signor Carlo Colpi, que j'avais vu à Saint-Pétersbourg quelques années plus tôt, à une soirée du marchand Briukhov. Colpi, qui avait été un moment le valet de Casanova à Bergame, et avait fait pendant quelque temps partie de la troupe italienne de l'Électeur de Saxe, avait des dons de ventriloque et fut assez connu dans les capitales vers 1760. Plus tard, le vin ayant attaqué ses cordes vocales, il disparut, avant de réapparaître pour la dernière fois dans l'affaire d'alchimie qu'avait montée au Palais-Royal le duc d'Orléans, futur Philippe Égalité. Ce dernier s'était mis à fabriquer de l'or, suivant les conseils de Colpi. Il est impossible de comprendre comment, alors que l'âge nouveau grondait déjà au-dehors et que les propres émissaires du duc d'Orléans, dont Choderlos de Laclos, soulevaient la rue, ce prince put se livrer aux superstitions les plus effarantes, à quelques pas du Club des Jacobins. Colpi avait en effet convaincu le prince qu'afin de transcender la banale fabrication de l'or, pour accéder à la pierre philosophale la plus pure, il fallait mêler aux différents ingrédients fondus dans le four le squelette d'un homme de génie. L'illustre compagnie ne trouva rien de mieux, à cet effet, que les restes de Blaise Pascal. Selon la confidence du Rose-Croix Gioccardi, on acheta donc à prix fort le gardien de Saint-Étienne-du-Mont où Pascal reposait ; ce qui restait du philosophe fut déterré et jeté dans les creusets du Palais-Royal. Le plus étrange de cette affaire est peut-être qu'au moment des fouilles ordonnées par le Comité de Salut Public, on trouva en effet de l'or dans l'athénor du duc d'Orléans...

Connaissant un peu le bonhomme Colpi, je compris que ce n'était pas uniquement pour exploiter l'égarement et le véritable délire dans lequel la terrible maladie de Teresina avait plongé mon père qu'il nous avait joué cette comédie sinistre. Cela correspondait à quelque chose de bien plus profond dans sa nature. Je crois qu'au fond de ce qui servait d'âme à cet être misérable, dormait un rêve secret de toute-puissance capable de dispenser ses bienveillances, rêve que connaissent tous les charlatans.

Je trouvai dans ses poches un passeport établi au nom de La Mort et c'est sous ce nom que je devais le rencontrer à plusieurs reprises, ici et là, au hasard de mes vies. Pour l'instant, il roulait des yeux épouvantés, et son compagnon d'infamie se répandait en supplications, invoquant l'extrême dénuement dans lequel ils étaient tombés, car il n'y avait plus à Prague ni théâtre ni divertissement d'aucune sorte, et les deux compères étaient aux abois.

Je renonçai donc à mon intention première, celle d'expédier les deux sangsues dans cet autre monde dont ils se réclamaient, et les plantai là, après avoir repris nos florins.

Je rejoignis mon père, à qui l'espoir avait redonné des forces et après avoir erré un bon moment dans la brume, nous finîmes par trouver nos chevaux.

Je n'avais nulle intention de détromper Giuseppe Zaga. Il venait de recevoir après tout les secours de sa propre religion.

Il me semblait d'autre part que le conseil de Colpi n'était pas sans mérite, qu'il nous fallait au plus vite les pierres glacées et mortelles de Prague. L'idée de transporter notre malade vers le sud et même, si le temps nous en était laissé, jusqu'en Italie, était bien la dernière chance qui nous restait.

XLIII

Nous trouvâmes Teresina endormie et, dans son extrême pâleur, elle paraissait déjà à demi emportée, présente seulement par ce qu'il me restait de forces pour la retenir. Son pauvre visage avait fondu et sa chevelure me parut avoir grandi démesurément : elle lui était devenue étrangère, tapie, me semblait-il, dans une lourde et menaçante attente... Qu'y avait-il dans cette ville qui mettait tant d'acharnement à détruire cette vie si innocente, ce doux et lumineux printemps ? Teresina fuyait, s'effaçait et ce qui restait de son sourire mourait à chaque seconde pour ne renaître que par un miracle de ma volonté. Il me fallait la retenir, la refaire, la recomposer à chaque assaut nouveau, haineux et fulgurant de la réalité. Mais cette lutte était inégale. Quelque chose, autour de nous, ne pouvait supporter le bonheur et n'entendait lui laisser aucune chance. Il me vint alors une idée que je donne ici pour ce qu'elle vaut, car jusqu'à ce jour je n'ai pas trouvé de réponse à la question que se posent depuis toujours ceux qui se sentent brusquement abandonnés par ce Génie qui nous invente tous, avec tant d'habileté et avec une force si persuasive qu'il nous donne l'illusion d'exister : c'est vraiment du très grand art. On peut chicaner sur le choix des moyens, sur le matériau et la manière, mais la puissance est indéniable, puisque nous nous imaginons vivre et mourir, ce qui est le plus beau tribut qu'une œuvre puisse payer à la plume, au papier et à l'encre et, bien sûr, au talent de son auteur. La seule explication que je trouve donc est que ce maître inconnu avait donné vie à Teresina dans un moment d'unique inspiration, un coup de chance, comme il en arrive parfois dans toute création, et qu'il s'était senti envieux de sa propre réussite, sachant qu'il ne pourrait plus jamais l'égaler. Il s'appliquait donc à présent à l'effacer rageusement.

Vers deux heures du matin, alors que je me trouvais près du lit de la malade et que mon père était sorti pour s'occuper des chevaux et des bagages, une main se glissa dans la mienne. Je me penchai vite sur Teresina et saisis sur ses lèvres comme un reste de printemps, une dernière gaieté de la fête :

— Je ne t'en veux pas, Fosco, tu sais. Ce n'est pas de ta faute...

Je secouai la tête, épouvanté :

— Mais qu'est-ce que tu dis ? Qu'est-ce que tu dis... Moi ? Mais je t'aime, je t'aime comme jamais un homme...

— C'est bien ça. Tu es un homme. Tu n'es plus un enfant. Tu n'as plus les forces qu'il faut pour m'inventer.

— Teresina !

— L'amour, tu sais, ce dont il a le plus besoin, c'est l'imagination. Il faut que chacun invente l'autre avec toute son imagination, avec toutes ses forces et qu'il ne cède pas un pouce du terrain à la réalité ; alors là, lorsque deux imaginations se rencontrent... Il n'y a rien de plus beau.

— Je n'ai jamais cessé de t'inventer, Teresina...

— Tu n'as plus ce qu'il faut. Je savais bien que cela allait venir un jour.

— Ce n'est pas vrai !

— Mais si, c'est vrai. Et c'est tout à fait normal. C'est comme ça que la réalité se défend : en laissant les enfants devenir des hommes. Tu m'aimes tout autant, je sais. Peut-être même plus, parce que tu regrettes ton enfance, ta forêt enchantée, tes amis les chênes, et que je faisais un peu partie de ce monde-là... Tu m'aimes tout autant, mais pas de la même façon. Tu n'as plus l'imagination qu'il faudrait pour me donner à vivre...

— Mais je ne vivrais pas un jour sans toi, tu le sais bien !

— Tu t'arrangeras avec les souvenirs. Ils sont faits pour ça. Les souvenirs, c'est une chanson que l'on se chante quand on n'a plus de voix...

Je voulus la saisir dans mes bras, l'enfouir dans une étreinte si chaude, si heureuse que toutes les pierres glacées de Prague se mettraient à vibrer et que des rigueurs décrétées contre l'homme, il ne resterait qu'une paire de lunettes cassées, une robe de juge à demi rongée par les mites, les aveux pourrissants d'un chef de police et une sorte de poudre verdâtre, dont l'analyse révélerait la nature empoisonnée. Je me penchai donc vers Teresina, déjà mes bras ouverts allaient la saisir, mais je ne sais quelle prudence me retint. Je ne me l'explique pas encore. Était-ce sous l'effet d'une compréhension instinctive, héritée de mes ancêtres les saltimbanques et le sang des Zaga m'avait-il forcé à cette inconsciente habileté ? Ou bien était-ce un pressentiment, ce don maudit de prémonition, qui avait déjà causé tant de malheurs à mon grand-père Renato Zaga ? Je ne sais. Je crois pourtant que ce fut bien un pressentiment et que j'ai eu peur de me retrouver soudain ici, dans mon appartement, rue du Bac, vieil homme accroché à sa jeunesse —, une jeunesse qui n'est plus que de l'encre et une feuille de papier.

La main de Teresina n'était plus dans la mienne. Je baissai les yeux. J'entendis sa voix :

— Tu vois... Tu es un homme, maintenant, un vrai. Pauvre Fosco Zaga !

Je cachai mon visage dans mes mains. Je crois que je pleurais. J'en étais encore capable, en ce temps-là. Je n'étais pas encore entièrement un homme, malgré tout.

XLIV

Nous quittâmes Prague dès que les attelages furent prêts, fuyant jour et nuit vers le soleil du Sud, dont on n'apercevait à travers les forêts que de pâles promesses ; Teresina se plaignait du froid ; ses yeux s'emplissaient d'ombre ; elle s'en allait plus vite que nos chevaux lancés sur la neige. Nous eûmes alors recours au stratagème qu'avait conçu Jacov de Buda et lui donnâmes pour compagnons, les changeant à chaque relais, deux violonistes juifs pris dans les villages ; ils se penchaient vers elle, jouant des airs entraînants et gais, pour tenter de ralentir la fuite de la vie. La musique exerça sur elle un effet salutaire ; Teresina s'animait ; elle souriait, se mettait à fredonner.

Dans le petit bourg de Vlachi, un vieux rabbin que les *goïms* eux-mêmes venaient consulter, garda longuement la main sur le front de la malade et nous dit que ce qui lui aurait fait le plus de bien, c'étaient les chants des oiseaux, le parfum des fleurs, l'éclat des fruits sur les branches et cette douceur de l'air que fait parfois passer sur la terre la bienveillance de Dieu.

Il apparut cependant vite que les deux violons ne suffisaient plus et n'avaient pas la force qu'il fallait pour chasser le néant, lequel s'enhardissait et venait parfois si près qu'il couvrait tout de son silence, et même la gesticulation désespérée des Juifs ne parvenait plus à tirer le moindre accent des cordes. Nous cherchâmes alors dans les villages six musiciens *hassids*, de cette secte de Moïse qui voit dans la danse et dans la joie la présence de Dieu, et nous lançâmes leur traîneau au galop en avant de nous, cependant que six autres *hassids*, armés de leurs violons, nous suivaient dans un autre attelage. Je ne sais si c'était l'effet de la fièvre qui me brûlait, car le désespoir et l'épuisement m'atteignaient maintenant presque dans ma raison, mais il me parut que la sale bête qui rôde autour de nos plus beaux rêves s'était éloignée, la queue basse, et j'entendais au loin dans la forêt ses hurlements dépités, à moins que ce ne fût un loup.

Le chagrin et l'anxiété de mon père étaient tels qu'un soir je le surpris à prier.

J'en fus d'autant plus bouleversé qu'une des traditions les plus fermes de notre tribu est de respecter la religion, c'est-à-dire de ne jamais la mettre à l'épreuve. Les Zaga se sont toujours montrés très pointilleux là-dessus, et n'ont jamais manqué de discrétion dans leurs rapports avec des confrères qui occupent les tréteaux, qu'ils soient dressés sur la terre ou dans le ciel.

Je fus donc surpris que mon père se laissât aller à une telle indélicatesse et qu'il cherchât à mettre un collègue dans l'embarras.

Quelques jours plus tard, alors que nos chevaux couraient à travers les forêts de Bavière, je fus surpris par la profusion des corbeaux qui nous suivaient ; je reconnus à ce signe, non sans inquiétude, que nous étions parvenus dans le royaume d'Albert Dürer. Je ne sais, ami lecteur, qui daignes me tenir compagnie jusqu'au dernier frémissement des violons juifs, si tu connais ces forêts obscures et profondes, où la mémoire fait apparaître dans l'immobilité pétrifiée des arbres, le chevalier funeste si admirablement gravé par la main du maître que l'œil n'est plus en mesure de l'effacer du paysage. Je le vis devant moi, sur sa monture, et je compris que nous étions rendus. Mais qu'il me soit permis ici de dire que je n'ai point failli à mon amour. Je tenais la main inerte de Teresina dans la mienne et, plongeant mon regard dans ses yeux larges ouverts où erraient au pas de nos chevaux les ombres des feuillages, j'appelai à mon secours tout le talent des Zaga que je n'avais encore jamais mis à l'épreuve. Je fis un tel effort pour tirer notre traîneau hors de la réalité mortelle qu'il m'en reste encore des taches d'encre aux doigts. Je criai à mon père avec colère qu'il ne devait pas pleurer, que Teresina était sauvée et demeurerait en vie tant que je serais là, car je possédais de tels pouvoirs ; faisant face au néant, dont j'apercevais dans ma fièvre la gueule béante tout près déjà du corps de Teresina, j'annonçai la venue d'un jour où, par la seule puissance de l'art, notre tribu allait changer le destin des hommes, leur permettant enfin de s'inventer selon leur cœur et le libre choix de leur imagination. Me réclamant de notre charlatanisme sacré, j'annonçai le triomphe prodigieux de notre imposture, couronnée enfin de la plus heureuse authenticité. Me débattant entre les mains de la valetaille qui essayait de me clouer au lit et de me livrer à la réalité qui tenait déjà toutes prêtes ses horreurs, je réclamai une plume, du papier et de l'encre, proclamant que la tradition des Zaga avait trouvé en moi son héritier le plus sûr, bien qu'aucun des nôtres n'eût encore entrepris une telle œuvre créatrice. Cependant que dans la forêt enchantée qui n'était plus qu'une pauvre forêt aux corbeaux, nue et triste, le chevalier de Dürer passait et repassait au pas lourd de la mort, cependant que les musiciens juifs jouaient sur leurs violons des airs que j'entendais et que pourtant je n'entendais pas, Teresina, corps déjà glacé, transporté dans la berline funèbre, riait aux éclats à ce retour de la vie que je venais de lui offrir, et mon père, écroulé sur une table d'auberge devant la bouteille renversée, mais aussi emporté au galop de nos chevaux vers le soleil du Sud, se mettait soudain à chanter l'air du deuxième acte de *Don Giovanni* qui n'était pas encore composé. Je criais aux médicastres

371

qui me faisaient une saignée que tout ce que je vivrais désormais dépendrait de ma seule volonté car, le premier de tous les Zaga, j'avais découvert l'art de fabriquer l'éternité avec de l'éphémère, un monde vrai avec des rêves et l'or avec de la fausse monnaie, et cet or, cette poudre d'or jetée aux yeux, ne perdra son pouvoir de donner à aimer, à espérer et à vivre, que lorsque le dernier saltimbanque de notre vieille tribu aura été chassé des tréteaux.

Debout dans l'attelage qui glissait au son des violons juifs, je me plus à mettre mes jeunes forces à l'épreuve pour divertir Teresina dans cette forêt noire que je fis retentir de mille chants d'oiseaux et où je fis régner un printemps lumineux, dont je réglai moi-même chaque détail, choisissant les fleurs les plus gentilles et les couleurs les plus gaies. Ne reculant devant rien, défiant toutes les rigueurs que nous impose cet auteur inconnu et pourtant si craint et si révéré que l'on dit caché dans les coulisses, j'entourai Teresina d'une foule de polichinelles blancs aux bonnets pointus et aux nez crochus, que je puisai sans scrupules dans les poches de Tiepolo. Pendant que le traîneau courait sur la neige qui scintillait d'étoiles et que mon père sanglotait, le front appuyé contre le corps de Teresina, vieux saltimbanque vaincu et qui ne se doutait pas que son fils avait saisi le flambeau de ses mains épuisées, je fis entrer le carnaval et la foule de masques, couvrant les corbeaux d'une pluie de confettis, et je dus effacer tout un côté de la forêt, car il me fallait cet espace pour y mettre la place Saint-Marc. Teresina applaudissait, lançait des confettis, chantait ; encouragé par ce succès, je fis signe au cocher et l'obligeai, malgré ses craintes, car ce n'était point l'usage, à faire bondir les chevaux par-dessus la lune, et nous glissâmes ainsi dans la nuit bleue, saisissant parfois des poignées d'étoiles pour les jeter aux violonistes juifs, sur les toits des chaumières et dans le cœur des hommes. Ce labeur me tenant occupé ailleurs, les musiciens *hassids* s'étaient aux trois quarts effacés, privés de mon soutien, mais je m'appliquai aussitôt à leur rendre leurs contours ; ils m'étaient très chers, car je savais déjà, malgré la brièveté de mon expérience d'enchanteur que, pour lutter contre une réalité odieuse par la seule puissance de l'imagination et du rêve, rien de ce qui était juif ne pouvait m'être étranger. Je n'eus même aucune hésitation, bien que je fusse loin de posséder l'assurance qui permet aux saltimbanques de prendre de tels risques, à me pencher longuement sur le visage vide et déjà froid de Teresina. Doucement, je lui fermai les yeux, jouant à me faire peur, frémissant à l'idée de ce qui se passerait si mes dons si nouveaux, et auxquels je faisais peut-être une confiance excessive, venaient soudain à me manquer. Je la rendais ensuite à la vie avec une aisance dont je n'étais pas peu fier, et elle se jetait dans mes bras, m'embrassait, riait, car rien ne lui faisait davantage plaisir que de faire la nique au malheur. Teresina se blottissait au creux de mon épaule et je regardais avec pitié mon père effondré sur ce corps recouvert jusqu'à la chevelure par une énorme fourrure. Décidément, pensai-je, Giuseppe Zaga vieillissait, il perdait ses moyens et rien n'est plus pénible à voir qu'un illusionniste qui succombe aux choses telles qu'elles sont et n'a plus le courage qu'il faut pour en inventer d'autres. J'ordonnai aux musiciens de jouer *La Valse des sourires* et toute la forêt s'en réjouit, car il y avait longtemps qu'elle n'avait été à pareille fête. Je ne fis cependant aucun effort pour empêcher mon père et les hommes porteurs de torches de se livrer à cette comédie sinistre, conforme aux usages, qui consistait à porter en terre le corps de Teresina, rituel déplaisant, mais qui permet de mieux tromper la mort en faisant mine de lui donner satisfaction. Car la vraie Teresina, celle dont rien ni personne n'a jamais pu et ne pourra jamais me séparer, se pressait contre moi de tout son corps chaud. Sa chevelure avait repris les jeux tendres qu'elle jouait avec son cou et ses épaules et j'y retrouvais tous mes espiègles écureuils.

— Je suis si heureuse d'être guérie, Fosco. Je te dois

la vie. Tu es resté beaucoup plus enfant que je ne le croyais.

— Je ne vieillirai jamais, lui annonçai-je. C'est très facile. Il suffit de l'encre, du papier, d'une plume et d'un cœur de saltimbanque.

— Qui sont ces messieurs ?

Les polichinelles blancs et bossus se pressaient en foule autour de nous et bien qu'ils eussent pris ces mines un peu funèbres qui annonçaient déjà le déclin et la fin de la fête vénitienne, on sentait leur bienveillance et leur sollicitude.

— C'est Venise, lui dis-je. Nous sommes rendus.

Elle referma ses bras autour de mon cou et je sentis ses lèvres sur les miennes. Sa chevelure me comblait de caresses, la gondole glissait dans la nuit bleue, les confettis scintillaient dans un ciel très pur, cependant que, déjà soucieux de perfection, je mettais ici et là quelques touches qui manquaient, un Dieu plein de pitié, une Justice qui n'était pas de ce monde, un amour qui ne meurt jamais, encore un violon juif.

1973.

DU MÊME AUTEUR

LES CLOWNS LYRIQUES, *roman.*
LES CERFS-VOLANTS, *roman.*
VIE ET MORT D'ÉMILE AJAR.
L'HOMME À LA COLOMBE, *roman.*

Au Mercure de France sous le pseudonyme d'Émile Ajar :

GROS CÂLIN, *roman.*
LA VIE DEVANT SOI, *roman.*
PSEUDO, *récit.*
L'ANGOISSE DU ROI SALOMON, *roman.*

COLLECTION FOLIO

Dernières parutions

Impression Bussière à Saint-Amand (Cher),
le 5 janvier 1988.
Dépôt légal : janvier 1988.
Numéro d'imprimeur : 2309.
ISBN 2-07-037904-3./Imprimé en France.